Anna Banks

BLUE SECRETS
DER KUSS DES MEERES

W0274917

ANNA BANKS

Blue Secrets

Der Kuss des Meeres

Aus dem amerikanischen Englisch
von Michaela Link

cbt

Bei diesem Buch wurden die durch das verwendete Material und die Produktion entstandenen CO_2-Emissionen ausgeglichen, indem der cbj Verlag ein Projekt zur Aufforstung in Brasilien unterstützt. Weitere Informationen zu dem Projekt unter: www.ClimatePartner.com/14044-1912-1001

MIX
Papier | Fördert gute Waldnutzung
FSC® C014496

Penguin Random House Verlagsgruppe
FSC® N001967

Wir produzieren Klimaneutral
ClimatePartner.com/14044-1912-1001
Druckprodukt

Sollte diese Publikation Links auf Webseiten Dritter enthalten, so übernehmen wir für deren Inhalte keine Haftung, da wir uns diese nicht zu eigen machen, sondern lediglich auf deren Stand zum Zeitpunkt der Erstveröffentlichung verweisen.

1. Auflage 2023
Deutsche Erstausgabe Oktober 2013
Text © 2012 Anna Banks
© 2013 für die deutschsprachige Ausgabe
cbj Kinder- und Jugendbuchverlag
in der Penguin Random House Verlagsgruppe GmbH,
Neumarkter Str. 28, 81673 München
Alle deutschsprachigen Rechte vorbehalten
Die amerikanische Originalausgabe erschien
unter dem Titel »Of Poseidon« bei Feiwel & Friends,
an imprint of Macmillan, New York.
Published by arrangement with Feiwel & Friends
All rights reserved
Dieses Werk wurde im Auftrag von St. Martin's Press LLC
durch die Literarische Agentur Thomas Schlück GmbH,
30161 Hannover, vermittelt.
Aus dem amerikanischen Englisch von Michaela Link
Lektorat: Julia Przeplaska
Umschlaggestaltung: buxdesign | Lisa Höfner,
unter Verwendung eines Motivs von Shutterstock.com (Juta)
kk · Herstellung: lw
Druck: GGP Media GmbH, Pößneck
ISBN 978-3-570-31549-1
Printed in Germany
www.cbj-verlag.de

Für Mom, die mir alles zugetraut hat, und Dad,
der mir ebenfalls alles zugetraut hat,
nur nichts Schlechtes.

1

Ich krache gegen ihn, als hätte mich jemand von hinten geschubst. Aber er weicht nicht zurück, nicht einen Zentimeter. Er hält mich nur an den Schultern fest und wartet. Vielleicht darauf, dass ich mein Gleichgewicht wiederfinde. Vielleicht darauf, dass ich mich fange. Ich hoffe, er hat den ganzen Tag Zeit.

Ich höre Leute auf der Strandpromenade vorbeigehen und stelle mir vor, dass sie uns anstarren. Im besten Fall denken sie, dass ich diesen Jungen kenne und wir uns umarmen. Im schlimmsten Fall haben sie gesehen, dass ich wie ein Walross gegen ihn getaumelt bin, weil ich nur auf den Boden geguckt habe, auf der Suche nach einem Platz, wo wir unsere Strandsachen abstellen können. So oder so, *er* weiß, was passiert ist. *Er* weiß, warum meine Wange an seiner nackten Brust klebt. Und es wird definitiv peinlich, sobald ich den Mut fasse, zu ihm aufzusehen.

Wie in einem Daumenkino sehe ich die Möglichkeiten vor mir aufblitzen.

Nummer eins: wegrennen, so schnell mich meine Flipflops aus dem Ein-Dollar-Laden tragen. Das Problem dabei ist nur, dass ich genau über diese Flipflops gestolpert bin und deshalb überhaupt in der Klemme sitze. Genau genommen habe ich auch noch einen von ihnen verloren. Wahrscheinlich steckt er in einer Pflasterfuge der Strandpromenade fest. Ich wette, nicht einmal Aschenbrödel ist sich dermaßen blöd vorgekommen. Aber Aschenbrödel war auch nicht so tollpatschig wie ein betrunkenes Walross.

Nummer zwei: eine Ohnmacht vortäuschen. Zusammensacken und alles, was dazu gehört. Inklusive sabbern. Aber ich weiß, dass das nicht funktioniert, weil meine Augenlider zu sehr zittern würden. Und außerdem läuft niemand rot an, wenn er bewusstlos ist.

Nummer drei: beten, dass ein Blitz einschlägt. Ein tödlicher, den man schon im Voraus spürt, weil die Luft prickelt und man eine Gänsehaut bekommt – so steht es zumindest in den Physikbüchern. Vielleicht tötet der Blitz uns beide, aber mal ehrlich, *er* hätte mehr auf *mich* achten sollen, als er gesehen hat, dass *ich* auf *gar nichts* achte.

Für den Bruchteil einer Sekunde habe ich das Gefühl, dass meine Gebete tatsächlich erhört werden, denn mein ganzer Körper beginnt zu kribbeln. Ich bekomme Gänsehaut und mein Blut pulsiert wie elektrisch geladen durch meine Adern. So langsam begreife ich, dass dieses Gefühl von meinen Schultern ausgeht. Von seinen *Händen.*

Letzte Möglichkeit: um Gottes willen endlich meine Wange von seiner Brust lösen und mich für die ungewollte Attacke entschuldigen. Und dann, bevor ich tatsächlich noch ohnmächtig werde, auf einem Flipflop davonhoppeln. Bei meinem Glück würde mich der Blitz sowieso nur verstümmeln, und er würde sich genötigt fühlen, mich irgendwohin zu schleppen. Also los!

Ich lasse von ihm ab und spähe nach oben. Das Feuer, das auf meinen Wangen brennt, hat nichts mit der Tatsache zu tun, dass es unter der Sonne Floridas dreißig schweißtreibende Grad hat. Vielmehr hat es damit zu tun, dass ich gerade gegen den attraktivsten Typen auf dem Planeten gestolpert bin. Wahnsinn.

»Ist – ist alles in Ordnung?«, fragt er ungläubig. Sehe ich da wirklich den Abdruck meiner Wange auf seiner Brust?

Ich nicke. »Mir geht's gut. Ich bin an so was gewöhnt. Tut mir leid.« Er lässt nicht los und ich schüttele seine Hände ab. Das Kribbeln bleibt, als wäre irgendetwas von ihm immer noch auf mir.

»Himmel, Emma, alles okay?«, ruft Chloe hinter mir. Das leise Floppen ihrer Sandalen lässt darauf schließen, dass meine beste Freundin nicht so besorgt ist, wie sie klingt. Als Läuferass hätte sie schon längst an meiner Seite sein können, wenn sie gedacht hätte, ich sei verletzt.

Seufzend drehe ich mich zu ihr um und bin nicht überrascht, ein Grinsen, so breit wie den Äquator, zu sehen. Sie hält mir den verlorenen Flipflop hin, und ich bemühe mich, ihn ihr nicht aus der Hand zu reißen.

»Mir geht's gut. Allen geht es gut«, stottere ich und drehe mich wieder zu dem Typen um, der mit jeder Sekunde noch ein bisschen umwerfender wird. »Es geht dir doch gut, oder? Keine gebrochenen Knochen oder so?«

Er blinzelt und deutet ein Nicken an.

Chloe lehnt ihr Surfbrett an das Geländer der Strandpromenade und streckt ihm die Hand hin. Er nimmt sie, ohne mich aus den Augen zu lassen. »Ich bin Chloe und das ist Emma«, stellt sie uns vor. »Normalerweise schleppen wir ihren Sturzhelm mit, aber heute haben wir ihn im Hotelzimmer vergessen.«

Ich schnappe nach Luft. Und versuche zu entscheiden, welche Blumen ich am besten zu ihrer Beerdigung mitbringe, nachdem ich sie eigenhändig erwürgt habe. Ich hätte in Jersey bleiben sollen, wie Mom gesagt hat, statt mit Chloe und ihren Eltern hierherzukommen. Was habe ich denn in Florida verloren? Wir leben an der Küste von Jersey. Strände – kennst du einen, kennst du alle, richtig? Aber neiiiiiiiin. Ich musste ja mitkommen, um den Rest des Sommers mit Chloe zu verbringen, unseren letzten gemeinsamen Sommer vor dem College, bla, bla, bla. Und jetzt rächt sie sich, weil ich mich gestern Abend geweigert habe, ihr meinen Ausweis zu leihen, damit sie sich tätowieren lassen kann. Aber was hat sie denn erwartet? Ich bin weiß und sie ist schwarz. Ich bin nicht mal sonnengebräunt weiß. Ich bin Kanada-Touristen-weiß. Wenn der Kerl sie mit mir verwechselt hätte, dann sollte er lieber niemanden tätowieren, oder? Ich habe sie also *beschützt*. Nur dass sie das nicht so sieht. Ich sehe es an diesem Ausdruck in ihren Augen – genau diesen Ausdruck hatte sie auch, als sie mein Desinfektionsgel gegen ihr Gleitgel ausgetauscht hat –, dass sie auch noch den letzten Rest meiner Selbstachtung nehmen und darauf herumtrampeln wird wie ein Elefant.

»Ähm, wir haben deinen Namen nicht verstanden. Hast du seinen Namen verstanden, Emma?«, fragt sie wie aufs Stichwort.

»Ich habe es versucht, Chloe. Aber er wollte ihn mir nicht verraten, deshalb habe ich ihn angegriffen«, sage ich und verdrehe die Augen.

Der Typ grinst. Dieses Beinahe-Lächeln lässt schon vermuten, wie atemberaubend sein richtiges Lächeln sein muss. Das Kribbeln ist wieder da und ich reibe mir die Arme.

»He, Galen, bist du so weit …« Wir drehen uns alle zu einem zierlichen, schwarzhaarigen Mädchen um, das ihn an der Schulter berührt. Als sie mich sieht, bricht sie mitten im Satz ab. Selbst wenn die beiden nicht das gleiche kurze, dunkle Haar hätten, die gleichen violetten Augen und die gleiche makellose, olivfarbene Haut, wäre mir klar, dass sie verwandt sind. Und zwar wegen ihrer eindeutigsten Gemeinsamkeit – dieser Angewohnheit, einen unverhohlen anzustarren.

»Ich bin Chloe. Das ist meine Freundin Emma, die deinem Freund Galen anscheinend einen Kopfstoß verpasst hat. Wir waren gerade dabei, uns zu entschuldigen.«

Ich kneife mir in den Nasenrücken und sage zehnmal lautlos *Mississippi*, obwohl fünfzigmal wohl besser wäre – dann hätte ich nämlich genug Zeit, um mir auszumalen, wie ich Chloe ihre neuen Extensions herausreiße.

»Emma, was ist los? Du hast doch nicht etwa Nasenbluten, oder?«, zwitschert sie und genießt das Ganze sichtlich.

Das Kribbeln ballt sich in meinem Kinn, als Galen es mit einem gekrümmten Zeigefinger anhebt. »Deine Nase blutet? Lass mich mal sehen«, sagt er. Er dreht meinen Kopf von einer Seite zur anderen und beugt sich näher heran, um besser sehen zu können.

Und ich habe meinen persönlichen Gipfel der Peinlichkeit erreicht. Stolpern ist schon schlimm genug. In *jemanden* hineinzustolpern, ist noch viel schlimmer. Aber wenn dieser Jemand einen Körper hat, der jede gemeißelte Statue eifersüchtig machen könnte – und auch noch glaubt, du hättest dir die Nase an seiner gestählten Brust gebrochen –, nun, dann grenzt Stolpern schon an aktive Sterbehilfe.

Er ist sichtlich überrascht, als ich seine Hand wegwische und zur Seite trete. Es scheint seine Freundin/Verwandte ziemlich aus der Fassung zu bringen, dass ich seine Haltung nachahme – vor der Brust verschränkte Arme und tiefes Stirnrunzeln. Ich bezweifele, dass *sie* schon jemals ihren persönlichen Gipfel der Peinlichkeit erreicht hat.

»Ich sagte, es geht mir gut. Kein Blut, keine Verletzung.«

»Das ist meine Schwester Rayna«, sagt er, als hätte sich das Gespräch ganz selbstverständlich in diese Richtung entwickelt. Sie lächelt mich so gezwungen an, als würde ihr jemand ein Messer vorhalten. Es ist so ein Höflichkeitslächeln, wie man es seiner Großmutter schenkt, wenn sie einem mal wieder einen selbst gestrickten Pullover überreicht, der die Farbe von fauligem Kohl hat. An diesen Pullover denke ich jetzt, als ich ihr Lächeln erwidere.

Galen beäugt das Surfbrett, das vergessen am Geländer der Strandpromenade lehnt. »Die Wellen hier eignen sich nicht wirklich gut zum Surfen.«

Small Talk gehört nicht zu Galens Stärken. Genau wie bei seiner Schwester hat seine Höflichkeit etwas Gezwungenes. Aber im Gegensatz zu ihr verbirgt sich dahinter keine Feindseligkeit, sondern nur Verlegenheit, als sei er aus der Übung. Aber weil er diese Anstrengung anscheinend wegen mir auf sich nimmt, spiele ich mit. Demonstrativ beobachte ich die smaragdfarbenen Wellenkämme des Golfs von Mexiko und die Wogen, die träge ans Ufer schwappen. Ein Mann, der bis zur Taille im Wasser steht, hält ein Kleinkind auf der Hüfte und springt jedes Mal mit ihm hoch, wenn eine Welle kommt. Verglichen mit den Wellen zu Hause ist die Strömung hier ein Kinderkarussell auf dem Jahrmarkt.

»Das wissen wir. Wir nehmen es nur mit raus, um uns treiben zu lassen«, erwidert Chloe, unbeeindruckt davon, dass Galen mit mir gesprochen hat. »Wir sind aus Jersey, wir wissen also, wie eine richtige Welle aussieht.« Als sie einen Schritt auf sie zumacht, weicht Rayna vor ihr zurück. »He, das ist ja komisch«, sagt Chloe. »Ihr habt beide die gleiche Augenfarbe wie Emma. Die habe ich sonst noch nie gesehen. Ich dachte immer, es läge daran, dass sie so furchtbar käsig ist. Au! Das gibt einen blauen Fleck, Emma«, murmelt sie und reibt sich ihren frisch gezwickten Bizeps.

»Gut so, das hoffe ich«, fahre ich sie an. *Ich* wollte sie nach ihrer Augenfarbe fragen – bei Galen mit seiner olivfarbenen Haut ist sie viel hübscher –, aber Chloe hat meine Chancen, von meinem Peinlichkeitsgipfel runterzukommen, einfach niedergeknüppelt. Ich werde mich damit zufriedengeben müssen, dass mein Dad – und Google – sich die ganze Zeit geirrt haben; meine Augenfarbe kann gar nicht so selten sein. Okay, mein Dad war Mediziner und hat bis zu dem Tag praktiziert, an dem er vor zwei Jahren starb. Und okay, Google hat mich noch nie zuvor im Stich gelassen. Aber wer bin ich schon, den lebenden, atmenden Beweis zu leugnen, dass es diese Augenfarbe tatsächlich gibt? Ein Niemand, das bin ich. Was mir ganz recht ist, denn ich will nicht länger reden. Will Galen nicht noch mehr peinliche Gespräche aufzwingen. Und Chloe nicht noch mehr Gelegenheit geben, meine sowieso schon heißen Wangen zum Glühen zu bringen. Ich will nur, dass dieser Augenblick endlich vorüber ist.

Ich drängele mich an Chloe vorbei und schnappe mir das Surfbrett. Immerhin presst sie sich an das Geländer, als ich wieder an ihr vorbeimuss. Ich bleibe vor Galen und seiner Schwester stehen. »War nett, euch beide kennenzulernen. Tut mir leid, dass ich dich umgerannt habe. Lass uns gehen, Chloe.«

Galen sieht aus, als wolle er etwas sagen, aber ich wende mich ab. Galen ist wirklich heiß, aber ich bin nicht daran interessiert, mich über die Gefahren beim Schwimmen auszutauschen – oder noch mehr feindselige Verwandte kennenzulernen. Er kann sagen, was er will, es wird nichts daran ändern, dass die DNA meiner Wange jetzt auf seiner Brust klebt.

Ich muss mich beherrschen, nicht zu rennen, als ich mich an ihnen vorbeischiebe und die Treppe hinuntergehe, die zu dem makellosen weißen Sandstrand führt. Ich höre, wie mir Chloe kichernd folgt, und entscheide mich für Sonnenblumen auf ihrem Grab.

2

Die Geschwister stützen sich mit den Ellbogen auf das Geländer und beobachten, wie sich die beiden Mädchen, die sie gerade kennengelernt haben, aus ihren T-Shirts schälen und im Bikini, das Surfbrett zwischen sich auf den Wellen, ins Wasser waten.

»Sie trägt wahrscheinlich nur Kontaktlinsen«, meint Rayna. »Es gibt bestimmt Kontaktlinsen in dieser Farbe.«

Er schüttelt den Kopf. »Sie trägt keine Kontaktlinsen. Das weißt du ganz genau. Sie ist eine von uns.«

»Vergiss es. Sie kann keine von uns sein. Sieh dir nur mal ihre Haare an. Die sind nicht mal blond, die sind fast *weiß*.«

Galen runzelt die Stirn. Die Haarfarbe hat ihn ebenfalls verwirrt – bevor er das Mädchen berührt hat. Aber der kurze Kontakt mit ihren Schultern, an denen er sie gehalten hat, nachdem sie ihn angerempelt hatte, war genug, um alle Zweifel zu zerstreuen. Die Syrena fühlen sich immer zu ihresgleichen hingezogen – es hilft ihnen, sich in der endlosen Weite des Ozeans zu finden. Normalerweise beschränkt sich diese Anziehungskraft auf das Wasser, wo sie die Anwesenheit der anderen spüren können. Er hat noch nie davon gehört, dass es auch an Land funktioniert – und so stark hat er es auch noch nie gefühlt –, egal, er *weiß*, was er eben gespürt hat. Er würde – *könnte* – niemals auf einen Menschen so reagieren. Mal abgesehen davon, dass er sie verachtet.

»Ich weiß, es ist ungewöhnlich …«

»Ungewöhnlich? Es ist völlig ausgeschlossen, Galen! ›Blond‹ kommt in unseren Genen nicht vor.«

»Mach kein Drama draus. Sie *ist* eine von uns. Man sieht ihr doch an, wie schwer es ihr fällt, ein Mensch zu sein. Ich dachte, sie würde sich am Geländer den Schädel einschlagen.«

»Okay, nehmen wir an, sie hat irgendwie herausgefunden, wie sich jahrtausendealtes Erbgut aus ihrem Haar bleichen lässt. Das erklärt aber noch lange nicht, warum sie mit Menschen abhängt – nein, *Ferien* mit ihnen macht. Sie bricht das Gesetz direkt vor unserer Nase und planscht mit ihrer ätzenden menschlichen Freundin im Wasser herum. Wie erklärst du das, Galen?«

Er zuckt die Achseln. »Vielleicht weiß sie nicht, wer wir sind.«

»Wie meinst du das? Jeder weiß, wer wir sind!«

»Offensichtlich nicht. Wir sind ihr noch nie zuvor begegnet, oder?«

Sie schnaubt. »Bist du dehydriert? Sie muss doch unser Mal gesehen haben. Wir verstecken es nicht, oder?«

»Vielleicht hält sie es für ein Tattoo«, schlägt er vor.

»Ein was?«

»Schau dich doch mal um, Rayna. Siehst du die Zeichnung auf dem Knöchel dieses menschlichen Mädchens?« Er deutet auf einen Mann, der die Treppe heraufkommt. »Oder der da? Der Typ trägt Male auf dem ganzen Körper – Menschen nennen sie Tattoos. Vielleicht dachte sie ...«

Rayna hebt die Hand. »Stopp. Sie würde doch wohl den Dreizack erkennen. *Falls* sie eine von uns wäre.«

Galen nickt. Sie hat recht. Jede Syrena erkennt die Mitglieder der Königsfamilie an dem kleinen blauen Dreizack auf dem Bauch. Auch jetzt, in menschlicher Badekleidung, ist er bei ihnen schwer zu übersehen. Okay, sie hat blondes – weißes – Haar und sie hat sie nicht erkannt. Aber er weiß, was er empfunden hat. Und sie *hat* diese Augen ...

Rayna stöhnt. »Oh nein.«

»Was?«

»Du machst dieses Gesicht.«

»Welches Gesicht?«

»Das Gesicht, das du immer machst, wenn du denkst, dass du recht hast.«

»Tu ich das?« Er beobachtet Emma, die auf ihrem Surfbrett sitzt und ihrer Freundin ohne Gnade Salzwasser ins Gesicht spritzt. Er grinst.

»Wir kehren noch nicht nach Hause zurück, oder?«, fragt Rayna und richtet sich auf dem Geländer auf.

»Dr. Milligan ruft nicht ohne Grund an. Wenn er denkt, dass es von Interesse ist, dann ist es das wahrscheinlich auch. Du kannst verschwinden, wenn du willst, aber ich werde der Sache nachgehen.« Dr. Milligan ist einer der wenigen Menschen, denen Galen vertraut. Wenn der Doktor jemandem von der Existenz der Syrena hätte erzählen wollen, dann hätte er es an jenem Tag vor all den Jahren getan, als Galen ihm das Leben gerettet hat. Stattdessen hat sich Dr. Milligan revanchiert und geleugnet, Galen je gesehen zu haben – selbst als seine Tauchfreunde die Presse verständigten. Seither verbindet sie eine Art Freundschaft; sie essen zusammen Sushi, schwimmen nachmittags im Meer und – das Wichtigste – tauschen Informationen aus. Dr. Milligan ist ein gut vernetzter und hoch angesehener Meeresforscher. Als Leiter des Gulfariums, des maritimen Abenteuerparks an der hiesigen Küste, ist er in einer hervorragenden Position, um die Machenschaften seiner Berufskollegen im Auge zu behalten.

Erst gestern hatte Galen Dr. Milligans dringende Nachricht erhalten, dass eine blonde Syrena in Menschengestalt das Gulfarium besucht habe, und hatte daraufhin den Ozean an nur einem Tag durchquert. Wenn

Dr. Milligan mit Emmas Fähigkeiten recht hat, dann hat er mehr entdeckt als eine Syrena, die die Regeln bricht. Vielleicht hatte der gute Doktor den Schlüssel zur Vereinigung zweier Königreiche gefunden.

Leider zählt Diskretion nicht gerade zu Raynas Stärken – als sie jünger war, wollte sie sogar *sich selbst* verpetzen, nur damit sie etwas zu erzählen hatte. Galen weiß, dass er diese Sache vor ihr geheim halten muss. Außerdem ist er sich selbst nicht sicher, ob er daran glaubt. Selbst wenn er es tatsächlich glauben könnte, selbst wenn es sich bestätigen würde … Würde Emma tun, was sie tun muss? Und wo ist sie gewesen? Und warum? Emma ist ein großes Rätsel. Weder ihr Name stammt von den Syrena noch ihr Haar oder ihre Haut. Und die Art, wie ihre Lippen dunkler wurden, als sie errötete, hat ihm fast den Atem geraubt.

»Was?«, fragt seine Schwester.

»Nichts.« Er reißt den Blick von Emma los. *Jetzt hat sie mich schon so weit gebracht, dass ich meine Gedanken laut herausposaune.*

»Ich hab's dir schon mal gesagt: Vergiss es.« Rayna würgt geräuschvoll und tut so, als wolle sie sich selbst erdrosseln. »Genau das wird Vater mit mir machen, wenn ich wieder ohne dich nach Hause komme. Was soll ich sagen, wenn er mich fragt, wo du bist? Wenn er fragt, warum du so besessen von den Menschen bist? ›Aber, Vater, diesmal ist es eine hübsche Blondine mit lila Kontaktlinsen‹?«

Galen runzelt die Stirn. »Er wird es noch bedauern, dass er sich nicht für sie interessiert. Zumindest in dieser Hinsicht ist Grom vernünftig. Es ist nur eine Frage der Zeit, bis sie uns entdecken und …«

»Ich weiß, ich weiß«, unterbricht sie. »Ich weiß, wie sehr du Menschen hasst. War bloß ein Witz. Genau deshalb bin ich dir gefolgt, du weißt schon. Für den Fall, dass du Hilfe brauchst.«

Galen fährt sich mit der Hand durchs Haar und lehnt sich zurück. Seine Zwillingsschwester folgt ihm tatsächlich wie ein Saugfisch, aber mit Hilfsbereitschaft hat das nichts zu tun. »Oh, und du bist dir sicher, dass es dir nicht darum geht, dich nicht mit …«

»*Denk* nicht einmal daran.«

»Nun, was soll ich denn denken? Seit Toraf bei Vater um deine …«

»Toraf ist ein Idiot!«

Seit ihrer Geburt ist Toraf ihr bester Freund gewesen – das heißt, bis er vor Kurzem seine Absichten in Bezug auf Rayna erklärt hat. Zumindest hatte er genug Verstand, sich zu verstecken und abzuwarten, bis sie nicht mehr mit Morddrohungen um sich warf. Aber neuerdings straft sie ihn mit etwas Schlimmerem als Drohungen – mit absoluter Gleichgültigkeit. Sie lässt sich weder von Torafs Flehen noch seinen Schmeicheleien erweichen. Und trotzdem ist sie in diesem Frühling zwanzig geworden und liegt damit zwei Jahre über dem normalen Paarungsalter. Für Vater gibt es also keine Argumente, um der Verbindung nicht zuzustimmen. Toraf ist ein geeigneter Bewerber, und die Entscheidung ist gefallen, ob Rayna will oder nicht.

»So langsam glaube ich, du hast recht. Wer würde sich schon mit einem wilden Tier verbinden wollen?«, grinst Galen.

»Ich bin kein wildes Tier! Du bist derjenige, der sich von allen absondert und lieber Menschen um sich hat als seine eigene Art.«

»Das ist meine Aufgabe.«

»Weil du darum gebeten hast!«

Das stimmt. Die Menschen haben ein altes Sprichwort, das sich Galen zu Herzen genommen hat: Sei deinen Freunden nahe, doch deinen Feinden noch näher. Aus diesem Grund hat Galen seinen älteren Bruder Grom gebeten, ihn als eine Art Botschafter bei den Menschen einzusetzen. Grom, der Thronfolger, hat eingesehen, dass es notwendig ist, hinsichtlich der Landbewohner Vorsicht walten zu lassen. Er hat Galen eine besondere Immunität vor dem Gesetz gewährt, das normalerweise jede Interaktion mit Menschen verbietet. Doch Grom hat erkannt, dass ein gewisses Maß an Kommunikation notwendig ist und dem Gemeinwohl dient. »Weil niemand sonst es machen wollte. Einer muss sie im Auge behalten. Fangen wir jetzt wirklich wieder an, darüber zu streiten?«, fragt Galen.

»Du hast damit angefangen.«

»Dafür habe ich jetzt keine Zeit. Bleibst du oder gehst du?«

Sie verschränkt die Arme vor der Brust und schiebt die Unterlippe vor. »Also, wie willst du vorgehen? Ich schlage vor, wir verhaften sie.«

»Wir?«

»Du weißt, was ich meine.«

Er zuckt die Achseln. »Ich schätze, wir werden ihr für eine Weile folgen. Sie beobachten.«

Rayna will etwas erwidern und schnappt stattdessen nach Luft. »Vielleicht wird das gar nicht nötig sein«, flüstert sie, die Augen kreisrund wie Seeigel. Er folgt ihrem Blick Richtung Wasser, wo ein dunkler Schatten dort unter den Wellen entlanggleitet, wo die Mädchen auf ihrem Surfbrett paddeln. Er flucht leise.

Ein Hai.

3

Ich spritze Chloe so viel Wasser ins Gesicht, dass man damit einen kleinen Hausbrand löschen könnte. Ich will sie nicht ertränken, nur ihren Augäpfeln ein kleines Meersalzpeeling verpassen. Irgendwann glaubt sie, dass ich aufgehört habe, und öffnet die Augen – und den Mund. Großer Fehler. Die nächste Welle umspült ihr Rachenzäpfchen und schwappt bis in ihre Lunge, bevor sie schlucken kann. Sie würgt und hustet und reibt sich die Augen, als wäre sie mit Pfefferspray attackiert worden.

»Klasse, Emma! Jetzt habe ich nasse Haare!«, prustet sie. »Zufrieden?«

»Nein.«

»Ich habe mich entschuldigt.« Sie schnäuzt sich in die Hand und wäscht den Schnodder im Meer ab.

»Eklig. Und eine Entschuldigung reicht da nicht.«

»Na schön. Ich werde es wiedergutmachen. Was willst du?«

»Deinen Kopf unter Wasser drücken, bis ich mich besser fühle«, gebe ich zurück. Ich verschränke die Arme vor der Brust, was schwierig ist, wenn man auf einem Surfbrett sitzt, das im Kielwasser eines vorbeifahrenden Schnellboots hin und her schaukelt. Chloe weiß, dass es mich nervös macht, so weit draußen zu sein, aber mich festzuhalten, wäre ein Zeichen von Schwäche.

»Meinetwegen, weil ich dich liebe. Aber deswegen wirst du dich auch nicht besser fühlen.«

»Das werde ich erst mit Sicherheit wissen, wenn ich es versucht habe.« Ich halte Blickkontakt und richte mich ein wenig auf.

»Na schön. Aber du wirst immer noch wie ein Albino aussehen, wenn du mich wieder raufl̈ässt.« Sie schaukelt das Brett und zwingt mich dazu, mich festzuhalten.

»Nimm deine schnoddrigen Pfoten vom Surfbrett. Und ich bin kein Albino. Nur weiß.« Eigentlich will ich meine Arme wieder verschränken, aber dann würden wir umkippen, und irgendwie ist es doch einfacher, meinen Stolz herunterzuschlucken als den Golf von Mexiko.

»Weißer als die meisten.« Sie grinst. »In meinem Bikini würden die Leute denken, du wärest nackt.« Ich lasse meinen Blick über ihren weißen String-Bikini wandern, der sich wunderschön von ihrer schokoladenbraunen Haut abhebt. Sie ertappt mich dabei und lacht.

»Na ja, vielleicht werde ich hier ja ein bisschen braun«, sage ich errötend. Ich spüre, wie ich einknicke, und ich hasse es. Nur dieses eine Mal will ich weiter wütend auf Chloe sein.

»Du meinst wohl, du holst dir hier einen Sonnenbrand. Apropos, hast du dich eingecremt?«

Ich schüttele den Kopf.

Sie schüttelt ebenfalls den Kopf und schnalzt mit der Zunge wie ihre Mutter. »Dachte ich mir. Wenn du es getan hättest, wärest du von der Brust dieses Jungen abgerutscht und nicht daran festgeklebt.«

»Ich weiß«, stöhne ich.

»Der heißeste Typ, den ich je gesehen habe«, sagt sie und fächelt sich Luft zu, um ihre Worte zu betonen.

»Ja, ich weiß. Ich bin mit ihm zusammengestoßen, erinnerst du dich? Ohne meinen Helm, weißt du noch?«

Sie lacht. »Ich trau mich gar nicht, es dir zu sagen, aber er starrt dich immer noch an. Er und seine total bescheuerte Schwester.«

»Halt. Den. Mund.«

Sie gackert. »Im Ernst, was denkst du, wer von den beiden würde einen Wettbewerb im Starren gewinnen? Ich wollte ihm schon vorschlagen, uns heute Abend in Baytowne zu treffen, aber vielleicht ist er einer von diesen anhänglichen Stalkern. Wirklich zu schade. In Baytowne gibt es eine Million kleiner, dunkler Ecken, in denen ihr zwei knutschen könntet …«

»Omeingott, Chloe, hör auf!«, kichere ich, und zugleich überläuft mich ein Schauer, als ich mir vorstelle, wie ich mit Galen im Village am Kai von Baytowne herumspaziere. Das Village ist ein verschlafenes, kleines Dorf voller Touristenläden mitten in einem Golfresort. Zumindest tagsüber. Aber nachts … dann erwacht die Clubszene und öffnet den sonnenverbrannten Partygästen, die mit ihren Daiquiris über das Kopfsteinpflaster schlendern, ihre Tore. Galen würde unter den funkelnden Lichtern großartig aussehen, selbst wenn er ein Hemd anhätte …

Chloe grinst. »A-ha. Daran hast du wohl auch schon gedacht, was?«

»Nein!«

»Mhm. Warum sind deine Wangen dann so rot wie Chilisoße?«

»M-mh!« Ich lache. Sie auch.

»Soll ich ihn fragen, ob er sich mit uns treffen will?«

Ich nicke. »Was denkst du, wie alt er ist?«

Sie zuckt die Achseln. »Nicht so furchtbar alt. Aber alt genug, dass es mit mir illegal wäre. Glück für ihn, dass *du* gerade achtzehn geworden … was zum … hast du mich gerade getreten?« Sie späht ins Wasser und fährt mit der Hand über die Oberfläche, als wolle sie etwas beiseitewischen, um besser sehen zu können. »Irgendetwas hat mich gerade gestoßen.«

Sie legt die Hände über die Augen, blinzelt und beugt

sich so weit vor, dass ihr die nächste ordentliche Welle ans Kinn klatschen könnte. Beinahe hätte mich ihr konzentrierter Gesichtsausdruck überzeugt. Fast. Aber ich bin mit Chloe aufgewachsen – seit der dritten Klasse wohnt sie nebenan. Inzwischen habe ich mich an falsche Gummischlangen auf der Veranda, an Salz in der Zuckerdose und an Klarsichtfolie über dem Toilettensitz gewöhnt – na gut, genau genommen ist Mom diesen Streichen zum Opfer gefallen. Aber wie auch immer, Chloe liebt solchen Unsinn fast so sehr, wie sie das Laufen liebt. Und das hier ist definitiv ein Streich.

»Yep, ich habe dich getreten.« Ich verdrehe die Augen.

»Aber … aber so weit kommst du gar nicht, Emma. Meine Beine sind länger als deine und ich komme nicht an dich ran … da ist es wieder! Hast du es nicht gespürt?«

Ich habe es nicht gespürt, aber ich habe *gesehen*, wie ihr Bein gezuckt hat. Ich frage mich, wie lange sie das schon plant. Seit wir hier angekommen sind? Seit wir in Jersey ins Flugzeug gestiegen sind? Seit wir zwölf sind? »Ach komm, Chloe. Du musst dir schon was Besseres einfallen lassen, wenn …«

Ihr Schrei lässt mir das Blut in den Adern gefrieren. Ihre Augen quellen fast aus den Höhlen, und auf ihrer Stirn bilden sich Falten, die aussehen wie Treppenstufen. Sie packt ihren linken Oberschenkel und gräbt die Finger so tief hinein, dass einer ihrer falschen Nägel abplatzt.

»Hör auf damit, Chloe! Das ist nicht lustig!« Ich

beiße mir auf die Unterlippe und versuche, weiterhin die Gleichgültige zu spielen.

Ein weiterer Nagel platzt ab. Sie streckt die Hand nach mir aus, greift aber ins Leere. Ihr Bein zuckt im Wasser hin und her, und sie schreit wieder, aber dieses Mal noch viel, viel schlimmer. Sie umklammert das Surfbrett mit beiden Händen, aber ihre Arme zittern zu heftig, um Halt zu finden. Echte Tränen vermischen sich auf ihrem Gesicht mit Salzwasser und Schweiß. Sie schluchzt so heftig, als könne sie sich nicht entscheiden, ob sie weinen oder wieder schreien will.

Jetzt *bin* ich überzeugt.

Ich schnelle nach vorn, packe ihren Unterarm und ziehe sie aufs Brett. Blut trübt das Wasser um uns herum. Als sie es sieht, stößt sie immer hektischere, beinahe unmenschliche Schreie aus. Ich verschränke meine Finger mit ihren, aber sie erwidert meinen Griff kaum.

»Halt dich an mir fest, Chloe! Zieh die Beine auf das Brett hoch!«

»Nein, nein, nein, nein, nein, nein, nein«, schluchzt sie erstickt. Sie zittert am ganzen Körper und klappert mit den Zähnen, als seien wir irgendwie im Arktischen Ozean gelandet.

Und dann sehe ich die Flosse. Unsere Hände verlieren einander. Ich schreie, als das Surfbrett kippt und Chloe weggerissen wird. Ihr Kreischen geht im Wasser unter, als sie in die Tiefe gezogen wird. Sie hinterlässt eine Blutspur und ist selbst nur noch ein Schatten, der sich immer tiefer hinabbewegt, immer weiter weg vom Licht, vom Sauerstoff. Von mir.

»Hai! Ein Hai! Hilfe! Helft uns doch! *Haaaaaaaai!*«

Ich rudere mit den Armen und schreie. Strampele mit den Beinen und schreie. Hüpfe auf dem Surfbrett auf und ab – und schreie und schreie und schreie. Ich rutsche ab, hieve das Brett in die Luft und schwenke es mit aller Kraft. Das Gewicht des Brettes drückt mich unter Wasser. Umgeben von Entsetzen und den Fluten bin ich für eine Sekunde wieder vier Jahre alt und ertrinke im Teich meiner Granny. Panik erfasst mich, ich versinke darin wie in aufgewühltem Schlick. Aber anders als damals verliere ich die Verbindung zur Realität nicht. Ich drifte nicht ab, ich erlaube meiner Fantasie nicht, die Oberhand zu gewinnen. Ich träume nicht von Seewölfen und Streifenbarschen, die mich an die Oberfläche ziehen. Die mich retten.

Vielleicht liegt es daran, dass ich älter bin, oder daran, dass das Leben eines anderen davon abhängt, dass ich Ruhe bewahre. Egal, woran es liegt, ich halte das Surfbrett umklammert, ziehe mich hoch und schlucke einen Teil der Welle, aus der ich auftauche. Das Salzwasser brennt noch in meiner wunden Kehle, als ich gierig die frische Luft einsauge.

Die Leute am Ufer sind nur noch Punkte, die sich wie Flöhe auf einem Hund bewegen. Niemand sieht mich.

Weder die Sonnenanbeter noch die Schwimmer im seichten Wasser oder die Mamis, die mit ihren Kleinen auf Muscheljagd gehen. Es sind keine Boote in der Nähe, keine Jetskis. Nur Wasser, Himmel und die untergehende Sonne.

Mein Schluchzen verwandelt sich in einen Schluckauf, der meine Lunge beinahe bersten lässt. Niemand kann mich hören. Niemand kann mich sehen. Niemand kommt, um Chloe zu retten.

Ich stoße das Surfbrett von mir in Richtung Ufer. Wenn die Wellen es anspülen, wird vielleicht jemand bemerken, dass sein Besitzer fehlt. Vielleicht wird sich sogar jemand an die beiden Mädchen erinnern, die damit hinausgeschwommen sind. Und vielleicht wird dann jemand nach uns suchen.

Tief im Innern fühlt es sich so an, als würde mein Leben auf diesem glänzenden Surfbrett davontreiben. Als ich ins Wasser spähe, überkommt mich das Gefühl, dass Chloes Leben mit dieser blassen Blutspur wegtreibt, verschwimmt und mit jeder vorbeischwappenden Welle ein wenig schwächer wird. Meine Entscheidung steht fest.

Ich atme so tief ein, wie es meine Lunge erlaubt, ohne zu platzen. Und dann tauche ich ab.

4

Zu spät.

So schnell er auch ist, Galen kommt zu spät. Er pflügt durch die Strömung, während der Meeresgrund immer steiler abfällt. Jedes Mal, wenn er Emmas verzweifelte Schreie hört, treibt er sich noch stärker an, stärker als je zuvor. Aber er will es nicht sehen. Was auch immer sie so schreien lässt, er will es nicht sehen. Schon jetzt weiß er, dass diese Schreie ihn für immer verfolgen werden. Bilder würden seine Qual nur noch schlimmer machen. Chloes Schreie sind bereits verstummt – er will nicht darüber nachdenken, was das bedeutet. Und er weigert sich, daran zu denken, wie viel Zeit verstrichen ist, seit er Emma zum letzten Mal gehört hat. Er beißt die Zähne zusammen und schießt so schnell durch das Wasser, dass er nichts mehr sehen kann.

Endlich, endlich findet er sie. Und er kommt zu spät.

Er stöhnt, als er Emma entdeckt. Sie hält Chloes schlaffen Arm umklammert, zieht und zerrt und setzt alles daran, ihre Freundin aus den Fängen des Bullenhais zu befreien. Sie bemerkt nicht, dass sie mit jedem Ruck, jedem Ziehen, jedem Zoll, den sie gewinnt, nur noch mehr Fleisch von Chloes Bein reißt. Und sie ist blind und taub dafür, dass ihre Freundin schon längst aufgehört hat zu kämpfen.

Sie führt einen verzweifelten Krieg gegen die Bestie. Der Hai schüttelt und windet sich genau wie Emma. Er zieht sie beide in immer tieferes Wasser, aber Emma weigert sich loszulassen. Galen sieht sich vorsichtig nach anderen Raubfischen um, die das Blut anlocken könnte. Aber der rote Nebel lichtet sich bereits – Chloe ist fast ausgewaschen.

Warum hat Emma sich nicht verwandelt? Warum hat sie ihre Freundin nicht gerettet? Zweifel durchmischen sein schlechtes Gewissen. Vulkanartig schießt ihm die Galle die Kehle hinauf und er schluckt sie hinunter. *Rayna hat recht.* Sie ist keine von ihnen. Wenn sie es wäre, hätte sie ihre Freundin gerettet. Sie hätte sich verwandelt, hätte Chloe in Sicherheit gebracht – jede gesunde Syrena kann schneller schwimmen als ein Hai.

Ich habe mich geirrt. Emma ist menschlich. Und das bedeutet, dass sie Sauerstoff braucht. Jetzt. Er schwimmt auf sie zu, hält dann jedoch inne.

Sie hat minutenlang mit dem Hai gekämpft und ihre

Kräfte müssten geschwächt sein. Stattdessen wird ihr Ziehen immer *stärker*. Ein paarmal gewinnt sie sogar die Oberhand und bewegt sich in Richtung des flacheren Wassers. *Sie kommt gegen einen Bullenhai an.* Galen erinnert sich, wie Dr. Milligan darüber gesprochen hat, dass Menschen etwas namens Adrenalin produzieren, das sie schneller macht oder ihnen mehr Energie verleiht, wenn sie sie zum Überleben brauchen. Vielleicht produziert Emmas Körper zusätzliches Adrenalin …

Warum denkst du darüber nach? Selbst wenn es Adrenalin ist, ist sie immer noch ein Mensch. Sie braucht Hilfe. Und wo ist Rayna? Sie hätte längst hier sein sollen, mit diesen nutzlosen Menschen, die sich Rettungsschwimmer nennen. Rettungsschwimmer, die von hölzernen Hochsitzen aus über den Strand wachen und sicherstellen, dass kein Bikini-Mädchen im weißen Sand ertrinkt.

Galen hat keine Zeit, um auf einen dieser halbstarken Retter zu warten. Selbst wenn Emma genug Adrenalin produziert, um hier unten zu bleiben, ist es ein Wunder, dass der Hai nicht schon längst von Chloe abgelassen und stattdessen *sie* angegriffen hat. Galen schwimmt ein zweites Mal auf sie zu. Und hält zum zweiten Mal inne.

Es ist seltsam … sie sieht einfach nicht so aus, als bräuchte sie Hilfe. Ihr bleiches Gesicht ist vor Zorn verzerrt. Nicht vor Furcht. Nicht vor Verzweiflung. Nur Zorn. Ihr weißes Haar umfließt sie wie eine Aura und folgt ihren energischen Bewegungen mit einer kleinen

Verzögerung. Sie ächzt und knurrt voller Frust. Galens Augen weiten sich, als sie ein Bein hebt, um den Hai zu treten. Ihre menschlichen Beine sind nicht stark genug, um echten Schaden anzurichten; das Wasser verlangsamt die Bewegung, dämpft die Wucht des Tritts. Trotzdem trifft sie das Auge des Hais, und der Aufprall ist so stark, dass die Bestie loslässt. Der Hai verschwindet nicht, sondern zieht lediglich einen weiten Kreis um die Mädchen. Und dann schwimmt er direkt auf sie zu.

Galen greift an. Er ist der Schnellste seiner Art. Er kann vor dem Hai bei ihr sein, kann sie wegreißen und sich wahrscheinlich sogar wieder in seine menschliche Gestalt zurückverwandeln, bevor sie ihn sieht. Aber warum sollte er sich überhaupt die Mühe machen, sich zurückzuverwandeln? In seiner Tarngestalt passt sich seine Haut dem Wasser um ihn herum an. Alles, was sie erkennen würde, ist ein wässriger Klecks, der sie ans Ufer zieht. Aber selbst ohne seine Tarnung, wenn er zulassen würde, dass sie ihn sieht, wird ihr niemand glauben. Die Menschen werden darauf bestehen, dass sie das Bewusstsein verloren haben muss, zu viel Salzwasser geschluckt hat oder zu traumatisiert ist, um sich zu erinnern, was geschehen ist.

Aber er will, dass sie es weiß, er will, dass sie ihn sieht. Aus irgendeinem Grund jenseits aller Vernunft will er, dass Emma sich an ihn erinnert. Weil er sie zum letzten Mal sehen wird. Es ist nicht nötig, ihr zu folgen, sie zu beobachten. Nach dem heutigen Tag hat er kein Interesse mehr an ihr. Ein Mensch kann sein Volk nicht einen. Nicht einmal ein atemberaubender.

Atemberaubend? Rayna hat recht – du hast den Verstand verloren! Er stöhnt und beschleunigt sein Tempo. Da überrascht ihn Emmas Schrei.

»Halt!«, brüllt sie.

Galen hält inne. Aber Emma meint nicht ihn. Sie meint den Hai.

Und der Hai bleibt, wo er ist.

Emma schlingt beide Arme um Chloe und drückt sie an ihre Brust, um sie vor einem erneuten Angriff zu schützen. »Du kannst sie nicht haben! Lass sie in Ruhe! Lass uns beide in Ruhe!«

Der Hai macht kehrt und zieht ab, fast als würde er schmollen.

Galen hält die Luft an. Er beobachtet das Geschehen, bis die mächtige, geschmeidige Flosse in der Ferne verschwindet. Er versucht, es zu begreifen. Denn eins weiß er über Bullenhaie: Er weiß mit unumstößlicher Sicherheit, dass sie niemals klein beigeben. Sie sind aggressiv und unbarmherzig und gehören aus gutem Grund zu jenen Kreaturen, welche Syrena und Menschen gleichermaßen fürchten – Kreaturen, die, ohne zu zögern, den Nachwuchs beider Arten angreifen. Und dieses Exemplar hier hat gerade seine Mahlzeit aufgegeben, seine rechtmäßige Beute.

Galen reißt sich los und richtet seine Aufmerksamkeit

wieder auf Emma, als er ihren erstickten Schrei hört. Sie hält Chloe immer noch umklammert und die beiden sinken immer tiefer. Emma zappelt mit den Beinen und rudert mit ihrem freien Arm. Auf ihrem Gesicht zeichnet sich kein Zorn mehr ab, sondern pure Verzweiflung. Furcht. Erschöpfung. Emma sieht aus wie ein richtiger Mensch.

Galen hört, dass sich ein Geräusch nähert. Das sanfte Dröhnen eines Bootes. *Rayna. Wird sie noch rechtzeitig kommen?* Mit jeder Sekunde, die verstreicht, verliert Emma an Kampfgeist. Ihre Bewegungen werden unregelmäßig, sie schlägt ziellos mit ihrem Arm um sich.

Vor lauter Unentschlossenheit ist Galen wie gelähmt. Sie ist nicht menschlich – sie kann nicht menschlich sein. Adrenalin mag einem Menschen helfen, den Atem anzuhalten, aber nicht so lange. Außerdem sprechen Menschen nicht unter Wasser – schon gar nicht, wenn sie dadurch kostbaren Sauerstoff opfern. Und Bullenhaie weichen nicht vor Menschen zurück – vor allem nicht vor so zierlichen wie Emma. Allerdings schrecken sie auch nicht vor Syrena zurück. Es sei denn, Dr. Milligan hat recht. Es sei denn, Emma besäße die Gabe des Poseidon.

Aber warum hat sie sich dann nicht *verwandelt*, wenn sie eine Syrena ist? Sie hätte das Leben ihrer Freundin retten können. Und warum verwandelt sie sich jetzt nicht? Sicher weiß sie, dass ihre Freundin tot ist. Warum bemüht sie sich weiterhin um eine menschliche Gestalt?

Kann sie mich spüren, so wie ich sie spüre? Galen schüttelt den Kopf. Er hat nicht genug Zeit, um über diese Dinge nachzudenken. Scheinbar ist Emma bereit zu ertrinken, um ihre Menschengestalt zu wahren – aus welchem Grund auch immer.

Und das wird Galen nicht zulassen.

Er stürzt auf sie zu. Das Boot ist in Sichtweite und bricht durch die Wellen auf der Oberfläche. So oder so, Emma wird gerettet werden. Als das Boot direkt über ihm bremst, hält Galen inne. Falls es nötig ist, kann er Emma jederzeit erreichen.

Ein weißer Lichtstrahl durchdringt das Wasser und verharrt auf Emma und Chloe; zum ersten Mal fällt Galen auf, wie dunkel es geworden ist. Die Sonne muss längst untergegangen sein. Zwei Menschen stürzen sich in die Fluten und schwimmen direkt auf die Mädchen zu. Galen weiß, dass Rayna auch auf dem Boot sein muss und das Licht führt; ohne die Augen einer Syrena, die im Wasser sehen kann, hätten diese hilflosen Menschen sie niemals finden können – noch nicht einmal mit einem Suchscheinwerfer.

Emma überlässt Chloe den Rettungsschwimmern und gibt ihnen ein Zeichen, dass sie verstanden hat, als sie ihre leblose Freundin aus ihrem schützenden Griff winden. Die beiden tauschen einen überraschten Blick, während sie an die Oberfläche zurückpaddeln. Sie hieven Chloe in das Boot. Erst jetzt sieht Emma Chloes Bein – vom

Knie bis zum Knöchel ist nur noch der Knochen übrig. Ihr qualvoller Schrei raubt ihr den letzten Rest an Sauerstoff, den letzten Rest an Kampfgeist. Ihr Körper erschlafft, ihre Augen schließen sich.

Galen schlingt die Arme um sie, bevor sie auch nur einen Zentimeter sinken kann.

Er kümmert sich nicht darum, dass das Wasser auf der anderen Seite des Rettungsboots spritzt. Er zerrt Emma an die Wasseroberfläche und in die wartenden Arme seiner Schwester. Rayna hievt sie über den Rand des Bootes.

Als Galen sich ins Wasser zurückfallen lässt, entdeckt er die beiden Rettungsschwimmer und verdreht die Augen. Sie begreifen nicht einmal, dass Emma bereits sicher an Bord ist. Sie suchen mühevoll das Wasser direkt vor sich ab und sehen keine Armeslänge nach oben. Ohne den Scheinwerfer können diese mitleiderregenden Kreaturen nichts sehen. Wenn Galen nicht hier wäre, wäre Emma tot.

Wutentbrannt schießt er zwischen den beiden hindurch. Die Wucht seiner Bewegung schleudert sie herum wie ein kleiner Wirbelstrom. Als er davonschwimmt, hört er noch ihre erschrockenen Aufschreie.

Galen fischt seine Badehose unter dem Stein hervor; an einem Strand voller Menschen hatte er sie im Wasser ausziehen müssen. Er schlüpft hinein, gräbt die Füße in den schlammigen Boden und watet ans Ufer.

Rayna sitzt im Sand, die Knie an die Brust gedrückt, und wartet auf ihn. Sie wringt ein Stück Stoff in den Händen, bis es wie ein Seil aussieht; Galen erkennt die Bluse, die Emma getragen hat, als er ihr zum ersten Mal auf der Strandpromenade begegnet ist. Selbst im Mondlicht sieht er, dass seine Schwester weint.

Er seufzt und setzt sich neben sie. Kampflos lässt sie zu, dass er seine Arme um ihre Schultern legt, und lehnt sogar den Kopf an seine Brust, als er sie an sich zieht.

»Chloe ist tot«, stößt sie mit erstickter Stimme hervor. Trotz ihrer Gehässigkeiten weiß seine Schwester, wie wertvoll ein Leben ist – menschlich oder nicht.

Er nickt. »Ich weiß. Ich war nicht rechtzeitig da.«

Rayna schnaubt. »Galen, dafür kannst du nicht die Verantwortung übernehmen. Ich sagte, sie ist tot. Ich habe nicht gesagt, dass du sie getötet hast. Wenn *du* sie nicht erreichen konntest, hätte es niemand geschafft.«

Er kneift sich in den Nasenrücken. »Ich habe zu lange gewartet, bevor ich eingegriffen habe.«

»Galen …«

»Vergiss es. Was ist mit Emma?«

Rayna seufzt. »Sie ist zu sich gekommen, als wir das Ufer erreicht haben. Sie haben ihr erlaubt, Chloe in dem weißen Lieferwagen zu begleiten.«

»Aber wer *ist* sie?«

Sie zuckt die Achseln. »Keine Ahnung. Sie atmet. Und weint.«

Galen nickt und stößt den Atem aus, ohne dass ihm bewusst gewesen wäre, ihn angehalten zu haben. »Es geht ihr also gut.« Seine Schwester löst sich von ihm und lehnt sich zurück. Er lässt den Arm sinken, sieht sie jedoch nicht an. »Ich denke, du solltest nach Hause zurückkehren«, sagt er leise.

Rayna steht auf und baut sich vor ihm auf. Sie stampft mit den Füßen und stemmt die Hände in die Hüften. Trotzdem ist er nicht darauf gefasst, dass sie ihn *so* anschreit. »Sie ist keine von uns! Sie ist ein jämmerlicher Mensch, der nicht einmal seine eigene Freundin retten konnte. Und weißt du, was? Selbst wenn sie eine von uns *wäre*, will ich es nicht wissen! Denn dann werde ich sie dafür töten müssen, dass sie ihre Freundin hat sterben lassen!«

Noch bevor sie den letzten Satz beenden kann, ist Galen auf den Füßen. »Also, wenn sie menschlich ist, hasst du sie, und wenn sie eine Syrena ist, hasst du sie auch. Habe ich das richtig verstanden?« Er versucht, nicht defensiv zu klingen. Seine Schwester wäre wahrscheinlich anderer Meinung, wenn sie gerade gesehen hätte, was er gesehen hat. Aber sie hat es nicht gesehen. Und er ist nicht bereit, ihr zu erzählen, was Dr. Milligan gesagt hat oder wie der Hai reagiert hat. Er wird mit ihren falschen Vorstellungen über Emma Geduld haben müssen. Und er wird gelassener reagieren müssen als bisher.

»Sie ist keine Syrena! Wenn sie es wäre, würden wir sie spüren, Galen.«

Das lässt ihn verstummen. Er hat angenommen, dass seine Zwillingsschwester Emma genauso spüren kann wie er. Aber wer kann schon andere Syrena an Land spüren? Hat er sich das nur eingebildet? Könnte es sein, dass er sich einfach zu einem Menschen hingezogen fühlt?

Nein. Er weiß, was er bei ihrer Berührung empfunden hat. *Das hat etwas zu bedeuten, nicht wahr?*

»Warte«, sagt Rayna und setzt ihm den Zeigefinger auf die nackte Brust. »Willst du … willst du mir etwa erzählen, dass du sie *gespürt* hast?«

Er zuckt die Achseln. »Bist du ins Wasser gesprungen?«

Sie legt den Kopf schräg. »Nein. Ich war die ganze Zeit im Boot.«

»Woher willst du also wissen, ob du sie spüren kannst oder nicht?«

Sie verschränkt die Arme vor der Brust. »Hör auf, meine Fragen mit Gegenfragen zu beantworten. Das hat nur funktioniert, als wir klein waren.«

Galen windet sich innerlich. Er kann es ihr nicht erklären, ohne wie ein Idiot zu klingen. Und seine Antwort würde nur zu weiteren Fragen führen – Fragen, die Rayna nichts angehen. Zumindest jetzt noch nicht.

Auch er verschränkt die Arme. »Manchmal funktioniert es noch. Erinnerst du dich, wie wir vor einigen Tagen diesem Rotfeuerfisch begegnet sind und …«

»Hör auf damit! Ich schwöre bei Tritons Dreizack, wenn du mir nicht antwortest …«

Die leise Musik, die schwach unter ihren Füßen erklingt, ist Galens Rettung. Sie gehen zur Seite und lauschen. Auf der Suche nach dem Handy stochert Galen vorsichtig im Sand herum. Beim letzten Läuten findet er es. Er hebt es auf und klopft es ab.

Dieses Handy sieht ein wenig anders aus als das, das Rachel – seine selbst ernannte menschliche Assistentin – für ihn gekauft hat. Es ist rosa und mit kleinen Glitzersteinen besetzt. Er drückt auf eine Taste und ein Foto von Emma und Chloe leuchtet auf dem Display auf.

»Oh«, murmelt Rayna und zieht die Stirn kraus. »Wem … wem gehört es?«

»Keine Ahnung.« Er überprüft einen entgangenen Anruf. Da steht »Mom.« Galen schüttelt den Kopf. »Ich weiß nicht, wie man erkennt, wem es gehört.«

»Könnte Rachel es wissen?«

Er zuckt die Achseln. »Gibt es irgendetwas, das Rachel nicht weiß?« Sogar Dr. Milligan gibt zu, dass Rachel der einfallsreichste Mensch auf Erden sein könnte. Galen hat ihm nie von ihrer Vergangenheit erzählt oder wie er sie gefunden hat. Aber wenn Dr. Milligan beeindruckt ist, dann sollte er es auch sein. »Rufen wir sie an.«

»Sie wird einen Anruf mit dieser Nummer nicht annehmen, oder?«

»Nein, aber ich werde die sichere Nummer anrufen

und eine Nachricht hinterlassen.« Er wählt die Achthunderternummer, die sie unbedingt haben wollte. Sie führt zu einer getürkten Firma, die angeblich Zulassungen für Autos verkauft. »Strohfirma« sagt Rachel dazu. Sie wird nur selten angerufen, aber wenn doch, geht sie nicht ran. Und sie ruft nur Galen zurück.

Als er die Stimme hört, die ihn auffordert, eine Nachricht zu hinterlassen, sagt er: »Rachel, ruf mich unter dieser Nummer zurück, ich habe mein Handy nicht dabei. Ich muss wissen, wem dieses Handy gehört, beide Namen, wenn möglich. Oh, und ich muss wissen, wo Jersey liegt und ob ich genug Geld habe, um es zu kaufen.«

Als er auflegt, starrt Rayna ihn an. »*Beide* Namen?«

Galen nickt. »Du weißt schon, so wie Dr. Milligans Namen Jerry und Milligan sind.«

»Oh. Richtig. Das hatte ich vergessen. Rachel sagt, sie hat mehr Namen als ein Telefonbuch. Was bedeutet das?«

»Es bedeutet, sie hat so viele Namen, dass niemand dahinterkommen kann, wer sie ist.«

»Ja, das ergibt durchaus Sinn«, murrt Rayna und kickt den Sand. »Danke für die Erklärung.«

Das Handy klingelt. Die sichere Nummer leuchtet auf dem Display auf.

»Hey, Rachel.«

»Hallo, Süßer. Ich kann dir diesen Namen bis morgen früh beschaffen.« Sie gähnt.

»Habe ich dich geweckt? Tut mir leid.«

»Ah, du weißt doch, dass mir das nichts ausmacht, mein Äffchen.«

»Danke. Was ist mit Jersey?«

Sie lacht. »Tut mir leid, Süßer, aber Jersey steht nicht zum Verkauf. Und wenn's anders wäre, würde es schon meinem Onkel Sylvester gehören.«

»Tja, dann werde ich dort ein Haus brauchen. Wahrscheinlich auch noch ein Auto.«

Er dreht sich von seiner Schwester weg, die aussieht, als würde sie gleich in Emmas arme Bluse beißen. Soll sie doch – solange sie *ihm* nicht an den Kragen geht.

Nach einer langen Pause sagt Rachel: »Ein Haus? Ein Auto? Was hast du denn in Jersey vor? Klingt ziemlich geheimnisvoll. Alles in Ordnung?«

Er versucht, genügend Abstand zwischen sich und seine Schwester zu bringen, bevor er flüstert: »Ich … ich werde dort vielleicht eine Weile zur Schule gehen.«

Stille. Er überprüft das Display, ob er noch Empfang hat. »Hallo?«, flüstert er.

»Bin noch dran, Babe. Du hast mich einfach, ähm, überrascht, das ist alles.« Sie räuspert sich. »Also, ähm … welche Art von Schule? Highschool? College?«

Er schüttelt den Kopf samt Telefon. »Das weiß ich noch nicht. Ich weiß nicht genau, wie alt sie ist …«

»*Sie?* Du kaufst ein Haus und ein Auto, um ein *Mädchen* zu beeindrucken? Oh, ich glaub, ich fall in Ohnmacht.«

»Nein, so ist das nicht. Nicht direkt. Würdest du bitte aufhören zu kreischen?«

»Oh, nein, nein, nein, ich werde *nicht* aufhören zu kreischen. Ich komme mit. So was ist meine Spezialität.«

»Auf keinen Fall«, sagt er und fährt sich mit der Hand durchs Haar. Rayna ergreift seinen Arm und formt »Leg *sofort* auf« mit den Lippen. Er scheucht sie weg und bekommt ein Knurren als Antwort.

»Oh, bitte, Galen«, sagt Rachel mit sirupsüßer Stimme. »Du musst mich mitnehmen. Und außerdem brauchst du eine Mutter, wenn du dich bei einer Schule anmelden willst. Und du hast keine Ahnung, wie man Klamotten einkauft. Du *brauchst* mich, mein Äffchen.«

Er knirscht mit den Zähnen, zum Teil, weil Rayna ihm den Arm verdreht und er fast bricht, zum Teil, weil Rachel recht hat – er hat keinen Schimmer, was er da tut. Er schüttelt seine Schwester ab und kickt mit Sand nach ihr, bevor er weiter den Strand hinuntergeht.

»Na schön«, sagt er. »Du kannst mitkommen.«

Rachel kreischt und klatscht dann in die Hände. »Wo bist du? Ich hol dich ab.« Erst jetzt fällt Galen auf, dass sie überhaupt nicht mehr müde klingt.

»Ähm, Dr. Milligan sagte: Destin.«

»Okay. Wo ist Destin?«

»Er sagte Destin, und er sagte Florida.«

»Okay, verstehe. Lass mich mal sehen …« Er hört ein Klicken im Hintergrund. »Okay, es sieht so aus, als müsste ich fliegen, aber ich kann morgen da sein. Kommt Rayna auch mit?«

»Nicht in einer Million Jahren.«

Rayna reißt ihm das Handy aus der Hand, springt zur Seite und rennt damit davon, während sie hineinbrüllt: »Du kannst darauf wetten, dass ich mitkomme! Und bring mir wieder dieses Zitronenkeks-Dings mit, ja, Rachel? Und etwas von diesem glänzenden Zeug, das ich mir auf die Lippen schmieren kann, wenn sie zu trocken werden …«

Galen massiert sich die Schläfen mit den Fingerspitzen und grübelt darüber nach, was er da eigentlich tut.

Einen Moment lang zieht er ernsthaft in Erwägung, Emma lieber zu entführen.

5

Ein unliebsamer Morgen graut diesig vor den Erkerfenstern im Wohnzimmer. Ich stöhne und ziehe mir die Decke über den Kopf, während ich in das stoische Gesicht der Standuhr in der Ecke blicke. Ich habe mir das Wohnzimmer zum Schlafen ausgesucht, weil es der einzige Raum im Haus ist, in dem nur eine Uhr steht. Die ganze Nacht über habe ich die Treibholzuhr bewundert und mir nicht gestattet, auf ihr Ziffernblatt zu gucken. Das letzte Mal habe ich um zwei Uhr morgens versagt. Jetzt ist es sechs Uhr und ich habe zum ersten Mal seit Chloes Tod vier Stunden am Stück geschlafen.

Außerdem verrät mir die Uhr, dass in zwei Stunden der erste Tag meines Abschlussjahres beginnt. Dafür bin ich nicht bereit.

Ich werfe meine Decke beiseite und richte mich auf. Das Erkerfenster zeigt mir, dass es draußen nicht richtig hell und nicht richtig dunkel ist, sondern grau. Es sieht kalt aus, aber ich weiß, dass es das nicht ist. Der Wind wispert durch das Dünengras hinter unserer Veranda, bis es sich bewegt wie eine Gruppe von Hula-Tänzerinnen. Ich frage mich, wie das Meer an diesem Morgen aussieht. Zum ersten Mal seit Chloes Tod beschließe ich nachzusehen.

Ich öffne die gläserne Schiebetür und werde von einer warmen Augustbrise begrüßt. Ich springe von der letzten Stufe der Veranda und meine nackten Füße sinken in den kühlen Sand. Es ist ein Privatstrand. Ich schlinge die Arme um mich und schlage den Weg zwischen den beiden riesigen Dünen vor unserem Haus ein. Dahinter liegt ein kleiner Hügel, gerade groß genug, um mir den Blick vom Wohnzimmer auf den Ozean zu versperren. Hätte ich letzte Nacht in meinem Zimmer geschlafen, hätte ich mich auf meinem Balkon im zweiten Stock im Sonnenaufgang wärmen können.

Aber mein Zimmer ist voller Dinge, die mich an Chloe erinnern. Es gibt nichts auf meinen Regalen, auf meinem Schreibtisch oder in meinem Schrank, was nicht irgendwie mit ihr zu tun hätte. Auszeichnungen, Bilder, Make-up, Kleider, Schuhe, Stofftiere. Selbst mein Bettzeug ist eine gesteppte Collage von Bildern aus unserer Kindheit, die wir gemeinsam für ein Schulprojekt gebastelt haben. Würde ich alles aus meinem Zimmer werfen, was mich an Chloe erinnert, wäre das Zimmer ziemlich leer.

Genauso fühle ich mich jetzt.

Ich bleibe einige Schritte vor dem nassen Sand stehen, lasse mich fallen und ziehe die Knie an die Brust. Das Meer am Morgen ist ein großartiger Gefährte, wenn man allein sein will. Es besänftigt und tröstet und stellt keine Fragen. Im Gegensatz zur Sonne. Je höher sie steigt, desto mehr erinnert sie mich daran, dass sich die Zeit nicht anhalten lässt. Man kann ihr nicht entfliehen. Sie schleicht dahin, ganz gleich, ob man eine Standuhr aus Treibholz betrachtet oder die Sonne.

Mein erster Schultag ohne Chloe ist angebrochen.

Ich wische mir die Tränen aus den Augen und stehe auf. Bei jedem Schritt zurück zum Haus kralle ich die Zehen in den Sand. Mom sitzt auf der Treppe der hinteren Veranda und wartet auf mich. Mit einer Hand streicht sie ihren Morgenrock glatt, in der anderen hält sie einen Becher mit Kaffee. Vor dem Hintergrund des grau geschindelten Strandhauses wirkt sie in ihrer weißen Robe wie ein Gespenst – nur dass Gespenster kein langes, ebenholzschwarzes Haar und schockierend blaue Augen haben oder Espresso trinken. Sie lächelt, wie eine Mutter ihre Tochter anlächeln sollte, die mit einem Verlust nicht fertigwird. Grund genug für meine Tränen, umso größer und schneller hervorzuquellen.

»Morgen«, sagt sie und klopft neben sich auf das Holz.

Ich setze mich hin, lehne mich an sie und erlaube ihr, die Arme um mich zu legen. »Morgen«, erwidere ich mit kratziger Stimme.

Sie reicht mir den Becher und ich nippe daran. »Soll ich dir Frühstück machen?« Sie drückt meine Schulter.

»Danke, aber ich habe keinen Hunger.«

»Du brauchst etwas Energie für deinen ersten Schultag. Ich könnte Pfannkuchen backen. French Toast. Und ich habe alles für ein gutes Reste-Omelett da.«

Ich lächele. Ich liebe Reste-Omelett. Sie nimmt alles, was sie kriegen kann – Eier, Zwiebeln, Paprika, Pilze, Kartoffelwürfel, Tomaten und was sonst noch in ein Omelett passen könnte oder auch nicht. »Klar«, sage ich und stehe auf.

Der Duft des Mischmaschs dringt bis ins Badezimmer, und ich versuche zu erraten, was drin ist, als ich aus der Dusche trete. Riecht nach Jalapeños, was meine Stimmung ein wenig aufhellt. Ich werfe mein Handtuch aufs Bett und ziehe irgendein Shirt von einem Kleiderbügel in meinem Schrank. Ich habe keine Lust gehabt, neue Klamotten für die Schule zu kaufen. Meine Mitschüler werden also mit meinem altbewährten Look klarkommen müssen – T-Shirt, Jeans und Flipflops. In zwei Wochen werden das sowieso alle tragen, wenn der Zauber des Neuen aus den sorgfältig geplanten Outfits verschwindet. Ich binde mein Haar zu einem schlampigen Knoten und stecke ihn mit einem Bleistift fest. Dann greife ich nach meinem Make-up-Beutel und halte inne. Wimperntusche ist heute keine gute Idee. Vielleicht etwas Foundation. Ich greife nach dem Fläschchen – der Farbton nennt sich »Porzellan«. Angewidert knalle ich es auf meine Kommode. Das ist, als ob man Tipp-Ex auf ein leeres Blatt Papier schmiert – sinnlos. So hell wie Porzellan bin ich von ganz allein. Momentan *bestehe* ich praktisch aus Porzellan.

Als ich die Treppe hinunterlaufe, steigt mir ein würziges Aroma in die Nase. Das Reste-Omelett ist wunderbar. Hoch aufgetürmt, dampfend und voller leckerer Sachen. Es ist eine Schande, dass ich ziemlich lustlos darin herumstochere. Das Glas Milch daneben rühre ich nicht an.

Ich werfe einen Blick auf den Platz an der Stirnseite des Tisches, auf dem mein Dad immer gesessen ist. Zwei Jahre sind vergangen, seit er an Krebs gestorben ist, aber ich kann mich noch genau daran erinnern, wie er seine Zeitung immer neben dem Teller gefaltet hat. Wie er und Chloe um den Sportteil gestritten haben. Und dass das einzige Beerdigungsunternehmen der Stadt bei seinem Tod genauso gerochen hat wie bei ihrem.

Ich frage mich, mit wie vielen leeren Plätzen am Tisch ein Mensch leben kann, bevor er daran zerbricht.

Mom schiebt von der anderen Seite des Tisches einen Schlüssel zu mir herüber und verbirgt ihren Blick hinter ihrer Kaffeetasse. »Ist dir heute danach, selbst zu fahren?«

Ich bin überrascht, dass sie nicht einen Zettel mit der Aufschrift WINK MIT DEM ZAUNPFAHL drangehängt hat. Oder vielleicht ein Banner: DU MUSST ANFANGEN, NORMALE DINGE ZU TUN, WIE SELBST HERUMZUFAHREN.

Ich nicke. Kaue. Starre auf den Schlüssel. Kaue noch ein wenig mehr. Schnappe mir den Schlüssel, stecke ihn in meine Hosentasche. Nehme noch einen Bissen. Mein Mund sollte eigentlich brennen, aber ich schmecke nichts. Die Milch sollte kalt sein, aber sie ist wie Leitungswasser. Das Einzige, was brennt, ist der Schlüssel in meiner Tasche, der mich dazu herausfordert, ihn zu berühren. Ich stelle das Geschirr in die Spüle, schnappe mir meinen Rucksack und mache mich auf den Weg in die Garage. Allein.

Solange mich niemand umarmt, werde ich klarkommen. Ich gehe den Flur der Middle-Point-Highschool entlang und nicke den Kids zu, die ich seit der Grundschule kenne. Die meisten von ihnen haben genug Verstand, nur mitfühlende Blicke in meine Richtung zu werfen. Ein paar sprechen mich trotzdem an. Aber nichts Verfängliches, nur harmlose Dinge wie »Guten Morgen« und »Ich glaube, wir haben die dritte Stunde zusammen«. Selbst Mark Baker, die Quarterback-Slash-Gottheit von Middle Point, schenkt mir ein aufmunterndes Lächeln durch die Kriegsbemalung in den Schulfarben, die er sich aufs Gesicht geschmiert hat. An jedem anderen Tag hätte ich Chloe sofort gesimst und ihr erzählt, dass *der* Mark Baker meine Existenz wahrgenommen hat. Das tue ich jetzt nicht, und der einzige Grund dafür ist derselbe, der ihn auf mich aufmerksam gemacht hat: Chloe ist tot.

Sie alle haben ihr Läuferass verloren. Das Recht, mit ihr anzugeben. In ein paar Wochen werden sie nicht einmal mehr merken, dass etwas fehlt. Sie werden weitermachen, als wäre nichts gewesen. Und Chloe vergessen.

Ich schüttele den Kopf, aber ich weiß, dass es wahr ist. Vor einigen Jahren ist eine neue Schülerin hinten auf dem Motorrad ihres älteren Bruders mitgefahren und gestorben, als er ein Stoppschild überfuhr und in ein Auto krachte. Sie haben Blumen und Karten an ihr Schließfach geheftet. Die Schülerschaft hat eine Kerzenwache im Footballstadion veranstaltet, und der Stufensprecher hat bei einem Gedenkgottesdienst, den die Schule für sie ausrichtete, eine Rede gehalten. Heute könnte ich mich nicht einmal mehr an ihren Namen erinnern, wenn es um mein Leben ginge. Wir waren zusammen in ein paar Klubs und Kursen. Ihr Gesicht kann ich noch deutlich vor mir sehen. Aber an ihren Namen erinnere ich mich nicht.

Ich teste die Kombi meines neuen Spinds. Er öffnet sich beim dritten Versuch. Ich starre hinein und fühle mich genauso leer wie der Spind. Es dauert eine Weile, bis sich der Flur leert, aber ich warte, bis Stille herrscht. Als sich die Klassenzimmertüren schließen und der Flur aufhört, nach Parfüm und Aftershave zu riechen, schlage ich die Tür des Spinds mit aller Wucht zu. Es fühlt sich gut an.

Weil ich zu spät zum Unterricht komme, gibt es nur noch ganz vorne einen Platz für mich. Die hinterste Reihe wäre ideal, um die Gedanken schweifen zu lassen oder um zu simsen, aber ich habe ja niemanden mehr zum Simsen. Und heute könnte ich sogar in einer Achterbahn meine Gedanken schweifen lassen. Da ist die erste Reihe so gut wie jede andere. Ich sehe mich im Raum um, während Mr Pinner ein Blatt mit Kursregeln verteilt. Modellflugzeuge hängen an Schnüren von der Decke, die Wände sind mit Zeitachsen versehen, und Schwarz-Weiß-Fotos von ägyptischen Pyramiden zieren eine Pinnwand. Früher war Geschichte mein Lieblingsfach, aber das hat sich geändert, seit ich mit der Zeit hadere.

Mr Pinner ist bei Regel Nummer drei angelangt, als er aufblickt und jemanden im hinteren Teil der Klasse fixiert. »Kann ich Ihnen helfen? Ich hoffe, Sie verstoßen nicht jetzt schon gegen Regel Numero uno! Erinnert sich irgendjemand daran?«

»Pünktlichkeit«, zwitschert ein Streber hinter mir.

»Ist das hier Weltgeschichte?«, fragt der mutmaßliche Regelbrecher. Seine Stimme klingt gleichmäßig, selbstbewusst und überhaupt nicht so, wie sie klingen sollte, wenn man Regel Numero uno verletzt hat. Ich höre, dass einige Mitschüler auf ihren Stühlen herumrutschen – wahrscheinlich, um einen Blick auf ihn zu werfen.

»Die erste und einzige«, sagt Mr Pinner. »Es sei denn natürlich, Sie meinen die etwas weiter den Flur hinunter.« Er kichert über seinen eigenen Scherz.

»Ist das hier nun Weltgeschichte oder nicht?«, fragt der Schüler wieder.

Ein Raunen geht durch die Reihen und ich lächele die Zeitachse an. Mr Pinner räuspert sich. »Haben Sie denn nicht zugehört? Ich sagte, dies sei Weltgeschichte.«

»Ich habe zugehört, aber Sie haben sich nicht klar ausgedrückt.«

Selbst der Streber kichert. Mr Pinner fuchtelt mit den übrig gebliebenen Kursregeln in seiner Hand herum und schiebt sich die Brille auf der Nase nach oben. Das Mädchen hinter mir flüstert ihrer Nachbarin zu: »Zum Anbeißen!«, und da sie damit unmöglich Mr Pinner meinen kann, schlucke ich den Köder und drehe mich um.

Mir stockt der Atem. *Galen.* Er steht in der Tür – nein, er füllt die Tür aus –, mit nichts als einem Ordner in der Hand und einer verärgerten Miene im Gesicht. Und er starrt mich schon wieder an.

Mr Pinner sagt: »Kommen Sie nach vorn, junger Mann. Da können Sie auch für den Rest der Woche sitzen bleiben. Ich dulde keine Unpünktlichkeit. Wie ist Ihr Name?«

»Galen Forza«, antwortet er, ohne den Blick von mir abzuwenden. Dann marschiert er zu dem Pult neben meinem und setzt sich. Zwar ist der Stuhl dazu konstruiert, einem normalen heranwachsenden männlichen Wesen Platz zu bieten, aber als sich Galen setzt, wirkt der Stuhl winzig. Hinter ihm bricht Getuschel aus, als er darauf hin und her rutscht, um es sich bequem zu machen. Am liebsten würde ich sagen, dass er ohne Hemd noch besser aussieht, obwohl ich zugeben muss, dass ein enges T-Shirt und abgetragene Jeans ihm auch ganz gut stehen.

Trotzdem löst seine Anwesenheit Schwindelgefühle bei mir aus. Galen ist in den letzten Wochen die Schlüsselfigur in meinen Albträumen gewesen, in denen ich den letzten Tag in Chloes Leben wieder und wieder in meinem Unterbewusstsein neu inszeniert habe. Es spielt keine Rolle, ob ich fünfundvierzig Minuten schlafe oder zwei Stunden; ich krache in ihn hinein, höre Chloe näher kommen, bin peinlich berührt. Manchmal fragt sie ihn, ob er mit uns nach Baytowne kommen möchte, und er willigt ein. Wir brechen zusammen auf, statt ins Wasser zu gehen.

Manchmal vermischt sich der Traum mit einem anderen – in dem ich in Grannys Gartenteich ertrinke. Die Ereignisse verschmelzen miteinander wie Wasserfarben; Chloe und ich fallen ins Wasser und ein Schwarm von Seewölfen erscheint wie aus dem Nichts und schiebt uns beide an die Oberfläche. Dads Boot wartet auf uns, aber ich schmecke Salzwasser statt Süßwasser.

Mir wäre es lieber, den Traum mit dem echten Ende zu träumen – es ist schrecklich, es wieder und wieder zu sehen, aber es dauert nicht sehr lange, und wenn ich aufwache, weiß ich, dass Chloe tot ist. Bei den anderen Varianten wache ich auf und denke, dass sie noch lebt. Und dann verliere ich sie jedes Mal aufs Neue.

Nur das Kribbeln taucht in meinen Träumen nicht auf. Ich habe es wohl vergessen. Aber jetzt ist es wieder da und ich laufe rot an. Knallrot.

Galen wirft mir einen fragenden Blick zu, und zum ersten Mal, seit er sich hingesetzt hat, bemerke ich seine Augen. Sie sind blau. Nicht violett wie meine – wie damals am Strand. Oder habe ich mich getäuscht? Ich hätte schwören können, dass Chloe eine Bemerkung über seine Augen gemacht hat. Aber das könnte mein Unterbewusstsein genauso gut erfunden haben, wie es andere Varianten dieses Tages erfindet. Eines steht fest: Galens Angewohnheit, mich unverwandt anzustarren, habe ich mir nicht eingebildet. Oder dass er mich zum Erröten bringt.

Ich drehe mich an meinem Pult nach vorn, falte die Hände auf der Tischplatte und richte den Blick auf Mr Pinner. Der sagt: »Also, Mr Forza, vergessen Sie nicht, wo Sie sitzen, denn das ist bis nächste Woche Ihr Platz.« Er reicht Galen ein Blatt mit den Kursregeln.

»Vielen Dank, das werde ich nicht«, erwidert Galen. Vereinzeltes Kichern hinter uns. Es ist offiziell. Galen hat einen Fanklub.

Während Mr Pinner über … na gut, ich habe wirklich

keine Ahnung, worüber er redet. Ich weiß nur, dass das Kribbeln etwas anderem weicht – Feuer. Als würde ein Strom geschmolzener Lava zwischen meinem Pult und dem von Galen fließen.

»Ms McIntosh?«, fragt Mr Pinner. Und wenn ich mich recht erinnere, bin ich Ms McIntosh.

»Ähm, tut mir leid?«, sage ich.

»Die *Titanic*, Ms McIntosh«, fährt er fort und steht kurz davor, richtig sauer zu werden. »Haben Sie eine blasse Ahnung, wann sie gesunken ist?«

Omeingott, ja. Ich war regelrecht besessen von der *Titanic*, und zwar gute sechs Monate lang, nachdem wir sie im letzten Jahr durchgenommen haben. Im letzten Jahr, bevor ich eine Fehde gegen die Geschichte begonnen habe, gegen das Verrinnen der Zeit. »Am 15. April 1912.«

Mr Pinner ist sofort erfreut. Seine dünnen Lippen öffnen sich zu einem Lächeln, das ihn zahnlos aussehen lässt, weil sein Zahnfleisch so breit ist. »Ah, wir haben einen Geschichtsfan unter uns. Sehr schön, Ms McIntosh.«

Es läutet. *Es läutet?* Wir haben fünfzig Minuten in diesem Kurs verbracht?

»Denken Sie daran, studieren Sie dieses Regelblatt. Kuscheln Sie nachts damit, essen Sie damit zu Mittag, nehmen Sie es mit ins Kino. Nur damit können Sie meinen Kurs bestehen«, versucht Mr Pinner den Lärm der Schüler zu übertönen, als sie zur Tür hinausstürmen.

Ich möchte, dass Galen vorausgeht. Ich öffne meinen Ordner, hantiere mit einigen leeren Notizzetteln und ziehe demonstrativ die Gurte meines Rucksacks straff. Er bewegt sich nicht. *Na schön.* Ich stehe auf, schnappe mir meine Sachen und husche an ihm vorbei. Die Lava schießt in mein Handgelenk, als er es packt – als würde er mir mit seiner Berührung ein Brandzeichen verpassen.

»Emma, warte.«

Er erinnert sich an meinen Namen. Was bedeutet, dass er sich auch daran erinnert, wie ich mich an seiner nackten Brust beinahe selbst k. o. geschlagen hätte. Warum habe ich heute Morgen die Porzellan-Foundation nicht aufgetragen? Dann würde er jetzt nicht sehen, wie rot ich werde.

»Hey«, sage ich. »Ich habe nicht gedacht, dass du dich an mich erinnern würdest.« Mir ist bewusst, dass uns einige Leute aus dem hinteren Teil des Klassenraums anstarren – ein Teil seines Fanklubs ist zurückgeblieben und wartet geduldig darauf, an die Reihe zu kommen. »Tja, willkommen an der Middle Point. Du musst wahrscheinlich in den nächsten Kurs, also dann, bis später.«

Er verstärkt seinen Griff, als ich versuche, mich von ihm loszumachen. »Warte.«

Ich schaue auf seine Hand hinab und er lässt mich los. »Ja?«, frage ich.

Er blickt auf sein Pult hinunter und fährt mit der Hand durch sein schwarzes Haar. Ich erinnere mich, dass Small

Talk nicht gerade Galens Stärke ist. Schließlich sieht er auf. Sein Blick ist wieder voller Selbstvertrauen. »Kannst du mir vielleicht helfen, meinen nächsten Kurs zu finden?«

»Klar, aber das ist ziemlich einfach. Es gibt hier drei Flure. Den Einhunderterflur, den Zweihunderterflur und den Dreihunderterflur. Zeig mir deinen Stundenplan.« Er fischt einen zerknüllten Zettel aus seiner Hosentasche und gibt ihn mir. Während ich ihn glatt streiche, sage ich: »Dein nächster Kurs ist in Raum eins-dreiundzwanzig. Das bedeutet, dass du in den Einhunderterflur musst.«

»Aber kannst du mir nicht zeigen, wo genau das ist?«

Ich überprüfe meinen Stundenplan, um zu sehen, wohin ich muss. Wobei ich ganz genau weiß, dass ich ihn auch zu Raum 123 begleiten werde, wenn ich zu meinem nächsten Kurs in die entgegengesetzte Richtung muss. Ich habe Glück, mein nächster Kurs ist auch in Raum 123 – englische Literatur.

»Ähm, wir haben auch noch den nächsten Kurs zusammen«, erkläre ich ihm entschuldigend. Er folgt mir zur Tür hinaus und passt sich meinem etwas langsameren Tempo an. Ich überfliege inzwischen unsere Stundenpläne, um herauszufinden, in wie vielen Kursen er meine tölpelhafte Gesellschaft noch ertragen muss – und in wie vielen anderen Kursen ich damit rechnen muss, knallrot anzulaufen. Die Antwort ist simpel: in allen. Ich stöhne. Laut.

»Was?«, fragt er. »Stimmt irgendwas nicht?«

»Hm, es ist nur … es sieht aus, als hätten wir exakt denselben Stundenplan. Sieben Kurse zusammen.«

»Ist das ein Problem?«

Ja. »Nein. Ich meine, na ja, für mich nicht, aber … ich dachte nur, vielleicht hättest du mich lieber nicht in deiner Nähe nach dem, was damals am Strand passiert ist.«

Er bleibt stehen und zieht mich aus dem Strom der Schüler zu einer Reihe von Spinden. Diese Bewegung wirkt so vertraut, dass sie Aufmerksamkeit erregt. Verstreute Reste seines Fanklubs lungern herum und warten immer noch darauf, dass ich die Kurve kratze und ihnen das Feld überlasse.

»Vielleicht sollten wir irgendwo hingehen, wo wir ungestört sind, um das zu besprechen«, sagt er leise und beugt sich zu mir. Er blickt vielsagend in die Runde.

»Ungestört?«, kiekse ich.

Er nickt. »Ich bin froh, dass du davon angefangen hast. Ich war mir nicht sicher, wie ich dich darauf ansprechen soll, aber jetzt ist es für uns beide einfacher, meinst du nicht auch? Und wenn du weiter kooperierst, kann ich bestimmt mildernde Umstände für dich herausholen.«

Ich schlucke. »Mildernde Umstände?«

»Ja, Emma. Dir ist natürlich klar, dass ich dich auch auf der Stelle verhaften könnte. Du verstehst das, oder?«

Omeingott, hat er etwa den ganzen weiten Weg auf sich genommen, um Schmerzensgeld wegen Körperverletzung zu verlangen? Wird er mich verklagen? Wird er meine Familie verklagen? Ich bin jetzt achtzehn. Ich könnte rechtmäßig angeklagt werden. Die Hitze in meinen Wangen ist zum Teil das Ergebnis meiner *Töte-mich-am-besten-gleich*-Verlegenheit, zum Teil meines *Wo-ist-ein-Messer-wenn-du-eins-brauchst*-Zorns. »Aber es war ein Unfall!«, zische ich.

»*Ein Unfall?* Du willst mich wohl auf den Arm nehmen.« Er kneift sich in den Nasenrücken.

»Nein, ich will dich nicht auf den Arm nehmen. Warum sollte ich dich mit Absicht anrempeln? Ich kenne dich ja nicht einmal! Und außerdem, woher weiß ich denn, dass *du* nicht in *mich* hineingerannt bist, hm?« Die Idee ist ungeheuerlich, aber sie lässt vernünftige Zweifel zu. Ich kann an seiner Miene ablesen, dass er daran nicht gedacht hat.

»Was?« Er bemüht sich sichtlich, mir zu folgen, aber was habe ich denn erwartet? Er kann nicht einmal einen Kurs in einer Schule mit drei Fluren finden. Dass er mich kreuz und quer durchs ganze Land aufgespürt hat, wäre ein größeres Wunder als ein Push-up-BH.

»Ich habe gesagt, dass du erst einmal beweisen musst, dass ich dich mit Absicht gerempelt habe. Dass ich vorhatte, dir etwas anzutun. Und außerdem habe ich damals mit dir geklärt …«

»Emma.«

»… und du hast gesagt, du hättest keine Verletzungen …«

»Emma.«

»… aber die einzige Zeugin auf meiner Seite ist tot …«

»EM-MA.«

»Hast du mich gehört, Galen?« Ich drehe mich um und brülle die verbliebenen Zuschauer im Flur an, während die Glocke läutet. »CHLOE IST TOT!«

Für mich ist Sprinten von Haus aus keine gute Idee. Ein Sprint mit Tränen in den Augen, die mir die Sicht trüben, eine noch schlechtere. Aber ein Tränen-Sprint in Flipflops, kommt einem Mangel an Respekt vor dem menschlichen Leben gleich, angefangen bei meinem eigenen. Deshalb bin ich nicht weiter überrascht, als mir die Tür zur Cafeteria ins Gesicht schlägt. Ein wenig überrascht bin ich erst, als alles schwarz wird.

6

Er biegt in die Auffahrt des nicht-ganz-so-bescheidenen Hauses ein, das Rachel eigentlich nicht kaufen sollte. Nachdem er den Motor des nicht-ganz-so-bescheidenen Wagens abgeschaltet hat, wirft er sich den Rucksack voller Bücher über die Schulter.

Er findet Rachel in der Küche, wo sie gerade Fischfilets aus dem Ofen zieht. Sie trägt eine Schürze über ihrem Kleid. Ihre schwarzen Locken sind zu einem Pferdeschwanz gebunden. Sie pustet sich die Ponyfransen aus dem Gesicht, dreht sich um und lächelt. »Hallihallo, mein Süßer! Wie war dein erster Tag in der Schule?« Mit der Hüfte knallt sie die Ofentür zu.

Er schüttelt den Kopf und zieht einen Barhocker neben den von Rayna, die an der Theke sitzt und sich die Nägel Red-Snapper-rot lackiert. »Es wird nicht funktionieren. Ich weiß nicht, was ich da tue«, sagt er.

»Was ist passiert, mein Äffchen? *So* schlimm kann es doch gar nicht sein.«

Er nickt. »Oh doch, es kann. Ich habe Emma bewusstlos geschlagen.«

Rachel spuckt einen Schluck Wein zurück ins Glas. »Oh, Süßer, äh … so was ist schon seit Jahren nicht mehr gesellschaftsfähig.«

»Gut. Dann hast du es ihr ja zurückgezahlt«, kichert Rayna. »Sie hat ihn nämlich am Strand gestoßen«, erklärt sie Rachel.

»Oh?«, fragt Rachel. »So bist du also auf sie aufmerksam geworden?«

»Sie hat mich nicht gestoßen, sie ist in mich hineingestolpert«, erwidert er. »Und ich habe sie nicht mit Absicht bewusstlos geschlagen. Sie ist vor mir weggelaufen, also bin ich hinterher, und …«

Rachel hebt die Hand. »Okay. Stopp. Kommen die Cops vorbei? Du weißt, das macht mich nervös.«

»Nein.« Galen verdreht die Augen. Warum sollten die Cops Rachel ausgerechnet jetzt finden, wenn sie sie bisher nicht gefunden haben. Außerdem suchen sie nach so langer Zeit bestimmt nicht mehr nach ihr. Und die anderen Leute, die sie finden wollen, halten sie für tot.

»Okay, gut. Also, zurück auf Los, Süßer. Warum ist sie vor dir weggelaufen?«

»Es war ein Missverständnis.«

Rachel faltet die Hände. »Ich weiß, mein Äffchen.

Ich weiß. Aber wenn ich dir helfen soll, muss ich die Einzelheiten kennen. Wir Mädels sind schwierige Geschöpfe.«

Er fährt sich mit der Hand durchs Haar. »Erklär mir Folgendes. Zuerst ist sie nett und entgegenkommend und dann brüllt sie mich an.«

Rayna schnappt nach Luft. »Sie hat dich *angebrüllt?*« Sie knallt die Nagellackflasche auf die Theke und zeigt auf Rachel. »Ich will, dass du auch meine Mutter bist. Ich will an dieser Schule angemeldet werden.«

»Auf keinen Fall. Wenn du auch nur einen Schritt aus dem Haus machst, werde ich dich persönlich verhaften«, droht Galen. »Und denk nicht einmal daran, mit dieser menschlichen Farbe auf den Fingern ins Wasser zu gehen.«

»Keine Sorge. Ich gehe überhaupt nicht ins Wasser.«

Galen öffnet den Mund, um zu widersprechen, um ihr zu sagen, dass sie morgen nach Hause zurückkehren und dort bleiben soll, aber dann sieht er den Aufruhr in ihrer Miene. Er grinst. »Er hat dich gefunden.«

Rayna verschränkt die Arme und nickt. »Warum kann er mich nicht einfach in Ruhe lassen? Und warum findest du das so witzig? Du bist mein Bruder! Du solltest mich beschützen!«

Er lacht. »Vor Toraf? Warum sollte ich?«

Sie schüttelt den Kopf. »Ich habe versucht, ein paar Fische für Rachel zu fangen, und da habe ich ihn im Wasser gespürt. Ganz nah. Ich bin so schnell raus, wie ich konnte, aber wahrscheinlich weiß er, was ich getan habe. *Wie schafft er es nur immer, mich zu finden?*«

»Ups«, murmelt Rachel.

Die beiden drehen sich zu ihr um. Sie lächelt Rayna entschuldigend an. »Mir war nicht klar, dass ihr beide über Kreuz seid. Er ist heute Morgen auf der Veranda aufgetaucht und hat nach dir gesucht und … ich habe ihn zum Abendessen eingeladen. Tut mir leid.«

»Rachel, was ist, wenn ihn jemand sieht?«, fragt Galen, während Rayna gleichzeitig stöhnt: »Nein. Nein, nein, nein, er kommt nicht zum Abendessen.«

Rachel räuspert sich und weist mit einem Nicken hinter die beiden.

»Rayna, das ist sehr kränkend. Nach allem, was wir durchgemacht haben«, bemerkt Toraf.

Rayna richtet sich entrüstet auf ihrem Hocker auf und knurrt, als sie seine Stimme hört. Sie wirft Rachel einen eisigen, funkelnden Blick zu. Aber Rachel tut so, als hätte sie es gar nicht bemerkt, und drückt betont unbekümmert etwas Zitrone über die Fischfilets.

Galen springt von seinem Hocker auf und begrüßt seinen Freund mit einem kräftigen Klaps auf den Arm. »Hey, Kaulquappe, wie ich sehe, hast du eine meiner Badehosen gefunden. Ich bin froh, dass deine Fährtensucherqualitäten nach dem Unfall und allem noch intakt sind.«

Toraf starrt Raynas Rücken an. »Unfall, ja. Nächstes Mal halte ich die Augen offen, wenn ich sie küsse. Dann werde ich mir wenigstens nicht wieder versehentlich die Nase an einem Stein zertrümmern. Dumm von mir, oder?«

Galen grinst. Toraf ist einer der besten Fährtensucher in der Geschichte der Syrena. Dabei ist seine herausragende Fähigkeit, andere seiner Art zu erspüren, noch lange nicht alles. Er nimmt nicht nur die Anwesenheit anderer Syrena wahr, sondern kann jeden Einzelnen identifizieren, selbst wenn er nur sehr wenig Zeit mit ihm verbracht hat, und zwar über schier unmögliche Entfernungen hinweg. Und diejenige, auf die er besonders sensibel reagiert, starrt gerade auf ziemlich ungesunde Weise ein Filetiermesser auf der anderen Seite der Theke an.

»Rayna, dein Gefährte hat einen weiten Weg zurückgelegt, nur um dich zu sehen. Du bist unhöflich. Geh doch mal einen Schritt von der Theke weg. Sofort«, sagt Galen in warnendem Ton. Er hat keine Lust, mit einem von ihnen zu streiten. Wenn Rayna auch nur einen falschen Schritt macht, wird er gezwungen sein, sie zu bändigen. Aber wenn er sie zu grob anfasst, wird Toraf ihm das heimzahlen. Und außerdem hat er Hunger und die Filets sind schon fast auf eine essbare Temperatur abgekühlt.

Rayna schiebt ihren Hocker zurück und wirbelt herum. »Er *ist nicht* mein Gefährte.«

Toraf räuspert sich. Galens Augen weiten sich, aber

Toraf wirft ihm einen warnenden Blick zu und schüttelt fast unmerklich den Kopf.

»Ich habe gehofft, deine Gefühle hätten sich inzwischen geändert, meine Prinzessin. Du weißt, dass du niemand Hingebungsvolleren finden wirst als mich. Ich habe schon deine Nähe gesucht, als du noch nicht einmal geradeaus schwimmen konntest«, sagt Toraf. Obwohl er versucht, unbeschwert zu klingen, weiß Galen, dass er jedes einzelne Wort ernst meint.

»Genau deshalb habe ich dir vertraut«, faucht Rayna. »Du kennst mich sogar besser als Galen. Du weißt genau, dass ich mich niemals mit jemandem verbinden wollte. Du hast mich glauben lassen, du wärst mit meiner Entscheidung einverstanden. Aber die ganze Zeit über hast du geplant, mich um meine Freiheit zu bringen.«

»Wow, schäm dich, Toraf«, ruft Rachel von der Spüle aus. »Hat irgendjemand Hunger?«

»Mordshunger«, antworten Galen und Toraf wie aus einem Mund. Rayna verdreht die Augen und stampft auf den Tisch zu.

Sie lassen sich auf den vom Mond erleuchteten Strand fallen. Toraf schüttelt das Wasser aus seinen Haaren auf Galen, der sich mit einer Handvoll Sand revanchiert, die er ihm ins Gesicht wirft. Galen lehnt sich zurück und blickt in den sternenübersäten Mitternachtshimmel. Er schüttelt den Kopf. »Wann willst du es ihr sagen?«

Toraf streckt sich neben seinem Freund aus und verschränkt die Hände hinter dem Kopf. »Ihr was sagen?«

»Dass ihr bereits verbunden seid?«

Toraf grinst. »Ich glaube, du kennst mich einfach zu gut, Hoheit.«

»Nenn mich nicht so. Wann hat mein Vater eingewilligt?«

»Eigentlich hat er gar nicht eingewilligt. Grom hat uns verbunden.«

Galen dreht sich auf die Seite und bettet den Kopf auf seinen Ellbogen. »Du weißt, dass sie versuchen wird, es zu annullieren. Technisch gesehen ist Grom noch nicht König.«

»Oh doch, technisch gesehen ist er es. Und unter uns, ich hoffe, dass du eine fantastische Ausrede hast, warum du nicht da warst. Oh, da fällt mir etwas ein.« Er beugt sich vor und verpasst Galen einen Schlag aufs Kinn. »Dafür, dass du deiner Schwester erlaubt hast, sich mit dir an Land herumzutreiben. Zwei Wochen lang habe ich gedacht, ihr wärt tot.«

Galen richtet sich auf und nickt, während er sich das Kinn reibt. Dem kann er nichts entgegensetzen. Sobald sie länger als einen Tag in Menschengestalt bleibt, verstößt Rayna gegen das Gesetz. Sie verfügt nicht über Galens Immunität, und selbst *die* reicht nicht so weit, und das weiß er genau. Toraf weiß es auch. »Also … du sagst, du kannst Rayna an Land nicht spüren?«

»Du weißt doch, dass wir einander an Land nicht spüren können, Galen.«

»Ja, ich dachte, ich wüsste es. Warte mal, hast du eben gesagt, dass Grom König ist? Wann ist das passiert?«

Toraf richtet sich auf. »Zunächst einmal gefällt mir dein Ton nicht. Ich habe versucht, dich zu finden, dich zu der Zeremonie zurückzuholen. Also tu nicht so, als wärst du die ganze Zeit über erreichbar gewesen. *Zwei ganze Wochen«*, wiederholt er. »Und was meinst du damit, du *dachtest* es? Ich sitze direkt neben dir. Du kannst mich nicht spüren, oder?«

Galen schüttelt den Kopf. »Nein. Dich definitiv nicht.«

»Okay. Du willst also behaupten, dass du jemand anderen spüren kannst. An Land. Das glaube ich dir nicht.«

Galen reibt sich die Augen. »Ich weiß. Ich kann es selbst kaum glauben. Ich habe Rayna nichts davon erzählt. Sie hat schon gesagt, dass sie sie nicht spüren kann, und ...«

»Sie? Welche sie?«

»Ihr Name ist Emma. Dr. Milligan hat sie gefunden.« Und dann erzählt er Toraf alles – wie Dr. Milligan eine Nachricht auf Galens Handy hinterlassen hat, wie Galen nach Florida gegangen ist, um der Behauptung des Doktors nachzugehen, wie Emma den Hai verjagt hat. Und von ihrer Angewohnheit, gegen Dinge zu rennen.

Lange Zeit erwidert Toraf gar nichts. Dann sagt er: »Das ergibt keinen Sinn. Wie kann sie eine von uns sein?

Wenn sie es wäre, hätte sie der Tür Schaden zugefügt, nicht umgekehrt. Ihr Brummschädel hätte eine Delle darin hinterlassen.«

»Ich weiß«, nickt Galen. »Zuerst dachte ich auch, dass sie nur so tut. Aber als ich sie aufgehoben habe, ist sie nicht errötet. Sie war definitiv bewusstlos.«

»Aber selbst wenn sie sich nicht verstellt hat: Wie kann sie von Poseidon abstammen, Galen? König Antonis' einzige Erbin ist einer Explosion zum Opfer gefallen.«

Galen schüttelt den Kopf. »Ich weiß, dass das alles keinen Sinn ergibt.« Ganz gleich, wie oft er die Fakten durchgeht, sie lassen sich nicht mit Emma in Einklang bringen. Vor langer Zeit, noch vor Galens und Raynas Geburt, war sein Bruder Grom mit König Antonis' Tochter Nalia verlobt. Sie sollen sehr verliebt gewesen sein, die perfekte Verbindung der Häuser Triton und Poseidon.

Das Gesetz verlangt, dass sich in jeder dritten Generation die erstgeborenen Thronerben dieser beiden Häuser verbinden. Für die meisten ist es eine Verpflichtung, die es zu erfüllen gilt, ein notwendiger Schritt, der getan werden muss. Es kommt kaum jemals vor, dass die Erstgeborenen einander tatsächlich *wollen.* Aber bei diesen beiden war es anders. Es wird einstimmig berichtet, dass diese beiden schon bei ihrer ersten Begegnung zueinandergefunden haben. Doch unmittelbar vor ihrer Verbindungszeremonie haben sie sich zerstritten – worüber, weiß niemand mehr, oder niemand will es sagen, aber einige haben gesehen, wie Nalia vor Grom geflohen ist. Offensichtlich hat er sie gejagt – direkt in eine Mine, welche die Menschen gelegt haben, die zu jener Zeit überall auf der Welt Krieg führten. Grom wurde schwer verletzt. Die besten Fährtensucher beider Königreiche haben tagelang die ganze Gegend durchforstet, bis sie bekannt gaben, dass Nalia in Stücke gerissen worden sein muss. Der am Boden zerstörte und bereits verwitwete König von Poseidon beschuldigte Grom, seine einzige Tochter vorsätzlich getötet zu haben. Daraufhin schwor Antonis, niemals mehr eine andere Gefährtin zu nehmen, um nie wieder einen Erben zu zeugen – und zerstörte damit jede Chance, dass je wieder ein Nachkomme die Gaben der beiden Generäle, Poseidon und Triton, in sich vereint.

Nachdem er das Haus Triton zum Feind erklärt hatte, kam es zur endgültigen Spaltung der beiden Königreiche. Grom hat nie ein Wort darüber verloren, hat nie seine Gefühle offenbart. Aber eine neue Gefährtin hat er nie mehr gewählt.

Aber jetzt hat er keine andere Wahl mehr. Wenn Grom tatsächlich offiziell die Regentschaft von seinem Vater übernommen hat, verlangt das Gesetz von ihm, sich eine Gefährtin zu suchen. Und wenn Emma tatsächlich von Poseidon abstammt, dann ist es ihre Pflicht, diesem Gesetz zu genügen.

»Es ergibt keinen Sinn«, wiederholt Galen. »Aber ich weiß, was ich gesehen habe. Sie spricht mit Fischen. Und sie hören auf sie. Sie stammt eindeutig von Poseidon ab.«

Toraf atmet hörbar aus. »Aber wo war sie die ganze Zeit? Warum zieht sie die Gesellschaft von Menschen der unseren vor?«

»Genau das versuche ich herauszufinden, du Idiot.«

»Hör zu, kleiner Fisch, ich will nicht übermäßig kritisch sein, aber du weißt ganz offensichtlich nicht, was du tust. Du drohst, sie zu verhaften? Jagst sie den Flur hinunter? Das ist ein wenig untypisch für dich, meinst du nicht auch?«

»Ich war überfordert. Ist dir klar, wie … wie … *sinnlich* weibliche Menschen sind? Keine zehn Minuten nachdem ich in die Klasse gekommen bin, ist mir ein ganzer Schwarm von ihnen gefolgt. *Überallhin.* Selbst die *erwachsenen* Frauen im Büro haben mir Paarungssignale gesandt! Rachel nennt es Hormone. Sie denkt, dass Hormone auch der Grund sind, warum Emma sich so komisch benimmt und vor mir wegläuft.«

»Aber wenn Emma Hormone hat, dann bedeutet das, dass sie menschlich ist.«

»Hörst du mir nicht zu? Sie kann nicht menschlich sein. Sie hat unsere Augen. Und einen Menschen könnte ich auf keinen Fall so spüren.«

Toraf grinst. »*So?* Wie denn? Wie fühlt es sich an?«

»Hör auf, so wissend zu grinsen. Es ist nicht so, wie du denkst.«

»Wie ist es denn dann? Ich bin ein Fährtensucher, das hast du doch nicht vergessen? Vielleicht kann ich dir in diesem Fall helfen.«

Galen nickt. Wenn ihm hier irgendjemand helfen kann, dann ein Fährtensucher. »Zuerst fühlt es sich an, als ob … als ob … man mit einem Zitterrochen ringen würde. Und dann, wenn wir uns berühren, ist es, als würden wir über einem offenen Vulkan schwimmen. Heiß, überall. Aber es ist mehr als das. Du weißt doch, wie du dich fühlst, wenn Syrena in der Nähe sind? Du spürst ihren Puls, und du weißt einfach, dass sie da sind?«

Toraf nickt.

»Nun, bei Emma ist es nicht ganz so. Ich bin mir ihrer nicht nur einfach bewusst. Ich … ich …«

»Du fühlst dich zu ihr hingezogen?«

Galen sieht seinen Freund an. »Ja. Genau. Wie bist du darauf gekommen?«

»Erinnerst du dich an den Fährtensucher, der mich ausgebildet hat?«

Galen nickt. »Yudor. Warum?«

»Er hat mir einmal erzählt, dass … Ach, vergiss es. Es ist dumm.«

»Ich schwör dir, Toraf, ich werde dir alle Zähne einzeln ausschlagen, wenn …«

»Er hat gesagt, es bedeute, dass sie deine Gefährtin ist«, platzt er heraus. »Nicht nur irgendeine, sondern deine *spezielle* Gefährtin. Du spürst den Sog, der von ihr ausgeht, Galen.«

Galen verdreht die Augen. »Das habe ich schon früher gehört. Romul sagt, das ist ein Mythos. Niemand hat einen speziellen Gefährten.« Und als einer der Ältesten von Triton wird Romul es wohl wissen. Seit Galen Botschafter bei den Menschen ist, hat er ihn regelmäßig aufgesucht. Romul hat ihn alle Gesetze der Syrena gelehrt, die Geschichte ihrer Gattung und die Geschichte ihrer Beziehung zu den Menschen. Er hat ihn auch lange vor seinen Eltern über den Umgang zwischen Syrena-Männern und Syrena-Frauen aufgeklärt. Wenn ein Syrena das Alter von achtzehn erreicht, fühlt er sich normalerweise von mehreren paarungswürdigen Frauen gleichzeitig angezogen. Nachdem er mit jeder einzelnen etwas Zeit verbracht hat, ist er in der Lage, die Syrena zu erkennen, die sich sowohl für die Zeugung von Erben und als auch für eine gute Beziehung am besten eignet. Im Falle eines »Soges« jedoch würde er sich nur zu einer hingezogen fühlen – und diese eine wäre in jeder Hinsicht seine perfekte Gefährtin. Man geht davon aus, dass der Sog zudem die stärksten Nachfahren hervorbringt und dass er im Blut der Syrena angelegt ist, um das Überleben ihrer Art zu garantieren. Einige wenige glauben noch immer daran. Aber Galen gehört nicht dazu.

»Manche sagen, dass Grom den Sog zu Nalia gespürt hat«, sagt Toraf leise. »Vielleicht liegt es in der Familie.«

»Nun, in dem Punkt irrst du dich, Toraf. Ich bin nicht dazu bestimmt, den Sog zu Emma zu verspüren. Sie gehört zu Grom. Er ist der erstgeborene Triton der dritten Generation. Und sie stammt offensichtlich von Poseidon ab.« Galen fährt sich mit der Hand durchs Haar.

»Ich denke, wenn Grom dazu bestimmt wäre, Emmas Gefährte zu sein, hätte er sie gefunden und nicht du.«

»Das kommt dabei heraus, wenn du nachdenkst. Nicht ich habe Emma gefunden, sondern Dr. Milligan.«

»Okay, dann beantworte mir diese Frage«, sagt Toraf und hält Galen seinen Zeigefinger unter die Nase. »Du bist zwanzig Jahre alt. Warum hast du dich noch nie nach einer Gefährtin umgesehen?«

Galen blinzelt. Tatsächlich hat er darüber noch nie nachgedacht. Nicht einmal, als Toraf um Rayna angehalten hat. Hätte er nicht spätestens da über seinen Singlestatus stolpern müssen? Er schüttelt den Kopf. Seit wann kümmert ihn Torafs Geschwätz? Er zuckt die Achseln. »Ich war einfach zu beschäftigt. Es ist nicht so, dass ich es nicht wollte, falls du das andeuten willst.«

»Mit wem?«

»Wie?«

»Nenn mir einen Namen, Galen. Die erste Frau, die dir in den Sinn kommt.«

Er versucht, ihren Namen auszublenden, ihr Gesicht.

Aber es gelingt ihm nicht. *Emma.* Er windet sich. *Es liegt nur daran, dass wir so viel über sie geredet haben, da habe ich natürlich sie vor Augen*, redet er sich ein. »Es gibt noch niemanden. Aber ich bin mir sicher, es würde jemanden geben, wenn ich mehr Zeit zu Hause verbringen würde.«

»Richtig. Und warum bist du immer fort? Vielleicht suchst du nach etwas und weißt es nicht einmal.«

»Ich bin fort, weil ich die Menschen beobachte. Das ist meine Aufgabe, falls du dich erinnerst. Und du erinnerst dich vielleicht auch daran, dass sie der wahre Grund für die Spaltung unserer Königreiche sind. Wenn sie diese Mine nicht gelegt hätten, wäre nichts von alledem geschehen. Und du weißt so gut wie ich, dass es wieder passieren wird.«

»Komm schon, Galen. Wenn du es *mir* nicht sagen kannst, wem dann?«

»Ich weiß nicht, wovon du sprichst. Und ich denke, du weißt es selbst nicht.«

»Ich verstehe ja, dass du nicht darüber reden willst. Ich würde auch nicht darüber reden wollen, wenn ich meine spezielle Gefährtin gefunden hätte und sie dann meinem eigenen Bruder überlassen müsste. Wohl wissend, dass sie sich auf den Inseln mit ihm paart, ihn in den Armen hält …«

Galen platziert einen sauberen Haken auf Torafs Nase und Blut spritzt auf seine nackte Brust. Toraf fällt nach hinten und hält sich die Nase zu. Dann lacht er. »Ich schätze, ich weiß, wer Rayna das Boxen beigebracht hat.«

Galen massiert sich die Schläfen. »Entschuldige. Ich weiß nicht, was mich da geritten hat. Ich hab's doch gesagt. Ich bin überfordert.«

Toraf lacht. »Du bist so blind, kleiner Fisch. Ich hoffe nur, du machst die Augen auf, bevor es zu spät ist.«

Galen lacht spöttisch. »Hör mir mit deinem furchtbaren Aberglauben auf. Ich sage es dir noch einmal, ich bin einfach überfordert. Mehr steckt nicht dahinter.«

Toraf legt den Kopf zur Seite und schnieft etwas Blut zurück in die Nasenhöhle. »Dann sind dir die Menschen auf Schritt und Tritt gefolgt und es war dir unangenehm?«

»Das ist es, was ich gerade gesagt habe, oder?«

Toraf nickt nachdenklich. »Stell dir vor, wie Emma sich dann erst fühlen muss«, sagt er dann.

»Was?«

»Denk mal darüber nach. Die Menschen sind dir durch ein Gebäude gefolgt, und das hat dir Unbehagen bereitet. Du bist Emma durch das ganze Land gefolgt. Dann sorgt Rachel dafür, dass du jeden Kurs mit ihr zusammen hast. Und als sie versucht, wegzukommen, jagst du ihr auch noch nach. Sieht aus, als hättest du sie vergrault.«

»So, wie du es mit Rayna machst.«

»Hm. Daran habe ich noch gar nicht gedacht.«

»Idiot«, murmelt Galen. Aber es lässt sich nicht leugnen, dass da ein Körnchen Wahrheit in Torafs Sicht der Dinge steckt. Vielleicht fühlt Emma sich wirklich bedrängt. Und offensichtlich trauert sie immer noch um Chloe. Vielleicht muss er die Sache mit Emma langsam angehen lassen. Wenn er ihr Vertrauen gewinnen kann, wird sie vielleicht mit ihm über ihre Gabe und ihre Vergangenheit sprechen. Aber die Frage ist, wie viel Zeit sie wohl braucht. Groms Abneigung, sich zu binden, wird sich seiner Verpflichtung, einen Erben zu zeugen, unterordnen müssen. Und dieser Erbe muss von Emma kommen.

Toraf reißt ihn aus seinen Gedanken. »Du weißt, wessen Rat ich brauche?« Er deutet auf das riesige Haus hinter ihnen. »Rachels.«

»Brauchst du nicht«, widerspricht Galen und steht auf. Er streckt die Hand aus, um seinem Freund auf die Füße zu helfen.

»Warum?«

»Kommunikation ist zwar Rachels Fachgebiet, aber um Kommunikation brauchst du dir keine Gedanken mehr zu machen, wenn Rayna herausfindet, dass ihr schon verbunden seid.«

»Wir sind *was?*« Beide drehen sich abrupt zu Rayna um, die wie angewurzelt stehen bleibt. Der überraschte Ausdruck auf ihrem Gesicht verwandelt sich in rasenden Zorn.

»Dafür wirst du einen ganz speziellen Preis bezahlen, kleiner Fisch!«, ruft Toraf, bevor er das Wasser erreicht.

Galen grinst, als Rayna mordgierig die Verfolgung aufnimmt und ohne Rücksicht auf Verluste durch die Wellen peitscht. Dann geht er zurück ins Haus, um mit Rachel zu reden.

7

Ich greife nach der Foundation und schmiere mir Porzellan ins ganze Gesicht. Die Berührung lässt mich zusammenzucken und sendet einen brennenden Schmerz in meine Augenhöhlen. Wenigstens habe ich keinen blauen Fleck. Blaue Flecken – und Pickel – kommen auf weißer Haut besonders gut zur Geltung. Ich trage etwas durchsichtigen Lipgloss auf und schürze die Lippen vor dem Spiegel. Dann wische ich den Gloss wieder ab. Wem will ich denn was vormachen? Dieses klebrige Zeug wird mich den ganzen Tag nerven. Die Wimperntusche grinst mich vom Waschbecken aus herausfordernd an. Ich nehme die Herausforderung an – heute habe ich keine Angst vor Heulattacken. Ich greife nach dem Bürstchen und verpasse meinen Wimpern einen guten Schwung. Schon komisch, wie ein wenig Schlaf, etwas Make-up und intensives Nachdenken dazu führen können, dass man sich wie ein neuer Mensch fühlt – eine stärkere Ausgabe seiner selbst.

Mom will, dass ich noch einen Tag länger zu Hause bleibe. Aber das wird nicht passieren. Ich habe gestern den ganzen Tag im Bett verbracht und abwechselnd geweint und geschlafen, bis die Tränen gegen Mitternacht versiegt sind und mein Gehirn zu arbeiten begonnen hat. Und Folgendes habe ich beschlossen:

Chloe ist weg. Sie kommt nie mehr zurück. Aber es würde ihr sehr wehtun, wenn sie wüsste, wie ich mich aufgeführt habe. Im Geist tausche ich eine Stunde lang den Platz mit ihr – ich bin tot und Chloe lebt. Wie würde sie damit umgehen? Sie würde weinen. Sie wäre traurig. Sie würde mich vermissen. Aber sie würde nicht aufhören zu leben. Sie würde in ihrem eigenen Zimmer schlafen und über die Erinnerungen lächeln, während sie einschlummert. Und wahrscheinlich würde sie Galen Forza eine verpassen. Was mich zu meinem Beschluss bringt:

Galen Forza ist ein Trottel. Ich kann mich zwar nur verschwommen an die Einzelheiten erinnern, aber ich bin mir ziemlich sicher, dass er etwas mit meinem Unfallmontag zu tun gehabt hat. Außerdem ist er ein wenig seltsam. Mal abgesehen von seiner Angewohnheit, Leute anzustarren, taucht er einfach überall auf. Und wann immer er das tut, werde ich so anmutig wie ein Rhinozeros auf Stelzen. Deshalb werde ich meinen Stundenplan ändern, sobald ich in die Schule komme. Es gibt keinen vernünftigen Grund, sich sieben Stunden am Tag zu demütigen.

Zufrieden mit meinem Plan, lächele ich, während ich mir einen Stuhl an den Tisch ziehe. Mom hat heute wieder ein Reste-Omelett für mich gemacht und diesmal esse ich es auf. Ich bitte sogar um Nachschlag. Sie stellt ein Glas Milch für uns beide auf den Tisch. Das ich versehentlich ganz allein leer schlürfe. Ich werfe nicht einmal einen Blick auf Dads Platz. Oder Chloes.

»Du musst dich wirklich besser fühlen«, bemerkt Mom. »Aber ich wünschte, du würdest trotzdem noch einen Tag länger zu Hause bleiben. Wir könnten einen Mädelstag machen, du und ich. Uns ein paar Frauenfilme ausleihen, Schokolade essen und Cola Light trinken, ein bisschen Kleinstadttratsch austauschen. Was meinst du?«

Ich lache, und mein Kopf fängt an zu pochen, als würde mein Gehirn versuchen, sich zu verdünnisieren. Wenn sie das so sagt, klingt es verführerisch, zu Hause zu bleiben, und zwar nicht nur wegen der Schokolade. Eigentlich ist es schon witzig genug, Mom dabei zuzusehen, wie sie versucht, auf Mädchen zu machen. Unser letzter Mädelstag hat mit einer Pediküre begonnen und mit einer Monstertruck-Rallye geendet. Das ist fünf Jahre her. Genau wie ihre letzte Pediküre.

Trotzdem. Ich habe bereits entschieden, dass heute der Rest meines normalen Lebens beginnt. Eine warme Decke und zwei Liter Eiscreme auf der Couch hätten was von einem Rückzieher. Und noch eine Monstertruck-Rallye brauche ich ungefähr so dringend wie ein drittes Nasenloch. Ich nehme mein Geschirr und bringe es zur Spüle. Dann sage ich: »Ich will tatsächlich zur Schule gehen. Tapetenwechsel, du weißt schon. Vielleicht ein andermal?«

Sie lächelt, aber ich weiß, dass es nicht echt ist, weil sich um ihre Augen keine Fältchen bilden. »Sicher. Ein andermal.«

Ich nicke und angele mir meinen Autoschlüssel. Doch noch bevor ich das Licht in der Garage anknipsen kann, ist sie hinter mir und zerrt an meinem Rucksack.

»Du willst in die Schule? Schön. Aber du wirst nicht fahren. Gib mir den Schlüssel.«

»Mir geht es gut, Mom, wirklich. Wir sehen uns heute Abend.« Ich drücke ihr einen flüchtigen Kuss auf die Wange und wende mich wieder der Tür zur Garage zu.

»Netter Versuch. Gib ihn mir.« Sie streckt die Hand aus.

Mit geballter Faust umklammere ich den Schlüssel. »Am Montag hast du mir das Auto noch aufgedrängt und jetzt nimmst du mir den Schlüssel weg. Was habe ich getan?«

»Was du getan hast? Na ja, du hast die Cafeteriatür mit deinem Gesicht ausgebremst.« Klopfender Fuß, *check*. Wütende Augenbrauen, *check*. *Ich-krieg-gleich-Stubenarrest*-Ton, *check*, *check*, *check*. Alle Anzeichen, dass ich in Schwierigkeiten stecke, sind da. Und ich weiß nicht, warum.

»Ähm, ich habe doch gesagt, dass ich mich besser fühle. Dr. Morton sagt, wenn es mir besser geht, kann ich wieder alltägliche Dinge tun. Und ich komme gleich zu spät zur Schule.« Dr. Morton hatte nichts dergleichen gesagt. Aber weil er der beste Freund meines Dads war, hat er gewartet, bis Mom den Raum verlassen hat, um mir zu erklären, dass ich wahrscheinlich eine Gehirnerschütterung habe. Er weiß, wie zwanghaft sie sein kann. Sie hat eine schriftliche Erklärung für meine Schulakte abgegeben, damit ich im Notfall nicht mit dem Krankenwagen abgeholt werde, weil Dr. Mortons Praxis gleich auf der anderen Seite der Straße ist.

»Schule, hm? Bist du dir sicher, dass du da hingehst?« Ihre Hand ist immer noch ausgestreckt und wartet auf den Schlüssel, den ich nicht herausrücke. Nach einigen Sekunden des Schweigens verschränkt sie die Arme vor der Brust.

»Wohin sollte ich denn bitte sonst mit meinem Rucksack und meinen Büchern gehen?«

»Oh, ich weiß nicht. Vielleicht zu Galen Forza?«

Yep, das habe ich nicht kommen sehen. Sonst hätte ich vielleicht die Röte stoppen können, die mir jetzt in die Wangen schießt. »Ähm. Woher weißt du von Galen?«

»Mrs Strickland hat mir von ihm erzählt. Sie sagte, du hättest dich mit ihm im Flur gestritten und dass du aufgebracht warst, als du vor ihm weggelaufen bist. Sie sagte, er hätte dich ins Büro getragen, nachdem du gegen die Tür gerannt bist.«

Wusste ich's doch, dass er etwas mit meinem Unfall zu tun hatte. Und Mom hat mit der Direktorin darüber gesprochen. Meine Lippen werden so trocken, dass ich erwarte, Staub zu schmecken, als ich darüberlecke. Die Röte breitet sich auf meinem ganzen Körper aus, bis zu den Ohren. »Er hat mich *getragen?*«

»Sie hat gesagt, Galen sei dir nicht von der Seite gewichen, bis Dr. Morton kam. Und Dr. Morton meinte, dass er sich geweigert hat, in den Unterricht zurückzukehren, bevor er ihm nicht versichert hat, dass du wieder gesund wirst.« Der Fuß klopft schneller, dann hält sie inne. »Also?«

Ich blinzele sie an. »Also was?«

Hat meine Mutter gerade geknurrt? Sie wirft die Arme hoch und geht zur Spüle, dann lehnt sie sich zurück und umklammert die Theke, bis ihre Knöchel wie weiße Bohnen aussehen. »Ich dachte, wir stehen uns nahe, Emma. Ich dachte immer, dass du mir gegenüber in diesen Dingen offen bist, dass du dich wohlfühlst, wenn du mit mir redest.«

Ich verdrehe die Augen. *Du meinst wie damals, als ich fast ertrunken wäre? Du hast mir ins Gesicht gelacht, als ich dir erzählt habe, dass der Fisch mich gerettet hat!* Wem will sie denn etwas vormachen? Wir beide wissen doch, dass Dad mein elterlicher Abfalleimer war. Das väterliche Auffangbecken, in das ich meine Gefühle kippen konnte. Denkt sie etwa, ich werde ihr einfach die Schlüssel zu meinem inneren Tagebuch überreichen, nur weil sie mir eine Decke und mit Schokolade überzogene *Was-auch-immer* angeboten hat? Äh, nein.

»Ich weiß, du bist jetzt achtzehn«, schnaubt sie. »Ich hab's kapiert, okay? Aber du weißt nicht alles. Und weißt du, was? Ich mag keine Geheimnisse.«

In meinem Kopf dreht sich alles. Der erste Tag vom Rest meines normalen Lebens entwickelt sich nicht ganz so wie geplant. Ich schüttele den Kopf. »Ich glaube, ich verstehe immer noch nicht, was du von mir willst.«

Sie stampft mit dem Fuß auf. »Wie lange gehst du schon mit ihm, Emma? Wie lange seid ihr ein Paar, Galen und du?«

Omeingott. »Wir sind nicht zusammen«, wispere ich. »Wie kommst du bloß auf diese Idee?«

»Wie ich auf diese Idee komme? Vielleicht solltest du da Mrs Strickland fragen. Sie ist diejenige, die mir erzählt hat, wie vertraut ihr ausgesehen habt, als ihr dort im Flur gestanden seid. Und sie sagte, Galen sei außer sich gewesen, als du nicht zu dir kommen wolltest. Und dass er immer wieder deine Hand gedrückt hat.«

Vertraut? Ich lasse meinen Rucksack von der Schulter und auf den Boden gleiten, bevor ich mich zum Tisch hinüberschleppe und mich hinsetze. Der Raum verwandelt sich in ein riesiges Karussell.

Ich bin ... verlegen? Nein. Verlegen ist man, wenn man sich Ketchup in den Schritt schüttet und es einen roten Fleck im verdächtigen Bereich hinterlässt.

Beschämt? Nein. Beschämt ist man, wenn man mit Selbstbräuner experimentiert und vergisst, etwas davon auf seine Füße zu geben, und dann aussieht, als würde man Socken zu den Flipflops und dem Sommerkleid tragen.

Perplex? Yep. Das ist es. Perplex, weil er, nachdem ich ihn angeschrien habe – oh ja, jetzt erinnere ich mich wieder –, meinen schlaffen Körper aufgehoben und mich den ganzen Weg bis ins Büro getragen hat und dass er bei mir geblieben ist, bis Hilfe eintraf. Oh, und er hat meine Hand gehalten und neben mir gesessen.

Ich wiege das Gesicht in den Händen und stelle mir vor, dass ich beinahe zur Schule gefahren wäre, ohne das zu wissen. Wie nah ich dran gewesen bin, auf Galen zuzugehen und ihm zu sagen, er soll sein Kribbeln nehmen und es sich dahin schieben, worum die Gedanken aller Mädchen sowieso schon kreisen, seit er aufgekreuzt ist. Ich stöhne in meine verschränkten Finger. »Ich kann ihm nie wieder gegenübertreten«, sage ich zu niemand Bestimmten.

Unglücklicherweise denkt Mom, dass ich mit ihr spreche. »Warum? Hat er mit dir Schluss gemacht?« Sie setzt sich neben mich und zieht mir die Hände vom Gesicht. »Liegt es daran, dass du nicht mit ihm schlafen wolltest?«

»Mom!«, kreische ich. »Nein!«

Sie reißt ihre Hand weg. »Du meinst, du *hast* mit ihm geschlafen?« Ihre Lippen zittern. Das darf alles nicht wahr sein.

»Mom, ich hab dir doch gesagt, dass wir nicht zusammen sind!« Schreien ist eine blöde Idee. Mein Herzschlag pocht in meinen Schläfen.

»Du *bist* nicht einmal mit ihm zusammen und hast mit ihm geschlafen?« Sie ringt die Hände. Tränen sammeln sich in ihren Augen.

Eins Mississippi … zwei Mississippi … *ist das ihr verdammter Ernst?* … drei Mississippi … vier Mississippi … *denn ich schwöre, ich bin drauf und dran auszuziehen* … fünf Mississippi … sechs Mississippi … *da könnte ich auch gleich mit ihm schlafen, wenn ich sowieso beschuldigt werde* … sieben Mississippi … acht Mississippi … *Omeingott, habe ich das eben wirklich gedacht?* … neun Mississippi … zehn Mississippi … *rede mit deiner Mutter – jetzt.*

Ich versuche, freundlich zu klingen, als ich sage: »Mom, ich habe nicht mit Galen geschlafen! Außer es zählt, dass ich bewusstlos im Krankenzimmer neben ihm gelegen habe. Aber wir gehen nicht miteinander. Wir sind nie miteinander gegangen. Das ist auch der Grund, warum er nicht mit mir Schluss gemacht hat. Habe ich irgendetwas verpasst?«

»Worüber habt ihr dann im Flur gestritten?«

»Ich kann mich tatsächlich nicht daran erinnern. Ich weiß nur, dass ich wütend auf ihn gewesen bin. Verlass dich drauf, ich werde es herausfinden. Aber jetzt komme ich zu spät zur Schule.« Ich hieve mich vom Stuhl und schleppe mich zu meinem Rucksack auf dem Boden. Runterbeugen ist eine noch dümmere Idee als Schreien. Ich wünschte, mein Kopf würde einfach abfallen.

»Du erinnerst dich also nicht, worüber ihr gesprochen habt? Dann solltest du definitiv zu Hause bleiben und dich ausruhen. Emma? Emma, du lässt mich hier nicht so einfach sitzen, junge Dame.«

Sie folgt mir nicht, was bedeutet, dass dieses Gespräch beendet ist.

Ich parke ein und checke mein Make-up im Rückspiegel. Anstatt der Porzellan-Foundation hätte ich auch ein Vergrößerungsglas nehmen können, um die Röte in meinem Gesicht zu kaschieren. Es wird bestimmt noch schlimmer, wenn ich Galen über den Weg laufe. Ich hole tief Luft und öffne die Tür, als es gerade läutet.

Im Sekretariat riecht es nach frischem Lack, Papier und Kaffee. Ich unterschreibe für mein unentschuldigtes Zuspätkommen und warte darauf, dass ich weitergehen darf. Mrs Poindexter, eine nette ältere Dame, die schon im Sekretariat arbeitet, seit sie eine nette jüngere Dame war, zieht einen Block aus ihrer Schublade und kritzelt etwas darauf. Auf alten Fakultätsfotos erkennt man sie an ihrem Haar, das sie schon immer zu einem waschechten Bienenstock aufgetürmt hat und mit genug Haarspray fixiert, um die Aufmerksamkeit von Greenpeace zu erregen. Der einzige Unterschied ist, dass ihr Haar inzwischen weiß ist. Oh, und sie zeigt mehr Dekolleté als die meisten Ballkleider.

»Wir freuen uns ja alle so, dass es Ihnen besser geht, Miss McIntosh. Aber Sie haben da immer noch eine ordentliche Beule an der Birne«, sagt sie mit ihrer kindlichen Stimme.

Da ich keine Beule an der Birne habe, bin ich ein wenig beleidigt, beschließe aber, darüber hinwegzusehen. »Danke, Mrs Poindexter. Sieht schlimmer aus, als es ist. Ich bin nur ein wenig empfindlich.«

»Ja, ich würde sagen, die Tür hat das meiste abbekommen«, sagt eine Stimme neben mir. Galen trägt sich unter mir in die Liste für unentschuldigtes Zuspätkommen ein. Als sein Arm meinen streift, fühlt es sich an, als würde sich mein Blut in kochendes Wasser verwandeln.

Ich drehe mich zu ihm um. Meine Träume werden ihm wirklich nicht gerecht. Lange, schwarze Wimpern, makellose olivfarbene Haut, gemeißeltes Kinn wie ein italienisches Model, Lippen wie – *um Gottes willen, Haltung bewahren, du Schwachkopf. Er hat dich gerade verarscht.* Ich verschränke die Arme vor der Brust und recke das Kinn nach vorne. »Du musst es ja wissen«, sage ich.

Er grinst, entreißt mir meinen Rucksack und geht hinaus. Ich bemühe mich, seinen Duft zu ignorieren, als sich die Tür hinter ihm schließt, und sehe zu Mrs Poindexter hinüber. Die kichert nur, zuckt die Achseln und tut so, als würde sie Akten sortieren. Nachricht angekommen: *Dein Problem, aber ein großartiges.* Hat er mit seinem Charme etwa auch schon das Personal um den Verstand gebracht? Wenn er anfangen würde, den Kindern das Lunchgeld zu stehlen, würde sie dann auch noch kichern? Ich knurre mit zusammengebissenen Zähnen und stampfe aus dem Büro.

Galen wartet vor der Tür auf mich und ich stoße fast mit ihm zusammen. Er lacht in sich hinein und fängt meinen Arm ab. »Das wird langsam zur Gewohnheit, was?«

Nachdem ich wieder festen Halt unter den Füßen habe – das heißt, nachdem Galen mir Halt gegeben hat –, ramme ich meinen Finger in seine Brust und treibe ihn gegen die Wand, was nur dazu führt, dass er noch breiter grinst. »Du … nervst …«, zische ich ihn an.

»Ist mir aufgefallen. Ich werde daran arbeiten.«

»Dann fang doch schon mal damit an und gib mir meinen Rucksack.«

»Nein.«

»Nein?«

»Richtig – nein. Ich trage ihn für dich. Das ist das Mindeste, was ich tun kann.«

»Na schön, dagegen kann ich nichts sagen, oder?« Ich versuche, an den Rucksack heranzukommen, aber er wehrt mich ab. »Galen, ich will nicht, dass du ihn trägst. Jetzt hör auf. Ich komme zu spät in den Unterricht.«

»Ich auch, erinnerst du dich?«

Oh ja, richtig. Er hat mich abgelenkt. »Und überhaupt muss ich noch mal zurück ins Sekretariat.«

»Kein Problem. Ich werde hier auf dich warten, dann bringe ich dich zu deinem Kurs.«

Ich kneife mir in den Nasenrücken. »Darum geht es ja gerade. Ich ändere meinen Stundenplan. Ich werde nicht länger in deinen Kursen sein. Du solltest wirklich einfach gehen. Sonst verstößt du ernsthaft gegen Regel Numero uno.«

Er verschränkt die Arme vor der Brust. »Warum änderst du deinen Stundenplan? Meinetwegen?«

»Nein.«

»Lügnerin.«

»Vielleicht.«

»Emma …«

»Hör mal, ich will nicht, dass du das persönlich nimmst. Es ist nur so, dass … nun ja, immer wenn ich in deiner Nähe bin, passiert etwas Schlimmes.«

Er zieht eine Augenbraue hoch. »Bist du dir sicher, dass das an mir liegt? Ich meine, aus meiner Perspektive sah es aus, als hätten deine Flipflops …«

»Worüber haben wir uns überhaupt gestritten? Wir haben uns doch gestritten, oder?«

»Du … du erinnerst dich nicht?«

Ich schüttele den Kopf. »Dr. Morton sagte, ich könnte einen kurzzeitigen Gedächtnisverlust erlitten haben.

Ich erinnere mich aber daran, dass ich sauer auf dich war.«

Er sieht mich an, als wäre ich eine Kriminelle. »Du behauptest also, dass du dich an nichts, was ich gesagt habe, erinnerst. An nichts, was *du* gesagt hast.«

Die Art, wie ich die Arme verschränke, erinnert mich an meine Mutter. »Genau so ist es, jawohl.«

»Schwörst du es?«

»Wenn du es mir schon nicht verraten willst, dann gib mir jetzt wenigstens meinen Rucksack zurück. Ich habe eine Gehirnerschütterung, keine gebrochenen Arme. Ich brauche keine Hilfe.«

Sein Lächeln ist reif für die Titelseite jeder einzelnen Zeitschrift dieses Landes. »Wir haben darüber gestritten, an welchen Strand wir gehen. Wir wollten nach der Schule noch schwimmen.«

»Lügner.« Mit einem großen L. Schwimmen – Ertrinken – steht auf meiner To-do-Liste irgendwo hinter Stachelschweinegebären.

»Wobei, warte. Du hast recht. Wir haben darüber gestritten, wann die *Titanic* wirklich gesunken ist. Wir waren uns schon einig, zum Schwimmen zu mir nach Hause zu gehen.«

Da geht mir ein Licht auf, allerdings nicht die Art von Licht, die mir aufgehen würde, wenn das die Wahrheit wäre. Ich erinnere mich nicht daran, überhaupt über den Strand gesprochen zu haben, aber ich *erinnere mich*, dass ich die Frage nach der *Titanic* in Mr Pinners Kurs beantwortet habe. Nicht einmal Galen, der mit seinem Lächeln meinen gesunden Menschenverstand blockiert, hätte mich dazu überreden können, ins Wasser zu gehen, oder? »Das … das glaube ich nicht«, beschließe ich, noch während ich es ausspreche. »Wegen so etwas würde ich nicht ausflippen. Egal ob es sich um ein historisches Datum oder eine aktuelle Verabredung handelt.«

Er zuckt die Achseln. »Mich hat deine Reaktion auch überrascht.«

Ich ziehe eine *Du-willst-mich-wohl-veräppeln*-Braue hoch. »Warum sollte man wegen eines Datums streiten? Man könnte es doch einfach googeln.«

»Stimmt. Man könnte es im World Wide Web recherchieren. Aber hast du dich schon mal gefragt, wessen Web das so genau ist?«

»Was?«

»Also, ich meine, hast du je darüber nachgedacht, dass du immer nur *die* Antworten findest, die du finden *sollst?*«

Ich schüttele den Kopf. »Nein. Darauf fall ich nicht rein. Du versuchst bloß, mich abzulenken. Worüber haben wir wirklich gestritten?«

»Was denkst du, worüber wir gestritten haben?«

»Lass das. Du beantwortest meine Fragen mit Gegenfragen.« Und er ist wirklich verdammt gut darin. Irgendwie bin ich von mir selbst beeindruckt, weil ich es bemerkt habe, und zwar trotz Gehirnerschütterung.

Er wirkt ebenfalls beeindruckt. »Bist du auch ganz sicher, dass du dich nicht erinnerst? Dein Verstand scheint gut zu funktionieren.«

»Weißt du, was? Vergiss es einfach. Was auch immer es war, ich verzeihe dir. Und jetzt gib mir meinen Rucksack, damit ich ins Sekretariat zurückgehen kann. Wir sind sowieso erledigt, wenn wir hier noch länger rumstehen.«

»Wenn du mir wirklich verzeihen würdest, müsstest du nicht mehr ins Sekretariat.« Er verstärkt seinen Griff um den Gurt meines Rucksacks.

»*Omeingott*, Galen, warum führen wir dieses Gespräch überhaupt? Du kennst mich nicht mal. Was geht es dich denn an, wenn ich meinen Stundenplan ändere?« Ich weiß, dass ich grob bin. Der Typ hat angeboten, meine Sachen zu tragen und mich zum Unterricht zu begleiten. Und je nachdem, welche Version der Geschichte ich glaube, hat er mich entweder schon am Montag auf ein Date eingeladen oder aber indirekt vor ein paar Sekunden. Aber so oder so ergibt das alles keinen Sinn. Warum ich? Mir fallen auf Anhieb mindestens zehn Mädchen ein, die in puncto Aussehen, in puncto Persönlichkeit und in puncto Foundation besser abschneiden als ich. Und Galen könnte jede von ihnen haben.

»Hey, hast du keine Gegenfrage mehr auf Lager?«, erkundige ich mich nach einigen Sekunden.

»Ich finde es einfach nur bescheuert, dass du deinen

Stundenplan wegen einer dummen Meinungsverschiedenheit über die *Titanic* ändern willst ...«

Ich werfe die Hände hoch. »Kapierst du denn nicht, wie seltsam das alles für mich ist?«

»Ich versuche es, Emma. Ich versuche es wirklich. Aber ich denke, du hattest zwei harte Wochen, und die fordern ihren Tribut. Du hast gesagt, dass immer etwas Schlimmes passiert, wenn du in meiner Nähe bist. Aber ob das stimmt, wirst du nur herausfinden, wenn du mehr Zeit mit mir verbringst. Das solltest du zumindest zugeben.«

Irgendetwas stimmt nicht mit mir. Diese Cafeteriatür muss mich wirklich erledigt haben. Sonst würde ich Galen niemals so barsch abweisen. Nicht wenn er mich geradezu anfleht, nicht wenn er sich so zu mir herüber beugt, nicht wenn er so gut duftet. »Siehst du? Du nimmst es persönlich, obwohl es nichts Persönliches ist«, flüstere ich.

»Für mich ist es persönlich, Emma. Es stimmt, ich kenne dich nicht gut. Aber es gibt ein paar Dinge, die ich über dich weiß. Und ich würde gern mehr wissen.«

Selbst ein Glas Eiswasser könnte meine Wangen nicht mehr abkühlen. »Alles, was du über mich weißt, ist, dass ich in Flipflops eine Gefahr für die Menschheit bin.«

Dass ich ihm nicht in die Augen sehen will, stört ihn offenbar, denn er hebt mein Kinn mit einem gekrümmten Finger an. »Das ist nicht alles, was ich weiß«, erwidert er. »Ich kenne dein größtes Geheimnis.«

Dieses Mal wische ich seine Hand nicht weg. Durch meine Füße fließt elektrischer Strom und beweist, dass wir wirklich so nah beieinanderstehen, dass sich unsere Zehen berühren. »Ich habe keine Geheimnisse«, sage ich wie gebannt.

Er nickt. »Das habe ich inzwischen auch verstanden. Du weißt tatsächlich nichts über dein Geheimnis.«

»Du redest Unsinn.« Oder ich kann mich einfach nicht konzentrieren, weil ich versehentlich seine Lippen angesehen habe. *Vielleicht hat er mich wirklich zum Schwimmen überredet …*

Die Tür des Sekretariats schwingt auf. Galen packt mich am Arm und schleift mich um die Ecke. Er zerrt mich einfach weiter den Flur entlang, in Richtung Weltgeschichte.

»Das war's dann?«, frage ich verärgert. »Dabei willst du es belassen?«

Vor der Tür bleibt er stehen. »Das hängt von dir ab«, sagt er. »Komm nach der Schule mit mir an den Strand und ich werde es dir erzählen.«

Er streckt die Hand nach dem Knauf aus, aber ich halte sie fest. »Mir *was* erzählen? Ich habe dir doch schon gesagt, dass ich keine Geheimnisse habe. Und ich gehe nicht schwimmen.«

Er grinst und öffnet die Tür. »Am Strand kann man noch andere Dinge tun als schwimmen.« Dann zieht er mich so dicht an sich heran, dass ich denke, er wird mich küssen. Stattdessen flüstert er mir ins Ohr: »Ich werde dir erzählen, woher deine Augenfarbe kommt.« Als ich nach Luft schnappe, legt er mir sanft eine Hand ins Kreuz und schiebt mich ins Klassenzimmer. Und dann lässt er mich einfach stehen.

8

Die Glocke läutet zum letzten Mal und die Schüler strömen aus allen Ecken des roten Ziegelsteingebäudes. In der Ferne zischen die Bremsen des Schulbusses, und die jüngsten Schüler pferchen sich dicht gedrängt in die Zufahrt, um einzusteigen. Wie eine Herde bewegt sich die Oberstufe der Middle-Point-Highschool in einem stetigen Strom zum Parkplatz, wo sie sich um Galen und sein nicht-ganz-so-bescheidenes Auto schart. Er lehnt sich gegen den Kofferraum, nickt den Jungs zu, die den Wagen bewundern, und meidet jeden Blickkontakt mit den Mädchen, die etwas anderes bewundern.

Die Welle von Schülern verwandelt sich in eine Blechlawine. Das obligatorische Hupen lässt etwas nach, als sich die Autos, vollbepackt mit menschlichen Teenagern, dem Highway nähern. Galen hört, wie hinter ihm jemand auf einem Skatebord Bekanntschaft mit dem Asphalt macht, gefolgt vom dazugehörigen Schmerzensschrei.

Er wirft einen Blick auf den Wagen, der neben seinem parkt. *Wo ist sie?*

Als sie an der Doppeltür auftaucht, fängt die Luft zwischen ihnen an zu knistern. Sie sieht ihm fest in die Augen. Enttäuscht, als sie nicht lächelt, stößt er sich vom Auto ab und ist schon bei ihr, bevor sie auch nur zehn Schritte machen kann. »Lass mich deinen Rucksack tragen. Du siehst müde aus. Alles okay bei dir?«

Diesmal kämpft Emma nicht um den Rucksack. Stattdessen überreicht sie ihn Galen und streicht sich ihr weißblondes Haar auf die eine Seite des Gesichts. »Ich habe nur Kopfschmerzen. Und wow. Du hast den ganzen Tag blaugemacht, nachdem du mit mir über die Änderung meines Stundenplans *gestritten* hast.«

Er grinst. »So habe ich das noch gar nicht gesehen. Ich wusste einfach, dass du dich nicht auf den Unterricht konzentrieren würdest, wenn ich geblieben wäre. Du hättest mich den ganzen Tag wegen deines Geheimnisses genervt und du hast sowieso schon genug Stunden versäumt.«

»Danke, Dad«, sagt sie und verdreht die Augen. Als sie ihre Autos erreichen, wirft er ihren Rucksack auf den Rücksitz seines Cabrios.

»Was machst du da?«, fragt sie.

»Ich dachte, wir hätten Pläne geschmiedet und fahren an den Strand.«

Sie verschränkt die Arme. »Du hast Pläne geschmiedet. Und dann bist du verschwunden.«

Er verschränkt ebenfalls die Arme. »Du hast am Montag zugestimmt, bevor du dir den Kopf angeschlagen hast.«

»Yep, das behauptest du immer wieder.«

Ohne nachzudenken, nimmt er ihre Hand. Emmas Augen weiten sich – sie ist genauso überrascht wie er. *Was tue ich da?* »Na schön, du erinnerst dich also nicht daran, dass ich dich gefragt habe. Aber ich frage dich jetzt. Würdest du bitte mit zum Strand kommen?«

Sie entzieht ihm die Hand und beobachtet ein paar vorbeigehende Kids, die hinter einem gelben Aktenordner verstohlen miteinander tuscheln. »Was hat der Strand mit meinen Augen zu tun? Und warum trägst *du* Kontaktlinsen?«

»Rach… ähm, meine *Mom* sagt, sie werden mir bei der Eingewöhnung hier helfen. Sie meint, die Farbe würde sonst einfach zu viel Aufmerksamkeit erregen.«

Emma schnaubt. »Oh, sie hat absolut recht. Blaue Augen lassen dich gleich viel *durchschnittlicher* aussehen. Ich hätte dich beinahe nicht bemerkt.«

»Du verletzt meine Gefühle, Emma.« Er grinst.

Sie kichert.

Er sagt: »Ich würde dir eventuell verzeihen – wenn du mit mir an den Strand gehst.«

Sie seufzt. »Ich kann nicht mitkommen, Galen.«

Er fährt sich mit der Hand durchs Haar. »Ehrlich, Emma, ich weiß nicht, wie viel Zurückweisung ich noch ertragen kann«, platzt er heraus. Er kann sich in der Tat nicht daran erinnern, *jemals* zurückgewiesen worden zu sein, außer von Emma. Natürlich könnte es daran liegen, dass königliches Blut in seinen Adern fließt. Oder vielleicht daran, dass er ohnehin nicht viel Zeit mit seiner Art verbringt, geschweige denn mit Frauen. Eigentlich verbringt er mit niemandem viel Zeit, außer mit Rachel. Und Rachel würde ihm ihr schlagendes Herz geben, wenn er darum bäte.

»Es tut mir leid. Diesmal ist es nicht wegen dir. Na ja, oder vielleicht irgendwie doch. Meine Mom … sie denkt, dass wir miteinander gehen.« Ihre Wangen – und diese Lippen – werden dunkelrot.

»Miteinander gehen?« *Was soll das heißen? Zum Strand? Wo ist das Problem?* Doch dann fällt ihm ein, was Rachel gesagt hat … miteinander gehen bedeutet fast das Gleiche wie sich miteinander verbinden. Sozusagen der Schritt davor. Er blinzelt Emma an. »Deine Mom denkt, dass wir uns … ähm, dass wir miteinander gehen?«

Sie nickt und beißt sich auf die Lippe.

Aus unerklärlichen Gründen gefällt ihm das. Er lehnt sich an die Beifahrertür ihres Wagens. »Oh. Okay. Aber was spielt es für eine Rolle, wenn sie das denkt?«

»Ich habe ihr gesagt, dass wir nicht miteinander gehen. Erst heute Morgen. Wenn ich jetzt mit dir an den Strand gehe, hält sie mich für eine Lügnerin.«

Er kratzt sich den Nacken. »Verstehe ich nicht. Warum sollte sie denn denken, dass wir miteinander gehen, wenn du ihr gesagt hast, dass wir es nicht tun?«

Sie lässt sich gegen die Fahrertür seines Autos fallen. »Also, das ist jetzt wirklich deine Schuld, nicht meine.«

»Offensichtlich stelle ich nicht die richtigen Fragen ...«

»Es liegt an der Art, wie du dich mir gegenüber verhalten hast, als ich mir den Kopf angeschlagen habe, Galen. Einige Leute haben das beobachtet. Und meiner Mom davon erzählt. Jetzt glaubt sie, ich hätte dich vor ihr versteckt, dich geheim gehalten. Sie denkt, dass wir ... dass wir ...«

»Miteinander gehen?«, hilft er aus. Er versteht nicht, warum sie solche Schwierigkeiten hat, es auszusprechen, wenn es bedeutet, was er denkt – nämlich mehr Zeit mit einem bestimmten Menschen zu verbringen als mit anderen, um zu sehen, ob sie oder er ein guter Gefährte wäre.

Die Syrena machen das auch, aber sie nennen es sichten – und Sichten dauert nicht annähernd so lange wie dieses *Miteinander-Gehen*. Eine Syrena kann einen Gefährten in wenigen Tagen sichten. Er musste lachen, als Rachel gesagt hat, einige Menschen würden jahrelang miteinander gehen. *So was von unentschlossen.* Doch dann hört er Torafs Stimme in seinem Ohr, ein flüsterndes Echo, das ihn einen Heuchler nennt. *Du bist zwanzig Jahre alt. Warum hast du denn noch niemanden gesichtet?*

Aber das bedeutet noch lange nicht, dass er unentschlossen ist. Er hat einfach keine *Zeit*, weil er seine Aufgabe, die Menschen zu beobachten, ernst nimmt. Wenn die nicht wäre, hätte er sich längst niedergelassen. Wie kommt Toraf bloß auf die Idee, dass Emma der Grund dafür sein könnte, dass er bis jetzt noch keine gesichtet hat? Bis vor drei Wochen hat er nicht einmal gewusst, dass sie existiert.

Emma nickt. Dann schüttelt sie den Kopf. »Miteinander gehen, ja. Aber sie denkt, wir würden, ähm, *mehr* tun als das.«

»Oh«, sagt er nachdenklich. Dann grinst er. *»Oh.«* Ihre Lippen nehmen seine Lieblingsfarbe an, weil Emmas Mom denkt, sie würden miteinander gehen *und* sich paaren. Die Röte breitet sich über ihren ganzen Hals aus und verschwindet in ihrem T-Shirt. Er sollte jetzt wahrscheinlich irgendetwas sagen, damit sie sich wohler fühlt. Aber es macht viel mehr Spaß, den Moment auszukosten. »Tja, dann sollte sie uns *wirklich* etwas Privatsphäre lassen …«

»Omeingott!« Sie reißt ihren Rucksack vom Sitz und marschiert auf die Fahrertür ihres Wagens zu. Doch bevor sie die Tür aufschließen kann, reißt er ihr den Schlüssel aus der Hand und lässt ihn in seiner Hosentasche verschwinden. Sie macht Anstalten, den Schlüssel zurückzuholen, hält aber inne, als sie begreift, *wo* sie danach fischen müsste.

Er hat sie noch nie so rot gesehen. Er lacht. »Immer mit der Ruhe, Emma. Ich mache nur Witze. Geh nicht.«

»Aha, aber das ist nicht komisch. Du hättest sie heute Morgen sehen sollen. Sie hat fast geweint. Und meine Mom weint nicht.« Sie verschränkt die Arme wieder, lehnt sich jedoch entspannt gegen die Tür.

»Sie hat *geweint?* Das ist ziemlich beleidigend.«

Sie lässt sich zu einem winzigen Grinsen hinreißen. »Ja, es ist eine Beleidigung für *mich.* Sie denkt, ich würde ... würde ...«

»Mehr tun, als mit mir zu gehen?«

Sie nickt.

Er tritt auf sie zu, stützt seine Hände links und rechts von ihr am Wagen ab und beugt sich vor. Eine heiße Strömung scheint seinen Rücken hinaufzuschießen. *Was tust du da?* »Dann sollte sie aber wissen, dass du dir so etwas mit mir nicht vorstellen könntest. Dass du nicht einmal im Traum daran denken würdest«, murmelt er. Sie wendet den Blick ab und bestätigt damit seine unausgesprochene Frage – sie *hat* es sich schon vorgestellt. Genauso wie er. Aber wie oft? Spürt sie die elektrisierende Spannung zwischen ihnen auch? *Wen kümmert das, du Idiot? Sie gehört Grom. Oder wirst du etwa zulassen, dass dich ein paar Funken daran hindern, die Reiche zu einen?*

Er weicht zurück und beißt die Zähne zusammen. Seine Hosentaschen sind in diesem Moment der einzig sichere Ort für seine Hände. »Warum stellst du mich ihr nicht einfach vor? Denkst du, sie würde sich dann besser fühlen?«

»Ähm.« Emma streicht sich das Haar auf die andere Seite ihres Gesichts. Ihre Miene schwankt zwischen Schock und Erwartung. Und sie hat jedes Recht, etwas zu erwarten – immerhin malt auch er sich schon seit über zwei Wochen aus, wie es wohl wäre, sie zu küssen. Sie nestelt am Türgriff. »Ja, vielleicht. Sie wird mich nirgends hingehen lassen – erst recht nicht mit dir –, solange sie dich nicht kennt.«

»Sollte ich Angst haben?«

Sie seufzt. »Normalerweise würde ich *Nein* sagen. Aber nach diesem Morgen …« Sie zuckt die Achseln.

»Was hältst du davon, wenn ich dir zu deinem Haus folge, damit du den Wagen abstellen kannst? Dann kann sie mich ins Kreuzverhör nehmen. Und wenn sie sieht, wie charmant ich bin, wird sie dir erlauben, mit mir zum Strand zu fahren.«

Sie verdreht die Augen. »Sei bloß nicht *zu* charmant. Wenn du zu glatt rüberkommst, wird sie niemals glauben, dass … Übertreib's einfach nicht, okay?«

»Die Sache wird kompliziert«, sagt er und schließt ihren Wagen auf.

»Das Ganze war deine Idee, außerdem bist du Schuld daran. Noch kannst du einen Rückzieher machen.«

Er lacht leise und hält ihr die Wagentür auf. »Häng mich bloß nicht ab.«

Emma wirft ihren Rucksack auf die Theke und reckt den Kopf ins Treppenhaus. »Mom, könntest du mal kurz runterkommen? Wir haben Besuch.«

»Sicher, Schätzchen. Bin gleich da. Sie haben gerade angerufen, dass ich kommen soll. Hab's eilig«, ertönt die Antwort von oben.

Er steckt die Hände in seine Taschen. *Warum bin ich nervös? Es geht nur darum, einem weiteren Menschen etwas vorzumachen.* Aber alles hängt davon ab, dass dieser Mensch ihn mag, ihn akzeptiert. Emmas Mutter für sich zu gewinnen, ist genauso wichtig, wie Emma zu gewinnen. Ihre Mutter könnte seine Aufgabe erschweren. Wenn sie ihn ablehnt, könnte ihn das Zeit kosten.

Plötzlich machen sich Selbstzweifel breit. Wenn er in den beiden Wochen vor Schulbeginn nicht mit Rachel geübt hätte, würde er das hier nicht einmal versuchen. Aber Rachel war gründlich. Sie ist jeden einzelnen Punkt mit ihm durchgegangen: was ihn in der Schule erwartet und wie er sich verhalten muss, was bestimmte Phrasen bedeuten, was er anziehen soll und wann er es anziehen soll. Sie haben seine Fahrkünste aufpoliert. Rachel hat sogar vorhergesehen, dass er Emmas Eltern kennenlernen würde – auch wenn niemals von einem Verhör die Rede war. Jetzt wünscht er, er hätte sie auf dem Weg hierher angerufen.

Als er wieder einmal darüber nachdenkt, Emma zu kidnappen, sieht er sich genauer um. Von der Küche aus kann er das ganze Erdgeschoss einsehen. Das Einzige, was bei der Einrichtung zusammenpasst, ist, dass nichts zusammenpasst – Haushaltsgeräte, Möbel, Farben. Alle Räume gehen ohne Türen ineinander über, als wäre man überall willkommen. Jenseits des Wohnzimmers spähen von Grasbüscheln durchsetzte Sanddünen durch das riesige Fenster herein, als würden sie lauschen.

Das alles ist ganz nach seinem Geschmack – im Vergleich dazu wirkt das Haus, das Rachel gekauft hat, kalt, distanziert und unpersönlich. Aber was ihn regelrecht eifersüchtig macht, sind die Bilder, die jede Wand des Raumes bedecken. Bilder von Emma. Ihr ganzes Leben hängt an diesen Wänden – und wenn er keinen Weg findet, ihre Mutter von seinen guten Absichten zu überzeugen, wird er wahrscheinlich keine Chance bekommen, sie anzusehen.

Er hört gedämpfte Schritte auf der Treppe. Als Emmas Mutter auftaucht, befestigt sie gerade etwas an ihrer Bluse. Als sie Galen sieht, bleibt sie stehen. »Oh.«

Galen weiß, dass sich der Schock auf ihrem Gesicht in seinem eigenen Ausdruck spiegelt. *Ist sie eine Syrena?* Ihre äußere Erscheinung – dunkles Haar, dunkle Haut und der hagere, muskulöse Körperbau – schreit Ja. Bis auf diese blauen Augen. Blaue Augen, die ihn mustern, als ob sie wüssten, wer er ist und warum er hier ist. Dann, mit dem nächsten Wimpernschlag, verwandeln sich diese blauen Augen einer Wächterin in die einer Gastgeberin.

Emma durchquert anmutig den Raum. »Mom, das ist mein Besuch. Das ist Galen Forza.«

Er lächelt und streckt die Hand aus, um sie zu begrüßen. Genauso hat Rachel es ihm beigebracht. »Hi, Mrs McIntosh. Freut mich, Sie kennenzulernen.«

Sie kommt ihm auf halbem Weg entgegen und nimmt seine Hand. Ihr Händedruck ist selbstbewusst, aber nicht zu dominant und löst nicht das kleinste Kribbeln aus. Nicht, dass er wirklich eine elektrisierende Spannung erwartet hätte, aber sie ist immerhin Emmas Mutter. Aus der Nähe bemerkt er das Grau, das sich in dünnen Strähnen durch ihr Haar zieht. *Spuren des Alters; ein menschlicher Prozess.* Ihr Tonfall ist ausgesprochen höflich, aber ihre Augen – blau, *keine* Kontaktlinsen, soweit er das erkennen kann – sind geweitet, und ihr Mund schließt sich niemals ganz. »Oh. Galen.« Sie dreht sich zu Emma um. »Das ist *Galen?*«

Er erkennt, dass sie Emma mit dieser Frage noch eine andere Frage stellt – eine, die nichts damit zu tun hat, dass er ein Syrena ist. Er schiebt die Hände in die Taschen und fängt an, den Teppich anstatt ihres Gesichts zu mustern, wobei er jeden einzelnen Faden einer ausführlichen Betrachtung unterzieht. Er kann ihr nicht in die Augen sehen, weil er ahnt, was sie sich in diesem Moment ausmalt. *Idiot! Sie macht sich keine Sorgen darüber, warum Galen, der* Syrena, *in ihrem Haus ist. Sie macht sich Sorgen, warum Galen, der* menschliche Junge, *hier ist.*

Emma räuspert sich. »Yep. Das ist er.«

»Ich verstehe. Würdest du uns für einen Moment entschuldigen, Galen? Emma, kann ich bitte unter vier Augen mit dir sprechen? Oben?«

Sie wartet die Antwort gar nicht erst ab. Bevor Emma ihr nach oben folgt, wirft sie ihm ein *Ich-hab's-doch-gesagt*-Grinsen zu. Das er mit einem Nicken quittiert.

Da er sich nicht gerade dazu eingeladen fühlt, durchs Haus zu streifen und alle Bilder anzusehen, trottet er zum Fenster und starrt durch das Dünengras hindurch. Von oben dringen keine Geräusche herunter – weder Geschrei noch sonst irgendetwas –, aber er ist sich nicht sicher, ob das gut oder schlecht ist. Menschen lösen ihre Probleme anders als Syrena und selbst innerhalb ihrer Art völlig unterschiedlich. Sicher, die Königsfamilie neigt zu Jähzorn. Aber die meisten Syrena holen sich Hilfe von einer dritten Partei. Sie suchen sich einen Vermittler, der für Fairness sorgt. Menschen tun das nie. Sie lösen ihre Konflikte lieber mit Geschrei, Streit und manchmal sogar mit Mord – Rachel ist ein perfektes Beispiel dafür. Als er sie gefunden hat, war sie an einen Betonblock gefesselt, den jemand ins Meer geworfen hatte. Er war damals erst dreizehn Jahre alt, aber er erinnert sich noch genau daran, wie schnell sie sank, zappelnd wie ein lebendiger Köder, und wie sie trotz des Klebebands über ihrem Mund versuchte zu schreien. Und die Knoten. Er hat sich die Finger blutig gerissen, um diese Knoten zu lösen.

Als er sie ans Ufer brachte, hat sie ihn angefleht, sie nicht zu verlassen. Er wollte nicht bleiben, aber sie hat so heftig gezittert, dass er dachte, sie würde ohnehin sterben. Grom hatte ihn gelehrt, wie man ein Feuer macht – etwas, das die meisten Syrena erst lernen, wenn die Zeit gekommen ist, sich auf den Inseln zu paaren. Er hat ein paar Fische gefangen und sie gegrillt. Eine vorsichtige Neugier ließ ihn verweilen, während sie aß. Jeder andere erwachsene Mensch wäre vollkommen aus dem Häuschen gewesen, wenn er seine Flosse gesehen hätte. Aber Rachel nicht. Tatsächlich hat sie sie so gut ignoriert, dass er dachte, sie wäre ihr vielleicht gar nicht aufgefallen. Bis sie ihm erzählt hat, dass sie die letzten dreißig Jahre damit verbracht hat, die Geheimnisse anderer Leute zu hüten. Warum also nicht auch seins? Er ist die ganze Nacht bei ihr geblieben, während sie immer wieder einnickte. Am nächsten Morgen wollte er seiner Wege gehen, doch das ließ sie nicht zu. Sie hat darauf bestanden, sich für seine Hilfe zu revanchieren. Widerstrebend hat er zugestimmt.

Er hat sie gebeten, ihm im Gegenzug von den Menschen zu erzählen, und sich jede Nacht mit ihr am Strand getroffen, an einem Ort, den sie Miami nannte. Sie hat alle Fragen beantwortet, die ihm einfielen, und auch alle, auf die er gar nicht gekommen wäre. Als er das Gefühl hatte, dass sie ihre Schuld beglichen hatte, bestand er darauf, nun wieder getrennte Wege zu gehen. Das war der Moment, in dem sie anbot, seine Assistentin zu werden. Sie hat gesagt, dass er ihre speziellen Fähigkeiten brauchen würde, um wirklich genug über die Menschen zu lernen, um seine Art vor ihnen zu beschützen. Als er sie fragte, welche Fähigkeiten sie meine, hat sie einfach entgegnet: »Ich kann so ziemlich alles tun. Das ist der Grund, warum sie versucht haben, mich zu töten, Äffchen. Manche Menschen mögen es nicht, wenn man zu viel weiß.« Inzwischen hat sie unzählige Male bewiesen, was genau sie alles kann. Ihr gemeinsamer Insiderwitz ist, dass er der reichste Nichtmensch des Planeten ist.

Schritte im Treppenhaus holen ihn zurück in die Gegenwart. Er dreht sich um, als Emmas Mutter gerade den Essbereich betritt. Emma folgt ihr auf dem Fuß.

Mrs McIntosh gleitet auf ihn zu und legt den Arm um ihn. Das Lächeln auf ihrem Gesicht ist aufrichtig, während Emmas ganz schmal wird. Und sie errötet.

»Galen, ich freue mich sehr, dich kennenzulernen«, sagt sie und führt ihn in die Küche. »Emma hat mir erzählt, dass du sie heute zum Strand hinter deinem Haus mitnehmen möchtest. Wollt ihr schwimmen?«

»Ja, Ma'am.« Dass sie wie ausgetauscht ist, weckt seinen Argwohn.

Sie lächelt. »Na, dann viel Glück damit, sie ins Wasser zu bekommen. Leider bin ich ein wenig in Eile und kann euch nicht begleiten. Deshalb muss ich nur deinen

Führerschein sehen. Emma läuft inzwischen nach draußen und notiert dein Nummernschild.«

Emma verdreht die Augen, wühlt in einer Schublade und zieht Stift und Papier hervor. Als sie das Haus verlässt, schlägt sie die Tür mit solcher Wucht hinter sich zu, dass das Essgeschirr an der Wand erzittert.

Galen nickt, holt seine Brieftasche heraus und reicht ihr den gefälschten Führerschein. Mrs McIntosh studiert ihn und stöbert in ihrer Handtasche, bis sie einen Stift zutage fördert. Damit schreibt sie sich etwas auf die Hand. »Ich brauche die Führerscheinnummer nur für den Fall, dass wir jemals irgendwelche Probleme bekommen. Aber das werden wir nicht, nicht wahr, Galen? Du wirst meine Tochter – meine *einzige* Tochter – immer pünktlich nach Hause bringen, habe ich recht?«

Er nickt, dann schluckt er. Sie hält ihm seinen Führerschein hin. Als er ihn nimmt, packt sie sein Handgelenk und zieht ihn zu sich heran. Sie wirft einen schnellen Blick zur Garagentür hinüber, dann wieder zu ihm. »Heraus damit, Galen Forza. Gehst du mit meiner Tochter oder nicht?«

Na toll. Sie glaubt Emma immer noch nicht. Wenn sie ihnen nicht glauben will, warum dann weiter versuchen, sie zu überzeugen? Wenn sie denkt, dass sie miteinander gehen, wäre es doch völlig normal, dass Emma und er Zeit miteinander verbringen. Wenn er aber Zeit mit Emma verbringen möchte und ihrer Mutter sagt, dass sie *nicht* miteinander gehen, wird sie nur misstrauisch werden. Wahrscheinlich wird sie ihnen sogar nachspionieren – was ziemlich übel wäre.

Die einzige Möglichkeit sicherzustellen, dass sie sich mit Grom verbindet, ist also, mit ihr zu gehen. Die Dinge fangen an, immer besser zu laufen. »Ja«, antwortet er. »Wir gehen definitiv miteinander.«

Sie kneift die Augen zusammen. »Und warum sagt sie dann etwas anderes?«

Er zuckt die Achseln. »Vielleicht schämt sie sich für mich.«

Zu seiner Überraschung kichert sie. »Das bezweifele ich ernsthaft, Galen Forza.« Ihr Humor ist kurzlebig. Sie krallt eine Hand in sein T-Shirt. »Schläfst du mit ihr?«

Schlafen … *Hat Rachel nicht gesagt, dass miteinander schlafen und sich paaren das Gleiche ist?* Miteinander gehen und miteinander verbinden ist ähnlich. Aber schlafen und paaren ist genau das Gleiche. Er schüttelt den Kopf. »Nein, Ma'am.«

Sie zieht eine *Red-bloß-keinen-Stuss*-Augenbraue hoch. »Warum nicht? Stimmt etwas mit meiner Tochter nicht?«

Das kommt ziemlich unerwartet. Er hat den Verdacht, dass diese Frau eine Lüge genauso aufspüren kann wie Toraf Rayna. Alles, wonach sie sucht, ist Aufrichtigkeit, aber die echte Wahrheit würde ihn nur ins Gefängnis bringen. *Ich bin verrückt nach Ihrer Tochter – ich spare sie nur für meinen Bruder auf.* Also würzt er seine Antwort mit der Offenheit, die sie anscheinend unbedingt hören will. »Ihre Tochter ist umwerfend, Mrs McIntosh. Ich sagte, wir schlafen nicht miteinander. Ich habe nicht gesagt, dass ich es nicht will.«

Sie atmet scharf ein und lässt ihn los. Dann räuspert sie sich, streicht mit der Hand ihre zerknitterte Bluse glatt und tätschelt seine Brust. »Gute Antwort, Galen. Gute Antwort.«

Emma reißt die Garagentür auf und bleibt wie angewurzelt stehen. »Mom, was machst du da?«

Mrs McIntosh tritt beiseite und geht zur Theke. »Galen und ich haben nur ein wenig geplaudert. Warum hast du so lange gebraucht?«

Galen schätzt, dass ihre Fähigkeit, eine Lüge zu spüren, wahrscheinlich in direktem Zusammenhang mit ihrer Fähigkeit steht, eine zu erzählen. Emma wirft ihm einen fragenden Blick zu, den er nur mit einem lässigen Achselzucken erwidert. Ihre Mutter schnappt sich einen Schlüsselring von einem Haken neben dem Kühlschrank und schiebt ihre Tochter aus dem Weg, jedoch nicht ohne ihr das Blatt Papier aus der Hand zu reißen. In der Tür dreht sie sich noch einmal um. »Oh, und Galen?«

»Ja, Ma'am?«

»Deine Mutter soll mich anrufen, damit ich ihre Nummer in mein Telefon einspeichern kann.«

»Ja, Ma'am.«

»Also dann, ihr Lieben, amüsiert euch gut. Ich werde erst ziemlich spät wieder zu Hause sein, Emma. Aber du bist um neun wieder da, Schätzchen. Das wird sie doch, nicht wahr, Galen?«

»Ja, Ma'am.«

Weder Emma noch Galen machen einen Mucks, bis sie hören, wie der Wagen aus der Einfahrt fährt. Selbst dann warten sie noch einige Sekunden. Emma lehnt sich an den Kühlschrank. Galen versteckt seine Hände in den Hosentaschen.

»Also, worüber habt ihr beiden geplaudert?«, fragt sie, als interessiere es sie gar nicht.

»Du zuerst.«

Sie schüttelt den Kopf. »M-mh. Ich will nicht darüber reden.«

Er nickt. »Gut. Ich auch nicht.«

Für einige Sekunden ist alles andere im Raum so interessant, dass sie sich nicht ansehen müssen. Schließlich sagt Galen: »Also, möchtest du dich vielleicht umziehen gehen ...«

»Bombastische Idee. Bin gleich wieder da.« Sie fängt fast an zu rennen, um zur Treppe zu kommen.

9

Wir biegen in seine gepflasterte Einfahrt ein, und ich muss mich im Sitz zurücklehnen, um das alles richtig zu sehen. Das Strandhaus meiner Träume. Vier Stockwerke, vielleicht fünf – je nachdem, ob dieses Quadrat auf dem Dach ein Raum ist oder nicht. Ganz aus Holz, seegrün gestrichen, mit weißen Fensterläden. Eine riesige Veranda voller weißer Schaukelstühle und dazupassender hölzerner Blumentöpfe, zum Bersten voll mit roten Stiefmütterchen. Ein schmiedeeisernes Tor führt auf die Rückseite des Hauses, von wo aus man einen fantastischen Blick über den Strand haben muss – wir sind so tief in den Wald hineingefahren, dass ich gedacht habe, wir würden jeden Moment nasse Füße bekommen, bevor wir auf sein Haus stießen.

»Nette Hütte«, sage ich zu ihm.

»Würde gerne mit dir tauschen.«

»Sofort!«

»Wirklich? Es gefällt dir?« Er scheint sich aufrichtig zu freuen.

»Was könnte einem daran *nicht* gefallen?«

Er macht einen Schritt zurück und mustert das Haus, als sehe er es zum ersten Mal. Er nickt. »Hm. Gut zu wissen.«

Wir steigen die drei Stufen zur Veranda hinauf, aber als er die Hand nach dem Türknauf ausstreckt, ergreife ich seinen Arm. Die Berührung schickt eine Hitzewelle durch meinen Körper und lässt mich bis ins Mark erglühen. »Warte.«

Er hält mitten in der Bewegung inne und starrt auf meine Hand. »Was ist los? Stimmt etwas nicht? Du hast deine Meinung doch nicht geändert, oder?«

»Nein. Aber ich sollte … ich muss dir etwas sagen.«

»Was denn?«

Ich zwinge mich zu einem nervösen Lachen. »Also, die gute Nachricht ist: Du brauchst dir keine Sorgen mehr um Zurückweisung zu machen.«

Er schüttelt den Kopf. »Das ist wirklich eine gute Nachricht. Aber es hört sich an, als ob das nicht alles wäre.«

Ich hole tief Luft. *Wieso schlägt eigentlich nie ein Blitz ein, wenn man einen braucht?* Selbst wenn ich noch hundertmal tief Luft hole, wird das hier nicht weniger peinlich …

»Emma?«

»Ich habe meiner Mom erzählt, dass wir miteinander gehen«, platze ich heraus. Da. Fühlt sich das nicht besser an? Nein. Echt nicht.

Sein Lächeln überrascht mich nicht nur, es hypnotisiert mich. »Machst du Witze?«, fragt er.

Ich schüttele den Kopf. »Alles andere hätte sie mir nie abgekauft. Also, jetzt … jetzt musst du so tun, als würden wir miteinander gehen, wenn du wieder zu mir nach Hause kommst. Aber keine Sorge, das brauchst du nie wieder. In einigen Tagen werde ich einfach so tun, als hätten wir Schluss gemacht.«

Er lacht. »Nein, wirst du nicht. Ich habe ihr dasselbe erzählt.«

»Halt. Den. Mund.«

»Warum? Was habe ich gesagt?«

»Nein, ich meine, du hast ihr das wirklich erzählt? Warum solltest du das tun?«

Er zuckt die Achseln. »Aus demselben Grund wie du. Sie hätte kein Nein als Antwort akzeptiert.«

Bei der Erkenntnis, dass wir dasselbe Gespräch mit meiner Mutter geführt haben könnten, dreht sich diese hübsche Veranda um mich herum. Dann bekommt sie auch noch überall schwarze Punkte. Als wir klein waren, haben Chloe und ich uns immer im Kreis gedreht, immer rundherum in Dads Bürosessel. Einmal hat sie mich so schnell und so lange herumgewirbelt, dass ich jedes

Mal in die falsche Richtung getorkelt bin, wenn ich aufgestanden bin. Als Kinder fanden wir das zum Schreien komisch, genau wie Helium atmen, um wie ein Streifenhörnchen zu klingen. Aber jetzt ist das nicht halb so lustig. Vor allem weil Galens Gesicht gerade hinter einem schwarzen Punkt verschwunden ist. »Oh nein.«

»Emma? Was ist los?«

Jetzt verschwindet auch der letzte Rest der Veranda in diesem schwarzen Loch. Die »Willkommen«-Fußmatte unter mir schwankt wie ein Ruderboot im Hurrikan. Ich greife nach der Tür oder der Wand oder Galen, aber irgendwie verfehle ich sie alle drei. Plötzlich zieht es mir den Boden unter den Füßen weg und mein Gesicht klatscht zum zweiten Mal in meinem Leben an seine Brust. Diesmal habe ich gar keine andere Wahl, als mich an ihn zu klammern. Ich höre, wie die Tür geöffnet und geschlossen wird. Das Inferno seiner Berührung ist das Einzige, dessen ich mir gewiss bin. Alles andere – wie oben, unten, links und rechts – scheint miteinander zu verschmelzen. »Ich … ich werde vielleicht ohnmächtig. Tut mir leid.«

Er drückt mich. »Ich leg dich auf die Couch. Ist das okay?«

Ich nicke, ja, das ist es, aber ich will seinen Hals nicht loslassen.

»Sag mir, was du brauchst. Du machst mir Angst.«

Ich vergrabe das Gesicht an seiner Brust. »Ich kann

nichts mehr sehen. Ich will mich nicht hinlegen, weil … weil ich dann nicht mehr weiß, wo ich bin.« Die Welt hat bereits aufgehört, sich zu drehen. Ich beschließe, dass seine Arme im Moment der sicherste Ort für mich sind.

Bis ich plötzlich falle. Ich schreie.

»Scht. Es ist alles gut, Emma. Ich habe mich nur hingesetzt. Du bist auf meinem Schoß.« Er streicht mir durchs Haar und wiegt mich sanft hin und her. »Ist es dein Kopf? Sag mir, was ich tun kann.«

Als ich in seine Brust nicke, durchtränke ich sein Hemd mit Tränen. »Es muss mein Kopf sein. So was ist mir noch nie passiert.«

»Nicht weinen, Emma. Bitte nicht.«

Er versteift sich, als ich anfange zu kichern. Zur Strafe pocht mein Kopf. »Ich wette, du bereust es, dass du mich hierhergebracht hast«, bemerke ich.

Er entspannt sich. »So würde ich das nicht sagen.«

Seine Worte sind Balsam. Im Schutz seiner starken Arme entspannt sich mein Körper wie von selbst. Die Panik fließt von mir ab wie Wasser aus einer zersplitterten Vase. Meine Augen weigern sich, sich zu öffnen. »Ich bin irgendwie müde.«

»Ist schlafen wirklich gut für dich? Nach allem, was ich über Kopfverletzungen gelesen habe, soll man nicht einschlafen.« Noch während er das sagt, ziehe ich die Beine enger an mich, schmiege meine Schulter in seine

Armbeuge und rutsche höher auf seinem Schoß hinauf. In dieser neuen Position hält er mich sicher und fest in den Armen. Die Hitze brodelt zwischen uns und umhüllt mich wie ein Wintermantel. Sich an einen gemeißelten Granitblock zu kuscheln, dürfte eigentlich gar nicht so kuschelig sein.

»Ich denke, das gilt nur unmittelbar nach dem Unfall. Aber jetzt ist es okay, wenn ich schlafe, da bin ich mir ziemlich sicher. Ich meine, letzte Nacht habe ich ja auch geschlafen, oder? Ich bin mir auch gar nicht sicher, ob ich jetzt überhaupt wach bleiben *könnte.*«

»Aber … du wirst nicht ohnmächtig. Du schläfst nur? Das ist ein Unterschied.«

Ich gähne. »Nur schlafen. Vielleicht brauche ich einfach ein Nickerchen.«

Er nickt in mein Haar. »Du hast heute nach der Schule wirklich müde ausgesehen.«

»Du kannst mich jetzt auf die Couch legen.«

Er bewegt sich nicht, wiegt mich nur immer weiter. Wach bleiben ist da ungefähr so einfach, wie an einem rutschigen Abhang Halt zu finden.

»Galen?«

»Hm?«

»Du kannst mich jetzt hinlegen.«

»Ich bin noch nicht so weit.« Er verstärkt seinen Griff.

»Du brauchst mich nicht …«

»Emma? Kannst du mich hören?«

»Ähm, ja. Hören kann ich gut. Ich kann nur nichts sehen …«

»Da bin ich wirklich erleichtert. Für einen Moment habe ich schon gedacht, dass du mich vielleicht nicht gehört hast, als ich sagte, ich sei noch nicht so weit.«

»Trottel.«

Er lacht leise in mein Haar. »Schlaf jetzt.«

Und das ist das Letzte, woran ich mich erinnere.

Die schlechte Nachricht ist, dass er mich nicht länger in seinen Armen hält. Die gute Nachricht ist, dass ich wieder sehen kann. Ich sehe mich im Raum um, versuche aber noch nicht, mich aufzurichten. Wenn ich raten müsste, würde ich sagen, dass ich immer noch bei Galen zu Hause bin. Alles in diesem Zimmer schreit nach Luxus. Kunst, der man schon ansieht, dass sie teuer ist, weil sie so hässlich ist. Seltsam geformte Möbel, die mehr fürs Auge als zum Benutzen sind. Ein riesiger Flachbildfernseher, der an der Wand über dem Kamin klotzt. Die Kaschmirdecke, die über mir ausgebreitet ist – so weich, dass sie nicht einmal beim schlimmsten Sonnenbrand kratzen würde. Und yep, man sieht auf den Strand. Die ganze Rückwand des Hauses ist komplett aus Glas. Keine Dünen, die einem die Sicht versperren. Selbst im Liegen sehe ich, wie die Wellen heranrollen und sich in der Ferne ein Sturm zusammenbraut.

Mich aufzurichten, ist ein böser Fehler, und das aus

zwei Gründen. Erstens dröhnt mein Kopf und ich sehe schwarze Punkte. Zweitens führt es dazu, dass jemand schreit: »Gaaaaaa-len!«

Stöhnend halte ich mir die Ohren zu und verkrieche mich in eine Höhle aus Kaschmir.

»Bei Tritons Dreizack, Rayna, du weckst sie noch auf!«

Rayna? Na toll. Galens feindselige Schwester. Aber diese Stimme gehört nicht Galen. Hat er auch noch einen Bruder?

»Sie ist schon wach, du Tintenschnaufer. Warum sollte ich sonst nach ihm rufen?«

»Aber er ist nicht hier, Prinzessin.«

Ich höre ein Schlurfen und bin beinahe neugierig genug, um unter der Decke hervorzulugen. Stattdessen wird die Decke von meinem Gesicht gerissen. Rayna starrt auf mich herunter und zeigt mit dem Finger auf mich. »Siehst du? Ich hab dir gesagt, dass sie wach ist.«

Der Junge neben ihr schüttelt den Kopf und beugt sich über mich. »Emma?« Ich bin schockiert, ein weiteres violettes Augenpaar zu sehen. Und natürlich ist auch dieser Junge attraktiv – nicht ganz so zum Anbeißen wie Galen, aber mal ehrlich, wer ist das schon? –, mit dem gleichen dichten, schwarzen Haar und der gleichen olivfarbenen Haut wie Rayna und ihr Bruder.

Ich beantworte seine Frage mit einem Nicken.

»Emma. Ich bin Toraf. Ich schätze, du kennst Rayna bereits?«

Toraf? Seine Eltern haben ihn wirklich Toraf *genannt?* Aber ich bohre nicht nach und nicke nur.

»Hör mal, du brauchst nicht aufzustehen oder so – Galen ist nur ... ähm ... schwimmen gegangen. Er wird bald zurück sein.«

Ich schaue zwischen ihnen und dem Strand hin und her. Dabei schüttele ich den Kopf.

»Was? Was ist los, Emma?«, fragt er. Ich mag Toraf. Er scheint sich aufrichtig um mich zu sorgen, ohne mir jemals vorher begegnet zu sein. Rayna macht ein Gesicht, als würde sie gern auf meinem Kopf herumtrampeln und den Job zu Ende bringen, den die Cafeteriatür begonnen hat.

»Sturm«, murmele ich. Nur eine Silbe, aber ich sehe trotzdem doppelt so viele Punkte.

Toraf lächelt. »Er wird vor dem Sturm zurück sein. Kann ich dir irgendwas bringen? Was zu essen? Was zu trinken?«

»Ein Taxi?«, wirft Rayna ein.

»Geh in die Küche, Rayna«, sagt er. »Außer du bist bereit, dir eine Insel zu suchen?«

Ich bin mir nicht sicher, wie weit entfernt die Küche ist, aber es klingt, als würde sie gute fünf Minuten lang dorthin stampfen. Mir ist nicht ganz klar, warum es eine Strafe für Unverschämtheit ist, sich eine Insel zu suchen. Aber ich habe ja auch eine Kopfverletzung und denke mir: im Zweifelsfall für die Angeklagte. Immerhin besteht die Möglichkeit, dass ich mir das Ganze nur eingebildet habe.

»Hast du was dagegen, wenn ich mich setze?«, fragt Toraf.

Ich schüttele den Kopf. Er lässt sich am Rand der Couch nieder und deckt mich wieder zu. Ich hoffe, er nimmt mein Nicken als Dankeschön.

Er kauert sich zusammen und flüstert: »Hör zu, Emma. Es gibt da etwas, das ich dich fragen will, bevor Galen zurückkommt. Oh, keine Sorge, es ist eine Ja-oder-Nein-Frage. Du brauchst nicht zu reden.«

Ich hoffe, dass er mein Nicken als »Sicher, warum nicht? Du bist nett« deutet.

Er sieht sich um, als wäre er drauf und dran, mich auszurauben, statt mir eine Frage zu stellen. »Fühlst du dich … ähm … *kribbelig* … wenn du in Galens Nähe bist?«

Diesmal bedeutet mein großäugiges Nicken »*Omeingott*, woher weißt du das?«.

»Wusste ich's doch!«, zischt er. »Hör zu, ich wäre dir dankbar, wenn du das Galen gegenüber nicht erwähnen würdest. Es ist besser für euch, wenn er von allein dahinterkommt. Versprochen?«

Ich hoffe, er versteht mein Nicken als »Das ist der seltsamste Traum, den ich jemals hatte«.

Alles wird schwarz.

Ich brauche die Augen nicht zu öffnen, um zu wissen, dass der Sturm da ist. Der Regen klatscht wie aus Kübeln gegen das Fenster und ringsum ächzt der grollende Donner. *Oder ist das mein Magen?* Während ich mich in Richtung meines Bewusstseins vortaste, durchdringen Lichtblitze meine Augenlider wie die Lichter einer Discokugel. Ich öffne die Augen und spähe durch die winzigen Poren im Kaschmir. Es ist dunkel im Wohnzimmer und die zuckenden Blitze sehen wie ein Feuerwerk aus. Das Schauspiel würde mir noch besser gefallen, wenn dieser himmlische Essensduft meinen leeren Magen nicht ganz so sehr quälen würde.

Als ich mich aufrichte, gleitet die Kaschmirdecke zu Boden. Ich verharre in der Bewegung, klammere mich an die Couch und warte darauf, dass der Raum eine Pirouette dreht oder dass mir wieder schwarz vor Augen wird. Ich bewege den Kopf von einer Seite zur anderen, nach oben und nach unten, rundherum. Nichts. Kein Schwindel, kein Blackout, kein Pochen. Ein Blitz geistert durch den Raum, und als er wieder verschwindet, folgt mein Blick ihm zurück aufs Meer. In der Spiegelung des Fensters erkenne ich eine Gestalt hinter mir. Ich brauche mich nicht umzudrehen, um zu wissen, wem diese beeindruckende Silhouette gehört – oder wer meinen ganzen Körper mit Gänsehaut überzieht.

»Wie fühlst du dich?«, fragt er.

»Besser«, sage ich zu seinem Spiegelbild.

Er hüpft über die Rückenlehne der Couch, packt mein

Kinn, dreht meinen Kopf von einer Seite zur anderen, dann nach oben und nach unten und rundherum und beobachtet meine Reaktion. »Das habe ich auch gerade gemacht«, erkläre ich ihm. »Nichts.«

Er nickt und lässt mich los. »Rach… ähm meine *Mom* hat deine Mom angerufen und ihr gesagt, was passiert ist. Daraufhin hat deine Mom euren Arzt angerufen. Er meint, das sei ziemlich normal, aber du solltest dich ein paar Tage lang ausruhen. Meine Mom hat darauf bestanden, dass du die Nacht über hierbleibst, damit niemand bei diesem Wetter fahren muss.«

»Und meine Mutter war damit *einverstanden?*«

Selbst in der Dunkelheit entgeht mir sein unterdrücktes Grinsen nicht. »Meine Mom kann ziemlich überzeugend sein«, erwidert er. »Am Ende des Gesprächs hat deine Mom sogar vorgeschlagen, dass wir morgen beide zu Hause bleiben sollen und hier abhängen, damit du dich entspannen kannst – natürlich nur, weil meine Mom zu Hause sein wird und uns im Auge behalten kann. Deine Mom sagte, du würdest nicht zu Hause bleiben, wenn *ich* in die Schule gehe.«

Ein Blitz beleuchtet meine erröteten Wangen. »Weil wir beide ihr erzählt haben, dass wir miteinander gehen.«

Er nickt. »Sie sagte, du hättest heute noch zu Hause bleiben sollen, hättest aber einen Anfall bekommen, weil du trotzdem gehen wolltest. Ehrlich, mir war nicht klar, dass du so besessen bist von … autsch!«

Ich versuche, ihn noch mal zu kneifen, aber er fängt mein Handgelenk ab und zieht mich über seinen Schoß, wie ein Kind, das eine Tracht Prügel bekommt. »Ich wollte sagen ›von Geschichte‹.« Er lacht.

»Nein, wolltest du nicht. Lass mich hoch.«

»Gleich.« Er tut es aber nicht.

»Galen, du lässt mich auf der Stelle hoch …«

»Tut mir leid, bin noch nicht so weit.«

Ich keuche. »Oh nein! Der Raum dreht sich wieder.« Ich halte angespannt inne.

Und dann dreht sich der Raum tatsächlich, als Galen mich hochreißt und wieder mein Kinn packt. Der besorgte Ausdruck auf seinem Gesicht erfüllt mich mit schwachen Gewissensbissen – schwach genug, um den Mund jetzt nicht zu halten. »Funktioniert jedes Mal«, sage ich und schenke ihm mein schönstes *Ha-ha-reingefallen*-Grinsen.

Ein Kichern von der Tür unterbricht das Donnerwetter, das sich über mir zusammenbraut. Ich habe Galen noch nie fluchen gehört, aber seine finstere Miene lässt darauf schließen, dass ihm das F-Wort auf der Zunge liegt. Wir drehen uns beide um und erblicken Toraf, der uns mit verschränkten Armen beobachtet. Auch er hat ein *Ha-ha-reingefallen*-Grinsen im Gesicht. »Das Abendessen ist fertig, Kinder«, sagt er.

Yep, ich mag Toraf. Definitiv. Galen verdreht die Augen und zieht mich von seinem Schoß. Er springt auf die Beine und lässt mich einfach stehen, während ich in der Spiegelung des Fensters beobachte, wie er Toraf die Faust in den Magen rammt, als er an ihm vorbeigeht. Toraf ächzt, was aber nichts an dem Grinsen auf seinem Gesicht ändert. Mit einem Nicken bedeutet er mir, ihnen zu folgen.

Während wir durch die Räume gehen, versuche ich, die luxuriöse, kultivierte Atmosphäre zu genießen, die Marmorböden und die grässlichen Gemälde, aber mein Magen macht Geräusche wie zur Fütterungszeit im Hundezwinger.

»Dein Magen macht Paarungsrufe«, flüstert Toraf mir zu, als wir die Küche betreten. Mir schießt die Röte ins Gesicht, was Toraf lautes Gelächter entlockt.

Rayna sitzt im Schneidersitz auf einem Barhocker an der Theke und versucht, sich die Zehennägel mit den sechs verschiedenen Farben zu lackieren, die vor ihr aufgereiht sind. Wenn sie nicht will, dass sie hinterher wie M&M's aussehen, hat sie noch einen langen Weg vor sich. Hmmm … M&M's …

»Emma, ich würde dir gerne meine Mutter vorstellen«, sagt Galen. Er legt seiner Mutter die Hand auf den Rücken und schiebt sie vom Herd weg, wo sie in einem Topf rührt, der größer als ein Autoreifen ist. Sie streckt mir ihre im Ofenhandschuh steckende Hand hin und kichert, als ich ihre Hand tatsächlich ergreife. Galens Mutter ist die italienischste Person, die mir je begegnet ist.

Große braune Augen, schwarzes gelocktes Haar, das sich wie ein Berg auf ihrem Kopf auftürmt, und schockierend roter Lippenstift, der zu den Zehn-Zentimeter-Absätzen passt, die sie tragen muss, um an den oberen Rand dieses Topfes heranzukommen.

»Wie schön, dich kennenzulernen, Emma«, sagt sie. »Jetzt verstehe ich, warum Galen nicht aufhört, von dir zu sprechen.« Ihr jugendliches Lächeln überstrahlt die Fältchen, die sich um ihren Mund herum kräuseln. Es wirkt so aufrichtig und warm, dass ich ihr tatsächlich glaube, wie sehr sie sich freut, mich kennenzulernen. Aber sagen das nicht alle Moms, wenn sie der Freundin ihres Sohnes vorgestellt werden? *Du bist nicht seine Freundin, Dummkopf. Oder denkt* sie *etwa auch, dass wir miteinander gehen?*

»Vielen Dank«, sage ich ganz allgemein. »Er hat Ihnen bestimmt eine Million Mal erzählt, wie ungeschickt ich bin.« Wie sollte ich ihre Bemerkung sonst verstehen?

»Eine Million und ein Mal, um genau zu sein. Ich wünschte, du würdest zur Abwechslung mal was anderes erzählen«, sagt Rayna gedehnt, ohne aufzublicken.

Jetzt hat Rayna meine Nerven endgültig überstrapaziert. »Ich könnte dir beibringen, wie man sich die Nägel lackiert, ohne über den Rand zu malen«, schieße ich zurück. Bei dem Blick, den sie mir zuwirft, könnte Milch sauer werden.

Toraf legt ihr die Hände auf die Schultern und küsst sie

auf den Kopf. »Ich finde, du machst deine Sache großartig, meine Prinzessin.«

Sie windet sich aus seiner Umarmung heraus und steckt den Nagellackpinsel zurück in sein Fläschchen. »Warum lackierst du dir denn deine eigenen Zehen nicht, wenn du so gut darin bist? Wahrscheinlich sind sie ganz kaputt von deinen ständigen Zusammenstößen. Stimmt's?«

Ja? Und? Ich will sie gerade über ein paar Dinge aufklären – zum Beispiel, dass es den Effekt von hübschen Zehen ruiniert, wenn man mit einem Rock im Schneidersitz auf einem Hocker sitzt –, als Galens Mom mir sanft eine Hand auf den Arm legt und sich räuspert. »Emma, ich bin ja so froh, dass du dich besser fühlst«, sagt sie. »Ich wette, mit einem Abendessen im Bauch bist du viel schneller wieder auf den Beinen, meinst du nicht auch?«

Ich nicke.

»Du hast Glück, meine Liebe. Essen ist fertig. Galen, würdest du bitte die Pfanne aus dem Ofen holen? Und, Rayna, du hast den Tisch nur für vier gedeckt! Toraf, schnapp dir noch ein Gedeck, ja? Nein, anderer Schrank. Danke.« Während sie Befehle erteilt, führt sie mich zum Tisch und zieht einen Stuhl heran. Nachdem sie ihn mir in die Kniekehle gerammt hat, dass ich auf das Sitzkissen falle, flitzt sie in ihren hochhackigen Schuhen zurück an den Herd.

Toraf stellt das Gedeck so schnell vor mich hin, dass

es wie ein kreiselnder Penny wackelt. »Hoppla, tut mir leid«, murmelt er. Ich schaue lächelnd zu ihm auf. Er tippt mit der Hand auf den Teller, um das Vibrieren zu stoppen. Dann wirft er eine Gabel und ein Messer obendrauf. Als er mein Trinkglas hinstellen will, hält Galen ihn am Unterarm fest und reißt es ihm aus der Hand.

»Das ist Glas, du Idiot. Schon mal gehört?«, fragt Galen. Er stellt es hin, als sei es ein rohes Ei, dann zwinkert er mir zu. Ich bin froh, dass er die Kontaktlinsen herausgenommen hat – er hat die hübschesten violetten Augen von allen hier. »Tut mir leid, Emma. Wir haben nicht oft Besuch.«

»Das stimmt«, bestätigt Toraf und setzt sich neben Rayna.

Als alle Platz genommen haben, benutzt Galen einen Topflappen, um den Deckel von der riesigen, fleckigen Pfanne in der Mitte des Tisches zu nehmen. Und ich muss mich fast übergeben. Fisch. Krabben. Und … sind das etwa *Tintenfischarme?* Bevor ich mir eine höfliche Ausrede einfallen lassen kann – ich würde eher meinen eigenen kleinen Finger essen als Meeresfrüchte –, klatscht Galen das größte Stück Fisch auf meinen Teller. Dann löffelt er eine Mischung aus Krabbenfleisch und Muscheln obendrauf. Als mir der Dampf in die Nase zieht, schwinden meine Chancen, höflich zu bleiben. Ich habe nur eine Chance: es so aussehen lassen, als hätte ich Schluckauf, statt zu würgen. *Was habe ich vorhin gerochen, dass mir fast das Wasser im Mund zusammengelaufen ist?* Das hier kann es nicht gewesen sein.

Ich spieße das Filet auf die Gabel und drehe es hin und her. Es fühlt sich an, als würde ich meine eigenen Eingeweide hin und her drehen. *Zermatsch es, würfel es, misch alles zusammen.* Aber ganz egal, was ich tue, ich kann es nicht einmal in die Nähe meines Mundes bringen. Versprochen ist versprochen, Traum hin, Traum her. Selbst wenn mich in Grannys Teich kein *echter* Fisch gerettet hat, haben mich die *unechten*, von meiner Fantasie heraufbeschworenen getröstet, bis Hilfe kam. Und jetzt wird von mir erwartet, dass ich ihre Cousins esse? *Nie im Leben.*

Ich lege die Gabel beiseite und nippe an meinem Wasser. Ich spüre, dass Galen mich beobachtet. Aus dem Augenwinkel sehe ich, dass die anderen sich das Zeug ins Gesicht schaufeln. Außer Galen. Er sitzt reglos da, den Kopf zur Seite geneigt, und wartet darauf, dass ich den ersten Bissen nehme.

Jederzeit ein Gentleman! Was ist bloß mit dem Jungen passiert, der mich noch vor wenigen Minuten wie eine Dreijährige übers Knie gelegt hat? Ich krieg das Zeug immer noch nicht runter. Und sie haben nicht einmal einen Hund, den ich unter dem Tisch füttern könnte – mein Masterplan, wenn wir bei Chloes Großmutter zu Besuch waren. Einmal hat Chloe sogar eine Essensschlacht angezettelt, um mich zu retten. Ich blicke in die Runde, aber

Rayna ist die Einzige, der ich diesen Matsch an den Kopf werfen würde. Außerdem würde ich am Ende noch selbst etwas von dem Zeug abkriegen.

Galen stößt mich mit dem Ellbogen an. »Hast du keinen Hunger? Es geht dir doch nicht wieder schlechter, oder?«

Das erregt die Aufmerksamkeit der anderen. Das wilde Reinschaufeln hört abrupt auf. Alle starren mich an: Rayna verärgert, weil ihre kleine Völlerei unterbrochen wurde. Toraf grinsend, als hätte ich etwas Witziges getan. Galens Mom besorgt. Kann ich lügen? *Soll* ich lügen? Was, wenn ich wieder eingeladen werde und sie noch mal Meeresfrüchte kocht, weil ich sie dieses Mal angelogen habe? Wenn ich Galen erzähle, dass mein Kopf wehtut, bewahrt mich das nicht vor zukünftigen Meeresfrüchtebuffets. Und es wäre sinnlos, ihm zu sagen, ich hätte keinen Hunger, weil mein Magen gurgelt wie ein sich leerendes Abflussrohr.

Nein, ich kann nicht lügen. Nicht, wenn ich jemals wieder hierherkommen will. Und das möchte ich. Ich seufze und lege die Gabel beiseite. »Ich hasse Meeresfrüchte«, erkläre ich ihm. Torafs plötzliches Husten lässt mich zusammenzucken. Er würgt wie eine Katze, die mit einem Haarball kämpft.

Ich richte den Blick auf Galen, der aussieht, als wäre er zur Statue geworden. Himmel, ist das das einzige Gericht, das seine Mom kochen kann? Oder habe ich gerade das preisgekrönte Forza-Familienrezept für Zackenbarsch runtergemacht?

»Du … du meinst, du magst diese Art von Fisch nicht, Emma?«, fragt Galen diplomatisch.

Ich will schon verzweifelt nicken, will sagen: »Ja, genau, nicht diese Art von Fisch« – aber dann komme ich nicht um den Krabbenfleisch- und Muschelberg auf meinem Teller herum. Ich schüttele den Kopf. »Nein. Nicht nur diese Art von Fisch. Ich hasse Fisch ganz grundsätzlich. Ich kann nichts davon essen. Kann es kaum riechen.«

Warum springst du ihm nicht gleich an die Kehle, du Dummkopf! Hätte ich nicht einfach sagen können, dass ich nichts dafür *übrighabe*? Musste ich gleich sagen, dass ich Fisch *hasse?* Dass ich sogar den *Geruch* hasse? Und warum werde ich rot? Es ist kein Verbrechen, bei Meeresfrüchten zu würgen. Und um Gottes willen, ich werde *nichts* essen, was noch Augäpfel hat.

»Du willst damit sagen, dass du keinen Fisch isst?«, blafft Rayna. »Ich hab's dir gesagt, Galen! Wie viele Male habe ich es dir gesagt?«

»Rayna, sei still«, erwidert er, ohne sie anzusehen.

»Wir verschwenden unsere Zeit!« Sie legt krachend ihre Gabel auf den Tisch.

»Rayna, ich sagte …«

»Oh, ich habe gehört, was du gesagt hast. Und es wird langsam Zeit, dass du zur Abwechslung mal jemand anderem zuhörst.«

Jetzt wäre ein guter Zeitpunkt für eine Ohnmacht. Oder vor zehn Minuten – bevor sie die Meeresfrüchteüberraschung enthüllt haben. Aber mir ist kein bisschen schwindelig. Ich bin auch nicht müde. Raynas Ausbruch hat die Stimmung im Raum verändert. Es fliegen Funken, als hätte sie eine versteckte Energie freigesetzt. Daher bin ich nicht überrascht, als Galen so schnell aufsteht, dass sein Stuhl umkippt. Ich stehe ebenfalls auf.

»Geh, Rayna. Sofort«, stößt er zwischen zusammengebissenen Zähnen hervor.

Als Rayna aufsteht, folgt ihr Toraf mit unbewegter Miene. Ich habe das Gefühl, dass er an solche Ausbrüche gewöhnt ist. »Du lenkst mit ihr nur von deinen wahren Verpflichtungen ab, Galen«, zischt sie. »Und jetzt hast du uns alle in Gefahr gebracht. Wegen *ihr.*«

»Du kanntest diese Gefahr, bevor du hergekommen bist, Rayna. Wenn du dich bloßgestellt fühlst, geh«, entgegnet Galen kühl.

Verpflichtungen? Bloßgestellt? Irgendwie warte ich darauf, dass irgendjemand zugibt, dass sie Teil eines Violette-Augen-Kultes sind und dass ich die Initiation vermasselt habe. »Ich glaube, ich verstehe das nicht ganz«, murmele ich.

»Oh, tja, das ist echt schockierend, was?«, bemerkt Rayna. Dann dreht sie sich wieder zu Galen um und fügt hinzu: »Sieht aus, als würdest du immer versuchen, mich wegzuschicken.«

»Sieht aus, als würdest du niemals hören«, gibt Galen zurück.

»Ich bin deine Schwester. Mein Platz ist an deiner Seite. Was bedeutet *sie* schon für uns?« Sie weist mit dem Kopf auf mich.

Ich rücke ein wenig vom Tisch ab, um Abstand zwischen Galens Schwester und mich zu bringen. Die Energie im Raum wirft schon längst keine Funken mehr, sondern hat sich in ein ausgewachsenes Inferno verwandelt.

»Alles okay?«, fragt er mich. »Setz dich lieber wieder hin.«

Rayna kommt um die Ecke des Tisches und umklammert die Rückenlehne eines Stuhls. »Warum bist du immer noch hier, Galen? Sie ist doch eindeutig bloß ein armseliger, kleiner Mensch, der nicht mal seine eigene Freundin retten konnte. Und wir wissen doch, wie mordgierig sie sind und dass sie sich grundlos gegenseitig töten. Vielleicht hat sie sie ja mit Absicht sterben lassen.«

Ich stoße mich von der Theke ab. »Was hast du gerade gesagt?«

»Rayna!«, brüllt Toraf. »GENUG!«

»Emma, sie weiß nicht, was sie sagt«, sagt Galen und zieht an meinem Handgelenk, damit ich wieder zu ihm komme.

Rayna lächelt gehässig, als sie sagt: »Oh doch, das weiß ich, Emma. Ich weiß genau, wovon ich rede. Du. Hast. Chloe. Getötet.«

Ich war noch nie zuvor in einen Kampf verwickelt. Technisch gesehen wird das hier auch nicht als Kampf durchgehen – es wird Mord sein. Zum ersten Mal in meinem Leben gewinnt Präzision die Oberhand über meine Ungeschicktheit. Selbst mit nackten Füßen bin ich so schnell bei ihr, dass ihr die Luft wegbleibt. Ich ramme meine Schulter in ihre Eingeweide, hebe sie an den Beinen hoch und klatsche sie an die nächste Wand. Sie ist muskulöser als ich. Vor ungefähr zwei Sekunden dachte sie auch noch, sie sei wütender. Aber Rayna weiß nicht, was jenseits von stinksauer wirklich bedeutet – und ich bin drauf und dran, es ihr beizubringen.

Bei dem Aufprall beißt sie die Zähne zusammen und knirscht: »Siehst du, Galen? Jetzt kommt ihre wahre Natur zum Vorschein!«

Ich schlage sie so heftig, dass meine Faust und ihr Gesicht beide gebrochen sein müssten. Aber beide funktionieren immer noch prächtig, als sie mir ihren Kopf direkt zwischen die Augen rammt und ich ihr einen Faustschlag aufs Ohr verpasse. Irgendwie prügeln wir uns gegenseitig ins Wohnzimmer. Ich nehme undeutlich wahr, dass Galen und Toraf raufen. Galens Mom schreit, als sei ihr das Bein amputiert worden.

Ich habe die Gastfreundschaft hier überstrapaziert. Ich werde niemals wieder eingeladen werden. Meine Chancen bei Galen sind auf null gesunken, als ich seine Schwester angegriffen habe. Und sie geschlagen habe.

Und trotzdem trete ich sie so heftig, dass sie fast kotzen muss.

Als sie dann auch noch sagt: »Ist es das, was du mit Chloe gemacht hast, als du sie unter Wasser hattest?«, habe ich nichts mehr zu verlieren. Also ramme ich ihr die Schulter in den Brustkorb, hieve sie vom Boden hoch und katapultiere uns beide durch die Glasfront nach draußen in den Sturm.

10

Es dauert fünf Sekunden, bis sich die beiden in der Flut aus Glassplittern rühren. Galen schluckt, damit sein Herz wieder an den richtigen Platz rutscht. Als Emma sich bewegt – und zu knurren anfängt, als sich Rayna aufrichtet –, ist er wieder in der Lage zu atmen. Rayna schirmt sich ab, als Emma ihr die Beine wegtritt. Und es fängt von vorne an.

Toraf schlurft neben ihm ins Wohnzimmer und verschränkt die Arme vor der Brust. »Rachel ist weg«, seufzt er. »Sie sagt, sie kommt nie mehr zurück.«

Galen nickt. »Das sagt sie immer. Aber für heute Abend ist es wahrscheinlich besser so.« Sie zucken beide zusammen, als Rayna den Fußballen auf Emmas Rücken stemmt und sie quer durch das Meer von Splittern schiebt.

»Das habe ich ihr beigebracht«, bemerkt Toraf.

»Gute Taktik.«

Keine der Kämpferinnen scheint sich für den Regen zu interessieren, die Blitze oder wo ihre Gastgeberin abgeblieben ist. Der Sturm wirbelt herein und durchnässt die Möbel, den Fernseher, die seltsamen Kunstwerke an der Wand. Kein Wunder, dass Rachel das nicht mit ansehen wollte. Es wird Tage dauern, bis sie sich beruhigt hat.

»Also irgendwie hat es mich aus der Fassung gebracht, dass sie keinen Fisch isst«, meint Toraf.

»Ist mir aufgefallen. Hat mich auch überrascht, aber alles andere ist da.«

»Der Jähzorn.«

»Die Augen.«

»Aber dieses weißblonde Haar ist erstaunlich, findest du nicht?«

»Yeah. Mir gefällt es. Halt den Mund.« Galen wirft seinem Freund einen Seitenblick zu. Sein Grinsen lässt ihn die Fäuste ballen.

»Ganz offensichtlich hat da jemand harte Knochen und eine dicke Haut. Keine Spur von Blut. Und dabei hat sie ein paar ziemlich harte Treffer von Rayna kassiert«, fährt Toraf ungerührt fort.

Galen nickt und entspannt seine Fäuste wieder.

»Außerdem spürst du den Sog …« Galen versetzt Toraf einen heftigen Stoß, der ihn dreißig Zentimeter über den glitschigen Marmorboden schlittern lässt. Lachend tritt er wieder neben Galen.

»Trottel«, murmelt Galen.

»Trottel? Was ist ein Trottel?«

»Bin mir nicht sicher. Emma hat mich heute so genannt, als sie wütend auf mich war.«

»Du beleidigst mich jetzt schon in Menschensprache? Ich bin enttäuscht von dir, kleiner Fisch.« Toraf weist mit dem Kopf auf die Mädchen. »Sollten wir da nicht bald mal eingreifen?«

»Finde ich nicht. Ich finde, sie müssen das alleine regeln.«

»Was ist mit Emmas Kopf?«

Galen zuckt die Achseln. »Scheint okay zu sein. Sonst hätte sie nicht so ohne Weiteres mit der Stirn das Fenster zertrümmert.«

»Denkst du, sie hat das Ganze vorgetäuscht?«

»Nein.« Galen schüttelt den Kopf. »Du hättest sie auf der Veranda sehen sollen. Verängstigt. Mehr als verängstigt. Sie hat mir sogar erlaubt, sie ins Haus zu tragen. Das sieht ihr überhaupt nicht ähnlich. Ich meine, in der Schule hat sie mich nicht einmal ihren *Rucksack* tragen lassen. Sie hat versucht, ihn mir aus den Händen zu reißen. Nein, irgendetwas ist passiert. Ich weiß nur nicht, was.«

»Vielleicht ist bei ihr alles wieder an den richtigen Fleck gerückt. Durch die Gehirnerschütterung. Oder vielleicht durch Rayna.«

»Könnte sein.«

Nachdem sie einige Minuten lang die wilde Keilerei

beobachtet haben, zieht Galen sein Hemd aus. »Was tust du?«, fragt Toraf.

»Wir sollten ans Ufer gehen. Wenn Rayna einen Funken Verstand hat, wird sie sie zum Wasser locken, wo sie im Vorteil ist.« Und genau das tut Rayna bereits. Sie hat es am Pool vorbeigeschafft, die Arme um Emmas Hals geschlungen, und zerrt das tretende, beißende Mädchen hinter sich her.

»Aber wieso sollte sie im Vorteil sein, wenn Emma eine von uns ist *und* noch dazu von Poseidon abstammt?«

»Rayna weiß, wer sie ist. Aber Emma nicht. Ich denke, dass es keine Rolle spielt, ob sie es jetzt erfährt oder später.«

Ein Blitz schlägt ganz in der Nähe ein und schreckt die Mädchen auf. Emma erholt sich als Erste, ballt die Faust und erwischt Rayna am linken Auge, dann rammt sie ihr ein Knie in den Magen. Als Rayna sich krümmt, verpasst ihr Emma einen Kinnhaken und lässt sie rückwärts in den Schlamm kippen. Rayna rollt sich herum und kriecht auf die Fluten zu.

»Was, wenn Rayna sie ins Wasser kriegt und mit ihr verschwindet?«, fragt Toraf, während er sich im strömenden Regen aus seinem Hemd schält.

Galen verdreht die Augen. »Sie ist fast so langsam wie du. Ich werde sie abfangen.«

Sie hetzen den überfluteten Strand hinunter. Emma wähnt sich im Vorteil, als sie Rayna an den Haaren zum

Wasser zerrt. »Sieht so aus, als würde Emma mit dem Gedanken spielen, meine zerbrechliche kleine Prinzessin zu ertränken«, sagt Toraf stirnrunzelnd.

»Warum sagst du nie *mein Prinz* zu mir?«, fragt Galen und tut beleidigt.

»Halt dein Maul, mein Prinz. Besser?«

Galen lacht, aber Toraf besteht darauf, seine Liebste zu verteidigen. »Ich denke, Rayna wird einfach von allen missverstanden, weißt du? Sicher, ihre Leidenschaft kommt manchmal anders rüber, wie ...«

»Bösartigkeit?«, schlägt Galen vor.

»›Unhöflichkeit‹, wollte ich sagen.«

»Also ist es *unhöflich*, Emma an den Kopf zu knallen, dass sie ihre beste Freundin umgebracht hat?«

»Unter anderem, ja.«

»Es ist boshaft, und das weißt du genau.«

»Zugegeben, sie hätte taktvoller sein können. Aber sie hat bloß versucht, Emma dazu anzustacheln, die Wahrheit zu sagen ...« Toraf bleibt jäh stehen, als sie ein Spritzen hören. Der dunkle Schopf taucht als Erstes auf, dann der helle. Die Mädchen ringen um Halt und stemmen sich im knietiefen Wasser gegen die hüfthohen Wellen.

Mehr als diesen Ausdruck auf Raynas Gesicht braucht Galen gar nicht zu sehen. Er schüttelt den Kopf. »Okay, dann mal los.«

»Du *bist* eine von uns!«, kreischt Rayna und deutet auf Emma. Aber Emma beachtet den Zeigefinger, der nur

Zentimeter vor ihrem Augapfel schwebt, gar nicht. Sie starrt ins Wasser, als würde sie etwas suchen.

Toraf steckt den großen Zeh hinein und nickt Galen zu. Er kann Emma spüren.

Emma steht wie erstarrt da, während Welle um Welle in sie hineinklatscht. Sie schaut sich am Strand um, blickt zum Haus hinüber, dann hinauf in den Sturm. Sie schlingt die Arme um sich und richtet einen entgeisterten Blick auf Rayna, als würde sie sie zum ersten Mal sehen. Als wüsste sie nicht, wo sie ist oder wie sie dorthin gekommen ist.

Raynas Lippen zittern. Sie schlingt genau wie Emma die Arme um sich. »Aber … aber wenn du eine von uns bist … bedeutet das, dass du sie wirklich hättest retten *können* …« Rayna schüttelt den Kopf. »Du hast es nicht einmal versucht! Du hast sie sterben lassen!«

»Ich habe es versucht!«, schluchzt Emma. »Er wollte nicht loslassen. Für ihn war es nur ein Spiel! Er hatte nicht mal Hunger!«

Galen schnappt nach Luft. *Sie hat recht.* Die Art, wie sich der Hai gewunden und gedreht hat, wie er gezogen hat. Die Art, wie er sich in Chloes Bein verbissen hat, statt sich noch mehr Fleisch zu holen. Der Hai hat versucht, mit Emma zu *spielen.* Chloe war einfach ein Mittel zum Zweck. Wie ein Seegrasseil beim Tauziehen. Hat Emma das schon damals begriffen? Hat sie die Absicht des Hais sofort oder erst später erkannt? Er schüttelt den Kopf.

Diese Fragen werden warten müssen – Emma zittert wie Algen in der Hochflut.

Er watet ins Wasser und schlingt die Arme um sie. »Alles gut, Emma. Ich hab dich.«

»Was passiert mit mir? Ist es mein Kopf?«

Er presst ihre Wange an seine Brust. »Scht. Beruhig dich, Emma. Es ist nicht dein Kopf. Es ist dein Geheimnis. Ich kenne es und du nicht.« Er streicht über ihr klatschnasses Haar und bettet das Kinn auf ihren Kopf. Als Raynas Mund aufklappt, schießt er ihr einen warnenden Blick zu. Ihre Augen weiten sich. »Was *tust* du da?«, formt sie mit den Lippen. Er verdreht die Augen. *Ich wünschte, ich wüsste es.*

»Welches Geheimnis? Ich verstehe das nicht. Nichts von alledem.« Emma wimmert in der Geborgenheit seiner Arme. Ihr ganzer Körper erzittert unter der Wucht ihres Schluchzens.

»Emma«, murmelt er in ihr Haar. »Es tut mir leid. Du musst eine Menge verkraften. Und das ist gerade erst der Anfang. Aber ich will dir auch den Rest zeigen. Darf ich?« Er streichelt mit dem Handrücken ihre Wange. Nachdem sie ein paarmal tief durchgeatmet hat, nickt sie. Er dreht sie herum, legt die Arme um ihre Taille und bewegt sie von Rayna weg.

Tagelang hat er über diesen Moment nachgedacht, hat versucht vorherzusehen, wie Emma reagieren wird, wie er damit umgehen sollte. Inzwischen ist er sich sicher, dass sie angewidert sein wird, und das ist schmerzhafter, als er jemals gedacht hätte. Sie sagte, sie würde ihn nicht länger abweisen, aber das war, bevor ihm eine Flosse gewachsen ist. Vielleicht hält er sie jetzt zum letzten Mal, vielleicht spürt er jetzt zum letzten Mal das Feuer ihrer Berührung. Er will den Moment auskosten, will den Moment zu so viel mehr machen, aber Rayna sieht ihn an, als wäre ihm ein zweiter Kopf gewachsen. Er seufzt und drückt Emma noch fester an sich. Jetzt gibt es kein Zurück mehr.

»Halt den Atem an«, flüstert er ihr ins Ohr.

»Ich soll den *Atem* anhalten?«, keucht sie und späht hinunter ins Wasser.

Er nickt an ihrer Wange, fühlt ihre seidige, im Sturm beinahe schillernde Haut wie eine Kostbarkeit. »Nur für den Moment. Nicht die ganze Zeit. Hältst du ihn an?«

Sie nickt.

Er wirft sich zurück – hinab in die Fluten.

11

Das gibt es gar nicht. Er hat seine Arme um meine Taille geschlungen, sodass ich sein Gesicht nicht sehen kann, während er mich tiefer und tiefer hinunterzieht. Wir schießen so schnell durch das Wasser, dass ich gar nicht in der Lage sein sollte, die Augen offen zu halten – aber ich kann es. Wir sind bereits zu weit unten, um den Sturm über dem Meer noch länger zu sehen, um den Widerhall des Donners zu hören. Eigentlich müsste ich durchdrehen. Aber genau wie zuvor auf der Couch fühlen sich Galens Arme an wie ein Seil, eine Rettungsleine, von Muskeln durchsetzt und fest um mich geschlungen.

Je tiefer wir kommen, desto dunkler wird es, aber meine Augen scheinen sich anzupassen. Tatsächlich tun sie *mehr* als das – mein Blick schärft sich hier unten. Zuerst ist es, als hätte jemand das Licht ausgeschaltet – ich sehe nur Schatten. Aber die Schatten nehmen Gestalt an, verwandeln sich in Fische oder Felsen. Und dann erscheint alles so klar wie am helllichten Tag, als hätte jemand das Licht wieder *eingeschaltet.* Aber wir bewegen uns noch tiefer nach unten, nicht zurück an die Oberfläche. Woher kommt das Licht?

Und wohin treiben wir? Die Fischschwärme, an denen wir vorbeikommen, huschen uns aus dem Weg. Sogar größere Fische weichen zur Seite, als würden wir einen Sportwagen auf der Autobahn fahren. Wie macht Galen das? Er hat alle Hände voll mit mir zu tun, also benutzt er sie nicht, um zu schwimmen. Selbst wenn er es täte – niemand kann so schnell schwimmen. Ich spähe zu unseren Füßen hinunter – nur dass *unsere* Füße nicht da sind. Bloß meine. Und eine Flosse.

»Hai!«, schreie ich. Ich schlucke Wasser und hoffe, dass er mein Gurgeln versteht. Wir halten so abrupt an, dass es mein Haar nach vorne peitscht.

»Was?« Er verstärkt seinen Griff um mich und wirbelt uns auf der Stelle herum. »Ich sehe keinen Hai, Emma. Wo hast du ihn gesehen?«

»Dort unten – warte.« Ich blicke hinter uns, aber der Hai ist weg. Als ich um Galen herumspähe, um zu sehen, ob der Hai uns überholt hat – obwohl ich mir ziemlich sicher bin, dass uns nicht einmal ein Schnellboot überholen könnte –, beginne ich, die wahre Stärke meiner Sehkraft hier unten zu hinterfragen. Kein Hai. »Ich schätze, wir haben ihn verjagt – was zur …? Wie machst du das?

Wie mache *ich* das?« So klingt man nicht unter Wasser. Jedes Wort, das wir sagen, klingt so klar, als säße ich im Wohnzimmer auf seinem Schoß. Nicht gedämpft, wie wenn man in der Badewanne liegt und nichts außer dem eigenen Herzschlag hören kann. Da ist kein Summen, kein Druck in meinen Ohren. Nur Stille.

»Wie machen wir was?« Er dreht mich zu sich um.

»Ich kann dich hören. Du kannst mich hören. Und ich *sehe* dich, so klar wie am helllichten Tag – aber es ist nicht Tag, nicht einmal am Ufer. Wie kann das sein, Galen?«

Er seufzt. *Wie kann er seufzen? Wir sind unter Wasser.* »Das ist das Geheimnis, Emma.« Er deutet mit dem Kopf auf unsere Füße.

Ich folge seinem Blick. Halte den Atem an. Schlucke. Und würge. Der Hai ist zurück – und hat Galens gesamten Unterleib verschlungen, bis hinauf zu seiner Taille! Er bewegt seine Flosse kämpferisch hin und her, um an ihm dranzubleiben.

»Nicht auch noch du!«, schreie ich. Ich trete nach dem Hai, so fest ich das mit bloßen Füßen kann. Galen verzieht das Gesicht und lässt mich los.

»Emma, hör auf, mich zu treten!«, sagt Galen und packt mich an den Schultern.

»Ich trete nicht dich, ich trete … ich trete …. Omeingott!« Galen ist der Hai. Der Hai ist Galen. Was ich sagen will, ist – da ist kein Hai. Da ist nur Galen. Sein Oberkörper ist noch da, die mächtigen Arme, die gemeißelten

Bauchmuskeln, das großartige Gesicht. Aber … seine Beine. Sind. Weg. Nicht abgebissen, nicht verschluckt. Nein, nur *ersetzt* durch eine lange, silberne Flosse. Un-fass-bar.

Ich schüttele den Kopf und reiße mich von ihm los. »Das gibt's nicht. Das gibt es einfach nicht.« Ich treibe von ihm weg, aber er folgt mir.

»Emma.« Er streckt die Hand nach mir aus. »Beruhig dich. Komm her.«

»Nein. Du bist nicht echt. Das alles hier ist nicht echt. Ich möchte wieder aufwachen.« Ich blicke zur Oberfläche. »Ich sagte, ich möchte wieder AUFWACHEN!« Ich schreie mein Ich an, weil es bestimmt immer noch auf Galens Couch schläft, aber mein Ich wacht nicht auf.

Galen gleitet näher heran, ohne die Arme zu bewegen. »Emma, du bist wach. Das hier ist dein Geheimnis. Der Grund, warum deine Augen diese Farbe haben.«

»Bleib, wo du bist.« Ich zeige warnend auf ihn. »Für den Fall, dass du es nicht bemerkt hast, *ich* habe mich nicht in einen Fisch verwandelt, sondern *du*. Damit wäre das also *dein* Geheimnis, meinst du nicht auch?«

Er grinst. »Wir haben das gleiche Geheimnis.«

Ich schüttele den Kopf. *Nein, nein, nein.*

Er nickt nachdenklich. »Tja, ich schätze, das war's dann wohl. Der Strand liegt in dieser Richtung.« Er zeigt in die Unendlichkeit hinter mir. »Nun, es war schön, dich kennenzulernen, Emma.«

Mir klappt der Unterkiefer herunter, als er wegschwimmt. Als seine Silhouette langsam verschwindet, beginne ich zu hyperventilieren. Er geht einfach weg. Er verlässt mich. Er verlässt mich mitten im Meer. Er verlässt mich mitten im Meer, weil ich kein Fisch bin. *Nein, nein, nein, nein!* Er darf mich nicht verlassen! Ich wirble herum und herum. Wie soll ich den Strand finden, wenn ich weder die Oberfläche *noch* den Boden sehen kann? Meine Atmung wird noch sprunghafter …

Aber … aber … wie kann ich unter Wasser hyperventilieren? Zum ersten Mal, seit wir das Ufer verlassen haben, wird mir die Sache mit dem Sauerstoff bewusst. Der hätte mir schon längst ausgehen müssen. Ist er aber nicht. Nicht einmal annähernd. Während ich eben beinahe kollabiert bin, habe ich einfach Luft aus der Nase geschnaubt – genau wie beim Sprechen. Gerade so viel Luft, um ein Geräusch zu machen. Dad hat immer gesagt, ich hätte eine richtig gute Lunge, aber ich bezweifele, dass er damit *das hier* gemeint hat.

Und jetzt habe ich auch noch Publikum. Da ist nichts Nebelhaftes oder Traumartiges an der Gruppe von Fischen, die mich umringt. So schizophren es klingt, ich weiß, dass das hier echt ist. Auch wenn ich keinen der Fische benennen kann – bis auf das Monster von Schwertfisch, das am äußeren Rand dieser Versammlung herumlungert. Vertraue nicht den Bildern in Schulbüchern – in Wirklichkeit ist so ein Schwertfisch *viel* furchteinflößender. Trotzdem, ein großer Fisch inmitten von ungefähr hundert kleinen Fischen erhöht meine Chance, nicht gefressen zu werden. Sie müssen begreifen, dass ich nie, niemals einen von ihnen essen würde, nur weil sie sich mir nähern wie Paparazzi einem Promi. Einige von ihnen sind mutig genug, mich zu streifen. Einer der kleinen roten Fische zischt durch mein Haar. Ich begreife, wie unnormal es ist – vor allem unter diesen Umständen –, dass ich lache. Aber es kitzelt einfach so sehr.

Mit gespreizten Fingern strecke ich meine Hand aus. Die Fische schwimmen abwechselnd zwischen meinen Fingern hin und her. Das erinnert mich an den Tag, als Chloe und ich das Gulfarium in Destin besucht haben. Beim Streichelbecken hat Chloe mich für den süßen Jungen versetzt, der im Souvenirshop arbeitet. Wann immer ich die Hand ins Wasser gestreckt habe, sind die Stachelrochen zu mir geflitzt und haben sich an meine Finger geschmiegt, als würden sie um Streicheleinheiten betteln. Sie haben eine Art Verkehrsstau in dem Aquarium verursacht, um zu mir zu kommen. Sogar jetzt huscht ein Stachelrochen aus dem Kreis der Fische und flitzt an meinem Gesicht vorbei, als wolle er spielen.

Ich schüttele den Kopf. Das ist lächerlich. Diese Kreaturen sind nicht hier, um mit mir zu spielen. Sie sind nur neugierig. Und warum auch nicht? Ich gehöre ebenso wenig hierher wie Galen. *Galen.*

Zum ersten Mal begreife ich, dass ich immer noch … nun ja, ich kann Galen *fühlen.* Nicht die Gänsehaut oder die pure Lava, die durch meine Adern fließt. Nein, diesmal ist es anders. Eine Bewusstheit. So wie wenn jemand in einem ruhigen Zimmer einen Fernseher anstellt – selbst wenn er stumm geschaltet ist, spürt man ein Knistern in der Luft. Nur dass dieses Gefühl jetzt das Wasser erfüllt. Noch dazu ist es bei Galen viel stärker. Fast wie eine körperliche Berührung. Rayna ist deutlich zu spüren gewesen, aber Galens Anwesenheit ist einfach überwältigend. In der Sekunde, in der er einen Fuß ins Wasser gesetzt hat, wusste ich darüber Bescheid, als konzentriere sich das Pulsieren auf den Raum zwischen uns. Und ich habe es schon vor dem heutigen Tag gespürt. Genau dieses Gefühl hat mich umschwirrt, als ich versucht habe, Chloe von dem Hai zu befreien. *War er da? Ist er jetzt hier?*

Ich drehe mich um meine eigene Achse und erschrecke meine Zuschauer. Einige zerstreuen sich und kehren dann zurück. Andere lassen sich nicht beirren. Der Schwertfisch beäugt mich, zuckelt aber weiterhin in sicherer Entfernung herum. Ich sehe mich in alle Richtungen um und halte bei jeder klitzekleinen Drehung inne, um in den Unterwasserhorizont zu spähen. Nach zwei Umdrehungen gebe ich es auf. Vielleicht funktioniert dieses Pulsdings sogar über weite Entfernungen. Nach allem, was ich weiß, könnte Galen inzwischen in Richtung Ellis Island schwimmen. Aber nur für den Fall des Falles versuche ich es noch einmal.

»Galen?«, rufe ich und schrecke damit ein paar meiner Nachbarn auf. Immer weniger kehren zurück. »Galen, kannst du mich hören?«

»Yep«, antwortet er und taucht unmittelbar vor mir auf.

Ich keuche und mein Puls schießt in die Höhe. »Omeingott! Wie hast du das gemacht?«

»Das nennt man Tarnung.« Er neigt den Kopf. »Ich will ja nichts sagen, aber mir ist aufgefallen, dass du noch nicht tot bist. Ziemlich nicht-menschlich von dir.«

Ich nicke und ein Cocktail aus Erleichterung und Wut wirbelt in meinem Magen herum. »Dann wird dir wahrscheinlich auch aufgefallen sein, dass ich keine große Flosse habe, die meinen Hintern verschluckt.«

»Aber du *hast* violette Augen wie ich.«

»Hm. Und … Rayna und Toraf?«

Er nickt.

»Hm. Aber was ist mit deiner Mom? Sie hat normale Augen.«

»In Wirklichkeit ist sie gar nicht meine Mom. Sie ist meine Assistentin, Rachel. Ein Mensch.«

»Natürlich. Deine Assistentin. Alles klar.« Während ich zu verstehen versuche, wozu ein Fischmann eine Assistentin braucht, vergesse ich, im Wasser zu treten, und fange an zu sinken. Aber Galen hält mich am Ellbogen fest. »Ich kann mich aber nicht in einen riesigen Wasserklecks verwandeln. Ich meine diese Tarnsache.«

Er verdreht die Augen. »Ich verwandele mich nicht in Wasser, meine Haut verändert sich nur, damit ich mich verbergen kann. Das wirst du irgendwann auch lernen, sobald du deine Flosse aktivieren kannst.«

»Wie kommst du denn überhaupt darauf, dass ich das kann? Ich sehe nicht so aus wie du. Abgesehen von den Augen, meine ich.«

»Ich bin immer noch dabei, das herauszufinden.«

»Und habe ich bereits erwähnt, dass ich keine große Flosse …«

»Aber du hast alle anderen Eigenschaften.« Er verschränkt die Arme vor der Brust.

»Und die wären?«

»Na ja, du bist jähzornig.«

»Bin ich nicht!« Chloe war jähzornig. Nicht umsonst habe *ich* in unserem zweiten Highschool-Jahr den Spitznamen Sugar bekommen, denn nur *meine* Engelszunge konnte sie vor handfesten Streitereien bewahren. »Ich wurde sogar im Jahrbuch unserer Mittelschule zu dem Mädchen gewählt, das wahrscheinlich einmal für Disney arbeiten wird.«

»Dir ist hoffentlich klar, dass ich kein Wort verstanden habe.«

»Im Großen und Ganzen bedeutet das, dass ich durch und durch süß und harmlos bin.«

»Emma, du hast meine Schwester durch hurrikanfestes Sicherheitsglas geworfen.«

»Sie hat angefangen! Hast du gerade hurrikanfestes Sicherheitsglas gesagt?«

Er nickt. »Und das bedeutet, dass du genauso harte Knochen und dicke Haut hast wie wir. Andernfalls wärst du gestorben. Darüber sollten wir noch reden. Du hast dich selbst – und meine Schwester – durch eine gläserne Wand geworfen, als du dachtest, ihr beide wärt menschlich. *Was* hast du dir dabei gedacht?«

Ich will ihm nicht in die Augen sehen. »Ich schätze, es war mir in dem Moment egal.« Wahrscheinlich würde es eher nicht so gut ankommen, wenn ich ihm sage, dass ich seine Schwester töten wollte. Das würde das Disney-Argument definitiv entkräften.

»Inakzeptabel. Riskier *nie wieder* dein Leben, hast du mich verstanden?«

Ich schnaube, was kleine Luftbläschen emportanzen lässt. »He, weißt du eigentlich, was mir noch egal ist? Wenn du mir Befehle gibst. Ich habe mich dumm benommen, aber …«

»Ich glaube, das ist ein guter Moment, dir zu sagen, dass ich ein Mitglied der Königsfamilie bin«, unterbricht er mich und deutet auf die kleine Tätowierung auf seinem Bauch. Genau da, wo seine Bauchmuskeln in die Fischflosse übergehen, sitzt eine kleine Gabel. »Und da du offensichtlich eine Syrena bist, musst du mir gehorchen.«

»Ich bin eine *was?*«, frage ich und versuche zu kapieren, warum Besteck ihn zu etwas Besonderem machen sollte.

»Syrena. So nennt man uns – dich eingeschlossen.«

»Syrena? Nicht Meerjungfrauen?«

Galen räuspert sich. »Ähm, Meer*jungfrau?*«

»Ach? Darauf willst du *jetzt* hinaus? Na schön, dann eben Meer*mann* – warte, *ich* wäre kein Meermann.« Aber mal im Ernst, was weiß ich schon über Fischgeschlechter? Außer dass Galen definitiv männlich ist, ganz gleich, zu welcher Spezies er gehört.

»Nur fürs Protokoll, wir hassen dieses Wort. Und mit wir meine ich auch dich.«

Ich verdrehe die Augen. »Schön. Aber ich bin keine *Syrena.* Habe ich eigentlich erwähnt, dass ich keine große Flosse ...«

»Du gibst dir einfach nicht genug Mühe.«

»Nicht genug *Mühe?* Mir eine *Flosse* wachsen zu lassen?«

Er nickt. »Das ist noch kein natürlicher Prozess für dich. Du bist zu lange in Menschengestalt gewesen. Aber es wird anfangen, dich zu stören, mit Beinen im Wasser herumzustrampeln. Du wirst den Drang verspüren, dich zu ... strecken.«

»Tut das weh?«

Er lacht. »Nein. Es fühlt sich gut an, so wie es sich gut anfühlt, sich zu strecken, wenn man eine Weile gesessen hat. Eine Flosse ist ein einziger großer Muskel. Aufgeteilt in zwei menschliche Beine, ist er natürlich nicht mehr so kraftvoll. Aber wenn du in deine Syrena-Gestalt wechselst, strecken sich die Beinmuskeln und werden eins. Kannst du es nicht spüren?«

Ich schüttele den Kopf und mache große Augen.

»Es ist nur eine Frage der Zeit«, sagt er und nickt bestätigend. »Wir werden schon noch dahinterkommen.«

»Galen, ich bin keine …«

»Emma, dass du eine halbe Meile unter der Wasseroberfläche mit mir redest, ist Beweis genug für das, was du bist. Übrigens, wie fühlst du dich?«

»Meine Lunge fühlt sich irgendwie eng an. Was bedeutet das?«

Bevor noch weitere winzige Luftbläschen entweichen können, legt er die Arme um mich, und wir schnellen empor. »Es bedeutet, dass dir jetzt die Luft ausgeht«, murmelt er mir ins Ohr. Ich zittere, aber nicht vor Kälte.

Moment mal. Sollte es eine halbe Meile tief unten im Atlantik nicht eiskalt sein? Ich meine, in puncto Kälte bin ich wirklich ein Waschlappen. Niemand packt sich im Winter dicker ein als ich. Also, warum klappern meine Zähne jetzt nicht so heftig, dass sie in kleine Teilchen zersplittern? Es ist swimmingpoolkalt, nicht etwa *meine-Nasenlöcher-sind-zugefroren*-kalt. Habe ich das der dicken Haut zu verdanken, die Galen erwähnt hat? Funktioniert die wie eine Isolierung? Funktioniert die nur im Wasser?

Wir schießen an die Oberfläche. Galen nickt beifällig, als ich die alte Luft aus- und neue einatme. Ich pumpe meine Lunge mit frischer Luft voll und will gerade wieder untertauchen, als er den Kopf schüttelt und mich erneut nach oben zieht. »Lass uns nichts überstürzen. Ich bin mir nicht sicher, wie lange du den Atem anhalten kannst. Ich schätze, wir werden ein Auge darauf haben müssen, zumindest bis du dahinterkommst, wie du dich verwandeln kannst.«

Er dreht mich um, sodass ich nach vorne sehe, und klemmt mich akkurat unter einen Arm. Jetzt fühle ich mich wie ein Schoßhündchen. Der Mond späht auf uns herab, während wir für eine Weile auf den Wellen reiten. In der Ferne können wir gelegentlich ein schwaches Wetterleuchten sehen, aber kein Land.

Als ich die Chihuahua-Position nicht länger ertragen kann, zappele ich mich frei. Er fängt mich auf, bevor ich untergehe, und zieht mich an sich, sodass meine Nase seine streift. Über Wasser fühlt sich jede unserer Berührungen mit Kilowatt aufgeladen an. Unten spüre ich nur Galens »Puls« wie eine magnetische Kraft zwischen uns. Seine Flosse streicht so samtig wie der Flügel eines Schmetterlings gegen mein Bein, nicht schuppig wie ein Fisch.

Ich winde mich aus seinen Armen, um etwas mehr Abstand zwischen uns zu bringen. Er lässt es zu, aber er lässt mich nicht los. »Wenn ich eine Syrena bin, woher stamme ich denn dann?«, frage ich. »Meine Mom hat nicht diese Augen.«

Er nickt. »Ich weiß. Ich habe darauf geachtet.«

»Außerdem ist sie wasserscheu. Wir wohnen nur am Strand, weil Dad das Meer geliebt hat.« Tatsächlich spricht Mom, seit Dad nicht mehr ist, die ganze Zeit davon, in die Nähe der Stadt zu ziehen. Ich habe sie schließlich davon überzeugt, dass sie damit noch warten soll, bis ich aufs College gehe.«

»Und dein Vater?«

»Blond. Blaue Augen. Nicht so bleich wie ich.«

»Mhm.« Aber er klingt nicht überrascht. Vielmehr so, als hätte ich nur bestätigt, was er bereits vermutet hat.

»Was?«

»Das Einzige, was mir dazu einfällt, ist, dass sie nicht deine richtigen Eltern sind. Sie können es nicht sein.«

Ich schnappe nach Luft. »Du denkst, ich bin *adoptiert?*«

»Was bedeutet *adoptiert* noch mal?«

»Dass sie mich als ihr Kind großgezogen haben, ich aber von einer anderen Frau auf die Welt gebracht wurde.«

»Offensichtlich.«

Ich stoße mich von ihm weg. Die Wellen sind viel größer, wenn ich versuche, ganz allein mit ihnen fertigzuwerden. »Du hast leicht reden, nicht wahr?« Ich beschließe, die nächste Welle einfach zu verschlucken, statt über sie hinwegzuschwimmen. Ich bin erleichtert, als er wieder meine Taille umfasst.

»Emma, ich gehe nur alle Möglichkeiten durch. Du musst zugeben, dass hier irgendjemand nicht die Wahrheit sagt. Und ich glaube nicht, dass du begründet behaupten kannst, *ich* würde lügen.«

Ich schüttele den Kopf. »Nein. Du lügst nicht. Aber sie *sind* meine Eltern, Galen. Ich habe die Nase meines Dads. Und das Lächeln meiner Mom.«

»Hör mal, ich will nicht mit dir streiten. Wir werden einfach noch genauer darüber nachdenken müssen, das ist alles.«

Ich nicke. »Es muss eine andere Erklärung geben.«

Er schenkt mir ein schmallippiges Lächeln. Sein Gesicht zeigt einen zweifelnden Ausdruck. Schweigend lassen wir uns von den Wellen in Richtung Ufer treiben. Nach einer Weile zieht er meine Beine hoch und ich lehne meinen Kopf an seine Brust. Wir nehmen Geschwindigkeit auf, als er uns sanft durch die Wellen lenkt.

»Galen?«

»Hmm?«

»Was passiert, wenn wir das Ufer erreichen?«

»Wahrscheinlich solltest du ein bisschen schlafen.«

Als ich das Kinn zu ihm hochrecke, sieht er mich bereits an. »Du denkst, ich kann nach dieser ganzen Sache schlafen? Und überhaupt, das habe ich nicht gemeint.«

Er nickt. »Ich weiß.« Er zuckt die Achseln und rückt mich in seinen Armen zurecht. »Ich habe gehofft, du würdest mir erlauben … dir zu helfen.«

»Du willst mir helfen, mich in einen Fisch zu verwandeln?«

»So in etwa.«

»Warum?«

»*Warum?* Warum nicht?«

»Hör auf, mir meine Fragen mit Gegenfragen zu beantworten.«

Er grinst. »Es funktioniert nicht, oder?«

»Lass das!« Ich versetze seinem Kinn einen kleinen Schlag.

Er lacht. »In Ordnung.«

»Aber was ich zu sagen versuche, ist – der Grund, warum du seit Chloes Tod so großes Interesse an mir hast ... der Grund, warum du hierhergekommen bist, warum du dich an meiner Schule angemeldet und mich an den Strand eingeladen hast ... Du wolltest einfach nur herausfinden, ob ich eine von euch bin?«

Natürlich, du Dummkopf. Wann hat dich schon jemals jemand wie Galen beachtet? Wann hat es überhaupt jemals jemanden wie Galen gegeben? Trotzdem, es überrascht mich, wie sehr es schmerzt, als er nickt. Ich bin sein kleines Wissenschaftsprojekt. Die ganze Zeit über, als ich dachte, er flirtet mit mir, hat er in Wirklichkeit nur versucht, mich hier herauszulocken, um seine Theorie zu prüfen.

Wenn Dummheit eine Krankheit wäre, wäre ich inzwischen daran gestorben. Aber zumindest weiß ich jetzt, woran ich bin – in Bezug auf seine Gefühle für mich.

Doch in Bezug auf seine Absichten *im Allgemeinen* habe ich keinen Schimmer.

Was passiert, wenn ich mich tatsächlich in einen Fisch verwandeln *kann?* Denkt er, ich werde meiner Mom einen Abschiedskuss geben, meine guten Noten – die ganzen Stipendien – die Toilette runterspülen, damit ich mit den Delfinen schwimmen kann? Er sagt, er ist ein Mitglied der Königsfamilie. Natürlich weiß ich nicht genau, was das bedeutet, aber ich kann es mir schon denken – dass ich nichts weiter als ein Untertan für ihn bin, jemand, den er herumkommandieren kann. Er *hat* schließlich gesagt, dass ich ihm gehorchen muss. Aber wenn er ein Royal ist, warum kommt er dann höchstpersönlich hierher? Warum schickt er nicht jemand weniger Wichtiges? Ich wette, der amerikanische Präsident geht nicht persönlich in fremde Länder, um sich auf die Suche nach verschwundenen Amerikanern zu machen, die vielleicht nicht einmal Amerikaner sind.

Aber würde er mir überhaupt die Wahrheit sagen? Er hat mich bereits einmal getäuscht und Interesse an mir geheuchelt, um mich hierherzulocken. Er hat mir ins Gesicht gelogen, als es um seine Mutter ging. Er hat sogar meine Mom angelogen. Welche Lügen würde er noch auftischen, um zu kriegen, was er will? Nein, ich kann ihm nicht vertrauen.

Trotzdem will ich die Wahrheit erfahren, und sei es nur für mich selbst. Ich habe nicht vor, in eine große

Muschelschale vor der Küste von Jersey zu ziehen oder so – aber ich kann nicht leugnen, dass ich anders bin. Was könnte es schaden, noch etwas mehr Zeit mit Galen zu verbringen, damit er mir hilft, das alles genauer herauszufinden? Und wenn er mich für so eine Art Bauernfisch hält, der ihm Gehorsam schuldet? Warum sollte ich ihn nicht genauso ausnutzen wie er mich – um zu bekommen, was *ich* will?

Das Problem dabei ist nur, dass das, was *ich* will, ist, dass er mich in seinen Armen hält und sich Sorgen macht, wenn ich keinen Ton mehr sage.

12

Vom Fenstersitz beobachtet Galen, wie sich Emma im Fernsehsessel regt. Sie hat die ganze Nacht vor sich hin gemurmelt, aber wegen Torafs Geschnarche hat er nicht verstanden, was sie sagt. Sie sind lange aufgeblieben und Galen und Toraf haben abwechselnd ihre Fragen beantwortet. Wie haben sie sie gefunden? Wo leben sie? Wie viele von ihnen gibt es? Ihre Gefühle standen ihr ins Gesicht geschrieben, während ihr Ausdruck zwischen Überraschung, Faszination und Schock wechselte. Sie war überrascht, als er ihr erzählte, dass Dr. Milligan sie im Gulfarium entdeckt hat – die eigenartige Reaktion der Meerestiere erwähnte er nicht. Sie schien fasziniert, als er ihr erklärte, dass die meisten Syrena für alle Augen sichtbar auf dem Grund der Meere leben – natürlich wären sie für menschliche Augen nur sichtbar, wenn Menschen so tief tauchen könnten – und dass die königliche Familie in Felshöhlen wohnt. Gefesselt hat sie gelauscht, dass Poseidon und Triton Syrena aus Fleisch und Blut waren, die ersten Generäle ihrer Art, und nicht irgendwelche Götter, zu denen menschliche Legenden sie gemacht haben. Dann Entsetzen, als Toraf schätzte, dass sich die Bevölkerung beider Reiche zusammen auf über zwanzigtausend beläuft.

Galens Antworten wurden immer knapper, je mehr sie sich mit ihren Fragen dem eigentlichen Grund näherte, wegen dem er hergekommen ist – und wieder einmal war er seinem Instinkt dankbar, Rayna nichts zu erzählen. Er war – *ist* – nicht bereit, mit Emma über Grom zu sprechen. Selbst Toraf hat von der großen Frage abgelenkt, die sich hinter all den kleinen verbarg – warum? Emma hat die Verschwörung gewittert und manchmal dieselbe Frage auf verschiedene Arten gestellt. Nach einer Weile konnte er von ihrem Gesichtsausdruck ablesen, dass sie sich geschlagen gab und das meiste einfach hinnahm. Doch in ihren Augen stand immer noch Unglaube. Und wer könnte ihr das übel nehmen? Ihr Leben hat sich in der letzten Nacht verändert. Und er wäre ein Narr, wenn er nicht zugeben würde, dass sich seines ebenfalls verändert hat.

Als er sah, wie sie sich unter diese Fische gemischt hat, war sein Schicksal besiegelt. Es ist undenkbar, dass Emma keine direkte Nachfahrin Poseidons ist. Es ist undenkbar, dass sie jemals die Seine werden kann. Und er sollte sich besser jetzt schon daran gewöhnen.

Er sieht zu dem Einzelbett hinüber, in dem Rayna schläft; sie ahnt nicht, dass sie im Arm ihres Gefährten liegt, der ihr ins Ohr schnauft wie eine verletzte Leopardenrobbe. Galen schüttelt den Kopf. Wenn Rayna aufwacht, wird sie dafür sorgen, dass Toraf nie wieder durch die Nase atmen kann.

»Die letzte Nacht hat es also wirklich gegeben.« Emmas Worte schrecken ihn auf. Die einzige Regung, die sie zeigt, ist ein schläfriges Lächeln.

»Guten Morgen«, flüstert er und deutet mit dem Kopf auf Rayna und Toraf.

Emmas Augen weiten sich und sie nickt. Sie schiebt die Bettdecke von sich und lässt sie auf den Boden gleiten. Galen hat gestern Nacht in Rachels Schubladen gestöbert und einen Pyjama für sie gefunden, in dem sie schlafen konnte, während ihre Kleider trockneten. Als sie sich jetzt in dem Pyjama streckt, bemerkt Galen, dass sie viel größer als Rachel ist – das Tanktop schließt nicht ganz mit dem Bund ihrer Hosen ab – und viel kurviger. Der Anblick, wie sich der Stoff um Emmas Rundungen spannt, zwingt ihn, darüber nachzudenken, wie er sich heute konzentrieren soll. Weibliche Syrena sind stark und muskulös, aber Emma hat die lange Zeit in Menschengestalt einen etwas weicheren Körperbau beschert – und er ist überrascht, wie sehr ihm das gefällt.

Emma knurrt der Magen und sie errötet. Er begreift, wie sehr er auch das mag. Grinsend zeigt er auf die Leiter, die nach unten in den Flur führt. Das oberste Stockwerk, in dem sie die vergangene Nacht verbracht haben, lässt sich nur kletternderweise verlassen oder betreten. Sie nickt und steigt ohne ein Wort hinunter. Galen zwingt sich mit aller Gewalt, sich von dem verlockenden Anblick loszureißen, als sie die letzte Stufe der Leiter erreicht hat. Er folgt ihr mit zusammengebissenen Zähnen. Sobald sie im Flur sind, tauschen sie ein wissendes Lächeln – Toraf ist so gut wie tot.

Der Geruch von Essen, der das Treppenhaus heraufweht, verrät Galen, dass Rachel wieder da ist. Er kann ihre hohen Absätze in der Küche klackern hören und wie sie den Ofen öffnet und schließt. Sie flucht laut. Wahrscheinlich hat sie sich an einer Pfanne verbrannt. Die Morgenbrise durchströmt das, was vom Wohnzimmer übrig geblieben ist und jetzt eher wie eine offene Veranda aussieht. Emma zuckt zusammen, als sie den Schaden bei Tageslicht sieht.

»Es tut mir wirklich leid, Galen. Ich werde für das alles aufkommen. Sag Rachel, sie soll mir eine Rechnung schicken.«

Er lacht. »Was meinst du, kostet das mehr als die Arztrechnungen, die angefallen sind, weil du dich selbst bewusstlos geschlagen hast, als du vor mir wegrennen wolltest?«

Sie grinst. »Na ja, so gesehen …«

Rachel sitzt am Tisch, als sie in die Küche kommen. »Guten Morgen, meine Turteltäubchen! Für dich, mein

Äffchen, habe ich gedämpften Fisch und Shrimps, und für dich, Emmaschätzchen, das prächtigste Omelett, das je gebacken wurde. Saft, Emma? Ich habe Orange oder Ananas.«

»Orange, bitte«, antwortet sie und nimmt Platz. »Und Sie brauchen uns nicht länger Turteltäubchen zu nennen. Galen hat mich gestern Nacht in das Geheimnis eingeweiht. Sie wissen ja, dass wir nicht wirklich miteinander gehen.«

»Ähm, also, Emma, ich denke, wir sollten das noch eine Weile durchziehen. Deiner Mutter zuliebe.« Galen reicht ihr ein Glas. »Sie wird nie verstehen, warum wir so viel Zeit miteinander verbringen, wenn wir nicht miteinander gehen.«

Emma runzelt die Stirn, während Rachel mit einem übergroßen Pfannenwender ein üppiges Omelett auf ihren Teller klatscht. Mit ihrer Gabel sticht Emma in den Bauch des Omeletts und spießt einen dampfenden, vor Käse triefenden Brocken Fleisch auf. »Schätze, daran habe ich nicht gedacht«, sagt sie und nimmt einen Bissen. »Ich hatte vor, ihr zu erzählen, dass wir Schluss gemacht haben.«

»Er hat recht, Emma«, ruft Rachel vom Herd herüber. »Ihr könnt nicht Schluss machen, wenn du die ganze Zeit hier bist. Sie muss glauben, dass ihr immer noch ein Paar seid. Und es ist dein Job, sie davon zu überzeugen. Jede Menge Knutscherei und so was – nur für den Fall, dass deine Mutter euch nachspioniert.«

Emma hört auf zu kauen. Galen lässt seine Gabel fallen.

»Ähm, ich glaube nicht, dass wir gleich so weit gehen müssen ...«, beginnt Emma.

»Was denn? Küssen sich Teenager heute nicht mehr?« Rachel verschränkt die Arme vor der Brust und wedelt mit dem Pfannenwender im Takt ihres auf den Boden klopfenden Fußes.

»Doch, schon, aber ...«

»Kein Aber. Komm schon, Schätzchen. Glaubst du etwa, deine Mom weiß nicht, was läuft und glaubt, dass du die Finger von *Galen* lassen könntest?«

»Wahrscheinlich nicht, aber ...«

»Ich sagte, kein Aber. Seht euch beide doch mal an. Ihr sitzt nicht einmal nebeneinander! Ihr braucht etwas Übung, würde ich sagen. Galen, geh und setz dich neben Emma. Nimm ihre Hand.«

»Rachel«, sagt er kopfschüttelnd. »Das kann warten ...«

»Na schön«, knirscht Emma mit zusammengebissenen Zähnen. Woraufhin sich beide zu ihr umdrehen. Immer noch stirnrunzelnd nickt sie. »Wir werden uns küssen und Händchen halten, wenn sie in der Nähe ist.«

Galen lässt seine Gabel beinahe wieder fallen. *Auf keinen Fall. Emma küssen ist das Letzte, was ich gebrauchen kann. Vor allem wenn ihre Lippen diesen Rotton annehmen.* »Emma, wir brauchen uns nicht zu küssen. Sie weiß doch schon, dass ich mit dir schlafen will.« Sobald die Worte heraus sind, zuckt er zusammen. Auch ohne nur den Blick zu heben, weiß er, dass das zischelnde Geräusch in der Küche von Rachel stammt, die ihren Ananassaft in die heiße Bratpfanne spuckt. »Ich meine, ich habe doch schon gesagt, dass ich mit dir schlafen will. Das heißt, ich habe ihr gesagt, dass ich mit dir schlafen will, weil sie dachte, dass ich es schon tue. Tun will. Ich meine …«

Wenn ein Syrena ertrinken könnte, würde es sich genauso anfühlen.

Emma hebt die Hand. »Schon kapiert, Galen. Ist okay. Ich habe ihr das Gleiche erzählt.«

Rachel lässt sich auf den Stuhl neben Emma plumpsen und wischt sich mit einer Serviette die Saftspritzer vom Gesicht. »Du willst mir also erzählen, dass deine Mom denkt, ihr beide wollt miteinander *schlafen*. Aber du glaubst nicht, dass sie dann erwartet, dass ihr euch küsst.«

Emma schüttelt den Kopf und schaufelt sich eine Gabel voll Omelett in den Mund, dann spült sie mit etwas Saft nach. »Sie haben ja recht, Rachel«, stimmt sie zu. »Wir müssen uns beim Rummachen erwischen lassen oder so.«

Rachel nickt. »Das sollte funktionieren.«

»Was bedeutet das? *Rummachen?*«, fragt Galen zwischen zwei Bissen.

Emma legt ihre Gabel beiseite. »Es bedeutet, dass du dich dazu zwingen musst, mich zu küssen. Als ob es dir ernst damit wäre. Richtig lang. Denkst du, du schaffst das? Küssen Syrena?«

Er versucht, den Bissen hinunterzuschlucken, hat aber vergessen, ihn zu kauen. *Mich dazu zwingen? Ich wäre froh, wenn ich mich* bremsen *könnte.* Es ist ihm noch nie in den Sinn gekommen, irgendjemanden zu küssen – *bevor* er Emma kennengelernt hat. Seitdem kann er an nichts anderes mehr denken, als an ihre Lippen auf seinen. Er kommt zu dem Schluss, dass es besser für sie beide gewesen ist, als Emma ihn zurückgewiesen hat. Jetzt befiehlt sie ihm, sie zu küssen – richtig lang. *Na, toll.* »Ja, sie küssen sich. Ich meine, *wir* küssen uns. Ich meine, ich kann mich dazu zwingen, wenn es sein muss.« Er sieht Rachel nicht in die Augen, als sie ihm einen Nachschlag Fisch auf den Teller klatscht, aber er kann spüren, dass sie grinst.

»Wir müssen es einfach planen, das ist alles. Und dir Zeit geben, damit du dich vorbereiten kannst«, erklärt Emma.

»Vorbereiten auf *was?*«, spottet Rachel. »Küsse sollte man nicht planen. Darum machen sie ja solchen Spaß.«

»Ja, aber hier geht es nicht um Spaß, sagt Emma. »Ist doch alles nur Show.«

»Glaubst du nicht, dass es Spaß machen könnte, Galen zu küssen?«

Emma seufzt und stützt ihr Gesicht mit den Händen ab. »Wissen Sie, ich weiß es wirklich zu schätzen, dass Sie uns helfen wollen, Rachel. Aber ich kann nicht länger darüber reden. Im Ernst, ich bekomme davon Ausschlag. Wir werden einfach dafür sorgen, dass es zum richtigen Zeitpunkt klappt.«

Rachel lacht und räumt Emmas leeren Teller ab, nachdem sie einen Nachschlag abgelehnt hat. »Wie du meinst. Aber ich finde immer noch, dass ihr üben solltet.« Auf dem Weg zum Spülbecken sagt sie: »Wo sind eigentlich Toraf und Rayna? Oh!« Sie schnappt nach Luft. »Haben sie etwa eine Insel gefunden?«

Galen schüttelt den Kopf und schenkt sich etwas Wasser aus einem Krug auf dem Tisch ein. Er ist sichtlich dankbar für den Themenwechsel. »Nein. Sie sind oben. Er hat sich in ihr Bett gekuschelt. Ich habe noch nie jemanden gesehen, der sein Leben so leichtfertig aufs Spiel setzt.«

Rachel schnalzt mit der Zunge, während sie einige Schüsseln ausspült.

»Warum reden alle ständig darüber, eine Insel zu finden?«, will Emma wissen, während sie den Rest ihres Saftes trinkt.

»Wer redet denn sonst noch darüber?« Galen runzelt die Stirn.

»Im Wohnzimmer habe ich gehört, wie Toraf zu ihr gesagt hat, sie soll entweder in die Küche gehen oder sich eine Insel suchen.«

Galen lacht. »Und sie hat sich für die Küche entschieden, richtig?«

Emma nickt. »Was? Was ist daran so komisch?«

»Rayna und Toraf sind miteinander verbunden. Ich glaube, Menschen nennen es verheiratet«, fügt er hinzu. »Die Syrena suchen sich eine Insel, wenn sie bereit sind, sich … auch körperlich miteinander zu verbinden. Wir können das nur in Menschengestalt tun.«

»Oh. *Oh.* Ähm, okay.« Emma läuft rot an. »Ich habe mich schon darüber gewundert. Über den körperlichen Teil, meine ich. Sie sind also verheiratet? Sieht eher so aus, als würde sie ihn hassen.«

Galen zögert. Er erinnert sich, wie entrüstet Rachel über dieses Thema war, als er ihr damals zum ersten Mal davon erzählt hat. *Emma wird es früher oder später herausfinden. Warum also nicht gleich jetzt?* »Toraf hat bei unserem Bruder um sie angehalten und er war einverstanden. Ich weiß, Menschen handhaben das ein wenig anders, aber …«

»Was?« Emma springt von ihrem Stuhl und beugt sich mit verschränkten Armen über den Tisch.

Dann mal los. »Toraf hat gefragt …«

»Du erzählst mir, dass dein Bruder sie gezwungen hat, Toraf zu heiraten?« Man kann sie nur schwer verstehen, weil sie mit zusammengebissenen Zähnen spricht.

»Also, so kann man das eigentlich nicht sagen. Sie ist ja nicht dabei gewesen …«

»*Was?* Sie war bei ihrer eigenen Hochzeit nicht dabei?«

»Emma, beruhig dich erst mal. Syrena nennen es nicht Hochzeit. Sie nennen es …«

»Ist mir egal, wie sie es nennen«, ruft sie. »Ob menschlich oder nicht, man zwingt niemanden, einen anderen zu heiraten!«

»Recht hat sie!«, ruft Rayna aus dem Wohnzimmer. Toraf folgt ihr grinsend in die Küche, gut gelaunt trotz gespaltener Lippe. Rayna pflanzt sich neben Emma und verschränkt die Arme genau wie sie.

Emma nickt ihr zu. »Siehst du? Es gefällt ihr nicht. Und wenn es ihr nicht gefällt, sollte sie auch nicht verheiratet sein.«

»Meine Rede«, sagt Rayna und stupst Emma als Zeichen ihrer Komplizenschaft mit dem Ellbogen an. Galen schüttelt den Kopf. Dass Rayna ihr erst gestern Nacht mit genau diesem Ellenbogen das linke Auge ausschlagen wollte, ist wie weggeblasen.

»Morgen«, sagt Toraf freundlich und nimmt neben Galen Platz. »Habt ihr alle gut geschlafen?« Rachel serviert ihm schweigend sein Frühstück und schenkt ihm etwas Wasser ein.

Galen seufzt. »Emma, bitte setz dich wieder. Es ist doch kein neues Gesetz, von dem sie nichts gewusst hat. Zuerst hatte sie freie Wahl. Wenn Rayna schon früher einen Gefährten gewählt hätte, wäre es nie …«

»Es gibt ein Zeitlimit, um einen Gefährten auszuwählen? Wirklich? Das wird ja immer besser. Also, dann schieß mal los, Galen, falls ich eine von euch bin, wird dann von mir erwartet, dass ich mich verbinde? Habt Ihr schon jemanden für mich im Auge, Euer Hoheit?«

Geht das schon wieder los. Die ganze Nacht über hat sie ihn Euer Hoheit und Majestät genannt. Und nach dem Gesicht zu urteilen, das sie dabei zieht, versteht sie es als Beleidigung. Deshalb brennt er schon darauf, ihr zu sagen, dass auch sie ein Mitglied der Königsfamilie ist. Aber das würde nur noch mehr Ärger geben und wäre den kleinen Triumph nicht wert. Außerdem würde sie dann denken, dass sie sich ihren Gefährten einfach aussuchen kann, wie die meisten Frauen der Königsfamilie. Aber Emma ist nicht wie die meisten von ihnen. Sie ist die letzte lebende Nachfahrin Poseidons – was ihre Wahlmöglichkeiten ziemlich eingrenzt. Auf eine einzige Möglichkeit, um genau zu sein.

»*Hast* du jemanden im Auge, Galen?«, fragt Toraf und steckt sich einen Shrimp in den Mund. »Ist es jemand, den ich kenne?«

»Halt den Mund, Toraf«, knurrt Galen. Er schließt die Augen und massiert sich die Schläfen. Irgendwie hätte das alles viel besser laufen können.

»Oh«, murmelt Toraf. »Dann ist es wohl jemand, den ich kenne.«

»Toraf, ich schwöre bei Tritons Dreizack …«

»Das sind die besten Shrimps, die du je gemacht hast, Rachel«, fährt Toraf fort. »Ich kann es gar nicht erwarten, Shrimps auf unserer Insel zu kochen. Ich werde das Würzen übernehmen, Rayna.«

»Sie geht nicht mit dir auf irgendeine Insel, Toraf!«, brüllt Emma.

»Oh doch, das wird sie, Emma. Rayna will meine Gefährtin sein. Habe ich nicht recht, Prinzessin?«, lächelt er.

Rayna schüttelt den Kopf. »Es hat keinen Sinn, Emma. Ich habe wirklich keine Wahl.«

Resigniert lässt sie sich auf den Platz neben Emma sinken, die ungläubig auf sie hinabstarrt. »Du *hast* eine Wahl. Du kannst bei mir zu Hause wohnen. Ich werde dafür sorgen, dass er nicht in deine Nähe kommen kann.«

Torafs Miene deutet an, dass er diese Möglichkeit noch gar nicht bedacht hat. Galen lacht. »Gar nicht mehr so komisch, was, Kaulquappe?«, sagt er und versetzt ihm einen Stoß in die Rippen.

Toraf schüttelt den Kopf. »Sie wird nicht bei dir wohnen, Emma.«

»Das werden wir noch sehen, *Kaulquappe*«, erwidert sie.

»Galen, tu doch was«, sagt Toraf, ohne Emma aus den Augen zu lassen.

Galen grinst. »Was denn?«

»Ich weiß es nicht, verhafte sie oder irgend so was«, sagt Toraf und verschränkt die Arme.

Emma fixiert Galen und raubt ihm fast den Atem. »Tja, Galen. Komm und verhafte mich, wenn dir danach zumute ist. Aber eins sage ich dir gleich: In der Sekunde, in der du Hand an mich legst, zertrümmere ich dieses Glas auf deinem Kopf und zerschneide deine Lippe damit wie Torafs.« Sie greift nach dem schweren Trinkglas und verspritzt die letzten Tropfen Orangensaft auf dem Tisch.

Alle halten die Luft an, bis auf Galen – der so heftig lacht, dass er beinahe mit seinem Stuhl umkippt.

Emmas Nasenflügel beben. »Du glaubst nicht, dass ich es tun werde? Dann gibt es nur eine Möglichkeit, das herauszufinden, nicht wahr, Euer Hoheit?«

Galens kehliges Heulen hallt im ganzen riesigen Haus wider. Er wischt sich die Tränen aus den Augen und stößt Toraf mit dem Ellbogen an, der ihn ansieht, als hätte er zu viel Salzwasser getrunken. »Weißt du, dass diese dummen Menschen in ihrer Schule sie zur Süßesten und Harmlosesten von ihnen allen gewählt haben?«

Torafs Miene wird sanfter, als er Emma ansieht und in sich hineinlacht – aber schon bald hämmert Toraf mit den Fäusten auf den Tisch, um wieder zu Atem zu kommen. Selbst Rachel kichert in ihren Ofenhandschuh.

Langsam verschwindet die Wut aus Emmas Zügen. Galen meint sogar, ein unterdrücktes Lächeln zu erkennen. Sie stellt das Glas so vorsichtig auf den Tisch, als ob es noch voll wäre und sie nichts verschütten möchte. »Ich geb's ja zu, das ist schon ein paar Jahre her.«

Diesmal kippt Galens Stuhl um und er landet der Länge nach auf dem Boden. Als Rayna anfängt zu kichern, fällt Emma mit ein. »Ich schätze ... ich schätze, ich habe tatsächlich ein gewisses Temperament«, sagt sie mit einem einfältigen Lächeln.

Sie geht um den Tisch herum, stellt sich vor Galen und streckt ihm die Hand hin. Er grinst zu ihr hinauf. »Zeig mir deine andere Hand.«

Sie lacht und zeigt ihm, dass sie leer ist. »Keine Waffen.«

»Ziemlich einfallsreich«, sagt er und nimmt ihre Hand. »Ab jetzt werde ich so ein Trinkglas mit völlig anderen Augen sehen.« Er hievt sich zum größten Teil selbst wieder hoch, kann aber dennoch der Versuchung nicht widerstehen, sie zu berühren.

Sie zuckt die Achseln. »Reiner Überlebensinstinkt?«

Er nickt. »Oder du versuchst, mir die Lippen aufzuschneiden, damit du mich nicht mehr küssen musst.« Er freut sich, als sie den Blick abwendet und ihre Wangen rosige Flecken bekommen.

»Rayna versucht das ständig«, meldet Toraf sich zu Wort. »Wenn sie gut zielt, funktioniert es manchmal, aber meistens küsse ich sie dann erst recht. Der Schmerz muss sich immerhin lohnen.«

»Du versuchst, Emma zu küssen?«, fragt Rayna ungläubig. »Aber du hast bis jetzt noch nicht einmal jemanden gesichtet.«

»Jemanden gesichtet?«, fragt Emma.

Toraf lacht. »Warum gehen wir nicht schwimmen,

Prinzessin? Der Sturm hat bestimmt viele tolle Sachen für deine Sammlung heraufgewirbelt.« Galen nickt zum Dank stumm in Torafs Richtung, während dieser seine Schwester ins Wohnzimmer führt. Ausnahmsweise einmal ist er froh um Raynas Tick, das alte Gerümpel der Menschen zu horten. Er musste sie schon fast an der Flosse zum Ufer schleifen, um an all den alten Schiffswracks entlang der Küste vorbeizukommen.

»Wir werden uns trennen, um den Meeresgrund großflächig abzusuchen«, sagt Rayna im Gehen.

Galen spürt, dass Emma ihn ansieht, aber er ignoriert sie. Stattdessen sieht er zu, wie Toraf und Rayna Hand in Hand in den Wellen verschwinden. Galen schüttelt den Kopf. Toraf braucht kein Mitgefühl. Er weiß ganz genau, was er tut. Galen wünscht, er könnte dasselbe auch von sich selbst sagen.

Emma legt eine Hand auf seinen Arm – sie wird nicht zulassen, dass er sie ignoriert. »Was bedeutet das? Jemanden sichten?«

Endlich dreht er sich um und sieht ihr in die Augen. »Es ist das Gleiche, wie wenn Menschen miteinander gehen. Nur viel schneller. Und zielgerichteter als bei den Menschen.«

»Inwiefern zielgerichteter?«

»Das Sichten ist unsere Art, einen Gefährten fürs Leben zu wählen. Wenn ein Mann achtzehn wird, fängt er an, verschiedene Frauen zu sichten, um eine Gefährtin zu finden. Eine, mit der er sich gut versteht und die sich zur Zeugung von Nachkommen eignet.«

»Oh«, macht sie nachdenklich. »Und … und du hast noch niemanden gesichtet?«

Er schüttelt den Kopf und ist sich ihrer Hand schmerzlich bewusst, die noch immer auf seinem Arm ruht. Sie muss es im gleichen Moment bemerkt haben, denn sie reißt sie weg. »Warum nicht?«, fragt sie und räuspert sich. »Bist du nicht alt genug, um zu sichten?«

»Ich bin alt genug«, sagt er leise.

»Wie alt bist du denn genau?«

»Zwanzig.« Er hat nicht die Absicht, sich näher zu ihr vorzubeugen – *oder etwa doch?*

»Ist das normal? Dass du noch niemanden gesichtet hast?«

Er schüttelt wieder den Kopf. »Bei uns sind die meisten Männer verbunden, wenn sie neunzehn werden. Aber meine Pflichten als Botschafter würden mich ständig von meiner Gefährtin trennen. Es wäre ihr gegenüber nicht fair.«

»Oh, richtig. Du musst die Menschen ja im Auge behalten«, sagt sie schnell. »Du hast recht. Das wäre wirklich nicht fair, was?«

Er erwartet eine weitere Diskussion. Letzte Nacht hat sie ihm unter die Nase gerieben, dass die Syrena mehr Botschafter bräuchten, damit er nicht die ganze Verantwortung allein zu tragen bräuchte. Irgendwo hat sie damit ja recht. Aber sie diskutiert nicht. Stattdessen lässt sie das Thema komplett fallen.

Sie weicht vor ihm zurück und vergrößert den Abstand zwischen ihnen, den er bewusst gering gehalten hatte. Sie setzt eine lässige Miene auf. »Also dann: Hilfst du mir, mich in einen Fisch zu verwandeln?«, fragt sie, als hätten sie schon die ganze Zeit über nichts anderes gesprochen.

Er blinzelt. »Das ist alles?«

»Was?«

»Keine Fragen mehr über das Sichten? Keine Vorträge über die Ernennung weiterer Botschafter?«

»Es geht mich nichts an«, sagt sie mit einem gleichgültigen Achselzucken. »Warum sollte es mich kümmern, ob du dich verbindest oder nicht? Und es ist ja nicht so, dass *ich* jemanden sichten würde – oder selbst gesichtet werde. Sobald du mir beigebracht hast, mir eine Flosse wachsen zu lassen, werden wir getrennte Wege gehen. Außerdem würde es dich ja auch nicht interessieren, wenn ich mit irgendwelchen Menschen *gehen* würde, richtig?« Mit diesen Worten lässt sie ihn einfach stehen und er starrt ihr mit offenem Mund hinterher. An der Tür ruft sie über ihre Schulter hinweg: »Wir treffen uns in fünfzehn Minuten am Strand. Ich muss noch meine Mom anrufen und meinen Badeanzug anziehen.« Sie wirft sich das Haar aus dem Gesicht, bevor sie die Treppe hinaufläuft und verschwindet.

Er dreht sich zu Rachel um, die schon seit einer halben Ewigkeit eine Pfanne abtrocknet. Ihre Augenbrauen kleben fast an ihrem Haaransatz. Galens Mund steht immer noch halb offen und er zuckt ratlos die Schultern. Sie seufzt. »Mein Äffchen, was hast du denn erwartet?«

»Auf jeden Fall etwas anderes als das.«

»Tja, das war ein Fehler. Wir Menschen-Mädchen sind eben ein wenig angriffslustiger als deine Syrena-Frauen – Rayna mal ausgenommen.«

»Aber Emma ist nicht menschlich.«

Rachel schüttelt den Kopf, als sei er ein Kind. »Sie ist als Mensch aufgewachsen. Das ist alles, was sie kennt. Aber die gute Nachricht ist, dass sie im Augenblick mit niemand anderem gehen kann.«

»Warum?« Für ihn hat es so geklungen, als zöge Emma das durchaus in Betracht.

»Weil sie *so tut*, als ob sie mit dir geht. Und wenn ich an deiner Stelle wäre, würde ich mein Territorium markieren, sobald ich wieder in die Schule komme – wenn du verstehst, was ich meine.«

Er runzelt die Stirn. Er hat nicht geplant, weiter in die Schule zu gehen. Sinn und Zweck der Übung war es, Emma an den Strand zu locken. Seit sie die Wahrheit kennt, gibt es keinen Grund, weiter die Schulbank zu drücken. Er hat nicht eingeplant, dass sie lernen müsste, eine Syrena zu werden. Und er hat erst gestern begriffen, dass sie wirklich dachte, sie sei ein Mensch. Tatsächlich gibt es eine ganze Liste von Dingen, die er nicht vorhergesehen hat und sie ist so lang wie seine Flosse – mindestens.

Zum Beispiel wie dick die Schulbücher sind. Rachel hat ihm im Laufe ihrer gemeinsamen Jahre Lesen und Schreiben beigebracht, aber was bitte soll er mit Mathematik oder Turnen anfangen? Menschliche Geografie ist völlig nutzlos für ihn. Was kümmert es ihn, wo die Menschen ihre unsichtbaren Landgrenzen ziehen? Höchstens Biologie könnte interessant sein. Und wenn Emma Geschichte mag, würde es nicht schaden, sich auch dieses Fach einmal anzusehen.

Galen will gar nicht abstreiten, dass es von Vorteil für ihn sein könnte, mehr über die Menschen zu lernen – aber nicht so, wie Emma es sich erhofft. Die Idee, ihnen seine Art zu offenbaren und Friedensbedingungen auszuhandeln, ist einfach lächerlich. Menschen können nicht einmal innerhalb ihrer *eigenen* Art in Frieden leben. Und er hat gesehen, wie viel ihnen an den Lebewesen unterhalb des Meeresspiegels liegt – mit einem einzigen fahrlässigen Unfall haben sie ganze Gemeinschaften von Meeresbewohnern ausgelöscht. Oder einige Spezies unbarmherzig gejagt. Bis zu ihrer Ausrottung. Selbst in den Tagen von Triton und Poseidon, als Menschen und Syrena freundschaftlich nebeneinander existierten, brachten einige Menschen keinerlei Verständnis dafür auf, dass sie von den Meeren um sie herum abhängig waren. Das war der Grund, warum die beiden Generäle das Gesetz der Gaben erließen. Im Laufe der Jahrhunderte hat sich ihre Voraussicht als unbezahlbar erwiesen. Als die Menschen immer bessere Techniken entwickelten, um die Ozeane in ihren großen Schiffen zu überqueren und schließlich sogar mit ihren Todesmaschinen bis in ihre Tiefen vorzudringen.

Aber Emma ist genauso naiv wie Rachel. Sie beharren beide auf einem einfachen Prinzip: Je mehr du über Menschen weißt, desto lieber wirst du sie mögen. Das ist einer der Gründe, warum Rachel ihn auch jetzt ermutigt, wieder zur Schule zu gehen. Selbst wenn sie ihn hinter dem *anderen* guten Grund versteckt – nämlich einige Menschen-Jungen davor zu bewahren, von ihm persönlich getötet zu werden. Bei dem bloßen Gedanken daran, dass Emma ohne ihn durch die Flure gehen könnte, ballen sich seine Hände zu Fäusten.

»Du hast recht«, sagt er entschlossen. »Ich muss in der Schule bleiben.« Er streift sein Hemd ab und wirft es über einen Stuhl. »Sag Emma, dass ich auf sie warte.«

13

Als meine Füße den Grund berühren, lässt Galen mich los. Ich wate auf Zehenspitzen auf das Ufer zu und hüpfe mit den Wellen wie ein Kleinkind. Sobald ich den Strand erreiche, werfe ich mich in den Sand, gerade so weit, dass die Flut noch an meinen Füßen kitzelt. »Kommst du nicht raus?«, rufe ich Galen zu.

»Du musst mir meine Shorts rüberwerfen«, sagt er.

»Oh. *Oh.* Du bist nackt?«, quieke ich an der Grenze zur Delfinfrequenz. Natürlich. Hätte mir klar sein müssen, dass Flossen kein Fach für Handgepäck haben und die meisten Syrena sowieso keinen Grund hätten, eine Badehose zu verstauen. Was in Fischgestalt auch keine große Rolle spielt, aber Galen in menschlicher Gestalt nackt zu sehen – nein, der bloße *Gedanke* daran –, würde meinen Plan, ihn auszunutzen, durchkreuzen. Es könnte mir das Genick brechen.

»Schätze, das bedeutet, dass du noch nicht ins Wasser sehen kannst«, sagt er. Als ich den Kopf schüttele, fügt er hinzu: »Ich habe sie ausgezogen, bevor du heute Morgen hergekommen bist. Ich versuche, sie nicht zu ruinieren, wenn es nicht sein muss.«

Ich räuspere mich, rappele mich auf und stapfe durch den Sand, wo ich seine Badehosen einige Schritte entfernt finde. Ich werfe sie ihm zu und setze mich wieder hin, für den Fall, dass ich plötzlich doch in die brackige Tiefe sehen kann. Dankenswerterweise bleibt er unter Wasser, als er zu den angeschwemmten Baumstämmen geht und sich anzieht. Während er ans Ufer watet, knotet er die Shorts fest und bespritzt mich mit Wasser. Dann setzt er sich neben mich.

»Warum kann ich mich nicht verwandeln, Galen?« Ich ziehe die Knie an die Brust.

Er stützt sich auf die Ellbogen und starrt aufs Meer hinaus, als wüsste es die Antwort. Wir sind den ganzen Tag hier draußen gewesen, und ich habe nicht einmal ein Jucken in meinen Beinen gespürt, geschweige denn dieses streckende Gefühl, das er mir versprochen hat. »Ich weiß nicht«, sagt er. »Vielleicht bist du zu befangen. Vielleicht würde es einfach passieren, wenn du dich entspannen könntest.«

»War das so bei dir? Ich meine, ist es einfach zufällig passiert?«

»Nein, ein Zufall ist es nie. Was ich meine, ist, wenn

du aufhören würdest, es zu erwarten, und stattdessen versuchst, einfach nur Spaß zu haben, dann wird es dir vielleicht wie von selbst einfallen, wie du dich verwandeln kannst.«

»Aber ich habe Spaß«, sage ich, ohne ihn anzusehen.

»Ich auch.«

»Immerhin ist morgen Freitag. Wir haben das ganze Wochenende zum Üben. Außerdem können wir schon morgen nach der Schule damit anfangen – oh, da fällt mir ein, dass du wahrscheinlich gar nicht mehr zur Schule kommst«, sage ich. »Du hast dein Ziel erreicht, richtig?« Ich ignoriere den winzigen Stich in meinem Inneren.

»Eigentlich will ich noch eine Weile so weitermachen. Deine Mom wäre wahrscheinlich nicht allzu glücklich, wenn du mit jemandem gehen würdest, der die Schule hat sausen lassen.«

Ich lache. »Ja, da hast du recht. Aber ich glaube, dass sie dich mag.«

»Warum sagst du das?«, fragt er, legt den Kopf schräg und sieht mich an.

»Als ich sie angerufen habe, hat sie mich gebeten, dir einen guten Morgen zu wünschen. Und dann hat sie mir gesagt, du wärst ein Beschützertyp.« Sie hat auch gesagt, dass er heiß ist, was auf einer Gruselmeter-Skala von eins bis zehn bei zehneinhalb steht.

»Das wird sich ändern, wenn ich durch meine ganzen

Kurse rassele. Ich habe zu viel Unterricht verpasst, um eine gute Figur zu machen.«

»Vielleicht könnten wir uns ja austauschen«, sage ich und zucke bei dem Gedanken daran zusammen, wie leicht man das missverstehen kann.

»Du meinst, neben dem Austausch von Speichel?«

Das gute alte Kribbeln in meinem Magen ist wieder da, aber ich sage: »Igitt! Hat Rachel dir das beigebracht?«

Er nickt und hört gar nicht mehr auf zu grinsen. »Ich habe tagelang gelacht.«

»*Wie auch immer*. Du hilfst mir dabei, mich zu verwandeln und ich helfe dir bei deinen Schulaufgaben. Du weißt schon, als Tutor. Wir sind in allen Kursen zusammen und ich könnte die freiwilligen Tutor-Stunden wirklich für meine College-Bewerbungen brauchen.«

Sein Lächeln verschwindet, als hätte ich ihn geschlagen. »Galen, stimmt etwas nicht?«

Er entspannt seinen Kiefer ein wenig. »Nein.«

»War ja bloß ein Vorschlag. Ich muss dir keine Nachhilfe geben. Ich meine, wir werden sowieso schon den ganzen Tag in der Schule zusammen sein und abends üben. Du wirst mich wahrscheinlich bald gründlich satthaben.« Ich streue ein leises Lachen ein, als hätte ich das nur so dahingesagt, aber meine Innereien schlagen Purzelbäume.

»Unwahrscheinlich.«

Unsere Blicke treffen sich. Während ich ihn fragend ansehe, stockt mir der Atem: Die untergehende Sonne lässt sein Haar beinahe purpurn leuchten. Dann zaubert jeder vergehende Strahl silberne Punkte in seine Augen. Ich wende den Blick ab – und der fällt zufällig auf seinen Mund.

Er beugt sich vor. Ich hebe das Kinn und sehe ihm in die Augen. Wahrscheinlich vertieft der Sonnenuntergang die Hitze auf meinen Wangen zu einem satten Erdbeerrot, aber vielleicht bemerkt er es gar nicht. Er kann sich nicht entscheiden, ob er meine Augen oder meinen Mund betrachten will. Ich kann das Salz auf seiner Haut riechen, kann die Wärme seines Atems spüren. Er ist so nah, dass der Wind eine Strähne meines Haares auf unser beider Wangen weht.

Als er sich von mir löst, fühle ich mich wie geohrfeigt. Er zieht die Hand hoch, die er neben mir im Sand vergraben hat. »Es wird dunkel. Ich sollte dich nach Hause bringen«, sagt er. »Wir können das wiederholen – ich meine, wir können wieder *üben* –, morgen nach der Schule.«

Ich streiche mein Haar nach vorne, um meine Enttäuschung vor ihm zu verstecken. »Sicher.« So viel zum Thema »Galen ausnutzen«.

»Allerdings kannst du morgen nicht in die Schule gehen, kleiner Fisch.« Wir heben beide den Kopf und sehen Toraf und Rayna über den Strand auf uns zukommen. Rayna pflügt durch den Sand und schleppt zwei Arme voll Gerümpel. Das zufriedene Lächeln auf ihren Lippen beweist, dass sie gerne noch mehr tragen würde.

»Warum nicht?«, frage ich.

»Weil er sich mal wieder bei seiner Familie blicken lassen muss. Die beiden haben Groms Herrschaftszeremonie verpasst, und alle fragen sich, wo die königlichen Zwillinge eigentlich stecken. Wenigstens ich hatte genug Verstand, eine private Verbindungszeremonie abzuhalten – weil Rayna verschwunden ist, meine ich.«

Galen runzelt die Stirn. »Er hat recht. Wir müssen für ein paar Tage nach Hause. Unser Vater ist zwar nicht so fürsorglich wie unsere Mutter, aber er sieht uns trotzdem ab und zu ganz gern. Besonders Rayna. Sie ist verwöhnt.«

Rayna nickt. »Stimmt. Das bin ich. Außerdem muss ich unser Verbindungssiegel annullieren lassen.«

»Ah, Prinzessin, ich dachte, wir hätten heute viel Spaß gehabt. Du weißt, dass ich alles tun werde, um dich weiter zu verwöhnen. Warum solltest du unsere Verbindung auflösen?«, fragt Toraf. Sie erlaubt ihm, ihr etwas von ihrer Beute abzunehmen, aber bei seinem Versuch, sie auf die Wange zu küssen, rümpft sie die Nase.

Galen ignoriert ihre Ehekrise. Stattdessen sieht er mich an und sagt: »Es wird nicht lange dauern, ich verspreche es. Wenn ich zurück bin, könnten wir Dr. Milligan besuchen. Vielleicht kann er uns helfen.«

»In Florida?« Beim bloßen Gedanken an sonnige, weiße Strände wird mir schlecht. In meinen Träumen sind sie immer rot gefärbt von Chloes Blut.

Galen nickt. »Er könnte ein paar Untersuchungen durchführen, weißt du. Um zu sehen, ob wir etwas übersehen.«

Das Gefühl, versagt zu haben, macht sich in mir breit. »Also denkst du, ich hätte mich bereits verwandeln sollen. Was mache ich falsch?«

»Du *machst* nichts falsch«, antwortet er. »Das Wasser löst unseren natürlichen Instinkt zur Verwandlung aus. Es kostet uns mehr Anstrengung, uns *nicht* zu verwandeln, als uns einfach der Verwandlung zu überlassen. Vielleicht kann Dr. Milligan uns dabei helfen herauszufinden, wie wir deine Instinkte stärken können.«

Ich nicke. »Vielleicht. Aber ich bin mir ziemlich sicher, dass Mom mit einer Reise quer durchs Land zusammen mit meinem heißen neuen Freund nicht einverstanden sein wird. Vor allem nicht wieder nach Florida.« Ich klappe den Mund so schnell zu, dass meine Zähne eigentlich abbrechen müssten.

Er grinst. »Du findest mich heiß?«

»Meine Mom findet dich heiß.« Nur dass Mom nicht diejenige ist, die gerade tomatenrot wird.

»Hm-hm«, sagt er und wirft mir einen *Du-bist-aufgeflogen*-Blick zu. »Heiß hin oder her, ich fürchte, dass sie meinem Charme in diesem Fall nicht erliegen wird. Wir werden einen Profi hinzuziehen müssen.« Und dann zwinkert mir dieser Fischprinz doch tatsächlich zu.

»Du meinst Rachel.« Ich grabe meine Zehen in den

Sand. »Ich schätze, einen Versuch ist es wert. Aber erwarte nicht zu viel. Ich habe bereits jede Menge Unterricht versäumt.«

»Wir könnten am Wochenende runterfliegen. Und vor Schulbeginn am Montag zurück sein.«

Ich nicke. »Darauf lässt sie sich vielleicht ein. Wenn Rachel ihre Karten richtig spielt.« Klar lässt sie sich darauf ein. Und danach lässt sie sich die Zunge piercen und die Haare kirschrot färben, damit der Iro, den sie sich auch noch schneiden lässt, noch cooler aussieht. *Daraus wird nichts.* Ich zucke die Achseln. »Ich werde einfach weiter üben, wenn du weg bist. Vielleicht müssen wir gar nicht nach Florida …«

»Nein!«, rufen Galen und Toraf gleichzeitig, und ich zucke zusammen.

»Warum nicht? Ich werde nicht zu tief hineingehen …«

»Kommt nicht infrage«, sagt Galen und steht auf. »Du wirst nicht ins Wasser gehen, solange ich fort bin.«

Ich stampfe ein Loch in den Sand. »Ich habe dir schon gesagt, dass du mich nicht herumkommandieren kannst, oder? Jetzt hast du's so ziemlich geschafft, dass ich *garantiert* ins Wasser gehe. Euer Hoheit.«

Galen fährt sich mit der Hand durchs Haar und zischt eine ganze Reihe von Schimpfwörtern, die ihm zweifellos Rachel beigebracht hat. Für einige Sekunden geht er im Sand auf und ab und kneift sich in den Nasenrücken.

Bis er ganz plötzlich stehen bleibt. Sich entspannt. Und sogar lächelt. Dann geht er zu seinem Freund hinüber und verpasst ihm einen Klaps auf den Rücken. »Toraf, du musst mir einen Gefallen tun.«

14

Galen weiß, wo er seinen Bruder findet. Groms selbst gewählte Einsamkeit bei den Überresten der menschlichen Minen zu stören, ist so ziemlich das Letzte, was er gerade tun will. Aber ihm läuft die Zeit davon. Gehorsam gehört nicht zu Emmas Stärken. Und Toraf wird es schwerfallen, sie unter Kontrolle zu halten – beim ersten Anzeichen eines Wutausbruchs wird er einknicken. Er hat Galen bereits darauf hingewiesen, dass sie im Prinzip ihre zukünftige Königin ist und er sich gut mit ihr stellen will. Es hat sogar einen königlichen Befehl gebraucht, um Toraf zum Dableiben zu zwingen. Auf diese Weise wird er nicht in der Lage sein, sich selbst zu verteidigen, wenn Rayna die Annullierung ihres Siegels verlangt. Während er sich nun dem Rand des alten Minenfeldes nähert, beschließt Galen, sich für Toraf einzusetzen. Rayna wird fuchsteufelswild werden – genau wie

Emma in dieser Sache –, aber das ist das Mindeste, was er für seinen Freund tun kann.

Die Minen machen ihn nervös. Das haben sie schon immer. In diesem Teil des Hoheitsgebietes von Triton gibt es schon lange keine Fische und Pflanzen mehr. Soweit Galen weiß, ist Grom sogar der letzte Besucher, den dieser gespenstische Ort noch nicht in die Flucht geschlagen hat. Löcher, groß genug, um ein Fischerboot zu verschlucken, durchziehen den Meeresboden seit den Detonationen. Der Schlamm um jedes Loch herum ist von einer dunkleren Farbe, als hätte die Explosion ihren Schatten zurückgelassen. Nur zwei der vielen Hundert Bomben sind noch übrig, unversehrt, aber unbrauchbar und machtlos, wie ein stilles Mahnmal, das daran erinnert, was hier einst verloren gegangen ist. Mit Nalias Tod haben die Syrena mehr verloren als nur eine zukünftige Königin. Sie haben ihre Einigkeit verloren. Sie haben ihr Vertrauen verloren. Sie haben ihr Vermächtnis verloren. Und vielleicht haben sie sogar ihre Fähigkeit zu überleben verloren.

Galen schaudert, als er an einer der maroden Bomben vorbeikommt. Mit einer Kette am Boden verankert, treibt die Metallkugel ungestört, von Rost zerfressen und von den Menschen zurückgelassen, im Wasser. Nach der Explosion, die Nalia das Leben kostete, hatten sie ein paar halbherzige Nachforschungen schnell wieder eingestellt. Als wären die Narben im Schlamm nicht genug.

Als er seinen Bruder sieht, ruft er nach ihm, obwohl

er weiß, dass Grom ihn schon gespürt hat, bevor er das Minenfeld betrat. Grom schwebt mit vor der Brust verschränkten Armen über der tiefen Felsschlucht hinter den Minen. »Wie es scheint, habe ich deine Herrschaftszeremonie verpasst, Majestät«, sagt Galen.

Groms Mundwinkel verzieht sich zu einem Beinahe-Grinsen. »Ein Jammer, dass Vater sein Versprechen nicht gehalten hat, dir die Zunge herauszuschneiden, kleiner Bruder. Ich dachte, diesmal würde er es vielleicht wirklich tun.«

Galen lacht. »Das habe ich auch gedacht. Aber Rayna hat darauf bestanden, dass ich meine Zunge noch ein Weilchen behalte.«

»Du bist gut beraten, dafür zu sorgen, dass sie zufrieden ist. Ohne sie wärest du inzwischen tot, enterbt oder beides. Ich denke, sie verdient eine ganz besondere Reise in die Tropen als Dank für ihre Bemühungen.«

Galen kichert. Raynas Lieblingsort, um nach menschlichem Schrott zu suchen, befindet sich entlang der üblichen Kreuzfahrtrouten im Golf von Mexiko. Sie beharrt darauf, dass die Passagiere ihr Hab und Gut absichtlich über Bord werfen, um einen kleinen Teil ihrer selbst zurückzulassen. Zumindest ist es das, was Rachel ihr erzählt hat. »Vielleicht kümmere ich mich darum. Wenn sie mit Toraf verbunden bleibt.«

Grom reißt den Kopf herum. »Sie hat Toraf akzeptiert?«

»Nein. Davon rede ich doch gerade. Sie will dich um eine Annullierung bitten.«

»Eine Annullierung wovon?«

»Ihres Verbindungssiegels.«

»Rayna und Toraf sind *verbunden?*«, fragt Grom. »Seit wann denn das?«

»Sehr witzig.«

Grom grinst süffisant. Galen versucht, sich seinen Bruder als achtzigjährigen Menschen vorzustellen. Graues Haar, mehr Runzeln, als eine Muschel Rillen hat, und ohne Zähne in seinem jungenhaften Grinsen. Aber als achtzigjähriger Syrena sieht er genauso jung aus wie Galen. Und hat sogar noch mehr Zähne, dank Toraf. Trotz allem ist er immer noch der Falsche für Emma. Zu gelassen, zu gesetzt, zu festgefahren in seinen Gewohnheiten, um mit einem Hurrikan wie Emma Maultier McIntosh fertigzuwerden.

»Ich habe mich lange genug auf den Tag gefreut, an dem Rayna zum Problem eines anderen wird«, meint Grom. »Aber ich habe ein schlechtes Gewissen deswegen. Ich habe Toraf immer gemocht.«

»Also wirst du ihre Verbindung nicht auflösen?«

»Nicht einmal, wenn Toraf mich darum bittet. Es ist hier so friedlich ohne sie. Wo seid ihr beide überhaupt gewesen?«

Galen zuckt die Achseln. »Das Übliche.« Schuldgefühle nagen an seinem Gewissen wie Babykrabben. »Das

Übliche« sind Besuche bei Dr. Milligan, um die neusten Meeresnachrichten zu erfahren. Oder einige Tage bei Rachel, um ihre jüngsten Errungenschaften in einem seiner Häuser unterzubringen. »Das Übliche« ist *nicht*, als Mensch zu leben, ihre Schulen zu besuchen, ihre Autos zu fahren oder ihre Kleider zu tragen.

»Hatte Dr. Milligan irgendetwas Interessantes für dich?«

»Ein paar Dinge. Aber nichts, worum man sich Sorgen machen müsste.«

Grom nickt. »Gut. Das Letzte, was ich brauche, sind noch mehr Probleme.«

Da erst bemerkt Galen, wie angespannt das Profil seines Bruders ist. Zusammengebissene Zähne, fest verschränkte Arme, strammer Bizeps. Weiße Knöchel, wo die Hände seine Oberarme so fest umfassen, dass die Finger in sein Fleisch drücken.

Galen versteift sich. »Was? Was ist denn los?«

Grom schüttelt den Kopf und versucht, sein Leid hinter einem Stirnrunzeln zu verbergen.

»Sag es mir.«

»Es ist vielleicht gar nichts«, erwidert Grom.

»Vielleicht, aber ich sehe dir doch an, dass etwas nicht stimmt.«

Sein Bruder seufzt. Er mustert Galen mit durchdringendem Blick. »Ich werde es dir sagen, kleiner Bruder. Aber zuerst musst du mir ein paar Dinge versprechen.«

»Was für Dinge?«

»Versprich mir, dass du Rayna in Sicherheit bringen wirst, ganz egal, was geschieht. Es ist mir egal, ob ihr den Rest eures Lebens als Menschen verbringen müsst, aber du musst unsere Schwester beschützen. Versprich es.«

»Grom …«

»Versprich es!«, brüllt Grom und lässt die Arme sinken.

»Du weißt doch, dass ich das tun werde.« Tatsächlich ist Galen beleidigt, dass sein Bruder es bezweifelt.

Grom nickt und entspannt sich. »Ich weiß. Aber ich musste es hören.« Er wendet den Blick ab, als er fortfährt: »Ich habe einem geheimen Treffen mit Jagen zugestimmt.«

»Du hast *was?* Hast du den Verstand verloren?« Als entfernter Cousin von König Antonis ist Jagen die treibende Kraft hinter der Verschwörung, die sich auf dem Hoheitsgebiet Poseidons zusammenbraut. Es ist offensichtlich, dass er es auf den Thron abgesehen hat, aber im Laufe der Jahrzehnte hat Antonis' Starrsinn dafür gesorgt, dass Jagens Anhängerschaft größer und größer wurde.

Ein triftiger Grund für Grom, sich um die Sicherheit seiner Geschwister zu sorgen. Wenn Jagen wirklich ehrgeizig genug ist, um gegen seinen eigenen König zu intrigieren, muss man auch dafür gewappnet sein, dass er versuchen wird, das Haus Triton zu stürzen. Wenn irgendjemand die beiden beobachtet hat, könnte er falsche Rückschlüsse ziehen und glauben, dass Jagen die Unterstützung des neuen Königs von Triton gewonnen hat. Oder schlimmer noch, König Antonis könnte das annehmen. Die Frage ist, ob er es glauben *soll.*

»Ich weiß, was ich tue, Galen«, knurrt Grom.

»Anscheinend nicht. Was sagt Vater dazu?«

»Du weißt, dass ich ihm nichts davon erzählt habe.«

Galen nickt. Grom wäre ein Narr, es ihrem Vater zu sagen. König Herof und König Antonis waren Freunde, lange bevor sie Feinde wurden. Und jetzt würde König Grom die Kluft zwischen ihnen noch vergrößern? »Was wollte Jagen?«

Grom seufzt. »Er hat um Erlaubnis gebeten, Toraf für seine Zwecke einzuspannen. Er braucht ihn als Fährtensucher. Für jemanden, den die anderen Fährtensucher nicht finden können.«

Nichts Außergewöhnliches. Aufgrund ihrer Bedeutung sind Fährtensucher die einzigen Syrena, die die Grenzen zwischen den Reichen überqueren dürfen, ohne eine Verhaftung fürchten zu müssen. Natürlich will Jagen Toraf – den besten Fährtensucher in der Geschichte der Syrena. Aus Respekt vor Galens Familie überquert Toraf die Grenzen jedoch niemals. Und ohne königliche Erlaubnis aus dem Hause Triton würde er sich niemals bereit erklären, Jagens Wunsch zu erfüllen. Selbst mit würde er es vielleicht nicht tun. »Das ist alles? Wen soll er denn suchen?«

»Ich wünschte, das wäre alles. Aber es geht weniger darum, *wen* er suchen muss, als *warum.*«

»Ich schwöre bei Tritons Dreizack, wenn du nicht anfängst zu reden, dann ...«

»Seine Tochter Paca ist verschwunden. Er denkt, Antonis habe sie entführt.«

Galen verdreht die Augen. »Warum sollte Antonis sie entführen? Wenn Antonis sich um Jagens Verrat scheren würde, hätte er schon vor Jahren etwas deswegen unternommen.« Aber heutzutage scheint Antonis sich um gar nichts mehr zu scheren. Seit Nalias Tod hat er sich in den königlichen Höhlen verschanzt. Einige Fährtensucher Poseidons haben Toraf erzählt, er sei nicht mehr herausgekommen, seit er das Haus Triton zum Feind erklärt hat.

»Jagen zufolge hat Paca die Gabe von Poseidon.«

Die Worte rauben Galen den Atem. »Das ist nicht möglich.«

Grom schüttelt langsam den Kopf. »Es ist nicht wahrscheinlich. Aber es ist möglich. Sie hat königliches Blut in den Adern, egal wie verwässert es ist. Und wenn sie von Poseidon abstammt, darf ich die Konsequenzen nicht ignorieren.«

»Aber so funktioniert das nicht. Die Gabe ist niemals bei irgendjemand anderem als einem direkten Nachfahren aufgetaucht.« *Was rede ich denn da? Schließlich werde ich Grom genau davon bei Emma überzeugen müssen,* obwohl *ich dafür noch weniger Beweise habe. Immerhin kann Paca beweisen, dass sie* etwas *königliches Blut hat.* Aber Emmas Vater versucht nicht, den Thron für sich zu beanspruchen. Vielmehr hat Galen Emma *durch Zufall* gefunden. Was Pacas Gabe bestenfalls verdächtig erscheinen lässt.

»Ich habe mit den Archiven gesprochen. Natürlich habe ich ihnen nichts von Jagens Anklage erzählt. Sie glauben, dass ich einfach ein eifriger neuer König bin, der unser Vermächtnis erkundet.« Die Archive sind die zehn Ältesten ihrer Art – fünf jeden Hauses –, die mit der Erinnerung an die Geschichte der Syrena betraut sind. Auch Galen findet es nur natürlich, dass Grom ihren Rat sucht.

»Und?«

»Ihr kollektives Gedächtnis erinnert sich nicht daran, dass es das jemals gegeben hätte. Aber einer der Archive, dein Freund Romul, glaubt, es wäre möglich. Er hat uns daran erinnert, dass die Gaben das Überleben unserer gesamten Art sichern soll, nicht nur das Überleben der königlichen Linie. Er hat gesagt, es würde ihn nicht überraschen, wenn Triton und Poseidon vorausschauend daran gedacht hätten, dass jemand aus der Königsfamilie seine Macht missbrauchen könnte. Er denkt, sie haben vielleicht irgendeine Vorkehrung getroffen.«

Galen verschränkt die Arme. »Hm.«

Grom stößt ein leises Lachen aus. »Genau das habe ich auch gesagt.«

»Aber du hast ihnen nichts von Jagen erzählt.«

»Habe ich nicht. Ich bin ein neuer König ohne eine Gefährtin, der einen unblutigen Krieg gegen das einzige andere Königreich unserer Art geerbt hat. Es ist nur natürlich, dass ich Fragen stelle.«

Galen nickt. »Aber wenn die Gaben auf jemand anderen übertragen werden können, warum macht man sich dann überhaupt die Mühe, die Mitglieder der Königsfamilie zur Paarung zu zwingen? Das Gesetz der Gaben ist immer streng befolgt worden. Romuls Theorie macht das Gesetz – und die Königsfamilien – überflüssig.« Und es passt Galen nicht. Vor allem, dass Romul überhaupt seine Meinung zum Besten gegeben hat. Die Archive sind dazu da, Tatsachen wiederzugeben – nicht mehr und nicht weniger. Romul hat ihm das selbst gesagt, als Galen ihn als Junge zum ersten Mal besucht hat. Aber Romul ist für Galen mehr als nur ein Archiv, er ist sein Mentor. Nein, mehr als das, er ist sein Freund. Freunde teilen einander ihre Ansichten mit.

Aber für Archive ist es unangebracht, irgendwelche Spekulationen vor dem König auszubreiten.

»Na gut, wie du richtig erkannt hast, ist es nur Theorie. Aber eine, die ich nicht ignorieren kann. Ich habe beschlossen, Toraf zu Jagen zu schicken. Falls Paca lebt, wird Toraf sie finden.«

Galen nickt. *Und falls Paca die Gabe von Poseidon besitzt, wird Emma nicht mehr gebraucht werden … zumindest nicht von Grom.* Sein Herz rast, getrieben von einem

Gefühl, das er nicht benennen kann. »Wenn das herauskommt …«

»Das wird es nicht.«

»Grom …«

»Aber falls es doch passiert, behalte Rayna bei dir, wo auch immer ihr seid. Ich will eure Gesichter nicht wiedersehen, bevor diese Angelegenheit geklärt ist.«

»Wir sind doch keine Jungfische, die man irgendwo aussetzen kann. Rayna ist sogar verbunden.«

»Nein, aber ihr seid das, was von der königlichen Familie von Triton übrig ist, kleiner Bruder.«

Die Worte schweben zwischen ihnen und verdeutlichen den Ernst der Lage. So viel steht auf dem Spiel, so viel hängt von einem *Falls* ab. Hat Antonis Paca? Wird er sie herausgeben, wenn ja? Und werden Groms Nachforschungen Antonis dazu veranlassen, den unblutigen Krieg fortan blutig zu führen, falls er sie *nicht* hat?

Aber es ist das Risiko wert. Falls Paca die Gabe hat, wird ihre Verbindung mit Grom das Überleben der Syrena sichern. Und Galen wird frei sein und ohne Gewissensbisse einem gewissen weißblonden Engelfisch nachjagen.

Aber ist jemals irgendetwas einfach?

Grom starrt über die Felsschlucht hinweg, versunken in seine Gedanken, ohne jede Regung auf dem Gesicht. Galen räuspert sich, ohne seinen Bruder aus der Trance zu reißen. Er erwägt es, das Thema ganz fallen zu lassen. Alte Wunden aufzureißen, ist das Letzte, was er tun will, aber er muss es wissen. Es wird niemals einen guten Zeitpunkt geben, um darüber zu reden, aber jetzt könnte der einzige *geeignete* Zeitpunkt sein. »Grom, ich muss dich etwas fragen.«

Zögernd reißt Grom seinen Blick vom Abgrund los und richtet ihn auf seinen Bruder, doch seine Augen verraten, dass er noch ganz woanders ist. »Hmm?«

»Glaubst du an den Sog?«

Die Frage erschüttert Grom sichtlich und die Abwesenheit in seinem Blick weicht einer unbeschreiblichen Qual. »Was ist das für eine Frage?«

Galen zuckt die Achseln. Die Schuldgefühle schmerzen ihn wie der Stich eines Dreizacks. »Einige sagen, du hättest bei Nalia den Sog gespürt.«

Grom massiert sich mit den Fingerspitzen die geschlossenen Augen. Galen kann zusehen, wie die Qual in ihnen immer zermürbender wird. »Mir war nicht bewusst, dass du etwas auf Klatsch gibst, kleiner Bruder.«

»Wenn ich etwas auf Klatsch gäbe, würde ich mir nicht die Mühe machen, dich zu fragen.«

»Glaubst du an den Sog, Galen?«

»Ich weiß es nicht.«

Grom nickt und seufzt. »Ich weiß es auch nicht. Aber wenn es so etwas *gibt*, kann ich mit Sicherheit sagen, dass ich es für Nalia empfunden habe.« Mit einer schnellen Bewegung seiner Flosse schwimmt er vorwärts und wendet sich von seinem Bruder ab. »Manchmal könnte ich schwören, dass ich sie immer noch spüre. Es ist schwach und es kommt und geht. An manchen Tagen ist es so real, dass ich glaube, den Verstand zu verlieren.«

»Wie … wie fühlt es sich an?« Galen bringt die Frage kaum hervor. Er hatte bereits beschlossen, niemals ein solches Gespräch mit Grom zu führen. Aber die Dinge haben sich geändert.

Zu seiner Überraschung fängt Grom an, leise zu lachen. »Gibt es da etwas, das ich wissen sollte, kleiner Bruder? Hat dich endlich jemand geködert?«

Galen schafft es nicht ganz, den Mund zu schließen, bevor sein Bruder sich umdreht. Groms Lachen erscheint ihm seltsam an diesem trostlosen Ort. »Sieht so aus, als hätte sie dich geködert *und* eingeholt. Wer ist sie?«

»Geht dich nichts an.« *Noch nicht.*

Grom grinst. »Da hast du also gesteckt. Du hast einer Frau nachgejagt.«

»Könnte man sagen.« Tatsächlich kann sein Bruder machen, was er will. Er wird Grom nichts von Emma erzählen. Nicht, solange Paca irgendwo da draußen ist und nur darauf wartet, mit einem Triton-König verbunden zu werden.

»Wenn du es mir nicht erzählen willst, werde ich einfach Rayna fragen.«

»Wenn Rayna Bescheid wüsste, hätte es bereits eine öffentliche Ankündigung gegeben.«

»Stimmt.« Grom grinst spöttisch. »Du bist klüger, als ich dir zugetraut hätte, Kaulquappe. Sogar so klug, dass ich dir gar nicht zu sagen brauche, dass du sie von hier fernhalten musst, wer auch immer sie ist. Nur bis die Dinge sich beruhigt haben.«

Galen nickt. »Mach dir deswegen keine Sorgen.«

15

Der Duft nach Blaubeermuffins versüßt normalerweise meine Stimmung, aber nach der lauwarmen Dusche, die ich gerade genommen habe, haben nicht einmal Blaubeermuffins eine Chance. Meine Laune ist ungefähr so süß wie Essig. Mom holt gerade die Backform aus dem Ofen, als ich die letzte Treppenstufe hinuntersteige.

»Ist der Boiler kaputt?«, frage ich und nehme eine Schale aus dem Schrank.

»Dir auch einen guten Morgen«, sagt sie und schaufelt einen Muffin auf Wachspapier, damit er abkühlt.

»Tut mir leid. Guten Morgen. Ist der Boiler kaputt?« Ich löffle einen Berg Haferbrei aus dem Topf auf dem Herd und klatsche ihn in meine Schale. Ein Muffin fällt mir auf den Fuß – es passiert immer mindestens ein Unfall, weil etwas an der Backform anklebt.

»Nicht dass ich wüsste, Schätzchen. Ich habe heute Morgen geduscht und mir ist nichts aufgefallen.«

»Dann ist er wahrscheinlich genau vor mir kaputtgegangen«, murre ich, schnappe mir einen Muffin und schlendere zum Tisch. Meine Beine tun schrecklich weh, und ich ahne, dass es mir nicht gelingen wird, mich auch nur einigermaßen würdevoll niederzulassen. Also werfe ich mich auf den Stuhl und mache mich über den Haferbrei her, damit ich mich nicht noch mehr aufrege. Mom hat die ganze Nacht gearbeitet und mir dann Frühstück gemacht. Sie verdient keine Essiglaune.

»Holt Galen dich zur Schule ab?«

»Nein. Ich fahre selbst.« Der Essig verwandelt sich in Säure. Sicher, es ist ärgerlich, eine lauwarme Dusche zu nehmen, wenn man sich das Fleisch vom Körper kochen wollte. Aber Galen heute nicht sehen zu können, ist niederschmetternder, als den ganzen Winter lang kein heißes Wasser zu haben. Und ich hasse es.

Dass ich gestern den ganzen Tag mit ihm verbracht habe, war meiner Absicht, ihn auf Abstand zu halten, nicht gerade zuträglich. Von seinem Aussehen einmal abgesehen – er ist einfach zu liebenswert. Bis auf seine Angewohnheit, mich *beinahe* zu küssen. Aber wenn er mal wieder versucht, mich herumzukommandieren, ist er zu süß. Vor allem die Art, wie er einen Schmollmund zieht, wenn ich nicht auf ihn höre.

»Ihr zwei streitet euch schon?«

Sie fischt im Trüben, aber ich habe keine Ahnung, wonach. Ein Achselzucken scheint die sicherste Reaktion zu sein, bis ich herausgefunden habe, was sie hören will.

»Streitet ihr oft?«

Ich zucke noch mal die Achseln und schiebe mir so viel Haferbrei in den Mund, dass ich mindestens eine Minute lang nicht reden kann. Mehr als genug Zeit, um das Thema fallen zu lassen. Es funktioniert nicht. Nach der ausgedehnten Minute greife ich nach meinem Milchglas.

»Weißt du, wenn er dich jemals schlagen sollte ...«

Mit dem halb ausgetrunkenen Glas an den Lippen schlucke ich, bevor mir die Milch durch die Nase wieder herauskommen kann. »Mom, er würde mich niemals schlagen!«

»Das habe ich auch nicht gesagt.«

»Gut, denn das würde er nicht. Nie und nimmer. Was ist los mit dir? Musst du mich eigentlich jedes Mal, wenn du mich siehst, wegen Galen ins Kreuzverhör nehmen?«

Diesmal zuckt sie die Achseln. »Scheint mir das Richtige zu sein. Wenn du selbst Kinder hast, wirst du es verstehen.«

»Ich bin nicht blöd. Wenn Galen Ärger macht, werde ich ihm entweder den Laufpass geben oder ihn umbringen. Versprochen.«

Mom lacht und bestreicht meinen Muffin mit Butter. »Ich schätze, mehr kann ich nicht verlangen.«

Ich nehme den Muffin – und den Waffenstillstand – an und sage: »Nein. Noch mehr wäre unvernünftig.«

»Vergiss nur nicht, dass ich dich wie ein Habicht beobachte. Zumindest bis zu diesem Augenblick. Ich gehe jetzt ins Bett. Stell deine Schale in die Spüle und gib etwas Wasser hinein, bevor du gehst.« Sie küsst mich auf den Kopf und gähnt, bevor sie die Treppe hinaufschlurft.

Als ich nach Hause komme, bin ich erschöpft, obwohl der Schultag ohne Galen oder Chloe ein siebenstündiger Gähn-Marathon war. Mom flitzt durchs Haus wie eine aufgeregte Wespe. »Hey, Schätzchen, wie war dein Tag? Hast du meine Schlüssel gesehen?«

»Nein, tut mir leid. Hast du schon in der Tasche von gestern nachgesehen?«, gebe ich zurück und öffne die Kühlschranktür, um mir ein paar Erdbeeren herauszunehmen.

»Gute Idee!« Der Teppich auf der Treppe dämpft ihre stampfenden Schritte. Einige Sekunden später kommt sie zurück, als ich mir gerade eine Erdbeere in den Mund stecke und mich auf die Theke hieve. »Ich hatte gestern keine Tasche dabei«, verkündet sie und zerrt an ihrem Haar, um ihren Pferdeschwanz zurechtzuziehen.

»Warum nimmst du nicht einfach den Honda? Dann suche ich weiter nach deinen Schlüsseln.«

Mom nickt. »Musst du heute Nachmittag nirgendwohin? Immer noch Krach mit Galen?«

»Ich mache mir heute einen ruhigen Abend und pflege mich.« Das heißt, nachdem ich hinten rausgegangen bin und versucht habe, mich in einen Fisch zu verwandeln.

Als Moms zweifelndes Stirnrunzeln nicht zu einem weiteren Verhör eskaliert, weiß ich, dass sie sich an unseren Waffenstillstand von heute Morgen halten möchte. »Okay. Im Kühlschrank ist noch ein Rest vom Eintopf. Wenn Julie heute Abend wieder nicht aufkreuzt, werde ich eine weitere Doppelschicht schieben, dann sehen wir uns morgen vielleicht erst später. Vergiss nicht abzuschließen, bevor du ins Bett gehst.«

Als ich die Schaltung des Hondas in der Einfahrt knirschen höre, greife ich nach meinem Handy. Galen hat gesagt, Rachel würde niemals rangehen, aber sie ruft zurück, wenn man eine Nachricht hinterlässt. Nachdem mir eine automatisierte weibliche Stimme von der Trans-Atlantic Warranty Company die Möglichkeit gibt, eine Nachricht zu hinterlassen oder während der normalen Geschäftszeiten zurückzurufen, warte ich auf den Piepton. »Hey, Rachel, ich bin's, Emma. Sag Toraf, dass er für heute Abend vom Haken ist. Ich werde es heute nicht zum Training schaffen. Vielleicht morgen wieder.« SICHER NICHT. Ich brauche keinen Babysitter. Galen muss in seinen sturen Dickschädel kriegen, dass ich *nicht* zu seinen königlichen Untertanen gehöre. Außerdem hat sich Toraf einen Platz auf meiner *Genauso-schlimm-wie-Zoodreck*-Liste verdient, als er Rayna dazu gezwungen hat, ihn zu heiraten.

Nach einigen Minuten erfüllt Rachel Galens Versprechen. Als ich den Anruf entgegennehme, sagt sie: »Hallo, Schnuckelchen. Du fühlst dich doch nicht wieder schlecht, oder?«

»Nein, mir geht es gut. Ich habe nur ein wenig Muskelkater von gestern, schätze ich. Aber Mom musste mit meinem Auto zur Arbeit fahren und jetzt kann ich nicht zu euch rauskommen.«

Ein nachdenkliches Schweigen folgt. Es überrascht mich, dass sie mir nicht anbietet, mich abzuholen. Vielleicht mag sie mich doch nicht so sehr, wie sie tut. »Ruf mich morgen an, okay? Galen will, dass wir in Kontakt bleiben.«

»Das ist ja so süß von ihm«, erwidere ich übertrieben gedehnt.

Sie kichert. »Gib dem Jungen eine Chance. Er meint es nur gut. Er weiß noch nicht so richtig, wie er mit dir umgehen soll.«

»Ich brauche keine besondere Behandlung.«

»Anscheinend denkt er das aber. Und bis er das verstanden hat, fürchte ich, wirst du mit mir vorliebnehmen müssen.«

Ich versuche, nicht schroff zu klingen, als ich frage: »Tun Sie immer, was er sagt?«

»Nicht immer.«

»Ja, klar.«

»Emma, wenn ich immer tun würde, was man mir sagt,

wärst du irgendwo in einem Hotelzimmer eingesperrt, und ich würde einen Privatjet zu einem von Galen gewählten Ort organisieren. Ruh dich ein wenig aus. Ich erwarte dann morgen einen Anruf von dir.«

Ich werfe mein Handtuch in den Sand, nehme Anlauf und stürze mich in die Wellen. Ich rechne mit erfrischender Kälte, als ich eintauche, mit diesem erregenden Rausch von atemberaubender Kälte, die jeder Herbst in New Jersey, der etwas auf sich hält, heraufbeschwört. Aber als ich wieder auftauche, fühle ich mich ekelhaft. Das Wasser ist lauwarm. Genau wie meine Dusche. Genau wie mein Liebesleben.

Ich wate gegen den Wellengang an und zwinge mich unter den Strom der Brandung. Ich halte den Atem an und lasse mich treiben, dann drücke ich den Startknopf auf Dads alter Stoppuhr. Und entdecke noch einen Grund, das Verrinnen der Zeit zu hassen: Es ist langweilig. Um nicht auf die Anzeige zu starren, während sich die Minuten dahinschleppen, sage ich das Alphabet auf. Dann zähle ich alle Zahlen und Fakten rund um die *Titanic* auf, wie es jeder besessene Mensch tun würde. Ein paar Krabben lauschen gebannt, als ich die Anzahl der Rettungsboote mit der Anzahl der Passagiere vergleiche und mich die Wellen immer weiter zurück Richtung Ufer spülen.

Nach fünfzehn Minuten fühlt sich meine Lunge langsam wie zugeschnürt an. Nach siebzehn Minuten wie ein Gummiband, das aufs Äußerste gedehnt wird. Nach zwanzig Minuten entwickelt sich mein kleines Experiment zum ausgewachsenen Notfall. Ich tauche auf und halte die Uhr an.

Zwanzig Minuten, vierzehn Sekunden. Nicht schlecht für einen Menschen – der Weltrekord liegt bei dreizehn Minuten, zweiunddreißig Sekunden. Aber für einen Fisch ist das eine ziemlich schlappe Leistung. Nicht dass Fische den Atem anhalten würden oder so, aber ich habe auch nicht direkt Kiemen, mit denen ich arbeiten könnte. Galen sagt, er hält auch nicht den Atem an. Syrena füllen ihre Lunge mit Wasser und ziehen daraus anscheinend den Sauerstoff heraus, den sie brauchen. Aber so groß ist mein Vertrauen dann auch wieder nicht, als dass ich das versuchen würde. In der Tat wird mich nur eines dazu bringen, wirklich daran zu glauben: wenn mir eine Flosse wächst. Selbst die Tatsache, dass ich gleich bei meinem ersten Versuch einen Weltrekord gebrochen habe, reicht nicht aus, um mich davon zu überzeugen, Meereswasser einzuatmen. Das läuft nicht.

Ich latsche zurück, bis ich wieder bis zum Hals im Wasser stehe, und lösche die gestoppte Zeit auf der Uhr. Dann fülle ich meine Lunge mit einem tiefen Atemzug auf und drücke auf den Startknopf. Und da spüre ich es. Es durchdringt das Wasser um mich herum, ein Pochen ohne Rhythmus. Ein Puls. Jemand ist nah. Jemand, den ich nicht erkenne. Langsam gehe ich auf Zehenspitzen rückwärts, vorsichtig, darauf bedacht, nicht zu planschen oder zu spritzen. Nach einigen Sekunden macht es keinen großen Sinn mehr, auf Zehenspitzen zu schleichen. Wenn ich jemanden spüren kann, kann mich dieser Jemand auch spüren. Der Puls wird stärker. Kommt direkt auf mich zu. Schnell.

Ich lasse jede Vorsicht, Regel und Dads Stoppuhr hinter mir und flitze wie eine Irre ins flachere Wasser. Plötzlich scheint mir Galens Befehl, an Land zu bleiben, gar nicht mehr so unvernünftig. *Was habe ich mir nur dabei gedacht?* Das wenige, was ich über Syrena weiß, habe ich in einem eintägigen Crashkurs bei Galen zu Hause eingetrichtert bekommen. Genau wie die Menschen haben sie eine gesellschaftliche Struktur. Regierung, Gesetze, Familie, Freundschaft. Haben sie etwa auch Ausgestoßene? Vergewaltiger? Serienmörder? Wenn ja, dann ist mein kleiner Alleingang hier so eine *Allein-ins-dunkle-Parkhaus-gehen*-Geschichte. Dumm. Dumm. Dumm.

Als ich mitten in einer Welle nach Luft japse, weiß ich, dass meine Lunge noch nicht auf Wasser vorbereitet ist. Prustend und hustend werde ich ein wenig langsamer, aber das Ufer ist nah, und ich habe den Blick auf einen Stock geheftet. Er ist dicker als mein Arm und liegt gleich hinter dem nassen Sand. Dass jeder Syrena-Kopf ihn wie ein Ästchen zersplittern lassen wird, spielt keine Rolle.

Ich bin im knietiefen Wasser, als eine Hand meinen

Knöchel packt. Ich schaue hinunter, aber mein Angreifer hat offensichtlich seine Tarngestalt angenommen, die kaum von den Wellen zu unterscheiden ist. Das Wasser unterbricht meinen Schrei zwar nicht, trennt ihn aber von der menschlichen Welt. Die Hand ist stark und groß und zieht mich wie eine reißende Strömung aus der sicheren Zone. Ich verschwende kostbare Luft, indem ich den Tarnklecks anschreie und nach ihm trete. Kampflos aufgeben ist nicht drin.

Der Grund des Ozeans ist zerklüftet. Nur ein paar fingerbreite Strahlen des Sonnenlichts gelangen bis in die Tiefe hinunter. Diese Strahlen verschwinden, als meine Augen sich anpassen und mir alles wie in nachmittägliches Licht getaucht erscheint. Je mehr ich mich wehre, desto schneller schießen wir durchs Wasser – und desto fester hält mich mein Entführer umklammert.

»Du tust mir weh!«, heule ich. Wir stoppen so schnell, dass ich mir fast ein Schleudertrauma hole.

»Ups, tut mir leid«, sagt der Klecks und entpuppt sich als Toraf. Er lässt meinen Knöchel los.

»Du!«

»Natürlich ich. Wer denn sonst?«

Wir tauchen in den Nachthimmel auf. Ich sehe lauter Sterne, aber ich bin mir nicht sicher, ob sie echt sind oder eine Nebenwirkung von Sauerstoffentzug. Toraf gibt ein bisschen an, indem er seinen Körper aus dem Wasser schießen lässt und mit der Spitze seiner Flosse die Wellen durchschneidet wie ein Delfin in SeaWorld. »Lass den Quatsch«, ermahne ich ihn. »Wie war ich diesmal? Gib mir die Uhr.«

»Siebenundzwanzig Minuten, neunzehn Sekunden«, sagt er und legt sie in meine ausgestreckte Hand. Schnappt nach Luft. »Woah. Was ist mit deinen Händen los?«

»Was meinst du?« Ich drehe sie hin und her und versuche, im Mondlicht etwas zu erkennen. Kein Blut, keine Schnitte, keine Kratzer. Während ich mit allen zehn Fingern wackle, sage ich: »Nichts ist los damit, siehst du?«

Seine Augen sind immer noch so weit aufgerissen, dass ich noch einmal hinsehe. Immer noch nichts. »Toraf, wenn das wieder ein Witz sein soll …«

»Emma, es ist kein Witz. Sieh dir deine Hände doch mal *an!* Sie sind … sie sind … runzelig!«

»Ja. Das liegt daran …«

»Auf keinen Fall. Das werde ich nicht auf meine Kappe nehmen. Das ist nicht meine Schuld.«

»Toraf …«

»Aber Galen wird einen Weg finden, mir die Verantwortung in die Schuhe zu schieben. Das tut er immer. ›Du wärst nicht gefangen worden, wenn du nicht so nah an dieses Boot herangeschwommen wärst, Kaulquappe.‹ Nein, es war natürlich nicht die Schuld des Menschen, weil er überhaupt gefischt hat …«

»Toraf.«

»Oder wie wäre es damit: ›Wenn du nicht mehr versuchen würdest, meine Schwester zu küssen, würde sie vielleicht aufhören, dir Steine an den Kopf zu schlagen.‹ Was haben meine Küsse damit zu tun, dass sie mir mit einem Stein auf den Kopf schlägt? Wenn du mich fragst, ist das eine Erziehungsfrage …«

»Toraf.«

»Oh, und das ist mein absoluter Lieblingsspruch: ›Wenn du mit einem Rotfeuerfisch spielst, wirst du gestochen.‹ Ich habe nicht mit ihm *gespielt!* Ich habe ihm nur geholfen, schneller zu schwimmen, indem ich seine Flossen gepackt habe …«

»TO-RAF.«

Er hört auf, im Wasser auf und ab zu gleiten, und scheint sich sogar daran zu erinnern, dass ich existiere. »Ja, Emma? Was hast du gesagt?«

Ich atme ein, als würde ich für eine halbe Stunde untertauchen. Während ich langsam wieder ausatme, antworte ich: »Niemand ist daran schuld. Meine Haut wird einfach ganz runzelig, wenn ich zu lange im Wasser bleibe. Schon immer.«

»So etwas wie Zu-lange-im-Wasser-Bleiben gibt es nicht. Nicht für Syrena. Außerdem, wenn deine Haut so runzelig wird, wirst du dich niemals tarnen können.« Er hält mir seine Hand hin und zeigt mir seine Finger, die so glatt wie die einer Statue sind. Dann taucht er die Hand unter und sie verschwindet. Getarnt. Triumphierend verschränkt er die Arme vor der Brust. Der Vorwurf ist angekommen.

»Oh, du hast recht. Ich bin nur ein Mensch mit dicker Haut, violetten Augen und harten Knochen. Und das bedeutet, dass du nach Hause gehen kannst. Richte Galen einen schönen Gruß von mir aus.«

Toraf öffnet und schließt den Mund zweimal. Beide Male scheint es, als wolle er etwas sagen, aber sein Gesichtsausdruck verrät mir, dass sein Gehirn nicht ganz mitkommt. Als sein Mund ein drittes Mal zuklappt, spritze ich ihm Wasser ins Gesicht. »Willst du etwas sagen, oder versuchst du nur, Wind aufzunehmen und davonzusegeln?«

Ein Grinsen, so breit wie der Horizont, erscheint auf seinem Gesicht. »Das gefällt ihm an dir, weißt du. Dein Temperament.«

Ja klar, sicher. Galen ist der klassische Typ A – und der Typ A hasst Klugscheißerei. Da muss man nur mal meine Mom fragen. »Nichts für ungut, aber du bist nicht gerade ein Experte, wenn es darum geht, die Gefühle anderer Leute zu beurteilen.«

»Ich bin mir nicht sicher, was du damit meinst.«

»Und weißt ganz genau, was ich meine.«

»Wenn du von Rayna sprichst, dann irrst du dich gewaltig. Sie liebt mich. Sie will es nur nicht zugeben.«

Ich verdrehe die Augen. »Natürlich. Sie spielt nur die

Unnahbare, ist es so? Deshalb schlägt sie dir mit einem Stein auf den Kopf, spaltet deine Lippe und nennt dich die ganze Zeit Tintenschnaufer.«

»Was bedeutet das? Sie spielt die Unnahbare?«

»Es bedeutet, dass sie dich zappeln lässt, damit du sie am Ende nur noch mehr magst. Und dich noch stärker ins Zeug legst, um ihre Aufmerksamkeit zu erringen.«

Er nickt. »Genau. Das ist genau das, was sie tut.«

Ich kneife mir in den Nasenrücken. »Das glaube ich nicht. Während wir uns hier unterhalten, lässt sie euer Verbindungssiegel annullieren. Das hat nichts damit zu tun, dass sie die Unnahbare spielt. Sondern vielmehr damit, dass sie für dich *unerreichbar ist*.«

»Selbst wenn sie es schafft, die Verbindung auflösen zu lassen, liegt es nicht daran, dass ich ihr nichts bedeute. Sie spielt einfach gern Spielchen.«

Der Schmerz in Torafs Stimme erschüttert mich. Sie spielt vielleicht gern Spielchen, aber seine Gefühle sind echt. Und kann ich das nicht allzu gut nachvollziehen? »Es gibt nur eine Möglichkeit, das herauszufinden«, murmele ich.

»Was herausfinden?«

»Ob sie wirklich nur Spielchen spielt.«

»Wie?«

»*Du* spielst den Unnahbaren. Du weißt schon, es heißt doch: ›Wenn du jemanden liebst, lass ihn sausen. Wenn er von allein zurückkommt, ist es Schicksal.‹«

»Das habe ich noch nie gehört.«

»Okay. Nein, natürlich nicht.« Ich seufze. »Im Wesentlichen will ich damit Folgendes sagen: Du musst aufhören, Rayna nachzulaufen. Weise sie zurück. Behandele sie so, wie sie dich behandelt.«

Er schüttelt den Kopf. »Ich glaube nicht, dass ich das kann.«

»Aber nur so wirst du deine Antwort bekommen«, sage ich achselzuckend. »Man könnte glauben, dass du es gar nicht wirklich wissen willst.«

»Ich *will* es wissen. Aber was, wenn die Antwort negativ ausfällt?« Sein Gesicht verzieht sich, als hätte er in eine Zitrone gebissen.

»Du musst bereit sein, damit klarzukommen, was auch immer dabei herauskommt.«

Toraf nickt mit angespanntem Kiefer. Die Möglichkeiten, die er abwägen muss, werden ihm eine ziemlich lange Nacht bescheren. Also beschließe ich, seine Zeit nicht länger in Anspruch zu nehmen. »Ich bin ziemlich müde und schwimme zurück. Wir sehen uns morgen bei Galen. Vielleicht kann ich dann die Dreißig-Minuten-Grenze knacken, hm?« Ich stupse meine Faust gegen seine Schulter, mehr als ein schwaches Lächeln bekomme ich nicht als Antwort.

Es überrascht mich, als er meine Hand nimmt und anfängt, mich durchs Wasser zu ziehen. Immerhin besser, als mich am Knöchel zu schleifen. Ich kann mich nicht gegen den Gedanken wehren, dass Galen das Gleiche hätte tun können. *Warum legt er stattdessen die Arme um mich?*

Am Samstagabend kann ich für fünfunddreißig Minuten unter Wasser bleiben. Am Sonntagnachmittag bin ich bei siebenundvierzig. Die Übung bringt was, auch wenn ich nicht das Gefühl habe, irgendetwas zu üben. Ich plansche nur im Wasser, halte den Atem an und werde dabei immer runzeliger.

Ich ziehe die Schwimmflossen aus, die Toraf mir mitgebracht hat, und werfe sie ans Ufer. Während er sich in seine Shorts manövriert, wende ich ihm den Rücken zu. »Bist du vorzeigbar?«, rufe ich nach einigen Sekunden. Ganz gleich, wie oft ich ihm auch sage, dass ich noch nicht ins Wasser sehen kann, er glaubt felsenfest, dass ich versuche, einen Blick auf seinen »Aal« zu werfen. *Du lieber Himmel!*

»Oh, ich bin mehr als vorzeigbar. Ich bin sogar ein ziemlich guter Fang.«

Da bin ich ganz seiner Meinung. Toraf sieht gut aus, ist witzig und aufmerksam – sodass ich Raynas Einstellung nicht wirklich nachvollziehen kann. Ich beginne zu verstehen, warum Grom ihn mit Rayna verbunden hat. Wer würde besser zu ihr passen als Toraf?

Aber wenn ich das zu Toraf sagen würde, wäre es ein klarer Verstoß gegen unseren stillschweigenden Pakt:

kein Wort über Rayna und kein Wort über Galen. Seit Freitagnacht haben wir über alles gesprochen, nur nicht über die beiden. Über Grom und Nalia. Über den Friedensvertrag, den die Generäle Triton und Poseidon nach dem Großen Krieg geschlossen haben. Über den Geschmack von Meeresfrüchten – okay, da haben wir gestritten.

Aber meistens üben wir einfach. Ich halte den Atem an und Toraf stoppt die Zeit. Er kann allerdings auch nicht besser als Galen erklären, wie man sich in einen Fisch verwandelt. Er sagt genau wie Galen, dass es sich wie ein überwältigender Drang anfühlt, sich zu strecken.

Toraf watet zu der Stelle, an der ich in der Flut stehe. »Ich kann nicht fassen, dass die Sonne schon untergeht«, meine ich.

»Ich schon. Ich bin am Verhungern.«

»Ich auch.« Das müssen die vielen zusätzlichen Kalorien sein, die ich im Wasser verbrenne.

Er zuckt die Achseln. »Ich weiß nur ...« Sein Kopf bewegt sich ruckartig zum Wasser herum und dann zu mir zurück. Er packt mich an den Schultern und zieht mich an sich. Und dann bricht er unseren stillschweigenden Pakt. »Erinnerst du dich an das, was du über Rayna gesagt hast? Darüber, dass sie die Unnahbare spielt?« Er wirft einen Blick auf das offene Meer hinaus und reißt den Kopf wieder zu mir herum. Seine Augenbrauen verschmelzen miteinander, als er die Stirn runzelt.

Ich nicke, verblüfft über seine Kehrtwende.

»Ich habe darüber nachgedacht. Lange. Und ich werde es tun. Aber … aber ich brauche deine Hilfe.«

»Natürlich werde ich dir helfen. Bei allem«, sage ich. Aber irgendetwas fühlt sich seltsam an, als er mich näher an sich zieht.

»Gut«, antwortet er und späht wieder in den Sonnenuntergang. »Galen und Rayna sind in der Nähe.«

Ich schnappe nach Luft. »Woher weißt du das? Ich kann sie nicht spüren.« Mein Herz wird zum Verräter und hämmert, als sei ich gerade fünf Meilen hügelaufwärts gerannt. Und alles nur, weil er Galens Namen erwähnt hat.

»Ich bin ein Fährtensucher, Emma. Ich kann sie an jedem Flecken Meer auf der ganzen Welt spüren. Vor allem Rayna. Und so, wie sich die Sache anfühlt, lässt Galen seine hübsche kleine Flosse ganz schön flattern, um zu dir zurückzukommen. Rayna muss auf seinem Rücken reiten.«

»Du kannst erkennen, was sie tut?«

»Ich kann erkennen, wie schnell sie sich bewegt. Niemand kann so schnell schwimmen wie Galen, Rayna eingeschlossen. Er muss wirklich darauf brennen, dich zu sehen.«

»Yeah. Er brennt darauf, dass ich mich verwandele, damit er noch einen königlichen Untertan hat, den er herumkommandieren kann.«

Torafs Gelächter erschreckt mich, nicht weil es laut ist, sondern weil seine Stimmung sich um hundertachtzig Grad zu drehen scheint. »Das ist es, was du denkst?«, fragt er.

Plötzlich trifft Galens Puls meine Beine wie ein körperlicher Schlag. Toraf zerrt mich aus dem Wasser und auf das Haus zu. »Er hatte genügend Gelegenheiten, mich davon zu überzeugen, dass es anders ist«, sage ich, und meine Worte holpern bei jedem hastigen Schritt, der im Sand versinkt. Hinter uns höre ich Galen und Rayna über irgendetwas lachen. Das schwappende Geräusch bringt mich auf die Idee, dass sie einander nass spritzen.

An dem kleinen Lattenzaun, der unscheinbaren Grenze, die Galens Sandstrand vom öffentlichen Sandstrand trennt, hält Toraf an. »Also gut, ich möchte diesen verzogenen Königskindern eine Lektion erteilen. Vertraust du mir, Emma?«

Ich nicke, aber irgendetwas sagt mir, dass ich das nicht hätte tun sollen. Das Gefühl bestätigt sich, als Toraf mich an seine Brust zieht und seinen Mund auf meinen senkt. Als ich versuche, mich von ihm zu lösen, greift er mir ins Haar, um meinen Kopf festzuhalten. Das plötzliche Schweigen hinter uns ist lauter, als das Gelächter es jemals hätte sein können.

Ich stelle fest, dass Toraf ein guter Küsser ist. Er bewegt den Mund genau richtig, sanft und energisch zugleich.

Und obwohl er ständig Meeresfrüchte isst, schmeckt er nicht danach.

Trotzdem ist alles an diesem Kuss falsch, falsch, falsch. Wenn ich einen Bruder hätte, würde es sich genauso anfühlen, ihn zu küssen. Und dann spüre ich etwas anderes. Ein haarsträubendes Prickeln überall. Als würde ich gleich vom Blitz getroffen werden.

Dann schlägt Galen – kein Blitz – auf Toraf ein und reißt unsere Lippen auseinander. Eins muss ich ihm lassen, Toraf lässt mich sofort los, statt mich mit sich hinunterzureißen. Sie krachen in den Sand und Galens Fausthiebe prasseln auf Toraf ein wie die Geschosse eines Maschinengewehrs. Aber ich bin viel zu perplex, um mich zu rühren.

16

Zwischen zwei Fausthieben brüllt Galen seinen Zorn heraus: »Ich habe dir vertraut! Ich habe gesagt, du sollst ein Auge auf sie haben, nicht, deine dreckigen Lippen auf ihren!«

Torafs Lachen stachelt ihn an, härter zuzuschlagen. Galen hört, dass Emma schreit, dass er aufhören soll. Jetzt, da sie aus der Trance erwacht ist, in die Toraf sie hineingeküsst hat.

Ein Feuer verbrennt seinen Bizeps dort, wo Emma versucht, ihn mit beiden Händen von seinem nächsten Schlag abzuhalten. »Hör auf, Galen! Sofort!«

Sein Kopf schwingt zu ihr herum und ihre Sorge um Toraf bringt ihn fast um den Verstand. »Warum? Warum sollte ich aufhören?«

»Weil er dein Freund ist. Weil er der Gefährte deiner Schwester ist«, ruft sie.

»Und genau deswegen sollte ich ihn *töten*, Emma. Du redest Unsinn.«

»Rayna, hilf mir!« Emma wirft sich gegen Galen und rammt ihm die Schulter in die Brust.

Mit Emma in seinen Armen ist es schwierig, weiter auf Toraf einzudreschen. Emma ist weich und duftet süß. Das würde schon reichen, um ihn abzulenken und zwar ohne dass sie sich wie ein Oktopus um ihn schlingen müsste. Er kann nicht erkennen, welche Glieder zu wem gehören, als sie von Toraf herunter und neben ihm in den Sand rollen.

Galen, der oben landet, bewahrt mit seiner Hand Emmas Hinterkopf davor, auf ein Stück Treibholz aufzuschlagen. Ihre letzte Kopfverletzung hat ihn schon Jahre seines Lebens gekostet. »Bei Tritons Dreizack, Emma, du kannst dich nicht einfach mitten in einen Kampf stürzen. Du könntest verletzt werden«, stößt er atemlos hervor.

Sie stemmt sich mit geballten Fäusten gegen ihn. »Ein Kampf wird immer von zwei Seiten geführt, Hoheit. Toraf hat nicht einmal zurückgeschlagen.«

Eigentlich nicht. Und es ist ihm auch egal. Er löst sich von ihr. Sie ignoriert die Hand, die er ihr entgegenstreckt, um ihr aufzuhelfen. Er zuckt die Achseln, verärgert über diese kleine Zurückweisung. »Sein Pech. Jetzt geh zum Haus. Ich bin noch nicht mit Toraf fertig.«

Inzwischen ist Toraf aufgestanden und klopft sich den Sand vom Körper. Galen braucht einige Sekunden, um zu begreifen, dass Rayna nicht mitgeholfen hat, ihn von ihrem Gefährten wegzuziehen. Sie hat kein Wort gesagt.

Sie steht immer noch am Strand, wo er sie zurückgelassen hat, das Gesicht verzerrt vor Schock, Ärger und Schmerz. Der Ärger löst sich auf, als Toraf seine Badehose hochzieht und direkt an ihr vorbeigeht. Auch der Schock verflüchtigt sich. Nur Schmerz bleibt zurück und verdüstert ihre Miene.

Ihr Gefährte steht knietief im Wasser, als sie endlich nach ihm ruft: »Toraf?« Ihre gebrochene Stimme überrascht Galen.

Toraf bemerkt es nicht oder es ist ihm egal. »Hmm?«, macht Toraf, als hätte sie kein vollständiges Wort als Antwort verdient.

»Du ... du hast Emma geküsst.«

»Ja?« Er blickt ungeduldig aufs Meer hinaus.

»Aber ... aber du bist mit *mir* verbunden.«

Er zuckt die Achseln. »Bin ich das? Das Letzte, was ich gehört habe, ist, dass du zu Grom gerannt bist, um unser Verbindungssiegel annullieren zu lassen. Ich dachte, dass ich deine Zeit nicht noch länger verschwenden sollte – oder meine. Und du musst zugeben, Emma ist kein schlechter Fang.« Er dreht sich um und zwinkert Emma zu. Galen stürzt in seine Richtung, aber Emma klammert sich an seinem Arm fest. Galen knirscht mit den Zähnen.

Rayna nähert sich Toraf mit kleinen, langsamen Schritten, als ginge sie auf einen gefräßigen Hai zu. »Aber ich habe das Siegel nicht annullieren lassen. Wir sind immer noch miteinander verbunden.«

Toraf verschränkt die Arme vor der Brust. »Wirklich? Dann wollte Grom die Verbindung also nicht auflösen?«

Rayna hält inne, mit hängenden Schultern und schlaff herabbaumelnden Armen. »Ich habe ihn nicht darum gebeten.« Galen kann ihr Gesicht nicht sehen, aber so wie ihre Worte beben, ringt sie um Fassung, und daran ist ausnahmsweise einmal nicht ihr hitziges Temperament schuld.

Sind denn plötzlich alle von allen guten Geistern verlassen? Toraf wirkt geradezu abgestumpft. Rayna schlingt voller Unsicherheit die Arme um ihren Leib. Und Emma … Emma hat sich überhaupt nicht verändert. Immer noch schön und immer noch genauso dickköpfig wie zuvor.

»Keine Ahnung, warum«, sagt Toraf und watet tiefer ins Wasser hinein. »Wir wissen beide, dass es zwischen uns nicht funktionieren wird.«

Rayna folgt ihm ins Wasser. »Was wird nicht funktionieren? Du hast gesagt, dass du mich liebst.«

Er stößt ein schneidendes Lachen aus. »Und du hast mir dafür die Lippe gespalten.«

»Du solltest nicht nachtragend sein«, erwidert sie. »Außerdem hast du mich überrascht.«

»Überrascht? Ich bin dir nachgejagt, seit wir Jungfische waren. Nein.« Er schüttelt den Kopf. »Du hattest die ganze Zeit über recht. Wir gehören nicht zusammen.

Ich werde Grom selbst darum bitten, unser Verbindungssiegel zu annullieren.« Ohne ein weiteres Wort taucht er ab. Nur ein kleines Stück seiner Flosse lugt noch aus den Wellen hervor.

Rayna dreht sich mit ungläubiger Miene zu Galen um. »Ist das sein Ernst?«

»Er hat ernst ausgesehen«, antwortet Galen, genauso schockiert wie seine Schwester.

»Toraf, warte!«, ruft Rayna, bevor sie sich in die Brandung wirft.

Galen und Emma starren ihnen nach, während auch der letzte Rest der Sonne untergeht. Galen ist sich nicht sicher, ob irgendetwas von alledem gerade wirklich passiert ist – oder ob er jemals wieder in der Lage sein wird, den Mund zu schließen. *Wie konnte er mich so verraten?* Toraf hat mehr Loyalität im Leib als ein Strand Sandkörner. *Zumindest dachte ich das.* Aber wenn er sich in dieser Hinsicht geirrt hat, in welchen Punkten dann noch?

Hat er Torafs Hingabe an Rayna falsch eingeschätzt? Aber wie kann das sein? Toraf hat nie jemanden gesichtet und schon immer darauf beharrt, dass Rayna die Einzige für ihn ist. Als sie ihn das erste Mal zurückgewiesen hat, ist er körperlich krank geworden. Nein, Toraf würde Rayna niemals so behandeln. Und Rayna würde Toraf niemals nachjagen. Nie und nimmer.

Und dann ist da noch Emma. Sie hat sich offensichtlich

in den drei Tagen seiner Abwesenheit mit Toraf eingelassen. *Das ist meine Schuld. Ich hätte sie küssen sollen, sie mit dieser Erinnerung zurücklassen, statt mit ihr darüber zu streiten, dass sie an Land bleiben muss.* Aber was würde das ändern? Wahrscheinlich wird sie sowieso bald seinen Bruder küssen. Sollte er sich nicht daran gewöhnen, dass sie jemand anderen küsst? *Aber das ist etwas anderes. Ich hatte nie vor, dabei zuzusehen, wenn sie Grom küsst.* Eigentlich hatte er generell nicht vor, sie wiederzusehen, nachdem er sie seinem Bruder übergeben hat.

Grom. Toraf hat auch Grom verraten. So gesehen könnte er gerade seine zukünftige Königin geküsst haben. Als Toraf gesagt hat, dass er sich mit ihr gut stellen will, hatte sich Galen darunter eigentlich etwas anderes vorgestellt. Aber Toraf kann nicht ernsthaft erwarten, sich mit Emma zu verbinden. Sie ist vergeben – auf die eine oder andere Weise.

Aus dem Augenwinkel lässt er seinen Blick über sie schweifen. Die Arme verschränkt, mit großen Augen, Lippen und Wangen so rot wie ein gekochter Hummer. Er räuspert sich. »Wie ... wie lange geht das schon?«, fragt er leise.

Sie dreht sich zu ihm um. »Wie lange geht was schon?«

»Du und Toraf. Die Küsserei.«

»Oh. Ungefähr zehn Minuten.«

Besser als erwartet. Erleichterung durchströmt ihn wie ein Tsunami. Wenn sie schon länger ... seit er fort war ...

er kann nicht einmal daran denken. Toraf hat ein Gesetz der Syrena gebrochen, als er Emma geküsst hat. Jemand anderen als den eigenen Gefährten zu küssen, wird mit zehn Mondzyklen in den Eishöhlen bestraft. Es gilt als eines der schwersten Vergehen. Wenn er sie die ganze Zeit über geküsst hätte, würde jeder einzelne Kuss als individueller Verstoß gelten.

Allerdings hat Toraf gedacht, Rayna hätte ihre Verbindung gelöst. Er hat gedacht, er könnte jede küssen, die er küssen will. *Aber warum ausgerechnet Emma?* Sie ist die denkbar schlechteste Wahl für ihn, und das aus mehr Gründen, als Galen benennen kann.

Als hätte ich nicht schon genug Sorgen. Unser Reich wird von Krieg oder Untergang oder beidem bedroht, und um dieses Problem zu lösen, muss ich das Einzige aufgeben, was ich jemals wirklich gewollt habe. Und dann macht Toraf so was. Verrät mich und *meine Schwester.* Galen kann sich nicht vorstellen, dass es noch schlimmer kommen könnte. Deshalb trifft ihn Emmas Kichern völlig unerwartet.

Er dreht sich zu ihr um. »Was ist denn daran bitte lustig?«

Sie lacht so heftig, dass sie sich an ihn lehnen muss. Er wehrt sich gegen den Drang, die Arme um sie zu legen. Während sie sich die Tränen aus den Augen wischt, stößt sie hervor: »Er hat mich geküsst!« Bei dieser Feststellung bricht sie erneut in Gelächter aus.

»Und du findest das *lustig?*«

»Du verstehst das nicht, Galen«, japst sie, als ihr der Anflug eines Schluckaufs den Atem raubt.

»Allerdings.«

»Begreifst du denn nicht? Es hat funktioniert!«

»Alles, was ich begreife, ist, dass Toraf, der Gefährte meiner Schwester, mein *bester Freund*, jemanden geküsst hat, der meine … meine …«

»Deine was … ist?«

»Schülerin.« *Obsession.*

»Deine Schülerin. Wow.« Emma schüttelt den Kopf, dann bekommt sie tatsächlich einen Schluckauf. »Okay, ich weiß, du bist sauer, weil er Rayna das angetan hat. Aber er wollte sie damit nur eifersüchtig machen.«

Galen versucht zu verdauen, was sie gerade gesagt hat, aber es gelingt ihm noch nicht einmal, es zu schlucken. »Du meinst, er hätte dich geküsst, um *Rayna* eifersüchtig zu machen?«

Sie nickt und wieder blubbert ein Lachen heraus. »Und es hat funktioniert! Hast du ihr Gesicht gesehen?«

»Du meinst, er hat Rayna reingelegt.« *Und nicht mich?* Galen schüttelt den Kopf. »Wie sollte er denn auf so eine Idee kommen?«

»Ich habe ihn darauf gebracht.«

Ohne es zu wollen, ballt Galen die Fäuste. »Du hast ihm gesagt, er soll dich küssen?«

»Nein! Na ja, mehr oder weniger. Aber nicht direkt.«

»Emma …«

»Ich habe ihm gesagt, er soll den Unnahbaren spielen. Du weißt schon, gleichgültig tun. Auf die Idee, mich zu küssen, ist er von ganz allein gekommen. Ich bin wirklich stolz auf ihn!«

Sie denkt, Toraf sei ein Genie, weil er sie geküsst hat. Na toll. »Hat … hat es dir gefallen?«

»Das habe ich doch gerade gesagt, Galen.«

»Nicht sein Plan. Der Kuss.«

Der vergnügte Ausdruck weicht von ihrem Gesicht wie das Wasser bei Ebbe. »Das geht dich nichts an, Hoheit.«

Er fährt sich mit der Hand durchs Haar, um sich daran zu hindern, sie zu schütteln. Und zu küssen.

»Bei Tritons Dreizack, Emma. Hat es dir nun gefallen oder nicht?«

Sie tritt mehrere Schritte zurück und stemmt die Hände in die Hüften. »Erinnerst du dich noch an Mr Pinner, Galen? Weltgeschichte?«

»Was hat der denn damit zu tun?«

»Morgen ist Montag. Wenn ich in Mr Pinners Kurs gehe, wird er mich nicht fragen, ob es mir Spaß gemacht hat, Toraf zu küssen. Es wird ihn überhaupt nicht kümmern, was ich am Wochenende getrieben habe. Weil ich seine Schülerin bin. Ich bin auch *deine* Schülerin, du weißt doch?« Ihr Haar fliegt zur Seite, als sie sich umdreht und auf ihre atemberaubende Weise davonstolziert. Sie hebt ihr Handtuch auf und schlüpft in ihre Flipflops, bevor sie den Hügel zum Haus hinaufgeht.

»Emma, warte.«

»Ich bin es leid zu warten, Galen. Gute Nacht.«

Früher hat ihn der Strand besänftigt. Wie die Minenfelder Grom besänftigen. Jetzt erinnert der Mond Galen an die Farbe von Emmas Haar. Der Sand daran, dass sie so gern die Füße im Meeresgrund verankert. Selbst das Dünengras ahmt den Schwung ihrer Hüften nach. Heute Nacht quält ihn der Strand. Wie die Minenfelder Grom quälen müssen. Und genau wie Grom kann er sich nicht dazu überwinden, woanders hinzugehen.

Toraf taucht in einer von Galens Badeshorts aus dem seichten Wasser auf. Galen steht nicht auf. Toraf setzt sich neben ihn. Gerade außer Reichweite. »Du solltest zusehen, dass du etwas Schlaf bekommst, kleiner Fisch. Musst du morgen nicht zur Schule?«

Galen nickt, ohne ihn anzusehen. »In ungefähr drei Stunden. Wo ist meine Schwester?«

»Sie richtet sich auf der Insel ein, die wir für heute Nacht gefunden haben.«

Galen schüttelt den Kopf. »Du glitschiger Aal. Du hättest mir sagen können, was du vorhast.«

Toraf lacht. »Klar. ›Hey, Galen, ich muss mir Emma mal kurz ausborgen, damit ich sie küssen kann, okay?‹ Das wäre nicht besonders gut angekommen.«

»Denkst du, dein Überraschungsangriff ist besser angekommen?«

Toraf zuckt die Achseln. »Ich bin zufrieden.«

»Ich hätte dich heute töten können.«

»Yeah.«

»Tu das nie wieder.«

»War nicht meine Absicht. Ich fand es wirklich süß von dir, die Ehre deiner Schwester zu verteidigen. Sehr brüderlich.« Toraf gluckst.

»Halt die Klappe.«

»Ich mein ja nur.«

Galen fährt sich mit der Hand durchs Haar. »Ich habe nur Emma gesehen. Rayna habe ich vollkommen vergessen.«

»Ich weiß, du Idiot. Das ist der Grund, warum ich dir erlaubt habe, mich achtundfünfzig Mal zu schlagen. Genau das würde ich mit jemandem machen, der Rayna küsst.«

»Neunundfünfzig Mal.«

»Jetzt werd mal nicht übermütig, kleiner Fisch. War Emma eigentlich fuchsteufelswild oder nur ein wenig aufgebracht? Sollte ich für eine Weile in Deckung gehen?«

Galen schnaubt. »Sie hat so heftig gelacht, dass ich dachte, sie wird ohnmächtig. Ich bin derjenige, der in Schwierigkeiten steckt.«

»Ich bin schockiert! Was hast du angestellt?«

»Das Übliche.« Seine Gefühle versteckt. Das Falsche von sich gegeben. Sich aufgeführt wie ein dominanter Bullenhai.

Toraf schüttelt den Kopf. »Sie wird sich das nicht ewig gefallen lassen. Sie denkt doch jetzt schon, dass sie sich nur verwandeln soll, damit du einen königlichen Untertan mehr hast.«

»Das hat sie gesagt?« Galen runzelt die Stirn. »Ich weiß nicht, was schlimmer ist. Sie das weiter glauben zu lassen oder ihr die Wahrheit darüber zu sagen, warum ich ihr helfe, sich zu verwandeln.«

»Meiner Meinung nach musst du ihr gar nichts sagen, bis sie sich tatsächlich verwandeln kann. Und bisher kann sie es nicht.«

»Du glaubst nicht, dass sie eine von uns ist?«

Toraf zuckt die Achseln. »Ihre Haut wird runzelig. Es ist irgendwie eklig. Vielleicht ist sie eine Art Supermensch. Du weißt schon, wie Batman.«

Galen lacht. »Was weißt du denn über Batman?«

»Ich habe ihn auf diesem schwarzen Viereck in deinem Wohnzimmer gesehen. Er kann alle möglichen Dinge tun, die andere Menschen nicht können. Vielleicht ist Emma wie er.«

»Batman ist nicht echt. Er ist einfach ein Mensch, der das alles spielt, damit andere Menschen ihm zusehen.«

»Für mich sah es echt aus.«

»Sie sind gut darin, es echt aussehen zu lassen. Es gibt Menschen, die verbringen ihr ganzes Leben damit, etwas, das es in Wirklichkeit gar nicht gibt, so aussehen zu lassen, als wäre es die Realität.«

»Menschen sind unheimlicher, als ich dachte. Warum so tun, als wäre man etwas, das man gar nicht ist?«

Galen nickt. *Vielleicht, um ein Königreich zu übernehmen?* »Dabei fällt mir etwas ein. Grom braucht dich.«

Toraf stöhnt. »Kann das nicht warten? Jetzt, wo es sich Rayna auf unserer Insel gemütlich macht.«

»Im Ernst. Davon will ich nichts wissen.«

Toraf grinst. »Tut mir leid. Aber du verstehst, was ich meine, oder? Wenn Emma auf dich warten würde …«

»Emma würde nicht auf mich warten. Ich wäre gar nicht erst gegangen.«

»Rayna hat mich dazu gezwungen. Du hast mich noch nie so heftig geschlagen. Sie will, dass wir uns wieder vertragen. Außerdem gibt es da etwas, das ich dir sagen muss, aber bis jetzt hatte ich noch keine Chance dazu.«

»Was?«

»Als wir gestern vor deinem Haus geübt haben, habe ich jemanden gespürt. Jemanden, den ich nicht kenne. Ich habe Emma aus dem Wasser geschickt, während ich Nachforschungen angestellt habe.«

»Und sie hat auf dich *gehört?*«

Toraf nickt. »Jetzt kommt's raus: Du bist der Einzige, dem sie nicht gehorcht. Aber wie auch immer, ich bin dem Puls gefolgt.«

»Wer war es?«

»Der Puls ist verschwunden, bevor ich angekommen bin.«

»Wo bist du angekommen?«

»Bei Emma zu Hause, Galen. Im Sand waren frische Fußspuren Sie haben vom Wasser zum Haus geführt. Deshalb ist der Puls verschwunden – er hat das Wasser verlassen.«

»Du bist ein Fährtensucher. Du bist jedem Syrena aus beiden Häusern vorgestellt worden. Wie kann es jemanden geben, den du nicht identifizieren kannst?«

»Offensichtlich bin ich nicht *allen* vorgestellt worden. Wenn ich es dir doch sage, ich habe diesen Puls noch nie zuvor gespürt. Emma hat ihn auch nicht erkannt. Nicht dass ich das von ihr erwartet hätte.«

Galen kneift sich in den Nasenrücken. Emma würde ihn nicht erkennen, weil sie all die Jahre über einen Groll gegen Wasser gehegt hat. Weshalb Syrena, falls welche in der Nähe lebten, sie bis jetzt auch nicht gespürt haben konnten. Er schüttelt den Kopf. »Irgendjemand muss von ihr wissen. Ich muss sofort zu ihr. Sie ist allein. Ihre Mom arbeitet nachts.« Die Furcht, die ihn überkommt, schnürt ihm fast die Kehle zu. »Toraf, du musst zu Grom gehen. Heute Nacht. Sofort. Du musst Paca finden, bevor dieser Fremde Emma erreicht.«

»Jagens Tochter? Was hat sie mit Emma zu tun?«

Galen steht auf.

»Jagen behauptet, dass Paca die Gabe Poseidons hat. Wenn das wahr ist, werde ich dafür sorgen, dass sie Groms Gefährtin wird und nicht Emma. Aber das wird nicht passieren, wenn jemand – egal wer es ist – Emma erreicht, bevor du Paca findest.«

»Galen …«

»Ich weiß, es ist reine Spekulation. Aber auch nicht unwahrscheinlicher, als dass Emma die Gabe besitzt. Und es ist meine einzige Hoffnung.«

Toraf nickt, als er begreift. »In Ordnung. Wenn sie lebt, werde ich sie finden, Galen. Ich schwöre es.«

»Wenn es irgendjemanden gibt, der das kann, dann bist du es. Und schick Rayna zu mir, solange du fort bist.«

17

Wenn man eine glatte Einserschülerin ist, heißt das noch lange nicht, dass man auch gesunden Menschenverstand besitzt. Ich bin da keine Ausnahme. Als ich endlich dahinterkomme, was der Dampf im Badezimmer bedeutet – dass die Dusche nämlich tatsächlich heiß wird, was ich wegen meiner Syrena-Haut nicht mehr spüren kann –, hat Mom schon einen Handwerker gerufen. Meine einzige Chance ist, eine Geschichte zu erfinden, die nicht mal ein Kindergartenkind glauben würde. Irgendwie kauft Mom sie mir trotzdem ab – zusammen mit dem Betrag, den Handwerker in Rechnung stellen, wenn Teenager ihre Zeit und ihr Benzin verschwenden.

Das alles bestätigt meine neue Theorie – der Schlag auf meinen Kopf hat meine Syrena-Instinkte geweckt. Sämtliche Veränderungen in meinem Leben scheinen damit zusammenzuhängen, dass es mehr als ein bloßer Schlag auf den Kopf war. Was auch immer mit mir bei Galen zu Hause passiert ist – dass ich Punkte gesehen habe, dass mir schwindelig geworden ist –, hat die Sache anscheinend besiegelt. Jene Nacht steht für den Anfang und das Ende vieler Dinge.

Ich habe zum ersten Mal länger als ein olympischer Schwimmer den Atem angehalten. Und zum letzten Mal eine heiße Dusche genommen. Ich habe zum ersten Mal in pechschwarzem Wasser etwas gesehen. Und zum letzten Mal Galen vertraut. Ich habe zum ersten Mal einen anderen Syrena gespürt. Und zum letzten Mal Rayna gehasst. Ich habe zum ersten und letzten Mal meinen Kopf durch hurrikanfestes Glas gerammt. Die Liste der Dinge, die mit dieser Nacht zusammenhängen, ist so lang wie die Küste von Jersey.

Das Gleiche gilt für die Liste mit all den Gründen, warum ich mich nicht darauf freuen sollte, ihn in der Schule zu sehen. Aber ich kann nichts dagegen machen. Er hat mir heute Morgen schon dreimal gesimst. Darf ich dich zur Schule abholen? Und: Willst du frühstücken? Und: Kriegst du meine SMS? Meine Daumen wollen alle Fragen mit »Ja« beantworten, aber mein Stolz verlangt, dass ich gar nicht antworte. Er hat mich seine *Schülerin* genannt. Er hat allein mit mir am Strand gestanden und mir erklärt, dass er in mir ein Schulkind sieht. Dass unsere Beziehung platonisch ist. Und jeder weiß, was platonisch bedeutet – *zurückgewiesen.*

Okay, ich bin vielleicht seine Schülerin. Aber auch diejenige, die *ihm* ein paar Dinge beibringen wird. Die erste Lektion des Tages lautet: mit Stillschweigen strafen.

Als ich ihn also im Flur sehe, nicke ich ihm höflich zu und streiche direkt an ihm vorbei. Das elektrisch aufgeladene Knistern dieser leichten Berührung verblasst nicht ganz, was bedeutet, dass er mir folgt. Ich schaffe es bis zu meinem Schließfach, bevor seine Hand auf meinem Arm liegt. »Emma.« Die Art, wie er meinen Namen flüstert, überzieht mich bis hinunter zu meinen kleinen Zehen mit Gänsehaut. Aber ich habe mich immer noch unter Kontrolle.

Ich nicke ihm erneut zu, wähle meine Schließfachkombination und öffne die Tür direkt vor seiner Nase. Er weicht zurück, damit er sie nicht ins Gesicht bekommt. Dann macht er einen Schritt um mich herum, lehnt die Hand gegen die Schließfachtür und dreht mich zu sich um. »Das ist nicht sehr nett.«

Ich hebe eine Braue in bester *Du-hast-damit-angefangen*-Manier.

Er seufzt. »Ich schätze, das bedeutet, dass du mich nicht vermisst hast.«

Es gibt so vieles, was ich ihm genau jetzt vor den Latz knallen könnte. Zum Beispiel: »Ich hatte ja Toraf, um mir die Zeit zu vertreiben.« Oder: »Du warst weg?« Oder: »Mach dir nichts draus, ich vermisse meinen Mathelehrer ja auch nicht.« Aber das Ziel ist, nichts zu sagen. Also drehe ich mich wieder um.

Ich schiebe Bücher und Unterlagen zwischen meinem Schließfach und meinem Rucksack hin und her. Als ich einen Bleistift in meine Hochsteckfrisur spieße, stößt er ein leises Lachen aus, und sein Atem streift mein Ohrläppchen. »Dein Handy ist also nicht kaputt; du hast einfach nur nicht auf meine SMS reagiert.«

Da es kein Geräusch macht, wenn ich die Augen verdrehe, liegt es immer noch innerhalb der Grenzen der Lektion *Mit Stillschweigen strafen*. Also tue ich das, während ich mein Schließfach verriegele. Als ich mich an ihm vorbeischiebe, hält er mich am Arm fest. Und ich überlege, ob es auch kein Geräusch macht, wenn ich ihm auf die Zehen trete …

»Meine Großmutter stirbt«, platzt er heraus.

Jetzt beginnt der Mist von wegen Emma überrumpeln. Aber wie soll ich da noch meine Lektion fortsetzen? Er hat seine Großmutter noch nie zuvor erwähnt, aber andererseits habe ich auch nicht über meine gesprochen. »Das tut mir leid, Galen.« Ich lege meine Hand auf seine und drücke sie sanft.

Er lacht. Verdammter Mistkerl. »Praktischerweise lebt sie in einer Eigentumswohnung in Destin, und ihr letzter Wunsch ist es, dich kennenzulernen. Rachel hat deine Mom angerufen. Wir fliegen am Samstagnachmittag und kommen Sonntagnacht zurück. Ich habe bereits mit Dr. Milligan telefoniert.«

»Un-fass-bar.«

Ich starre vom Fenster unseres Hotelzimmers auf den Golf von Mexiko. Nach dem heutigen Sturm sieht der weiße Strand aus wie gezuckerter Haferbrei. Der Regen durchlöchert den Sand und macht ihn klumpig. Wegen des Sturms, der uns im Flugzeug ein paar launische Turbulenzen beschert hat, ist Galen schlecht geworden.

Ich mustere das grässliche Sofa, auf dem er sich ausschläft. Seinem rhythmischen Schnarchen nach zu urteilen, ist das winzige Ding nicht so unbequem, wie es aussieht. Entweder das oder schwallartiges Erbrechen kostet so viel Energie, dass es einem egal ist, wo man anschließend zusammenbricht.

Die Sonne geht unter, aber es ist immer noch ein wenig Zeit, bevor wir uns im Gulfarium mit Dr. Milligan treffen. Er will, dass wir erst kommen, wenn das Gulfarium geschlossen hat, um sicherzustellen, dass wir bei den Untersuchungen völlig ungestört sind. Bis dahin sind es noch mal fünf Stunden.

Um die Zeit totzuschlagen, ziehe ich meinen Badeanzug an und gehe zum Strand, sorgfältig darauf bedacht, Galen nicht zu wecken. Er braucht Ruhe und außerdem brauche ich ein wenig Zeit zum Nachdenken. Hinzu kommt, dass durch den Regen nur vereinzelt Touristen unterwegs sind und es keine Zeugen geben wird, falls mir in einem ungünstigen Moment eine Flosse wächst.

Ich streife mein Shirt ab und wate ins Wasser. Ich weiß nicht, wie nah ich der Stelle bin, an der Chloe gestorben ist. Ich habe die Hotels um uns herum nicht erkannt, aber das Zimmer, das Rachel für uns gebucht hat, ist luxuriöser als das gerade so bezahlbare Zimmer, das Chloes Eltern reserviert hatten. Es spielt keine Rolle. Chloe ist nicht hier.

Und ich auch nicht, nicht wirklich. Zumindest bin ich nicht mehr dieselbe Emma, die mit Chloe hierhergekommen ist. Die Emma, die ihr wie ein weißer Schatten durch die Flure der Schule gefolgt ist. Die Emma, die einige Schritte hinter ihr geblieben ist, während sie wie eine Biene von Freundeskreis zu Freundeskreis geflitzt ist. Ein zartes, leicht zu vergessendes Phantom.

Ich frage mich, ob neben Chloes überlebensgroßer Persönlichkeit noch Platz für die verbesserte Emma wäre. Eine Emma, die ihre Mutter belogen hat, um mit einem seltsamen Fisch-Jungen in ein Flugzeug zu springen. Eine Emma, die schon bis zur Hüfte im Wasser steht, ohne dass auch nur ein Quäntchen Angst an ihren Nerven zehrt. Eine Emma, die eher einen Streit anzetteln würde, als einen zu schlichten. Vielleicht ist *verbessert* nicht das richtige Wort für mein neues Ich. Vielleicht trifft *verändert* die Sache besser. Am ehesten wahrscheinlich sogar *abgestumpft*.

Die Luft ist so feucht, dass man fast darin ertrinken könnte. Jede Sekunde erwarte ich, dass sich der Regen mit den Tränen mischt, die meine Wangen hinunterrinnen. So viel zum Thema *Abgestumpft*.

Ich tauche unter.

Der Golf ist ganz und gar nicht so, wie ich ihn in Erinnerung habe. Natürlich liegt das daran, dass mir beim letzten Mal das Salz in den Augen gebrannt hat. Außerdem hat sich das Wasser kühl und erfrischend angefühlt im Vergleich zur drückenden Florida-Hitze. Jetzt ist das Wasser so lauwarm wie der Hotelwhirlpool, der Atlantik und jede Pfütze von hier bis nach Jersey.

Das ist beinahe so frustrierend wie Galens Katz-und-Maus-Spiel. Dabei bin ich mir nicht einmal sicher, ob es wirklich ein Spiel ist. Seiner Miene nach zu urteilen, tobt hinter seiner Fassade ein regelrechter Krieg. Er wagt einen Vorstoß und zieht sich sofort wieder zurück. Vorstoß, Rückzug. Wie eine Schlacht zwischen Gut und Böse. Und ich habe keine Ahnung, wo er es einordnet, mich zu küssen.

Wahrscheinlich unter Böse.

Wie armselig. Da sitze ich für die nächsten vierundzwanzig Stunden in einem Hotelzimmer fest, völlig ohne Aufsicht, mit einem Typen, der alles dafür tut, mich nicht zu küssen. *Zauberhaft.*

Ich befördere mein griesgrämiges Ich am abschüssigen Meeresboden entlang und mache mir einen Sport daraus zu zählen, wie viele Krabben ich so sehr verärgern kann, dass sie nach mir schnappen. Die meisten sind faire Sportsmänner und versuchen es. Selbst wenn sich tatsächlich eine in meinen Finger verbeißt, wird es nicht mehr wehtun als eine Wäscheklammer. Aber meine Strategie funktioniert nur, bis sich Galen und seine verführerischen Lippen in meine Gedanken zurückschleichen. Er ist wie der Club-Remix eines Songs, den ich schon im Original gehasst habe und der mir gleich beim ersten Hören nicht mehr aus dem Kopf geht. Einer, der immer wieder und wieder und wieder gespielt wird.

Ich frage mich, was Chloe mir raten würde. *Gott, ich vermisse sie.* Im Gegensatz zu mir ist sie eine Expertin in Sachen Männer gewesen. Sie hat gewusst, wann sie betrügen. Sie hat gewusst, wann sie ihren Freunden Müll erzählen. Sie hat gewusst, wann sie ihre Nummer wollen, sogar wenn sie sie nur um einen Bleistift gebeten haben. Sie hätte einen Blick auf Galen geworfen und mir sagen können, warum er mich nicht küssen will, wie ich ihn dazu bringen kann und wo wir unseren Hochzeitsempfang abhalten sollen.

Zu irritiert, um meinen Weg fortzusetzen, drehe ich um. Der Geruch von Metall trifft mich wie eine Welle. *Geruch? Ist das überhaupt möglich?* Dann sehe ich eine Wolke von Blut. Zwei Körper im Kampf verkeilt. Eine Flosse. Zwei Flossen. Ich schreie. Er hört mich. *Sie* hören mich. Sie beenden ihren Kampf und die Reste eines toten Etwas wirbeln um sie herum wie Konfetti. Blutiges Konfetti.

Als ich mich wieder umdrehe, weiß ich schon, dass ich so gut wie tot bin. Die gute Nachricht ist, dass zwei Haie mich schneller töten werden als einer. Zwei Kieferpaare haben eine bessere Chance, gleich am Anfang eine wichtige Arterie zu durchtrennen. Es sollte schnell gehen. Ein Teil von mir will aufgeben und es hinter sich bringen. Der andere Teil, der mächtigere, will, dass ich wie eine Wahnsinnige schwimme. Kämpfe und trete und schlage. Dass ich diese Jagd zu ihrer härtesten mache. Und dass sie an meinen dicken Syrena-Knochen ersticken werden.

Ich höre ihr zischendes Herannahen und verkrampfe mich. Einer von ihnen rammt mich, sodass Luftbläschen aus meiner Lunge aufsteigen. Ich schreie auf und kneife die Augen fest zusammen. Niemand will zusehen, wie er stirbt. Ein Maul umklammert meine Taille, stark und fest. Der, dem es gehört, prescht so schnell los, dass mein Kopf nach hinten gerissen wird. *Das war's.* Ich warte darauf, dass er seine Zähne in mein Fleisch schlägt. Aber es passiert nicht. Er schwimmt einfach weiter. Ich habe gehört, dass Alligatoren so etwas tun. Dass sie ihre Beute packen und irgendwohin bringen. Sich das Mahl für später aufsparen. Salzwasser ist wahrscheinlich das perfekte Konservierungsmittel, um meinen Kadaver frisch zu halten.

Ich zwinge mich, ein Auge zu öffnen. Und schnappe nach Luft. Kein Maul um meine Taille, so stark und fest. Ein Paar Arme. Arme, deren Umrisse ich mir bis ins Detail eingeprägt habe.

Galen. Und er ist so mörderisch wütend, dass das Wasser um uns herum eigentlich kochen müsste. Vielleicht tut es das auch. Vielleicht bewegen wir uns einfach zu schnell, um es sehen zu können. Nach dem Ausdruck auf seinem Gesicht zu urteilen, denkt er daran, mich persönlich zu töten. Vielleicht war ich mit den Haien besser dran.

Galen schwimmt lange. Er will mich nicht ansehen, will nicht mit mir reden. Und ich bin klug genug, *ihn* nicht anzusprechen. Nach einer Weile machen sich Jetlag, Nahtoderfahrung und die Sicherheit von Galens Armen bemerkbar. Wenn ich nicht unter Wasser wäre, würde ich gähnen. Stattdessen schließe ich die Augen …

»Emma! Emma, kannst du mich hören?«

Eine Ohrfeige schreckt mich aus dem Schlaf. »Hm?« Nicht gerade mein attraktivster Auftritt. Ich reibe mir die Augen. Er wiegt mich wie eine Prinzessin in seinen Armen. Ich sehe Sterne. *Wann sind wir aufgetaucht?* Billionen schöner Sterne an einem klaren Nachthimmel. Fischprinz-Charming hält mich fest. Es ist wahrscheinlich der romantischste Moment meines Lebens.

Galen ruiniert ihn, indem er knurrt: »Ich dachte, du wärst tot. Zum zweiten Mal.«

»Tut mir leid.« Das ist alles, was mir einfällt. »Oh ja, und: Danke, dass du mich gerettet hast.«

Er schüttelt den Kopf. Offensichtlich bin ich nicht mit Reden dran.

»Ich wache auf und du bist weg«, sagt er mit zusammengepresstem Kiefer. »Und dann gehst du nicht an dein Handy.«

Ich öffne den Mund, aber seine Augen weiten sich. *Ich bin also immer noch nicht an der Reihe.*

»Ich habe dir gesagt, dass du niemals allein ins Wasser gehen darfst …«

Das ist mein Stichwort. »Ich nehme keine Befehle entgegen, Hoheit.« Ups, an seinem zornigen Blick kann ich erkennen, dass das nicht gerade klug gewesen ist.

Er atmet mehrmals tief durch. Dann noch ein paarmal. Ich warte nur darauf, dass er anfängt zu hyperventilieren. Aber er fängt nicht an. Stattdessen packt er mein Kinn. Fest. Während er meinen Mund beäugt, wird seine Miene sanfter. Er lässt mein Kinn wieder los und späht neben uns ins Wasser.

Dann zieht er uns in die Tiefe.

Er hält mich immer noch wie eine Braut, die über die Schwelle getragen wird, während wir schneller als ein frei fallender Aufzug hinabschießen. Aber es ist das *Ich-weiß-etwas-das-du-nicht-weißt*-Grinsen auf seinem Gesicht, das mich beinahe dazu bringt, mich aus seinen Armen zu winden.

Endlich halten wir an. Er nickt über meinen Kopf hinweg und dann nimmt er seine Tarngestalt an. Aus Erfahrung graut mir davor, mich umzudrehen. Und ich habe recht. Ich presse mich gegen Galen, aber er lässt nicht zu, dass ich mich hinter ihn flüchte. Ein Wal. Ein gigantisches Exemplar. Und dank Galens Tarnung bin ich die Einzige, die er sehen kann. »Was hast du vor, Galen? Bring mich hier weg.«

»Du bist diejenige, die schwimmen gehen wollte. Allein. Hast du deine Meinung geändert?«

»Ich habe mich entschuldigt.«

»Du hast auch gesagt, dass du keine Befehle entgegennimmst …«

»Ich hab nur einen Witz gemacht.« Ha, ha, ha.

Er kichert und wird wieder sichtbar. »Er wird dir nichts tun, Emma.«

»Er kommt näher, Galen.«

»Er ist neugierig.«

»Du meinst neugierig, wie ich schmecke?« Und warum bringt Galen uns nicht schon längst im Eiltempo von hier weg? Lektion gelernt!

»Nein.« Er lacht. »Obwohl ich selbst darauf brenne, das herauszufinden.«

Ich wirbele zu ihm herum. »Das ist nicht witzig. *Du* kannst dich wenigstens hinter deine Tarnung verdrücken. Bring mich weg. Bitte.«

Er schüttelt den Kopf. »Er wird dir nichts tun. Er ist ein Knubbi. Menschen nennen ihn Pottwal. Pottwale ernähren sich größtenteils von Tintenfischen. Ich habe noch nie von einem gehört, der unsere Art angegriffen hätte. Er ist nur auf Erkundungstour – ich schwöre es.« Mit einer Hand dreht er mich in seinen Armen um. Das gigantische Tier ist so nah, dass ich seine Augen sehen kann. Sie sind ungefähr so groß wie mein ganzer Kopf. »Sprich mit ihm«, flüstert Galen.

Ich keuche auf. »Hast du den Verstand verloren?« Das Zittern in meiner Stimme passt zum Zittern meines Körpers. Galens Nase, die meinen Hals anstupst, beruhigt mich … ein wenig.

»Emma, sprich mit ihm. Sag ihm, dass wir ihm nicht wehtun werden.«

Wir werden *ihm* nicht wehtun? »Sag du es ihm. Du bist hier der Fisch.«

»Emma, er versteht nur dich. Mich nicht.«

»Galen, lass uns gehen. Bitte. Ich werde alles tun, was du willst. Ich werde nie wieder ohne deine Erlaubnis einen Fuß ins Wasser setzen. Nie und nimmer.«

Er dreht mich wieder zu sich um und hebt mein Kinn mit seinem Daumen an. »Hör mir zu, Emma. Ich würde niemals zulassen, dass dir etwas zustößt. Ich versuche, dir zu zeigen, wie außergewöhnlich du bist. Aber du musst dich beruhigen.«

Er umfasst mein Gesicht und erlaubt mir nicht, mich abzuwenden. Er sieht mir fest in die Augen und streichelt mein Haar. Streift mit seinen Fingern über meine Wange. Presst seine Stirn an meine. Nach ungefähr einer Minute beruhige ich mich tatsächlich. Er lächelt. »Du hast aufgehört zu zittern.«

Ich nicke.

»Bist du bereit, dich umzudrehen?«

Ich schlucke unwillkürlich. »Ist er nah?«

Galen nickt. »Er ist direkt hinter dir. Emma, wenn er dich fressen wollte, hätte er es längst getan. Du hast nur Angst vor ihm, weil er so groß ist. Sobald du diese Angst überwindest, ist es so, als würdest du mit einem Goldfisch sprechen.« Ich bekomme keine Chance, über den Vergleich nachzudenken, weil er mich so schnell herumwirbelt, dass es sowohl mich als auch Goliath erschreckt. »Sprich mit ihm, Emma.«

»Was sage ich denn zu einem Wal, Galen?«, zische ich.

»Sag ihm, er soll näher kommen.«

»Ganz bestimmt nicht.«

»Na schön. Sag ihm, er soll sich zurückziehen.«

Ich nicke. »Alles klar. Okay.« Ich verschränke die Finger, damit ich mir die Hände nicht wund knete. Neben meinem Entsetzen wird mir der Irrsinn dieser Situation bewusst. Ich stehe im Begriff, einen Fisch von der Größe meines Hauses darum zu bitten, die Kurve zu kratzen. Weil Galen, der Fischmann hinter mir, die Pottwal-Sprache nicht beherrscht. »Ähm, kannst du bitte etwas Abstand halten?«, frage ich. Ich klinge höflich, als bäte ich ihn um eine kleine Spende für wohltätige Zwecke.

Einige Sekunden später fühle ich mich besser, weil Goliath sich nicht rührt. Es beweist, dass Galen keine Ahnung hat, wovon er redet. Es beweist, dass dieser Wal mich nicht verstehen kann, dass ich nicht so eine Art

Schneeweißchen des Ozeans bin. Nur dass Goliath dann *doch* anfängt, sich umzudrehen.

Ich schaue mich zu Galen um. »Das ist nur Zufall.«

Galen seufzt. »Du hast recht. Wahrscheinlich hat er uns irrtümlich für einen Verwandten gehalten oder so. Sag ihm, er soll etwas anderes tun, Emma.«

»Galen, können wir nicht einfach ...«

»Sag es ihm.«

Goliath ist ein wenig auf Abstand gegangen. Jetzt sieht er nur noch so groß aus wie ein einziger Schulbus, nicht mehr wie drei. Die kleine fächernde Bewegung, mit der sein riesiger Schwanz ihn wegbewegt, erinnert mich an eine Fahne, die träge in einer sanften Brise hin und her weht. »Warte«, rufe ich. »Komm zurück. Du brauchst nicht fortzugehen.«

Als der Wal innehält, als er umdreht und schwerfällig wieder auf uns zuwalzt, verflüchtigen sich meine Zweifel. Goliath kommt uns so nah, dass uns sein Maul aufsaugen könnte, wenn er es öffnen würde. Er ist hässlich. Seine riesige Birne sieht aus, als hätte er einen Bommel auf dem Kopf. Und er hat vergessen, Zahnseide zu benutzen; aus seinem Mundwinkel zappelt ein Tintenfischtentakel, der so groß ist wie mein Arm. Hoffentlich lebt das Ding nicht mehr.

Aber ich habe keine Angst mehr. Galen hat recht. Wenn Goliath uns fressen wollte, hätte er es längst getan. Seine riesigen Augen wirken sanft. Keine Spur von der stumpfen Leere, die ich erwartet habe. Nicht wie der starre, geistlose Blick des Hais.

»Sprich mit ihm«, murmelt Galen wieder und verstärkt seinen Griff um meine Taille.

Aber ich will mehr als das. Galen lässt mich aus seinen Armen gleiten, hält mich jedoch zur Sicherheit noch am Handgelenk fest. Mit meiner freien Hand berühre ich Goliaths Nase – oder zumindest die Umgebung seiner Nase. »Ich hatte Angst vor dir, weil ich dachte, du würdest uns fressen«, erzähle ich ihm. »Aber du wirst uns nicht fressen, nicht wahr?«

Ich erwarte nicht, dass Goliath jetzt anfängt, mit französischem Akzent zu sprechen oder so. Aber ein kleiner Teil von mir erwartet irgendwie doch, dass er auf die eine oder andere Weise mit mir kommunizieren wird. Dennoch, die Art, wie er sich friedlich in der Strömung bewegt, spricht Bände. Er ist nicht angespannt oder regungslos wie eine Kobra, kurz bevor sie angreift. Er ist ruhig, neugierig, gelassen.

»Hör zu. Wenn du verstehen kannst, was ich sage, dann möchte ich, dass du in diese Richtung wegschwimmst«, sage ich und deute nach rechts, »und dann hierher zurückkommst.« Goliath macht genau das, was ich ihm sage. Un-fass-bar.

Mein neuer Freund folgt uns an die Oberfläche, als sich meine Lunge langsam wieder zuschnürt. Auf dem Weg nach oben deutet Galen auf verschiedene andere Fische.

Er will sehen, ob sie alle mich verstehen. Als wir vorbeischwimmen, rufe ich meine Anweisungen: »Schwimmt in diese Richtung, schwimmt im Kreis. Schwimmt schnell, schwimmt langsam, schwimmt gerade nach unten.« Sie alle gehorchen.

Als ich – und Goliath – Sauerstoff tanken, umgeben uns genügend Fische, um einen Swimmingpool von oben bis unten zu füllen. Einige springen aus dem Wasser. Andere knabbern an meinen Zehen. Wieder andere schwimmen durch meine Beine oder zwischen mir und Galen hindurch.

Sie folgen uns bis zum Ufer. So viele Fische flitzen in das seichte Wasser, dass die Oberfläche aussieht, als würde Regen daraufprasseln. Wir sitzen am Strand und beobachten sie beim Spielen. Doch als die Seemöwen auf sie aufmerksam werden, siegt der Selbsterhaltungstrieb über ihre Neugier, und mein Fanklub schwindet.

»Also«, sage ich und wende mich Galen zu.

»Also«, antwortet er.

»Du hast gesagt, ich sei außergewöhnlich. Wie außergewöhnlich bin ich denn nun?«

Er holt Luft und stößt den Atem langsam wieder aus. »Sehr.«

»Wie lange weißt du schon, dass ich ein Fischflüsterer bin?« Er kapiert meinen Scherz nicht. Aber zumindest versteht er meine Frage.

»Erinnerst du dich, als ich dir erzählt habe, dass Dr. Milligan dich im Gulfarium gesehen hat?«

Ich nicke. »Du hast gesagt, er hätte meine Augenfarbe bemerkt und gedacht, dass ich eine von euch bin.«

Galen reibt sich den Nacken und will mir nicht in die Augen sehen. »Das ist so ziemlich die Wahrheit. Deine Augenfarbe ist ihm aufgefallen. Vor allem weil Syrena nicht mit Menschen verkehren sollten.« Er grinst. »Aber wirklich erstaunt hat es ihn, wie die Fische auf dich reagiert haben. Er hat gesagt, du hättest eine Art Unterhaltung mit ihnen geführt. Mit ihnen allen.«

Also war es nicht bloß Einbildung. Kein Zufall. Ich habe mir eingeredet, die Tiere wären darauf trainiert, freundlich zu den Besuchern zu sein. Aber habe ich denn nicht bemerkt, dass sie nicht zu allen freundlich gewesen sind? Habe ich nicht bemerkt, dass sie mich ausgewählt haben, dass sie ausschließlich mir ihre Aufmerksamkeit geschenkt haben? Doch, ich habe es bemerkt. Ich wollte mir nur nicht eingestehen, dass es etwas bedeuten könnte. Warum sollte ich auch? Was *bedeutet* es denn? Und warum hat Galen mir das nicht schon früher erzählt? »Du hast mir das vorenthalten. Warum? Weiß Toraf es? Und Rayna? Und warum kann ich mit Fischen reden, Galen? Obwohl du es nicht kannst? Und wenn Dr. Milligan gesehen hat, dass ich es im Gulfarium gemacht habe, dann konnte ich es also schon, *bevor* ich mir den Kopf angeschlagen habe. Was bedeutet das? Was bedeutet das alles?«

Er lacht leise. »Welche Frage soll ich zuerst beantworten?«

»Warum hast du es mir vorenthalten?«

»Weil ich wollte, dass du dich langsam an die Tatsache gewöhnst, dass du nicht menschlich bist. Du musst zugeben, dass es ziemlich viel gewesen wäre, das alles gleichzeitig zu verdauen.«

Für eine Minute grübele ich darüber nach. Irgendetwas daran stimmt nicht so ganz, aber was soll ich darauf sagen? Er hat recht, selbst wenn er lügt. Ich nicke. »Schätze, das macht Sinn. Also, was ist mit Toraf und Rayna? Wissen sie Bescheid?«

»Toraf weiß es. Rayna nicht. Und übrigens, wenn du willst, dass sich etwas wie ein Mahlstrom verbreitet, erzähl es einfach Rayna.«

»Warum willst du nicht, dass sie anderen Syrena von mir erzählt?«

»Weil das, was du hast, eine Gabe der Generäle ist. Die Gabe Poseidons. So gesehen bist du mein Feind.«

Ich nicke, ohne zu verstehen. »Aha. Was?«

Er lacht. »Als die Generäle vor vielen Jahrtausenden ihren Friedensvertrag schlossen, haben sie Vorkehrungen getroffen, um das Überleben der Syrena sicherzustellen. Deshalb besitzt jedes Haus eine andere Gabe. Deine zeigt, dass du aus dem Haus Poseidon stammst.«

»Ist das der Grund, warum du mich aus dem Wasser schickst, wenn du jemanden in der Nähe spürst? Weil du in Schwierigkeiten kommen könntest, wenn du mit mir herumhängst?«

Er nickt nachdenklich. »Du könntest genauso in Schwierigkeiten geraten. Vergiss nicht, dass dein Haus am Ufer des Hoheitsgebietes von Triton liegt.«

Also sind wir Feinde. Die Schlacht in seinem Geist findet nicht zwischen Gut und Böse statt, sondern zwischen dem Haus Triton und dem Haus Poseidon. Was mir im Prinzip herzlich egal sein könnte. Aber ich kann nicht ändern, wer ich bin, und er kann es auch nicht. Wenn er mich nicht küssen will, weil ich von Poseidon abstamme, will *ich* das dann überhaupt? *Yep, yep, yep, das will ich.*

Nachdem ich beinahe wieder knallrot anlaufe, weil ich zu lange darüber nachgedacht habe, Galen zu küssen, beschließe ich, eine etwas neutralere Frage zu stellen, um mir die Hitze vom Leib zu halten. »Aber wie sichert das Reden mit den Fischen unser Überleben?« *Habe ich gerade »unser« gesagt?*

Galen räuspert sich. »Also ... wer die Gabe Poseidons besitzt, kann sicherstellen, dass wir immer etwas zu essen haben.«

Ich schlucke die Galle, die mir auf der Stelle hochkommt, herunter und schüttele den Kopf. »Du meinst, dass ich mit den Fischen reden kann ... um sie zu töten ... und zu essen ...«

Galen nickt. »Vielleicht wirst du deine Gabe dafür auch gar nicht nutzen müssen. Im Moment haben wir reichlich zu essen. Aber ich denke, die Generäle müssen vorhergesehen haben, dass die Menschen ihre Grenzen überschreiten und in die Gewässer vordringen würden. Ich denke, irgendwann einmal, vielleicht sogar schon in ein paar Jahrzehnten, werden wir die Gabe Poseidons brauchen, um uns zu ernähren.«

Ich hoffe, ich sehe nicht so übel aus, wie ich mich fühle. »Die Generäle hätten keinen schlechteren Kandidaten für *diese* Gabe wählen können!« Dass ich mir den Magen halte, hindert ihn nicht daran, verrücktzuspielen. Ich kann mir nicht vorstellen, mich mit Goliath anzufreunden und ihn dann zu den Syrena zu führen, damit sie ihn essen können. Aber ich kann mir auch nicht vorstellen, Galen oder Toraf verhungern zu lassen. Wahrscheinlich nicht mal Rayna. *Es wird Zeit, meine neuen Freunde mit der Welt von Pizza bekannt zu machen …*

»Die Generäle sind tot, Emma. Sie haben dich nicht auserwählt. Es ist eine Gabe, die innerhalb eines Stammbaums weitergegeben wird. Dr. Milligan nennt es Genetik.«

Genetik bedeutet, dass meine Eltern nicht wirklich meine Eltern sind. Ich weiß. Galen hat das Thema immer wieder aufgebracht, aber ich kann es immer noch nicht akzeptieren. Ich kann diese Möglichkeit aber auch nicht völlig von der Hand weisen. Vor allem, nachdem ich gerade eine Sinfonie der Fische dirigiert habe. Wie würde ich eigentlich das Gespräch mit meiner Mom darauf lenken? »Also, Galen denkt, du hast mich während der letzten achtzehn Jahre belogen.« Selbst wenn ich es nicht direkt ausspreche, läuft es doch immer darauf hinaus. Und wenn sie fragt, wie ich auf so eine Idee komme? »Schön, ich habe vor Kurzem entdeckt, dass ich fast zwei Stunden lang die Luft anhalten und Fischen sagen kann, was sie tun sollen. Irgendwie ist mir aufgefallen, dass du das nicht kannst.« Yeah, das läuft nicht. Es muss einen anderen Weg geben ... »Hey?« Ich schreie beinahe und erschrecke Galen. »Ist das nicht Rachels Spezialität? Sachen finden? Sie könnte nachforschen, wo ich eigentlich herkomme.«

»Das hat sie bereits getan.«

»Was meinst du damit? Hat sie mein Strafregister überprüft oder irgend so was? Ich rede davon, richtig tief zu schürfen ...«

»Auf deiner Geburtsurkunde steht, dass du in einem Krankenhaus zur Welt gekommen bist. Deine beiden Eltern haben sie unterzeichnet und der diensthabende Arzt. Er ist zufällig ein College-Professor, der jetzt angehende Ärzte darin unterrichtet, wie man Menschen zur Welt bringt. Rachel hat in einer Zeitung auch ein Bild von deinem Vater und deiner Mutter gefunden, wie sie einen Preis feiern, den er bekommen hat. Deine Mutter war auf dem Bild schwanger. Dem Datum des Artikels nach kann man davon ausgehen, dass sie dich unter dem Herzen getragen hat.«

Mein Mund steht offen, ohne dass ich ein Wort herausbekomme. Galen bemerkt es nicht und fährt fort: »Deine

Schulakte bezeugt, dass du vom Kindergarten bis heute öffentliche Einrichtungen besucht hast und sich deine Adresse nie geändert hat. Deine Krankenakte geht als menschlich durch, obwohl du nie die Windpocken gehabt hast. Du hast dir den Arm gebrochen, als du vier Jahre alt warst. Du wurdest nie operiert und deine Impfungen sind auf dem neuesten Stand …«

»Omeingott!«, brülle ich und stehe auf. Ich trete so viel Sand nach ihm, wie ich kann. »Das geht sie nichts an und dich auch nicht! Sie hat kein Recht …«

»Du hast doch gerade gesagt, dass sie richtig tief schürfen soll«, wendet er ein und steht ebenfalls auf. »Ich dachte, es würde dich freuen, dass wir das schon gemacht haben.«

»Ihr seid in meine Privatsphäre eingedrungen!«, sage ich, während ich in meine Flipflops schlüpfe und auf das Hotel zustapfe. Hitze umhüllt mein Handgelenk, als er mich zurückreißt.

»Emma, beruhige dich. Ich musste doch wissen …«

Ich halte ihm meinen Zeigefinger vors Gesicht und berühre beinah seinen Augapfel. »Es ist eine Sache, wenn ich dir die Erlaubnis gebe, der Angelegenheit auf den Grund zu gehen. Aber eine ganz andere, es ohne meine Zustimmung zu tun. Ich bin mir ziemlich sicher, dass das illegal ist. Ich bin sogar felsenfest überzeugt davon, dass *alles*, was diese Frau tut, illegal ist. Weißt du eigentlich, was die Mafia ist, Galen?«

Er zieht überrascht die Augenbrauen hoch. »Sie hat dir erzählt, wer sie ist? Ich meine, wer sie war?«

Ich nicke. »Während du Grom besucht hast. Einmal Mafia, immer Mafia, wenn du mich fragst. Wo hätte sie denn sonst das ganze Geld her? Aber ich schätze, dich interessiert das gar nicht, weil sie dir Häuser und Autos und gefälschte Ausweise besorgt.« Ich reiße mein Handgelenk von ihm los und drehe mich wieder zum Hotel. Zumindest hoffe ich, dass es unser Hotel ist.

Galen lacht. »Emma, es ist nicht Rachels Geld; es ist meins.«

Ich wirbele zu ihm herum. »Du bist ein Fisch. Du hast keinen Job. Und ich glaube nicht, dass auf der Währung der Syrena irgendeiner unserer Präsidenten drauf ist.« Jetzt bedeutet »unser«, dass ich wieder menschlich bin. Ich wünschte, ich könnte mich entscheiden.

Er verschränkt die Arme. »Ich verdiene es auf andere Weise. Komm mit mir zum Gulfarium, ich werde dir erzählen wie.«

Diese Verlockung spaltet mich wie die Axt ein Holzscheit. Ein Teil von mir steht kurz vor einem Wutanfall, der andere kurz davor, schwach zu werden. Ich habe das Recht, sauer zu sein, Anschuldigungen vorzubringen, Rachel das Haar abzuschneiden, während sie schläft. Aber will ich wirklich ein Risiko eingehen? Vielleicht hat sie eine Waffe unterm Kissen? Will ich mir die Gelegenheit entgehen lassen, meine Zehen im Sand zu vergraben und

Galens voller Stimme zuzuhören, wie sie mir erzählt, wie ein Fisch zu Wohlstand kommen kann? Nein, ganz bestimmt nicht.

Ich ramme ihn absichtlich mit der Schulter, als ich an ihm vorbei- und hoffentlich in die richtige Richtung marschiere. Als er mich einholt, verscheucht sein Grinsen den letzten Rest meines Wutanfalls. Ich wende mich ab und fixiere die Wellen.

»Ich verkaufe den Menschen Sachen«, erklärt er.

Ich schaue ihn an. Sein Gesichtsausdruck ist mindestens so, wie meiner sein müsste. Ich hasse dieses Spielchen. Kein Wunder, ich bin ja auch nicht gut darin. Er wird mir nicht mehr verraten, wenn ich nicht nachfrage. Neugier ist meine unheilbarste Schwäche – und Galen weiß es ganz genau.

Trotzdem habe ich schon einen ordentlichen Wutanfall heruntergeschluckt und finde, dass er mir etwas schuldet. Es spielt keine Rolle, dass er mir heute das Leben gerettet hat. Das ist schon *zwei* Stunden her. Ich recke das Kinn nach vorne.

»Rachel sagt, dass ich ein Millionär bin«, bemerkt er, und sein wissendes Grinsen kratzt an meinen Nerven wie ein Glitzi-Schwamm. »Aber für mich geht es nicht um Geld. Genau wie du habe ich eine Schwäche für Geschichte.«

Mist, Mist, Mist. Wie kann er mich nur schon so gut kennen? Offensichtlich bin ich ein offenes Buch für ihn.

Aber was soll's? Er wird gewinnen, jedes Mal. »Was für Sachen? Welche Geschichte?«

Da ist es wieder, dieses Lächeln, mit dem er mir eine Gehirnwäsche verpasst. »Ich berge Sachen, die auf See verloren gegangen sind, und verkaufe sie den Menschen«, sagt er und verschränkt die Hände hinter dem Rücken. »Wenn sie zu groß für mich sind, wie alte Kriegs-U-Boote oder Flugzeuge, teile ich den menschlichen Regierungen den Standort mit – zu einem gewissen Preis. Rachel regelt natürlich den ganzen juristischen Kram.«

Ich blinzele ihn an. »Wirklich?«

Er zuckt die Achseln voller Unbehagen, als würde ihn meine volle Aufmerksamkeit plötzlich nervös machen. »Ich habe auch einige private Käufer. Wir sprechen erst sie an, weil sie normalerweise mehr bezahlen als die meisten Staaten.«

»Was ist mit Schiffswracks? Piratenschätzen?« Die Möglichkeiten sind endlos – oder zumindest nur durch die Grenzen des Hoheitsgebietes von Triton eingeschränkt, das sich vom Golf von Mexiko bis genau in die Mitte des Indischen Ozeans erstreckt.

Er nickt. »Jede Menge. Mein größter Fund war eine ganze spanische Flotte voller Gold.«

Ich schnappe nach Luft. Er tritt von einem Fuß auf den anderen. Mir kommt der Gedanke, dass ich und Rachel vielleicht die Einzigen sind, denen er es erzählt hat. »Wie viel Gold? Haben sie dich gefragt, wie du es gefunden hast? Wo war es?« Meine Fragen blubbern heraus wie geschüttelte Limo.

Er kneift sich in den Nasenrücken, dann lacht er. »Rachel hat alles auf dem Computer abgespeichert, auch Bilder. Wenn du willst, kannst du dir alles ansehen, wenn wir nach Hause kommen.«

Ich klatsche wie ein dressierter Seehund. Und ignoriere das Flattern in meinem Bauch, als er »nach Hause kommen« sagt, als ob *Zuhause* wirklich an Land sein könnte.

18

Ein Wachmann lässt sie ins Gulfarium und führt sie in die Ausstellung *Das lebendige Meer*, wo sie auf Dr. Milligan warten sollen. Voller Ehrfurcht nähert sich Emma dem vom Boden bis zur Decke reichenden Wasserbecken und klopft gegen das Glas. Galen tritt zurück und lehnt sich an die Wand. Er beobachtet, wie sie die Tropenfische anlockt, die um ihre Aufmerksamkeit wetteifern. Eine Seeschildkröte kommt träge angezockelt, um sich die Sache genauer anzusehen.

Emma geht vor dem Glas auf und ab und fährt mit der Hand über die Oberfläche. Das Becken verwandelt sich in einen riesigen bunt gemischten Fischschwarm. Stachelrochen, Seeschildkröten, Aale. Mehr Fischarten als in Rachels Meeresfrüchte-Überraschungs-Auflauf. Sogar ein kleiner Hai schließt sich der Parade an.

»Sie ist umwerfend.«

Galen dreht sich zu Dr. Milligan um, der neben ihm steht und Emma ansieht, als schwebe sie in der Luft. »Ja, das ist sie«, stimmt Galen zu.

Dr. Milligan lächelt Galen wissend an. »Sieht so aus, als hätte sie nicht nur die *kleinen* Fische verzaubert. Sieht vielmehr so aus, als hätte es dich schlimmer erwischt als alle anderen, mein Junge.«

Galen zuckt die Achseln. Er hat nichts vor Dr. Milligan zu verbergen.

Dr. Milligan stößt pfeifend den Atem aus. »Was sagt Rayna?«

»Sie mag sie.« Der gute Doktor hebt eine schmale, graue Augenbraue. Galen seufzt. »Zumindest ausreichend.«

»Hm, mehr kann man nicht verlangen, nehme ich an. Wollen wir dann?«

Galen nickt. »Emma, Dr. Milligan ist hier.«

Emma dreht sich um. Und erstarrt. »Sie!«, stößt sie mit erstickter Stimme hervor. »*Sie* sind Dr. Milligan?«

Der ältere Mann verneigt sich. »Ja, junge Dame, der bin ich. Dann erinnern Sie sich also an mich?«

Sie nickt und geht langsam auf die beiden zu, als wittere sie eine Falle. »Sie wollten mir eine Freikarte für die ganze Saison geben. Sie haben mich am Streichelbecken angesprochen.«

»Ja«, sagt er. »*Natürlich* habe ich Ihnen eine Saisonkarte angeboten. Wie könnte ich denn sonst Ihr faszinierendes Zusammenspiel mit den verschiedenen Arten studieren?«

Sie verschränkt die Arme. »Zu diesem Zeitpunkt wusste ich noch nicht, dass ich mit Fischen reden kann. Wie haben Sie es herausgefunden?«

»Zuerst wusste ich es nicht«, sagt er und überwindet die Distanz zwischen ihnen, bevor er sanft ihre Hand ergreift. »Aber als ich Ihre Augenfarbe sah, war mir klar, dass Sie eine Syrena sein müssen. Ich erinnerte mich daran, dass Galen mir von dieser Gabe erzählt hat, aber ich habe es nie geglaubt. Was dumm ist, nehme ich an. Ich meine, wenn ich an Meerjungfrauen glaube – ähm, entschuldige bitte, Galen, *Syrena* –, warum dann nicht auch an eine solche Gabe?«

»Und was denken Sie jetzt, Dr. Milligan?«, fragt Galen ein wenig beunruhigt über die Eröffnung, dass sein Freund gedacht hat, er habe gelogen. Außerdem war die Sache mit den »Meerjungfrauen« völlig überflüssig.

Dr. Milligan lacht leise und streichelt Emmas Hand. »Ich denke, ich nehme alles zurück, wie immer. Emma, wie wäre es mit einer privaten Führung?«

Sie nickt und die Aufregung tanzt in ihren Augen.

Sie folgen Dr. Milligan in den Flur und zu einer Treppe. Er führt sie zu jedem Ausstellungsstück und sprudelt Tatsachen und Statistiken zu jedem Tier herunter. Und jede einzelne Kreatur erinnert sich an Emma. Die Seelöwen nicken mit dem Kopf und machen ein Geräusch, das nur Emma charmant finden könnte. Die Otter machen das Gleiche. Selbst die Alligatoren reagieren auf ihr Kommando und drehen sich wie Synchronschwimmer im Kreis.

Der Doktor führt Galen und Emma schließlich in eine Ausstellung namens *Dünenlagune*. Er erklärt ihnen, dass es sich dabei um einen Schutzraum für verletzte Vögel handelt, die im Gulfarium versorgt werden. Emma geht umher, murmelt und spricht mit den geflügelten Geschöpfen. Aber keins von ihnen schert sich darum. Im Gegenteil scheinen sie viel aufgeregter zu sein, Dr. Milligan zu sehen. Eine Ente watschelt direkt an Emma vorbei und quakt Dr. Milligans Füße an. »Faszinierend«, findet er.

Emma lacht. »Es ist nichts Faszinierendes daran, zurückgewiesen zu werden.«

Dr. Milligan lächelt und holt einige braune Kügelchen aus seiner Tasche, die er vor der ungeduldigen Ente auf dem Boden verteilt. »Dieser Bursche weiß einfach über meine Leckerbissen Bescheid. Hören Sie, wie wäre es mit einem Besuch bei den Pinguinen?«

»Sind Pinguine nicht auch Vögel?«, fragt Emma. »Ich meine, ich weiß, sie können nicht fliegen oder so, aber sie sind doch trotzdem Vögel. Sie würden nicht auf meine Gabe reagieren, oder?«

Dr. Milligan nickt. »Wasservögel. Und es gibt nur eine Möglichkeit, es herauszufinden, nicht wahr?«

Die Pinguine lieben Emma. Sie watscheln umher, tauchen in ihrem Becken unter und wieder auf und rufen nach ihr. Sie lacht. »Sie klingen wie Esel!«

»Vielleicht können Sie auch mit Eseln reden«, lächelt Dr. Milligan.

Emma nickt. »Das kann ich. Manchmal ist Galen einer.«

»Das ist sehr verletzend, Emma«, sagt Galen und versucht, gekränkt zu wirken. Sie wirft ihm ein freches Grinsen zu.

Dr. Milligan lacht und führt sie zurück in den Flur. Durch die quadratischen Fenster, die die Innenwand durchsetzen, sind drei Delfine zu sehen, die mit ihnen Schritt halten. Sie kreischen Emma an, erpicht darauf, ihre Bekanntschaft zu machen. Neben dem Schild mit der Aufschrift DELFINSHOW deutet Dr. Milligan auf eine Treppe. »Wollen wir?«

Das obere Stockwerk ist eine offene Sonnenterrasse. Galen hat die Show schon einmal gesehen. Die hölzernen Tribünen stehen nah genug am Becken, dass die vordere Reihe nass wird. Was die in der Nase bohrenden Kleinen in Entzücken versetzt, vor allem wenn es im Sommer heiß ist. Galen ist froh, dass das Gulfarium bereits geschlossen hat.

Emma tritt an den Rand des Beckens und späht hinein. Sie lässt ihre Finger über das Wasser gleiten. Drei graue Köpfe tauchen auf und stoßen begeisterte Schreie aus. Kichernd beugt sich Emma vor und legt die Hand trichterförmig über ihren Mund. Die Tiere kommen näher, als wollten sie ein Geheimnis hören.

Die Köpfe verschwinden. Als sie wieder auftauchen, hat jeder von ihnen ein Spielzeug im Maul. Sie bringen Emma ihre Schätze. Einen schwarzen Ring von der Größe eines Hula-Hoop-Reifens und zwei Fußbälle. Sie reicht die Bälle an Galen weiter, dann nimmt sie den Reifen von dem kleinsten Delfin. »Wirf die Bälle in die Mitte, Galen. Mal sehen, ob sie gut in Basketball sind.«

Kichernd gehorcht Galen. Emma hält den Reifen über den Rand des Beckens. Die Delfine kreischen erwartungsvoll. »Scht«, mahnt sie. Sie verstummen und halten inne. »Versucht, den Ball durch den Reifen zu bekommen.«

Zwei der Köpfe verschwinden. Der dritte bleibt zurück und kreischt Emma an. Sie bringt ihn erneut zum Schweigen, gerade als einer der Bälle über die Wasseroberfläche und durch den Reifen in ihrer Hand springt. Dann fliegt der zweite hoch, verfehlt das Ziel aber und streift stattdessen Emmas Haar. »Mit dieser Nummer hättest du mir fast ein blaues Auge verpasst!« Aber sie lacht und rubbelt den Tieren zum Dank über die Schnauze.

»Du bist an der Reihe«, erklärt sie dem kleinsten Delfin. Sie holt beide Fußbälle von den Tribünen und wirft sie wieder in die Mitte des Beckens. »Los«, sagt sie und macht eine scheuchende Bewegung mit der Hand. Das Tier bleibt, wo es ist, mit leicht geöffnetem Maul, als würde es lächeln.

Emma dreht sich zu Dr. Milligan um. »Sieht so aus, als würde er nicht verstehen«, sagt sie.

Dr. Milligan schnaubt. »Oh, er versteht ganz genau. Er hört einfach nicht zu.«

Das passt Emma offenbar nicht. Sie bespritzt ihn mit Wasser. »Mach schon! Was ist los? Du wirst doch wohl nicht kneifen?«

Trotzdem rührt er sich nicht vom Fleck und reißt seinen Kopf herum, als wolle er streiten. Sein Kreischen hört sich selbst in Galens ungeschulten Ohren widerborstig an. Das arme Geschöpf begreift nicht, wie nah Emma dran ist, ihm einen Klaps mit dem Fuß zu verpassen, aber Galen kennt diese angespannte, ungeduldige Haltung nur zu gut. Genau die gleiche Haltung, die sie ihm gegenüber gezeigt hat, als sie sich hier am Strand zum ersten Mal begegnet sind. Genau die gleiche Haltung, die sie Toraf gegenüber eingenommen hat, als sie Rayna anbot, bei ihr zu leben. Oder gegenüber Rachel, als sie die Flitterwochensuite für sie beide gebucht hat.

Gerade als Galen beschließt einzugreifen, fällt die Anspannung von Emmas Schultern ab. »Oh«, sagt sie leise. Sie streift ihre Flipflops ab und hievt sich auf den kalten blauen Betonrand des Beckens.

»Emma«, sagt Galen warnend, obwohl er sich nicht sicher ist, wovor genau er sie warnen will. Er und Dr. Milligan tauschen einen Blick.

»Alles in Ordnung, Galen«, sagt sie, ohne sich umzudrehen. Sie lässt die Beine in einem langsamen, beruhigenden Rhythmus im Wasser hin- und herschwingen. Die beiden größeren Delfine kommen sofort zu ihr, stupsen ihre Füße an und wühlen das Wasser um sie herum auf. Aber es ist der kleinste Delfin, der ihre Aufmerksamkeit quer über das Becken auf sich zieht, obwohl er gar nichts tut. Zögernd bewegt er sich zentimeterweise auf sie zu. Als sie die Hand nach ihm ausstreckt, taucht er unter und schießt auf der anderen Seite des Beckens wieder hoch. Emma dreht sich zu Galen und Dr. Milligan um und sagt: »Er vertraut uns nicht. Uns Menschen, meine ich.«

»Hm«, macht Dr. Milligan. »Was bringt Sie zu dieser Feststellung?«

»Sein Verhalten.« Emma legt den Kopf schräg. »Sehen Sie, wie er die Schnauze unter Wasser hält? Die beiden anderen strecken den Kopf ganz heraus. Aber er tut das nicht. Fast so, als würde er mit dem Gedanken spielen, abzuhauen. Und seine Augen. Er hat nicht diesen kecken Ausdruck wie die anderen. Seine Augen sehen ausdruckslos aus, leer. Aber nicht desinteressiert, das nicht.« Sie spritzt etwas Wasser in seine Richtung, sodass ein paar Tröpfchen auf seiner Nase landen. Er zuckt nicht einmal. »Nein, er ist definitiv neugierig. Er ist einfach … na ja, er ist traurig, denke ich.«

»Wissen Sie, ich glaube, Sie haben recht«, sagt Dr. Milligan, während sein Gesichtsausdruck irgendwo zwischen Bewunderung und Ungläubigkeit schwankt.

»Ich bin mir nicht sicher, ob Sie sich daran erinnern, aber bei Ihrem Besuch im Sommer war er nicht hier. Er ist vor einigen Wochen am Ufer drüben in Panama City gestrandet. Er ist der einzige, der nicht in Gefangenschaft geboren wurde. Wir haben ihn Lucky genannt. Aber ich schätze, er würde widersprechen.«

Emma nickt. »Es gefällt ihm hier nicht. Warum ist er gestrandet?« Inzwischen hat Lucky sich näher an Emma herangetraut. Sie streckt eine Hand nach ihm aus, nicht um ihn zu streicheln, sondern als Einladung, dass er sie zuerst berühren darf. Nach einigen unentschlossenen Sekunden schmiegt er seine Nase in ihre Hand.

»Das wissen wir nicht. Er war nicht krank oder verletzt und er ist relativ jung. Wie er von seiner Schule getrennt wurde, ist nicht klar.«

»Ich denke, dass Menschen etwas damit zu tun hatten, dass er gestrandet ist«, sagt sie. Galen ist überrascht über die Bitterkeit in ihrer Stimme. »Kann er jemals wieder nach Hause zurückkehren?«, fragt Emma, ohne aufzublicken. Die Art, wie sie Luckys Kopf krault, erinnert Galen daran, wie seine Mutter früher mit ihren Fingern Raynas Haar liebkost hat, um ihr beim Einschlafen zu helfen. Schon die bloße Berührung wirkte wie ein Schlaflied. Und jetzt sieht es so aus, als empfinde Lucky das Gleiche.

»Normalerweise nicht, meine Liebe. Aber ich werde sehen, was ich tun kann«, erwidert Dr. Milligan.

Emma schenkt ihm ein klägliches Lächeln. »Das wäre gut.«

Galen kann sich gerade noch bremsen, den Kopf zu schütteln. Wenn Dr. Milligan dieses Lächeln nur halb so viel bedeutet wie ihm, dann wird Lucky im Handumdrehen frei sein.

Nach einigen Minuten sagt Dr. Milligan: »Meine Liebe, ich hasse es zwar, Sie von hier loseisen zu müssen, aber vielleicht könnten wir jetzt in den Untersuchungsraum gehen.«

»Nun, sie hat definitiv dicke Haut, nicht wahr?« Dr. Milligan begutachtet nun schon die zweite Nadel, die er beim Versuch, in Emmas Ader einzudringen, verbogen hat. »Ich schätze, ich muss schwerere Geschütze auffahren.« Er wirft die Nadel in den Abfall, um in der obersten Schublade eines Edelstahlschranks zu stöbern. »A-ha. Das sollte genügen.«

Emmas Augen werden kreisrund wie Seeigel. Sie presst die Beine gegen die Oberfläche des Metalltisches, auf dem sie sitzt. »Das ist keine Nadel, das ist ein Strohhalm!«

Galen unterdrückt den Reflex, ihre Hand in seine zu nehmen. »Die benutzt er bei mir auch. Es tut nicht weh, es pikst nur ein wenig.«

Sie richtet ihre riesigen violetten Augen auf ihn. »*Du* lässt dir von ihm Blut abnehmen? Warum?«

Er zuckt die Achseln. »Es ist eine Art Tausch. Ich gebe

ihm Blutproben, die er untersuchen kann, und er informiert mich darüber, was seine Kollegen so treiben.«

»Was meinst du mit ›seine Kollegen‹?«

Galen hievt sich auf die Theke ihr gegenüber. »Dr. Milligan ist ein bekannter Meeresbiologe. Er hat den Überblick über alles, was unsere Art betreffen könnte. Du weißt schon, neue Forschungsinstrumente, Schatzjäger, solche Sachen.«

»Um dich zu beschützen? Oder nur um dafür zu sorgen, dass du den Schatz zuerst erreichst?«

Galen grinst. »Beides.«

»Hat noch jemand schon mal gesehen – AUTSCH!« Sie reißt ihren Blick von Galen los und richtet ihn prüfend auf ihren Arm, wo ihr Dr. Milligan Blut abnimmt und dabei entschuldigend lächelt. Emma funkelt erneut Galen an. »Es pikst nur ein bisschen, hm?«

»Es dient einem höheren Zweck, Engelfisch. Das Schlimmste ist überstanden. Du willst doch immer noch, dass er dir hilft, oder?« Mit seinem vernünftigen Tonfall macht sich Galen nicht gerade beliebter.

»Komm mir nicht mit ›Engelfisch‹. Ich habe zugestimmt, diese Untersuchungen durchführen zu lassen, aber ich werde mich nicht ausquetschen lassen wie einen Schwamm! AUTSCH!«

»Tut mir leid, nur noch ein weiteres Röhrchen«, flüstert Dr. Milligan.

Emma nickt.

Als Dr. Milligan fertig ist, reicht er ihr ein Stück Mull, das sie sich auf das Loch in ihrem Arm pressen kann. Darauf hat sich bereits Schorf gebildet. »Galens Blut gerinnt auch schnell. Sie brauchen den Mull wahrscheinlich nicht einmal festzuhalten.« Er legt ein halbes Dutzend Blutröhrchen in die Schüttelmaschine und drückt den Schalter herunter. Dann nimmt er eine kleine, weiße Schachtel von einem Regal und fragt: »Emma, haben Sie etwas dagegen, wenn ich Ihren Blutdruck messe?«

Sie schüttelt den Kopf, fragt aber trotzdem: »Warum haben Sie ein normales Blutdruckgerät in einem Tierkrankenhaus?«

Er kichert. »Weil *mein* Arzt sagt, dass ich meinen im Auge behalten muss.« Dr. Milligan klopft auf Emmas Knie. »Okay, jetzt entspannen Sie sich bitte, damit ich einen brauchbaren Wert bekomme.« Sie lockert folgsam ihre Beine, dann streckt sie den Arm aus. Dr. Milligan schüttelt den Kopf. »Nein, meine Liebe, die besten Ergebnisse bekomme ich immer an der Wade. Ich habe festgestellt, dass sich die Hauptarterie der Flosse in zwei Teile teilt, wenn Galen Menschengestalt annimmt. Ein Teil der Arterie ist dann in jedem Bein.«

Emma macht erneut große Augen. »Du hast behauptet, es tut nicht weh, sich zu verwandeln. Aber du hast ja auch behauptet, es würde nicht wehtun, wenn er mich mit diesem Strohhalm sticht.« Sie funkelt Galen böse an.

»Ich wette, dass es *doch* wehtut«, brummt sie. »Arterien, die sich in zwei Teile teilen.«

Gerade als Galen den Mund aufmacht, um zu antworten, sagt Dr. Milligan: »Hm. Das ist merkwürdig.«

»Was?«, fragen sie beide gleichzeitig. Emma beißt sich auf die Lippe. Galen verschränkt die Arme. Keinem von ihnen gefällt der Klang dieses »Hm«.

Die Manschette des Blutdruckgeräts lockert sich und Dr. Milligan steht auf. »Ihr Herzschlag ist nicht ganz so langsam wie der von Galen. Und Ihr Blutdruck ist nicht so niedrig wie seiner. Galen, wie wäre es, wenn du auf den Tisch hüpfst und mich noch mal deinen überprüfen lässt?«

Mühelos gleitet er von der Theke und auf den Metalltisch. Als der Doktor die kleine Manschette gegen eine größere austauscht, damit sie um seine muskulösere Wade passt, beugt sich Emma zu Galen vor. »Was bedeutet das?«, flüstert sie.

Er zuckt die Achseln und versucht, sich nicht von ihrem Duft betören zu lassen. »Ich weiß es nicht. Vielleicht gar nichts.«

Während die Manschette sich zuzieht, spürt Galen ein leichtes Pochen im Bein. Als die Manschette sich zischend wieder lockert, erhebt sich Dr. Milligan erneut. Er wirkt beunruhigt.

»Was ist los?«, fragt Galen, drauf und dran, den Doktor ins Koma zu schütteln, weil er nichts sagt. »Stimmt irgendetwas nicht?«

Als Emma scharf nach Luft schnappt, kann Galen sich nicht länger zurückhalten und ergreift ihre Hand.

»Oh nein. Ich würde nicht sagen, dass etwas nicht *stimmt*, nicht zwangsläufig. Emmas Herzschlag ist definitiv langsamer als der eines Menschen. Er ist nur nicht so langsam wie deiner.« Dr. Milligan stelzt zu einem hohen, rechteckigen Schrank voller Schubladen. Er zieht einen Notizblock heraus und fängt an zu blättern. »Ah«, sagt er, mehr zu sich selbst als zu seinen Gästen. »Scheinbar ist dein Herzschlag seit dem letzten Mal schneller geworden, mein Junge. Entweder das oder ich kann mein eigenes Gekritzel nicht mehr lesen.« Er blättert die Seite um. »Nein, ich bin mir sicher, das ist richtig. Dein Puls war bei den letzten zehn Messungen erheblich niedriger. Interessant.«

»Und das bedeutet was?«, fragt Galen mit zusammengebissenen Zähnen.

»Nun, Galen, jedes Herz hat üblicherweise eine endliche Anzahl von Schlägen, bis es eines Tages *aufhört* zu schlagen. Tiere mit einem langsameren Herzschlag leben länger. Nehmen wir zum Beispiel Meeresschildkröten. Obwohl sie die gleiche Anzahl von Schlägen haben wie jedes andere Herz, brauchen sie länger, um diese Anzahl zu erreichen. Das ist der Grund, warum Meeresschildkröten weit über hundert Jahre alt werden können. Ein menschliches Herz schlägt im Durchschnitt 2,5 Millionen Mal. Bei zweiundsiebzig Schlägen pro Minute liegt die normale menschliche Lebensspanne bei achtzig Jahren. Den Untersuchungen zufolge, die ich bei dir und Rayna gemacht habe, schlägt das durchschnittliche Syrena-Herz nur neunzehn Mal pro Minute. Also werdet ihr theoretisch ungefähr dreihundert Jahre brauchen, um 2,5 Millionen Herzschläge zu erreichen. Aber nach dieser letzten Messung, Galen, schlägt dein Herz momentan dreiundzwanzig Mal pro Minute. Irgendetwas hat deine Herzschlagfrequenz erhöht, mein Junge.«

»Dreihundert Jahre sind ungefähr richtig«, erwidert Galen und ignoriert Dr. Milligans vielsagenden Blick in Emmas Richtung. »Tatsächlich sind einige der Archive sogar über dreihundertzwanzig Jahre alt.«

»Wie oft pro Minute schlägt denn jetzt *mein* Herz?«, will Emma wissen.

Und dann versteht Galen. *Emmas Herz schlägt schneller als meins … sie wird vor mir sterben.* Jeder Muskel in seinem Körper scheint sich gegen ihn zu verschwören und zieht sich schmerzhaft zusammen. Er spürt es kommen, aber er kann nichts dagegen machen. Taumelnd erhebt er sich vom Tisch und schafft es kaum bis zum Waschbecken, bevor das Erbrochene überallhin explodiert. Die Masse ist zu viel für den Abfluss, selbst mit voll aufgedrehtem Wasserhahn. Die unkenntlichen Brocken vom Mittagessen tun ihr Übriges.

»Mach dir deswegen keine Sorgen, Galen«, flüstert

Dr. Milligan, während er ihm ein Papiertuch reicht. »Ich werde mich später darum kümmern.«

Galen nickt und lässt das Wasser aus dem Hahn in seinen Mund laufen, um die Überreste auszuspülen. Dann trocknet er sich mit dem Papiertuch Gesicht und Hände ab und trottet zum Tisch zurück. Allerdings lehnt er sich diesmal nur dagegen, statt sich draufzusetzen, nur für den Fall, dass er noch mal losrennen muss.

»Ist dir immer noch schlecht vom Flug?«, flüstert Emma.

Er nickt. »Dr. Milligan, was wollten Sie sagen?«

Der Doktor seufzt. »Es sind zweiunddreißig Schläge pro Minute.«

»Und in Jahren?«, hakt Galen nach. Sein Magen krampft sich erneut zusammen.

»Grob geschätzt? So um die einhundertfünfundsiebzig Jahre, denke ich.«

Galen kneift sich in den Nasenrücken. »Warum? Warum schlägt ihr Herz schneller als das anderer Syrena?«

»Ich wünschte, ich könnte es dir sagen, Galen. Aber wir beide wissen, dass Emma sich auch in anderen Dingen von dir unterscheidet. Ihr Haar und ihre Haut zum Beispiel. Vielleicht haben diese Unterschiede mit ihrer Unfähigkeit zu tun, Syrena-Gestalt anzunehmen.«

»Denken Sie, es hat etwas mit ihrer Kopfverletzung zu tun?«, fragt Galen.

Emma schüttelt den Kopf. »Das kann nicht sein.«

»Warum nicht?« Dr. Milligan verschränkt nachdenklich die Arme. »Galen meinte, Sie hätten sich ziemlich heftig gestoßen. Ich würde sagen, es ist zumindest vernünftig, die Möglichkeit in Betracht zu ziehen, dass Sie dabei etwas beschädigt haben könnten.«

»Sie verstehen nicht, Dr. Milligan«, erwidert Emma. »Bevor ich mir den Kopf gestoßen habe, hatte ich *überhaupt* keine Syrena-Fähigkeiten. Der Schlag auf den Kopf war es, der alles verändert hat. Außerdem bin ich schon mein Leben lang so weiß wie der Mond. Das hat nichts mit einer Gehirnerschütterung zu tun.«

»Das stimmt«, pflichtet Galen ihr bei. »Aber du konntest den Atem schon sehr lange anhalten, *bevor* du dir den Kopf gestoßen hast. Und die Gabe hattest du auch schon vorher. Vielleicht waren die Fähigkeiten von Anfang an da, und du hast nur nie gewusst, wie du sie nutzen kannst.« *Blöd, blöd, blöd.* Der verletzte Ausdruck auf ihrem Gesicht bestätigt seinen Fehler.

»Der Tag, an dem Chloe starb«, sagt sie leise.

Er nickt langsam. Es bringt nichts, zu lügen. Selbst wenn er nicht über Chloe gesprochen hätte, denkt sie wieder daran, unternimmt bereits eine Zeitreise zu jenem Tag und quält sich mit *Hätte* und *Wäre.* Hätte sie doch nur von ihrem Syrena-Blut gewusst. Hätte sie doch nur von der Gabe Poseidons geahnt. Chloe wäre noch am Leben. Sie braucht es nicht auszusprechen. Es steht ihr ins Gesicht geschrieben.

»Alle dachten, es wäre Adrenalin gewesen«, sagt sie. »Ich hätte es besser wissen müssen.«

Dr. Milligan räuspert sich. »Nur um nichts zu übersehen, würde ich gerne ein paar Röntgenaufnahmen machen, bevor Sie morgen abreisen. Ist das in Ordnung, Emma?«

Sie nickt, aber Galen kann erkennen, dass es nur ein Reflex ist.

Galen ruft ein Taxi, das sie zurück ins Hotel bringt; er kann Emma keinen weiteren Spaziergang am Strand zumuten. Dort, wo ihre beste Freundin gestorben ist. Vor allem ist er sich nicht sicher, wie lange er es neben ihr aushält, ohne seine Arme – oder seine Lippen – zu nutzen, um sie zu trösten.

Es wird eine lange Nacht werden.

19

Dr. Milligan tippt auf die Röntgenaufnahme, die auf dem Bildschirm leuchtet. »Sieh dir das an, Galen, das ist die Stelle, an der deine Knochen dicker werden, um deine Organe zu schützen. Wo Menschen Rippen haben, hast du einen Panzer, fest wie eine Muschelschale. Und das hier ist Emmas Röntgenaufnahme.« Er knipst das Licht hinter dem anderen Bild auf dem weißen Kasten an. »Siehst du, dass diese Stelle bei ihr auf den ersten Blick so aussieht, als wären es ganz normale Rippen? Es ist kaum zu erkennen, aber wenn man genauer hinsieht, kann man die dünne Schicht der Panzerung sehen, die die Rippen miteinander verbindet. Sie ist aber nicht ganz so dick wie bei dir. Tatsächlich hat keiner ihrer Knochen die gleiche Dichte.«

»Aber was bedeutet das?«, fragt Galen stirnrunzelnd. Ich bin froh, dass ich nicht die Einzige bin, die Mühe hat, Dr. Milligan zu folgen. Ein Teil meiner Gedanken hat sich an den Luftzug geheftet, der sich in diesem überdimensionalen Krankenhaushemd wie ein Windstoß anfühlt, und der Rest ist noch mit Dr. Milligans Andeutung beschäftigt, dass ich hundertfünfundsiebzig Jahre alt werde. Das ist selbst unter den gegebenen Umständen ein bisschen verrückt. Ich bin Hunderte von Meilen von zu Hause entfernt, halb nackt in einem Raum mit zwei Männern, die ich kaum kenne. Wenn man das so, aus dem Zusammenhang gerissen, betrachtet, müsste ich an meinem Verstand zweifeln. *Verdammt, sogar* im *Zusammenhang betrachtet wird es nicht besser*.

Dr. Milligan zuckt die Achseln. »Ich bin mir nicht sicher. Ich schätze, es könnte Verschiedenes bedeuten. Es gibt immer noch so viel über deine Art, was ich nicht weiß, Galen. Wachstumsmuster zum Beispiel. Vielleicht haben sich Emmas Knochen nicht voll entwickelt, weil sie ihr Leben an Land verbringt. Genauso wie ihre Hautfarbe. Vielleicht reagiert der Syrena-Körper auf etwas im Wasser, das die Entwicklung der Pigmentierung auslöst. Das ist jedoch nur eine Vermutung. Wirklich, ich habe keine Ahnung.«

Galen schaut mich an und aus jedem Gesichtszug lugt mir die Sorge entgegen. Ich weiß, es beunruhigt ihn, wenn ich still bin. Er wäre wahrscheinlich überrascht herauszufinden, dass ich eigentlich immer still bin, nur nicht in seiner Nähe. »Emma, möchtest du Dr. Milligan noch etwas fragen?«

Ich beiße mir auf die Lippe und ziehe das Krankenhaushemd fester um mich. »Warum kann ich mit Fischen sprechen? Warum verstehen sie alle Englisch? Und sagen Sie jetzt nicht, dass es Magie ist.« Das ist nicht die Frage, die ich stellen will, aber es ist trotzdem eine gute Frage, und die Antwort wird mir Zeit verschaffen, um das Selbstbewusstsein wiederzugewinnen, das ich verloren habe, als ich in dieses Hemd geschlüpft bin.

Dr. Milligan lächelt und nimmt die Brille ab. Er poliert sie mit seinem Laborkittel und sagt: »Nun, meine Liebe, Galen ist überzeugt davon, dass das ebenfalls genetisch bedingt ist. Falls es genetisch *ist*, glaube ich kaum, dass es irgendetwas mit Magie zu tun hat. Des Weiteren bin ich nicht überzeugt, dass Meerestiere eine so komplexe Sprache wie Englisch verstehen können. Wenn es so wäre, würde niemand mehr einen Köder auswerfen, richtig? Ein Angler würde lediglich einen Eimer ins Wasser werfen und den Fischen sagen, dass sie hineinschwimmen sollen.« Er lacht leise. »Wenn ich raten sollte, würde ich sagen, es hat etwas mit dem Klang Ihrer Stimme zu tun. Wir wissen bereits, dass viele Meeresbewohner über Laute miteinander kommunizieren. Wale und Delfine zum Beispiel. Es ist möglich, dass Ihre Stimme eine Frequenz hat, die alle erreicht, oder einen speziellen Tonfall, den sie verstehen können. Es ist möglich, dass das, was Sie von ihnen wollen, nicht darüber vermittelt wird, *was* Sie sagen, sondern, *wie* Sie es sagen. Bedauerlicherweise habe ich nicht die Ausrüstung, um diese Theorie zu testen. Und ich werde sie auch leider nicht kurzfristig in die Hände bekommen.«

Ich nicke. Unsicher, wie ich darauf reagieren soll. Wie ich überhaupt auf irgendetwas von alldem reagieren soll.

»Gibt es sonst noch etwas, worüber du dir Gedanken machst, Emma?« Mit dieser Frage überrascht mich Galen. Ich überlege, warum wir uns überhaupt die Mühe mit den Röntgenaufnahmen gemacht haben, wenn Galen anscheinend direkt in mich hineinsehen kann, in mein tiefstes Inneres. Wie gestern Abend im Hotelzimmer. Als ich mich nach meinem fünfundvierzigminütigen Weinkrampf unter der Dusche wieder angezogen hatte, habe ich eine Schachtel mit schokoladenüberzogenen Erdbeeren auf meinem Kissen gefunden. Galen lag schon zusammengefaltet auf der hässlichen Couch und schlief.

Ich räuspere mich. »Dr. Milligan, ich bin mir nicht sicher, ob Galen Ihnen davon erzählt hat oder nicht, aber mein Vater war Arzt. Er hat sich um meine Triefnase gekümmert, meine Kratzwunden, meine Impfungen. Als er starb, hat sein Freund Dr. Morton das übernommen. Wie können sie meine Knochenstruktur und meinen langsamen Puls übersehen haben? Man sollte meinen, sie hätten bemerken müssen, dass mein Herz auf der falschen Seite meiner Brust ist. Ich meine, sind Sie sich sicher, dass Sie mit Ihrer Diagnose richtigliegen? Sie sind kein *Menschenarzt*, Sie sind doch Tierarzt, oder? Sie könnten sich irren.«

Galen wirkt kribbelig und rutscht auf seinem Stuhl hin und her. Obwohl Metall und Polyester nicht gerade zur Behaglichkeit beitragen, habe ich den Eindruck, dass es meine Frage ist, die ihn zappelig macht, und kein körperliches Unbehagen.

Dr. Milligan zieht den Rollhocker zu der Stelle, an der ich auf dem Untersuchungstisch sitze. Instinktiv beuge ich mich zu ihm vor und zerknittere die dünne Papierschicht, die mich von dem Vinyl trennt. Er tätschelt meine Hand. »Emma, meine Liebe, es ist ganz natürlich, dass Sie so empfinden. Und Sie haben recht. Ich bin definitiv kein Menschenarzt, so wie Ihr Dad es war. Aber um die Unterschiede zwischen meinem Röntgenbild, Galens Röntgenbild und Ihrem zu erkennen, ist auch keiner nötig.« Zur Betonung neigt er den Kopf zur Wand hinüber, an der unsere Knochen auf dem Bildschirm leuchten. Dann stutzt er. »Gütiger Himmel.« Er springt auf die Füße und der Metallhocker kippt hinter ihm um.

Galen und ich beobachten, wie Dr. Milligan die Bilder neu ordnet: Dr. Milligans eigene Röntgenbilder, meine, dann Galens. »Ist das wirklich möglich?«, fragt er schließlich und späht über den Rand seiner Brillengläser zu uns herüber, während sich seine Augenbrauen vor Anspannung zusammenziehen wie zwei Raupen, die sich küssen.

Galen steht auf und verschränkt die Arme, während er

den Kopf in Richtung des erleuchteten Bildschirms neigt. »Ich schätze, ich kann Ihnen nicht folgen, Dr. Milligan. Was sehen Sie?«

Dr. Milligan sieht mich an und seine Aufregung lässt ihn um Jahre jünger erscheinen. Ich schüttele den Kopf, außerstande, irgendetwas Sinnvolles von mir zu geben. Dr. Milligan zögert nicht länger. »Das erste Bild, meines, ist das eines Menschen. Das letzte, Galens, ist das eines Syrena. Das hier in der Mitte ist Emmas. Es ist offensichtlich. So offensichtlich, dass ich mich schäme, weil ich es erst jetzt sehe. Sie ist definitiv nicht menschlich. Aber sie ist auch keine Syrena.«

Es gefällt mir gar nicht, wie das klingt. Dr. Milligan denkt wohl, dass er sich klar genug ausgedrückt hat; er sieht uns beide an, als würden wir ein Geschenk auspacken, das er uns unter den Weihnachtsbaum gelegt hat. Er kann unsere Reaktion kaum erwarten.

Galen rettet uns. »Dr. Milligan, Sie wissen, dass ich bei solchen Dingen ziemlich schwer von Begriff bin. Könnten Sie es mir zuliebe noch einmal idiotensicher erklären?«

Ich mag es nicht, wenn Galen mich beeindruckt. Kaum habe ich ihn insgeheim als versnobtes Königskind abgestempelt, kommt er ganz bescheiden daher, und ich kann wieder von vorne anfangen.

Dr. Milligan lacht leise. »Natürlich, mein Junge. Emma ist weder ein Mensch noch eine Syrena. Sie scheint *beides* zu sein. Obwohl ich mir nicht sicher bin, ob das überhaupt möglich ist. Die DNA der Syrena ist ganz anders als die menschliche DNA.«

Galen weicht zurück und setzt sich wieder hin. Ich würde das Gleiche tun, aber ich sitze ja schon. Wir beäugen den Leuchtkasten mit finsterer Miene. Mein Blick muss jetzt genauso stur sein wie der von Galen normalerweise. Dann sehe ich es. Die drei scharfen Bilder vermischen sich zu einem einzigen unscharfen. Menschliche Knochen und Syrena-Knochen verschmelzen miteinander, bis nur noch ein Bild auf dem Schirm ist: meins. Eine Kombination aus den beiden anderen.

»Es ist möglich«, sagt Galen leise.

Dr. Milligan lehnt sich an die Wand und glüht vor Neugier. »Das hat es schon früher gegeben«, sagt er und verschränkt die Finger, wahrscheinlich um nicht herumzufuchteln. »Du hast davon gehört, nicht wahr?«

Galen nickt. Er dreht sich zu mir um. »Das war der Hauptgrund für den Großen Krieg. Der Grund, warum wir zwei Hoheitsgebiete haben«, erklärt er mir. »Vor Tausenden von Jahren hat Poseidon beschlossen, zusammen mit den Menschen an Land zu leben. Es war damals nicht verboten, wurde aber nicht gern gesehen. Die Menschen huldigten ihm als einem ihrer Götter, opferten ihm Tiere und stellten lächerlich geschönte Statuen von ihm auf. Sie bauten sogar eine Stadt für ihn und die Syrena, die mit ihm ans Festland gekommen waren. Tartessos nannten sie die Stadt.«

»Atlantis?«, haucht Dr. Milligan, eine Hand auf der Brust.

Galen nickt. »So nannten einige Menschen die Stadt am Anfang.« Er dreht sich wieder zu mir um. »Poseidon genoss es, mit den Menschen zu leben. Gestattete seinen Anhängern, sich mit ihnen zu verbinden. Auch Poseidon selbst wählte sich eine menschliche Gefährtin. Gegen den Wunsch seines Bruders Triton. Triton war der Meinung, dass Menschen giftig und zerstörerisch seien und dass es unnatürlich sei, sich mit ihnen zu paaren. Zum Zeichen seiner Missbilligung teilte er das Territorium in zwei Bereiche auf: Tritons Hoheitsgebiet wurde zur Heimat jener, die Menschen nicht billigten, Poseidons Hoheitsgebiet zur Heimat derer, die anderer Meinung waren. Poseidon ignorierte seinen Bruder und machte weiter, wie er es für richtig hielt; er nutzte seine Gabe, um die wachsende Bevölkerung von Tartessos mit Nahrung zu versorgen. Unglücklicherweise gehörte die menschliche Gefährtin, die er wählte, jemand anderem. Einem menschlichen König.«

»Welchem menschlichen König?«, fragt Dr. Milligan. Er hebt seinen umgekippten Metallhocker auf und klopft ihn ab, als hätte er, seit er das letzte Mal daraufgesessen ist, Staubflusen angezogen.

Galen zuckt die Achseln. »Ich weiß es nicht.« Sein Gesicht zeigt ein schiefes Lächeln, als er sich wieder zu mir umdreht. »Es ist mir auch egal. Wir von Triton neigen dazu, Menschen nicht zu mögen.«

»Keine optimale Einstellung für einen Botschafter«, stelle ich fest. »Aber keine Sorge. Ich werde es Dr. Milligan nicht erzählen. Oder Rachel.«

Galen grinst. »Wie auch immer, dieser menschliche König schickte seine halbe Armee, um seinen ›Besitz‹ zurückzuholen. Er gewann die Unterstützung der anderen Königreiche, nachdem er Geschichten über Versklavung und widernatürliche Unzucht mit Menschen verbreitet hatte. Als die Krieger eintrafen, töteten sie jeden, der ihnen über den Weg lief, sogar einige von Poseidons halb menschlichen Kindern. Um dem Gemetzel ein Ende zu bereiten, erbat Poseidon Tritons Hilfe gegen die Menschen. Triton stimmte unter der Bedingung zu, dass Poseidon seine Stadt aufgab und versprach, in Zukunft wieder als Syrena zu leben. Poseidon war einverstanden. Mithilfe seiner Gabe erschuf Triton riesige Wellen, welche die Stadt, die Halbblüter und die menschlichen Heere zerstörten. Es gab keine Überlebenden. Danach verbündeten sich die Generäle gegen die Menschen. Die Fortpflanzung mit ihnen wurde verboten, die Kinder aus solchen Verbindungen als Abartigkeiten gesehen.« Bei dem Wort »Abartigkeit« zögert Galen. Wahrscheinlich weil er weiß, dass es eine direkte Beleidigung ist, falls ich wirklich ein Halbblut bin. Aber irgendwie bin ich nicht beleidigt. So, wie er die Geschichte erzählt hat, klingt sie wie ein offizieller Vortrag und nicht nach seinen eigenen Worten. Mir kommt der Gedanke, dass er vielleicht selbst nicht daran glaubt oder dass er zumindest Teile der Geschichte nicht glaubt. Außerdem lässt der Blick, den er mir gerade eben zuwirft, nicht darauf schließen, dass er mich für eine »Abart« hält.

»Ich habe gedacht, dass der Krieg zwischen den Königreichen ausgefochten wurde«, sage ich, »nicht gegen die Menschen.«

Galen schüttelt den Kopf. »Wir haben niemals gegeneinander Krieg geführt. Jedenfalls keinen blutigen.« Eine unbekannte Regung flackert über seine Züge und ist sofort wieder verschwunden.

»Also, das ist die Gabe von Triton? Das Meer zu kontrollieren?«, frage ich.

»Nein«, antwortet Galen und kratzt sich den Nacken. »Zumindest nicht direkt. Wir wissen nicht, wie er es gemacht hat. Einige sagen, dass er mit seiner Kraft die Erde bersten lassen und so die Wellen auftürmen konnte. Andere sagen, er hätte es mit seiner Schnelligkeit vollbracht. Wir wissen es nicht. Es ist lange her, dass jemand aus der Königsfamilie das letzte Mal die Gabe Tritons geerbt hat. So lange, dass die Archive sich darüber uneinig sind, was genau die Gabe ist.«

Für einige Sekunden sitzen wir schweigend da, gefesselt von dem Geist, der von Galens Geschichte ausgeht. Gefesselt von allem, was gesagt worden ist, und von allem, was ungesagt geblieben ist. Und je länger ich darüber nachdenke, desto wütender werde ich. »Bedeutet das alles, dass ich nirgendwo hingehöre?«, frage ich und schrecke die beiden aus ihrem Tagtraum auf.

»Was meinen Sie damit?«, fragt Dr. Milligan, dessen Augen vom Blick in die Vergangenheit noch immer glasig sind.

»Im Wesentlichen sind wir uns alle einig, dass ich eine Missgeburt bin. Richtig?«

»Du bist keine Missgeburt«, widerspricht Galen.

»Ich bin keine Syrena und ich bin kein Mensch. Die Syrena halten mich für eine Abartigkeit. Die Menschen werden mich als wissenschaftliches Untersuchungsobjekt und Versuchstier missbrauchen, wenn sie davon erfahren. Was mich zur großen Frage führt, die immer noch im Raum steht, Dr. Milligan: Wie kommt es, dass es bis jetzt niemand herausgefunden hat?«

Dr. Milligan seufzt. Er zieht ein Taschentuch hervor und wischt imaginären Nebel von seinen Brillengläsern. Seine Bewegungen sind so bedächtig, so pedantisch, dass sogar ich erkenne, dass er mich beruhigen möchte. »Emma, meine Liebe, im Gegensatz zu Galen kennen Sie mich noch nicht besonders lange. Doch ich betrachte Sie als meine Freundin und hoffe, dass auch Sie einen Freund in mir erkennen. Wenn wir also Freunde sind, kann ich ehrlich zu Ihnen sein, richtig?«

Ich nicke und kaue auf meiner Unterlippe, als sei sie mit Käsekuchen gefüllt.

Dr. Milligan lächelt auf eine allgemeine, verbindliche

Art. »Gut. Also dann. Ich glaube, dass Ihr Vater von Anfang an von Ihrer Besonderheit wusste.«

Sofort kommen mir die Tränen, und ich weiß nicht, warum. Galen wendet den Blick ab.

»Das ist nicht möglich«, flüstere ich. »Es ist einfach nicht möglich. Meine Mom hat immer erkannt, wenn er etwas verbergen wollte. Sie ist der reinste Lügenspürhund.«

»Ich bin mir sicher, dass sie ebenfalls darüber Bescheid weiß«, seufzt Dr. Milligan. »Wie Sie schon gesagt haben, Sie sind eine medizinische *Anomalie*«, fährt er fort, obwohl ich mit den Lippen das Wort »Missgeburt« forme. »Ich habe selbst keine Kinder, aber wenn ich welche hätte, würde ich das auch nicht öffentlich machen wollen. Wissenschaftler von überall auf der Welt hätten Ihre Familie verfolgt und darum gebettelt, einige Untersuchungen durchführen zu dürfen. Ihr Leben wäre das reinste Chaos gewesen. Ihr Vater wusste das.«

Ich hole tief Luft. »Ich schätze, das könnte wahr sein. Aber die Sache ist die – wenn sie nicht meine Eltern sind, woher stamme ich dann?«

»Können Sie Ihre Mutter nicht einfach fragen?«, schlägt Dr. Milligan vor.

»Sie würde mich in ein Irrenhaus einweisen lassen. Nein, warten Sie. Sie würde mir ins Gesicht lachen und mich *dann* einweisen lassen.« Sofort kochen Erinnerungen an den Tag hoch, an dem ich fast ertrunken wäre, und lassen die Worte in meinem Mund ranzig schmecken. Wie ich auf ihren Schoß gekrochen bin. Voller Vertrauen und Zuversicht. Wie ich ihr von den Seewölfen erzählt habe. Wie sie so heftig gelacht hat, dass sie keine Luft mehr bekam. Da ist mir zum ersten Mal bewusst geworden, dass ich mich meiner Mutter nicht anvertrauen kann.

Dr. Milligan nickt. »Aber Sie brauchen nicht zu sagen, dass Sie eine Syrena sind, oder? Das weiß sie vielleicht gar nicht. Sie weiß vielleicht nur, dass Sie anders sind.«

»Ich schätze, da ist was dran«, antworte ich zweifelnd. Wenn sie über mich Bescheid wüsste, über meine Gabe, hätte sie mich vor all den Jahren nicht ausgelacht. Sie hätte mich getröstet und mir an Ort und Stelle gesagt, was ich bin. *Oder etwa nicht?* Plötzlich bin ich zu überwältigt, um klar zu denken. Meine Welt zerbricht immer wieder aufs Neue und setzt sich wieder neu zusammen. Jedes Mal entsteht ein neues Mosaik der Wirklichkeit. Vielleicht gehöre ich doch in ein Irrenhaus.

Ich hüpfe vom Untersuchungstisch und klatsche mit den nackten Füßen aufs Linoleum. »Ich bin bereit, nach Hause zu gehen«, sage ich zu niemand Bestimmtem. Ich ersticke beinahe an dem Wort »nach Hause«. Es fühlt sich fremd auf meiner Zunge an, als hätte ich es gerade erfunden. Als existiere es gar nicht. »Sie sind mit Ihren Untersuchungen fertig, oder, Dr. Milligan?«

Er steht auf und streckt mir die Hand hin. »Ja. Ich

werde nicht länger an Ihnen herumpiksen, meine Liebe.« Jetzt hat sein Lächeln nichts Allgemeinverbindliches mehr. »Es war mir ein echtes Vergnügen, Sie kennenzulernen, junge Dame.«

Aber ich bin mit meinen Kleidern unter dem Arm bereits im Flur.

20

Galen schiebt sich an sein Pult. Es verunsichert ihn, dass der breitschultrige blonde Junge, der mit Emma redet, lässig den Arm auf die Rückenlehne ihres Stuhls legt.

»Guten Morgen«, sagt Galen und beugt sich hinüber, um sie in die Arme zu nehmen. Dabei zieht er sie fast vom Stuhl. Um das Maß vollzumachen, schmiegt er auch noch seine Wange an ihre. »Guten Morgen … ähm, Mark, nicht wahr?«, fragt er, darauf bedacht, dass seine Stimme freundlich klingt. Trotzdem wirft er einen vielsagenden Blick auf Marks Arm, der immer noch über der Rückenlehne von Emmas Stuhl liegt und sie beinahe berührt.

Zu Galens Befriedigung – und Marks eigener Sicherheit – zieht Mark den Stein des Anstoßes zurück, während er Emma ein breites Lächeln schenkt und seine auffallend weißen Zähne zeigt. »Du und Forza, hm? Hast du das mit seinen Groupies abgeklärt?«

Sie lacht und drückt Galens Arm sanft weg. Aus dem Augenwinkel sieht er, wie ihr die Röte ins Gesicht schießt und sich wie vergossene Farbe über ihre Haut ergießt. Sie hat sich noch nicht daran gewöhnt, mit ihm zu gehen. Bis vor zehn Minuten ging es ihm ähnlich. Aber seit Mark sie beäugt wie ein leckeres Schalentier, fühlt es sich ganz natürlich an, Emmas Freund zu spielen.

Es läutet, was Emma eine Antwort und Mark eine vierstellige Krankenhausrechnung erspart. Emma wirft Galen einen vernichtenden Blick zu, den er mit einem – wie er hofft – zauberhaften Grinsen abwehrt. Er bemisst seinen Erfolg daran, dass ihr Gesicht noch etwas röter wird, stutzt jedoch, als er die dunklen Ringe unter ihren Augen bemerkt.

Sie hat gestern Nacht nicht geschlafen. Nicht dass er damit gerechnet hätte, dass sie es tun würde. Sie war auf dem Rückflug von Destin vor zwei Nächten sehr still. Er hat sie nicht zum Reden gedrängt, vor allem weil er nicht gewusst hätte, was er sagen soll. So viele Male wollte er ihr versichern, dass sie alles andere als eine Abartigkeit ist, aber irgendwie erscheint es falsch, das laut auszusprechen. Als würde er absichtlich gegen das Gesetz verstoßen. Aber wie könnte man etwas Abartiges in diesen köstlichen Lippen und diesen riesigen violetten Augen sehen?

Noch verrückter ist allerdings, dass die Tatsache, dass sie ein Halbblut sein könnte, in ihm eine Hoffnung entzündet hat, die zu empfinden er kein Recht hat: *Grom würde sich niemals mit einem Halbmenschen verbinden.* Zumindest *denkt* Galen, dass er es nicht tun würde.

Er schaut zu Emma hinüber, deren seidige Augenlider nicht einmal flattern, während sie einnickt. Als er sich räuspert, zuckt sie zusammen. »Danke«, formt sie mit den Lippen und greift wieder nach ihrem Bleistift, um mit dem Radiergummi daran die Textzeilen in ihrem Lehrbuch nachzufahren, die sie gerade liest. Er antwortet mit einem Nicken. In diesem Zustand will er sie nicht zurücklassen, ängstlich und angespannt und fehl am Platz in ihrer eigenen schönen Haut.

Aber er muss zu Romul gehen. Romul wird ihm mehr über Halbmenschen erzählen können, darüber, warum Triton sie hasst. Galen hätte nie gedacht, dass er diese Frage einmal stellen würde; es war immer so einfach, genügend Gründe zu finden, die Menschen zu hassen. Trotzdem macht es ihm seine Handvoll menschlicher Freunde unmöglich, die ganze Art zu verachten. Und eines Tages wird er in dieser Sache vielleicht sogar das Gesetz auf seiner Seite brauchen.

Es läutet wieder und die Glocke reißt ihn aus seinen Gedanken und Emma aus einem weiteren Sekundenschlaf. Er schnappt sich ihren Rucksack und hält ihn auf, damit sie ihre Bücher und Unterlagen hineinstopfen kann. Bevor sie flüchten kann, ergreift er ihre Hand und fädelt seine Finger zwischen ihre, wie Rachel es ihm gezeigt hat. Er ist überrascht, als Emma sich an ihn lehnt und ihren Kopf an seinen Bizeps bettet. Vielleicht fällt es ihr doch leichter, mit ihm zu gehen, als er dachte.

Sie gähnt. »Lass uns den Rest des Tages blaumachen und bei dir zu Hause ein wenig schlafen.«

Er drückt ihre Hand. Den Rest des Tages mit ihr allein bei ihm zu Hause zu verbringen, ist das Beste und das Schlimmste, was er sich vorstellen kann. »Deine Mom wird mich umbringen und dir Hausarrest geben.«

»Ich habe gestern Nacht nicht geschlafen.«

»Das sehe ich.«

»Sehe ich so schlimm aus?«

»Du siehst so müde aus.«

Sie bleiben vor der Tür zu ihrem nächsten Kurs stehen. Er beugt sich vor, um ihr die Tür zu öffnen. »Galen.« Sie sieht zu ihm auf. »Bitte.«

Er seufzt. »Ich kann heute nicht blaumachen. Ich werde vielleicht morgen schwänzen.«

Die Neugier macht sie etwas munterer. »Warum?«

Er zieht sie zur Seite, als ein paar ihrer Klassenkameraden in den Raum trödeln. Die Glocke läutet die nächste Stunde ein. »Ich werde heute Abend mit den Archiven reden. Um zu sehen, was ich sonst noch über Halbblüter in Erfahrung bringen kann. Ich dachte, du würdest dich dann vielleicht besser fühlen wegen ...« Er zuckt die Achseln, außerstande, die Halbwahrheit ganz auszusprechen. »Außerdem muss ich vor Freitag wieder zurück sein. Rachel meint, dass wir Freitagabend ausgehen sollten. Du weißt schon, um so zu tun, als ob.«

»Oh«, sagt sie, und ihre Wimpern verheddern sich zum längsten Blinzeln der Welt. Sie gähnt wieder. »Kino oder so etwas?«

»Sie hat ein paar Dinge vorgeschlagen. Ins Kino gehen war dabei, denke ich. Und da war noch was von wegen Inlineskaten und Bowling.«

Emma stößt ein schläfriges Lachen aus. »Wenn du denkst, dass ich schon in Flipflops eine tödliche Gefahr bin, willst du mich nicht auf Inlinern sehen.«

»Also dann Kino. Ich werde keine weitere Gehirnerschütterung riskieren.« Er bringt sie zur Tür und darf sie sogar für sie öffnen. Ein Mitschüler namens Tyler mit einem Adamsapfel, der so groß wie seine Nase ist, winkt sie unauffällig zu den Plätzen, die er ihnen in der hintersten Reihe frei gehalten hat. Galen steckt ihm einen Zwanzigdollarschein zu, als Tyler seine Sachen zu einem freien Pult weiter vorne schafft.

Während Emma Physik verschläft, notiert Galen pflichtschuldig alles über Thermodynamik. Auf einem anderen Blatt listet er Fragen auf, die er Romul stellen will. Doch selbst nachdem er die Liste zweimal überprüft, fehlt eine Frage, auf die er einfach nicht kommt. Sie nagt an ihm, liegt ihm auf der Zunge, ist aber nicht konkret genug, um sich fassen zu lassen.

Neben ihm seufzt Emma im Schlaf. Galen versteift

sich. *Emma. Wer wird auf Emma aufpassen, wenn ich fort bin?* Toraf ist noch nicht von seiner Suche nach Paca zurückgekehrt. Rachel kann an Land auf sie aufpassen, aber wenn Emma ins Wasser geht, ist sie so gut wie verloren. Nicht dass es aussieht, als könne sie in absehbarer Zeit trainieren, so erschöpft wie sie ist. Aber Emma besteht praktisch nur aus Trotz und Starrsinn und Widerborstigkeit und was einem das Leben sonst noch schwer macht. Wenn sie ins Wasser gehen will, wird sie es tun.

Damit bleibt nur eine Person übrig. *Rayna.*

21

Der Fernseher zappt von einem Sender zum nächsten und hört nicht einmal auf, als Rayna die Fernbedienung längst aus der Hand gelegt hat. Sie gleitet vom Rand der Couch und setzt sich auf den Boden. »Vierhundert Sender und nichts, was man ansehen könnte. Unglaublich«, murrt sie.

Ich gucke von meinem Fernsehsessel auf und knicke die Seite meines Buches ein. »Du könntest mir beim Training helfen. Sie brauchen es ja nicht zu erfahren.« Mir ist überhaupt nicht nach Training zumute. Aber irgendwie finde ich, dass ich schon aus Prinzip ins Wasser gehen sollte. Schon allein, weil Galen gesagt hat, dass ich nicht soll. Und vor allem, weil er mir einen Babysitter aufgedrückt hat.

Sie wirft mir einen Seitenblick zu. »Die dicke Lippe würde es aber erfahren. Er kann mich von überall aus spüren, erinnerst du dich? Und er würde mich bei Galen verpetzen. Er würde ahnen, dass etwas nicht stimmt, wenn wir beide ohne meinen Bruder ins Wasser gehen.«

Ich zucke die Achseln. »Seit wann kümmert es dich, dass du in Schwierigkeiten geraten könntest?«

»Das hat mich noch nie gekümmert. Aber Galen hat versprochen, dass er mir Autofahren beibringt, wenn ich dich vom Wasser fernhalte.«

Jackpot. »Ich kann auch Auto fahren. Ich könnte es dir beibringen.«

»Galen hat gesagt, dass der Deal gelaufen ist, wenn ich dich frage.«

»Du hast mich nicht gefragt. Ich habe es angeboten.«

Sie nickt und beißt sich auf die Unterlippe. »Stimmt. Das hast du.«

Ich lege das Buch auf den hässlichen gläsernen Couchtisch und hocke mich neben sie. »Ich werde dir beibringen, wie man Auto fährt, wenn du mich ins Wasser lässt. Du musst nicht mal mitkommen.«

Die Art, wie sie die Augenbraue hochzieht, erinnert mich an Galen. »Also, wenn du mich fragst, verschwendest du deine Zeit. Du wirst dich nicht verwandeln. Du bist halb menschlich. Wahrscheinlich hast du dadrin nicht mal eine Flosse.«

»Was weißt du über Halbblüter?«

Sie zuckt die Achseln. »Nicht viel. Aber genug, um zu wissen, dass du gar nicht versuchen brauchst, dich zu verwandeln, wenn du eines bist. Niemand wird dich akzeptieren. Zumindest kein Syrena.«

Ich beschließe, nicht beleidigt zu sein. Ich gebe sowieso nicht viel auf ihre Meinung, und ihr wird es egal sein, ob sie mich gekränkt hat oder nicht. Bei Rayna kann man sich immerhin darauf verlassen, dass sie sagt, was sie denkt. Beleidigt sein wäre Zeitverschwendung für alle Beteiligten. Außerdem ist sie immer noch da. Wenn *sie* mich für eine Abartigkeit halten würde, wäre sie schon lange auf und davon, oder?

»Vielleicht. Aber würdest du nicht auch wissen wollen, ob du dich verwandeln kannst?«

Sie denkt nach, dann zuckt sie wieder einmal die Achseln. »Wahrscheinlich.«

»Also, haben wir einen Deal?«, frage ich und halte ihr die Hand hin. Sie mustert sie und verschränkt die Arme. Ich lege die Hand auf die Couch und frage mich verlegen, ob sie überhaupt weiß, was ein Händedruck ist.

»Du bringst mir bei, wie ich dein Auto fahren kann, wenn ich dich ins Wasser lasse?«

»Ähm, nein. Ich werde dir beibringen, wie du *Galens* Auto fahren kannst, wenn du mich ins Wasser lässt. Mein Auto fasst du ohne Führerschein nicht an. Einen richtigen, nicht irgendein glitzerndes Plastikding, das Rachel zwischen zwei Nachmittagstalkshows gebastelt hat.« Selbst wenn Galen keine Versicherung hat, kann er einen neuen Wagen aus der Portokasse zahlen. Ich dagegen habe gerade genug Erspartes, um meinen Eigenanteil zu decken.

Ihre Augen werden rund. »Ich darf den kleinen Roten fahren? Das Karo?«

Warum nicht? Ich nicke. »Ja. Das Cabrio. Abgemacht?«

Sie reißt meine Hand von der Couch, um uns beide hochzuziehen. Dann schüttelt sie sie. »Abgemacht! Ich gehe und hole die Schlüssel von Rachel.«

Ich fahre rechts ran, auf den schmutzigen Seitenstreifen der verlassensten Straße im entlegensten Winkel am äußersten Rand von Middle Point. Der Rückspiegel zeigt nur unsere staubige Spur, die wie ein Phantom zwischen den Bäumen verschwindet. Vor uns bremst ein Postauto mit blinkenden Lichtern vor dem einzigen Briefkasten auf der ganzen Strecke. Als es an uns vorbeifährt, tippt der Fahrer an seine Mütze und beäugt uns, als würde er denken, dass wir nichts Gutes im Schilde führen – und dass er vielleicht die Cops rufen sollte. Ich winke ihm zu und lächele und frage mich, ob ich so schuldig aussehe, wie ich mich fühle. Besser, ich mache das hier zur schnellsten Fahrstunde in der Geschichte. Sie muss ja keine Prüfung bestehen oder so. Wenn sie es schafft, den Wagen zehn Sekunden lang auf Spur zu halten, habe ich meinen Teil des Deals erfüllt.

Ich schalte die Zündung aus und sehe Rayna an. »Also, wie kommt ihr miteinander klar, du und Toraf?«

Sie legt den Kopf schräg. »Was hat das bitte mit Autofahren zu tun?«

Abgesehen davon, dass es ein Verzögerungsmanöver ist? »Nichts«, antworte ich achselzuckend. »Ich hab mich das nur gefragt.«

Sie zieht die Sonnenblende herunter und klappt den Spiegel auf. Mit dem Zeigefinger reibt sie die verwischte Wimperntusche weg, die Rachel ihr aufgetragen hat. »Nicht dass es dich etwas anginge, aber wir kommen gut klar. Wir sind immer gut klargekommen.«

»Er schien nicht dieser Meinung zu sein.«

Sie wirft mir einen Blick zu. »Er ist manchmal überempfindlich. Ich habe ihm das erklärt.«

Überempfindlich? Nie im Leben. So leicht lasse ich sie nicht vom Haken. »Er ist ein guter Küsser«, erkläre ich und mache mich auf was gefasst.

Sie dreht sich in ihrem Sitz um, die Augen zu schmalen Schlitzen zusammengekniffen. »Du kannst diesen Kuss vergessen. Er gehört mir, und wenn du noch einmal deine widerlichen Halbblutlippen auf seine presst ...«

»Wer ist denn jetzt überempfindlich?« Ich grinse. *Sie liebt ihn also doch.*

»Wir tauschen jetzt die Plätze«, knurrt sie. Aber ich freue mich zu sehr für Toraf, um ihre Feindseligkeit zu erwidern.

Sobald sie auf dem Fahrersitz sitzt, ist sie wie verwandelt. Sie hüpft auf und ab, als würde sie eine Matratze kaufen, und würde dabei bestimmt mit dem Kopf durchs Dach stoßen, wenn ich es nicht schon heruntergefahren hätte. Sie greift nach dem Schlüssel in der Zündung. Ich halte ihre Hand fest. »Nein. Zuerst anschnallen.«

Es wäre fast schon ein Klischee, wenn sie jetzt die Augen verdreht – aber sie tut es trotzdem. Als sie damit fertig ist, den Akt des Anschnallens zu dramatisieren – sie zerrt theatralisch am Gurt, um sicherzustellen, dass er nicht aufgeht –, dreht sie sich in schmollender Erwartung zu mir um. Ich nicke.

Sie drückt den Anlasser und der Motor springt an. Ihre Augen wirken irgendwie abwesend, und das macht mich nervös. Oder vielleicht sind es die Schuldgefühle, die in meinem Magen umherwirbeln. Auch wenn Galen nicht an seinem Auto hängt, grenzte es doch an ein Verbrechen, das Schicksal eines BMW in Raynas unerfahrene Hände zu legen. Als sie den Schaltknüppel so fest umklammert, dass ihre Knöchel weiß werden, danke ich Gott, dass es ein Automatikauto ist.

»Mit *D* kann ich losfahren, oder?«, fragt sie.

»Ja. Das rechte Pedal ist zum Gasgeben da. Das linke zum Bremsen. Du musst auf das linke treten, um auf D zu schalten.«

»Ich weiß. Ich habe gesehen, wie du es machst.« Sie stampft auf die Bremse und wirft den Gang ein. Aber wir bewegen uns nicht.

»Gut, tritt jetzt auf das rechte Pedal, um …«

Die Reifen drehen durch – und wir auch. Rayna starrt mich mit großen Augen und offenem Mund an – nicht gut, immerhin hat sie die Hände am Steuer. Ich denke darüber nach, ob sie wohl schreit, aber ich kann sie nicht hören, weil ich selbst so laut kreische. Die Staubwand, die wir aufgewirbelt haben, blockiert unsere Sicht auf die Bäume und die Straße und das Leben, wie wir es gekannt haben.

»Nimm den Fuß vom rechten Pedal!«, brülle ich. Wir bremsen so scharf, dass mir die Zähne klappern.

»Willst du uns umbringen?«, jault Rayna und hält sich die Wange, als hätte ich sie geohrfeigt. Ihr Blick ist wild und glasig; vielleicht fängt sie an zu weinen.

»Willst du mich auf den Arm nehmen? Du bist diejenige, die fährt!«

»Du hast gesagt, ich soll auf die Bremse treten, um auf Fahren zu schalten, und dann auf das rechte Pedal, um …«

»Doch nicht gleichzeitig!«

»Aber das hättest du mir sagen müssen. Woher soll ich das denn wissen?«

Ich schnaube. »Du hast dich wie der verdammte Dalai Lama aufgeführt, als ich versucht habe, dir zu erklären, wie man die Gänge wechselt. Ich habe dir gesagt, dass ein Pedal zum Gasgeben und eins zum Bremsen ist. Du kannst nicht gleichzeitig bremsen und Gas geben! Du musst dich entscheiden.«

Dem Ausdruck auf ihrem Gesicht nach zu urteilen, ist

sie entweder drauf und dran, mich zu schlagen, oder, mich wirklich übel zu beschimpfen. Sie öffnet den Mund, aber es kommt keine wirklich üble Beschimpfung heraus; sie schließt den Mund wieder. Dann kichert sie. *Jetzt habe ich wirklich alles gesehen.*

»Galen sagt mir das auch ständig«, gluckst sie. »Dass ich mich nie entscheiden kann.« Dann bricht sie in so heftiges Gelächter aus, dass sie über das ganze Lenkrad spuckt. Sie hört gar nicht mehr auf zu lachen, und schon bald bin ich überzeugt, dass eine unbekannte Kraft sie bis zur Besinnungslosigkeit kitzeln muss.

Was soll das? So, wie ich die Sache sehe, hat ihre Unentschlossenheit uns beinahe umgebracht. Umbringen ist nicht lustig.

»Du hättest dein Gesicht sehen sollen«, stößt sie zwischen zwei japsenden Atemzügen hervor. »Du warst total – so …« Und sie macht das Gesicht eines betrunkenen Clowns. »Ich wette, du hast dir in die Hosen gemacht, wie?« Sie bricht vor Lachen beinahe zusammen und hält sich den Bauch, als müsse sie ihre Eingeweide darin festhalten.

Ich spüre, wie meine Lippen sich zu einem Lächeln verziehen, bevor ich sie daran hindern kann. »Du hattest noch viel mehr Angst als ich. Du hast ungefähr zehn Fliegen verschluckt, als du geschrien hast.«

Sie spuckt erneut auf das Lenkrad. Und ich speie mein Gelächter auf die Armaturen. Wir brauchen gute fünf

Minuten, um uns wieder ernsthaft auf eine weitere Fahrstunde einlassen zu können. Meine Kehle ist trocken, und meine Augen sind feucht, als ich sage: »Okay, also, konzentrieren wir uns. Die Sonne geht schon unter. Dieser Wald ist bei Nacht wahrscheinlich ziemlich unheimlich.«

Sie räuspert sich und kichert immer noch ein wenig. »In Ordnung. Konzentrieren. Richtig.«

»Also, wenn du jetzt den Fuß von der Bremse nimmst, wird der Wagen von alleine fahren. So, siehst du?« Wir schleichen im Leerlauf die Straße entlang, mit zwei Meilen pro Stunde.

Sie pustet ihre Ponyfransen hoch. »Das ist langweilig. Ich will schneller fahren.«

Gerade als ich zu einem »Nicht zu schnell« ansetze, tritt sie das Gaspedal unter ihrem Fuß durch, und der Wind reißt meine Worte weg. Sie stößt einen erschrockenen Schrei aus, was ich scheinheilig finde, denn immerhin bin *ich* diejenige, die hilflos auf dem Beifahrersitz hockt, und *sie* ist diejenige, die wie ein Teekessel kreischt und das Lenkrad hin und her reißt, als ob die Straße nicht schnurgerade wäre.

»Bremsen, bremsen, bremsen!«, brülle ich und hoffe, dass die Wiederholung irgendwie in jenen kleinen Teil ihres Gehirns eindringt, der noch denkt.

Dann geht alles ganz schnell. Wir halten an. Da ist ein knirschendes Geräusch. Mein Gesicht kracht gegen das Armaturenbrett. Halt, nein, das Armaturenbrett verwandelt sich in einen Airbag. Raynas Schrei wird von ihrem Airbag abgewürgt. Ich öffne die Augen. Ein Baum. Ein beschissener Baum. Der Metallrahmen ächzt und unter der Motorhaube gibt etwas ein mechanisches Zischen von sich. Rauch wabert von vorne auf, das universelle Zeichen für: »Ich bin im Eimer.«

Ich drehe mich zu dem raschelnden Geräusch neben mir um. Rayna ringt mit dem Airbag, als hätte er sie angegriffen und ihr nicht das Leben gerettet. »Was ist das für ein Ding?«, jammert sie, drückt es aus dem Weg und öffnet die Tür.

Ein Mississippi … zwei Mississippi …

»Was ist, willst du einfach da sitzen bleiben? Wir haben einen langen Fußweg vor uns. Du bist doch nicht verletzt, oder? Ich kann dich nämlich nicht tragen.«

Drei Mississippi … vier Mississippi …

»Was sind das für blinkende blaue Lichter da unten?«

22

Von der Küste von Jersey zur Höhle der Erinnerungen, wo die Archive leben, ist es nur ein Steinwurf. Galen erreicht sie in ein paar Stunden. Die dicke arktische Eisschicht über ihm schützt vor den neugierigen Blicken der Menschen.

Über Hunderte und Aberhunderte von Jahren hinweg waren die meterdicken Schichten der gefrorenen Vergangenheit die einzige Verteidigungsmaßnahme, die notwendig war. Aber inzwischen sind die Menschen dahintergekommen, wie sie ihre Roboterkameras nach unten schicken können. Viele der uralten Syrena-Relikte, die einst für alle Augen sichtbar auf dem Meeresboden lagen, wurden in die Kammern der Höhle gebracht. Was eine Schande ist, da nur Royals und Archive Zugang zur Höhle haben.

Er kommt an einer Stelle vorbei, wo früher riesige römische Säulen vor den Syrena-Besuchern aufragten, um sie willkommen zu heißen. Jetzt ist es einfach nur ein verwaistes Stück Meeresgrund, grau und kalt, und das nicht nur wegen der eisigen Temperatur. Galen schüttelt den Kopf. Die Menschen zerstören wirklich alles. *Nein*, berichtigt er sich. *Die* meisten *Menschen zerstören alles. Nicht alle.*

Er erreicht das Portal der Höhle. Zwei Fährtensucher gewähren ihm ohne weitere Fragen Einlass. Zweifellos haben sie ihn gespürt, bevor er auch nur Grönland erreicht hat. Das schmale Portal führt in einen breiten Flur, der wie ein riesiges Maul voller dünner, scharfer Zähne aussieht. Die Felsen, die von der Decke herunterwachsen, berühren beinahe den Boden. Galen hofft, dass sich die Menschen – falls sie jemals zu dieser Stätte vordringen – hier wie eine Mahlzeit fühlen.

Selbst wenn sie sich durch diese Öffnung bis in den Bauch der Höhle hineinwagen, hätten sie ihre liebe Not, irgendetwas Fremdartiges zu finden, das nicht seit Tausenden von Jahren ein natürlicher Teil dieses Ortes ist. Die Höhle der Erinnerungen erstreckt sich über Hunderte von Meilen hinweg, ein Labyrinth von Gängen und Tunneln und Gewölben. Einige sind zu schmal, als dass auch nur ein Aal hindurchschlüpfen könnte. Andere könnten eine ganze Armee von Menschen beherbergen. Die Relikte, die die Geschichte der Syrena bezeugen, liegen an den verborgensten Stellen, am Ende der verwinkeltsten Gänge versteckt. Selbst mit der fortschrittlichsten menschlichen Technologie wäre es unmöglich, von dort wieder hinauszufinden.

Aber die Syrena besitzen ein natürliches Werkzeug, das sie leitet: ihren Spürsinn, den die Archive in der Höhle gar nicht mehr brauchen; da sie ihr Gedächtnis trainiert und bis zu höchster Aufnahmefähigkeit ausgedehnt haben, finden sie ihren Weg auch ohne diesen besonderen Sinn. Galen grinst und denkt an Emmas verärgerten Gesichtsausdruck, als Dr. Milligan ihr gesagt hat, dass Syrena ein fotografisches Gedächtnis haben. Sie wäre fast vom Stuhl gefallen, als Galen bei ihrem ersten Test in Infinitesimalrechnung besser abgeschnitten hat als sie.

Als er eine schmale Biegung umrundet, fängt Galen Romuls Puls auf und folgt ihm durch ein weiteres verschlungenes Durcheinander von Gängen. Romul wartet in der Zeremonienkammer auf ihn, dem Ort, wo die Verbindungsunterlagen aufbewahrt werden. Galen hat Romul hier noch nie zuvor angetroffen. Er fragt sich, ob es etwas mit Pacas Abstammung zu tun haben könnte. *Versucht er zu beweisen, dass königliches Blut in ihren Adern fließt?*

Romul verbeugt sich vor Galen, aber es ist Galen, der sich demütig fühlt. »Ah, mein liebstes Mitglied des Königshauses«, sagt Romul. »Wie geht es Euch, junger Galen?«

»Mir geht es gut, Romul. Danke.«

»Was führt Euch in diesen abgelegenen Teil des Daseins, mein Prinz? Wichtiger noch, wie kann ich Euch dienen?«

»Ich brauche erneut Informationen über die Menschen, Romul«, sagt Galen, ohne zu zögern. Er ist immer noch auf der Hut, was Romuls Beteiligung an Groms Suche nach Paca betrifft, aber etwas über die Menschen zu erfahren, ist eine von Galens häufigsten Bitten. Romul wird wohl kaum Verdacht schöpfen, vor allem weil Galen Botschafter bei den Menschen ist.

Romul lächelt und nickt. Das schwarze Haar liegt lang und strähnig auf seinen Schultern. »Natürlich, mein Prinz. Was möchtet Ihr wissen?«

»Ich würde mir gern die Überreste von Tartessos ansehen. Und ich habe Fragen zu den Halbblütern.«

Romul zieht überrascht eine Augenbraue hoch. »Wie Ihr wünscht, junger Prinz. Hier entlang bitte.«

Galen folgt seinem Mentor tiefer in die Höhle. Sie passieren die Schriftrollenkammer, wenngleich die Bezeichnung nicht ganz auf das zutrifft, was dort aufbewahrt wird. Die empfindlichen Papyrusrollen über die verlorenen Zivilisationen der Menschheit sind vor langer Zeit zerfallen, aber die anderen Zeugnisse – Tafeln, Ton, Schmuck und manchmal sogar ganze Wände voller Hieroglyphen – werden in den eisigen Gewässern der Arktis bestens konserviert.

Die eisigen Temperaturen sorgen auch dafür, dass die

Grabkammer – die riesige Katakombe mit den Toten der Syrena – unversehrt bleibt. Galen war noch nie selbst dort, aber Rayna hat ihre Mutter in den ersten Jahren nach ihrem Tod besucht. Das Grab sorgt dafür, dass die Überreste der Syrena niemals in Menschenhand fallen. Galen schaudert, als er an die weltweite Suche denkt, die gewiss folgen würde, wenn der Leichnam eines Syrena – oder auch nur ein Knochen – irgendwo an den Strand gespült werden würde.

Sie erreichen die Verwaltungskammer, die größte aller Kammern, in der die Ruinen von Städten aufbewahrt werden. Galen ist schon früher hier gewesen, viele Male, aber heute sieht er das alles zum ersten Mal durch die Augen eines Menschen – sozusagen. Oder vielmehr durch die Augen eines Halbbluts. Emma könnte sich hier tagelang verlieren, vielleicht sogar monatelang. Und er würde sie liebend gern hierherbringen, um ihr alles zu zeigen.

Romul führt ihn vorbei an den gewaltigen Überresten von Alexandria in Ägypten und an Artefakten aus Kleopatras Gemächern. Vorbei an einigen uralten Tempeln aus Thailand, die sorgfältig von ihrem Unterwasserstandort entfernt und hier, in der Höhle der Erinnerungen, wiederaufgebaut wurden. Vorbei an einer turmhohen Pyramide, vor Jahrhunderten an der Küste einer Insel namens Japan zerlegt und hier einer wohlverdienten Ewigkeit übereignet. Schließlich erreichen sie Tartessos, das für die Syrena die bedeutendste Stadt von allen ist.

Tartessos ist die von allen am besten erhaltene Stadt. Erbaut wie eine riesige Zielscheibe, war die Metropole kreisförmig angelegt worden, mit Straßen, die sich rund um die zentralen Gebäude ziehen. Romul und Galen überqueren die erste gerettete Brücke, die jetzt kein Wasser mehr überbrückt, sondern von allen Seiten umflossen wird. Sie schwimmen an einer Statue nach der anderen vorbei, die alle Poseidon darstellen – oder zumindest die menschliche Version seiner selbst. Sie sind immer noch atemberaubend, obwohl die meisten zerbrochen oder angeschlagen sind und Teile von Poseidons Flosse und seines Dreizacks fehlen.

Die Syrena haben sich der Wiederherstellung der Straßen mit Hingabe gewidmet und dabei genau auf alle Einzelheiten geachtet, bis hin zu den einzelnen Kopfsteinen des Pflasters. Romul und Galen folgen den bruchstückhaften Straßen, als sie über der Stadt durchs Wasser gleiten und passieren Gebäude, Brunnen und öffentliche Bäder. Galen kann sich leicht vorstellen, wie belebt dieser trostlose, verlassene Ort einst war und wie seine Bewohner ihren Überfluss an Gold, Silber und Kupfer gegen Nahrung, Kleidung und Dienstleistungen eintauschten. *Aber was ist mit Leuten, die wie Emma aussehen?*

Galen bekommt seine Antwort, als sie um die letzte Kurve zum Palast einbiegen, der genau im Herzen der Stadt liegt. Ihm stockt der Atem, als sie sich einer Mauer nähern, die er schon tausendmal gesehen, aber niemals wirklich wahrgenommen hat. Abbildungen von Menschen, die zu Ehren Poseidons riesige Bullen opfern. Die meisten von ihnen haben schwarzes Haar, olivfarbene Haut und violette Augen. Ihre Torsi weisen harte Linien auf, wahrscheinlich um den Körperbau zu betonen. Aber in einer Ecke des Wandgemäldes sind andere Menschen zu sehen. Menschen, die er noch nie zuvor bemerkt hat, weil ihre Umrisse beinahe mit der Mauer verschmelzen. Weiße Haut. Weißes Haar. Violette Augen. Menschen, die wie Emma aussehen.

Galen räuspert sich. »Diese Menschen hier«, sagt er und fährt mit dem Finger über eine Gestalt, deren sanfte Kurven ihn an sie erinnern. »Wer sind sie?«

»Mein Prinz, keins der Abbilder an dieser Mauer zeigt Menschen. Das hier sind die Brüder der Syrena in ihrer menschlichen Gestalt. Und die hier«, fährt er fort, und seine Stimme ist voller Geringschätzung, »sind Halbblüter. Sogar ganz besondere, von Poseidon persönlich gezeugte.«

Galen versteift sich ob der Bitterkeit in Romuls Ton. »Richtig. Ich glaube, Sie haben sie schon einmal erwähnt, irgendetwas über Abartigkeiten ... Ich kann mich nicht mehr genau erinnern. Warum wurden sie gehasst?«

Romul schüttelt den Kopf. »Sie selbst wurden nicht gehasst. Nein, mein junger Freund. Tatsächlich liebte Poseidon seine halb menschlichen Kinder sehr. Das war ein

Teil des Problems. Viele unserer Brüder haben sich für ihre menschlichen Gefährten geopfert.«

»Geopfert? Wie meinen Sie das?«

»Es ist in unserem kollektiven Gedächtnis verankert, dass viele unserer Vorfahren sich dafür entschieden haben, die meiste Zeit ihres Lebens an Land zu verbringen«, erklingt eine andere Stimme hinter ihnen. Galen und Romul drehen sich um. Hinter ihnen schwimmt Atta, eine Archivin aus dem Hause Poseidon.

Romul lächelt sie freundlich an. »Atta, willkommen.« Dann wendet er sich wieder Galen zu. »Ja, sie hat recht, junger Freund.«

»Aber was ist daran falsch? Zeit an Land zu verbringen?« Galen wünscht, er hätte die Frage anders gestellt. Es hört sich ein wenig an, als würde er das Gesetz infrage stellen. Das wäre Hochverrat.

»Unsere Körper sind nicht für ein Leben an Land bestimmt, mein Prinz«, sagt Atta und streicht mit ihrer kleinen Hand mit einer ehrfürchtigen Geste über die Mauer. »Die ... Schwere ... an Land zwingt unsere Körper, härter zu arbeiten als im Wasser. Sie lässt uns schneller altern.«

»Schwere?«, wiederholt Galen, der darüber nachgrübelt, was sie meinen könnte. Er dreht sich zu Romul um. »Meint sie die Schwerkraft?« *Natürlich.* Das ist der Grund, warum er am Ende eines Schultags so müde ist. Es kostet mehr Energie, seinen Körper an Land zu bewegen, als beinahe schwerelos durchs Wasser zu gleiten. Viel mehr Energie. Ein kleines Schnalzen seiner Flosse lässt ihn die dreifache Distanz zurücklegen, als wenn er mit der gleichen Anstrengung seine menschlichen Beine bewegt.

Romul nickt. »Genau, die Schwerkraft, sehr gut, Galen. Schon bald begann das Volk der Syrena zu schwinden, weil viele unserer Brüder es vorzogen, mit ihren menschlichen Gefährten an Land zu leben und einen menschlichen Tod zu sterben. Triton wusste, dass unsere Art verschwinden würde, wenn dies so weiterging.«

Sie lässt uns schneller altern. Galen erinnert sich daran, was Dr. Milligan über den Herzschlag gesagt hat. Je schneller das Herz schlägt, desto kürzer ist das Leben. Dr. Milligan hat diesmal festgestellt, dass Galens Herzfrequenz höher ist als bei seiner letzten Untersuchung vor nur wenigen Monaten. *Weil ich so viel Zeit an Land verbringe.*

Die Kehle schnürt sich ihm zu. »Diese Halbblüter. Wie sind sie so?«

Atta und Romul tauschen einen Blick. »Ich fürchte, wir verstehen die Frage nicht, mein Prinz«, antwortet Romul.

»Was ich meine, ist Folgendes: Sind sie in der Lage gewesen, Syrena-Gestalt anzunehmen? Hat jemals eines von Poseidons halb menschlichen Kindern seine Gabe geerbt?«

Romul zieht die Brauen zusammen. Atta faltet die Hände und sagt: »Nicht soweit wir uns erinnern, Hoheit. Wir sind uns darin einig, dass die Halbblüter niemals in der Lage waren, Syrena-Gestalt anzunehmen. Man geht davon aus, dass keines von ihnen Poseidons Gabe geerbt hat.«

»Man geht davon aus? Ihr seid euch nicht sicher?«, fragt Galen mit wachsender Enttäuschung.

»Mein Prinz«, entgegnet Romul, »es ist möglich, dass sie seine Gabe geerbt haben. Das Gesetz der Generäle, das die Verbindung der beiden Häuser fordert, wurde erst erlassen, nachdem Tartessos von Menschen belagert worden war. Wir können nicht mehr nachvollziehen, ob Poseidons halb menschliche Nachkommen die Gabe geerbt haben, da sie alle in den riesigen Wellen Tritons umgekommen sind.«

Emma kann den Atem für lange Zeit anhalten, aber nicht unbegrenzt. Je nachdem, wie lang Triton die Küste überflutet hat, ist es gut möglich, dass alle Halbblüter ausgelöscht worden sind. *Trotzdem könnten einige überlebt haben, oder nicht?* Er starrt auf ein Halbblut an der Mauer, das ihn an Emma erinnert. Bei dem Gedanken, dass sie ertrunken sein könnte, dreht sich ihm der Magen um.

Verloren in seiner Qual, starrt er das Bild so lange an, dass seine Archivbegleiter sich langweilen. »Hoheit, können wir Euch vielleicht noch weiter dienlich sein?«, weckt ihn Atta sanft aus seiner Trance.

Galen nickt. »Ich habe noch eine weitere Frage, Atta, wenn es Ihnen nichts ausmacht.«

»Natürlich nicht, Hoheit«, erwidert sie huldvoll.

»Die Halbblüter. Waren sie sehr schlecht? Haben sie sich gegen uns gewandt? Ist das der Grund, warum Triton sie zusammen mit den Menschen vernichtet hat?«

»Nein«, antwortet sie. »Triton hat sie wegen der Dinge, für die sie standen, vernichtet. Er wollte alles auslöschen, was Poseidon an seine menschliche Gefährtin oder an seine halb menschlichen Nachkommen erinnern könnte. Er wollte nicht, dass noch mehr von unserer Art in Versuchung kämen, an Land zu leben – und zu sterben. Er glaubte, dass unser Überleben davon abhing, dass wir unter Wasser blieben, abseits der Menschen.«

»Können wir Euch noch bei etwas anderem helfen, junger Freund?«, fragt Romul nach einigen Sekunden.

Galen schüttelt den Kopf. »Nein. Vielen Dank für die Zeit, die Sie mir heute geschenkt haben, vielen Dank Ihnen beiden.«

»Es ist uns ein Vergnügen, Euch zu dienen, Hoheit«, erklärt Atta und verbeugt sich vor ihm, während sie sich zurückzieht. Ihr langes Haar wogt hinter ihr her wie ein Stück Stoff.

Galen will sich ebenfalls umwenden, als etwas an der Mauer seine Aufmerksamkeit erregt. Er überfliegt das Gemälde noch einmal, auf der Suche nach dem flüchtigen Bild, das er gerade im Kopf hatte. Ein paar Meter entfernt wird er fündig. Er schwimmt zu dem Bild eines männlichen Syrena hinauf und zeichnet die Form seines

Auges mit dem Finger nach. »Blau?«, fragt er Romul. »Sind seine Augen blau?«

Romul schüttelt den Kopf. »Nein, mein Prinz. Irgendetwas in der Farbe, die die Menschen benutzt haben, um unsere Brüder darzustellen, war offensichtlich von minderer Qualität. Über die Jahre scheint die Farbe verblasst zu sein.«

»Natürlich. Violett wird aus Blau hergestellt.« Galen deutet mit dem Kopf auf das Bild, dann auf Romul. »Noch einmal vielen Dank, Romul. Auf Wiedersehen.«

Romul neigt den Kopf. »Es ist mir immer eine Ehre, junger Freund. Passt auf Euch auf.«

Galen folgt dem Puls der beiden Fährtensucher, um den Weg aus der Höhle hinauszufinden. Der Rückweg erscheint ihm viel länger als der Weg zu den Höhlen. Er vermutet, dass die Lasten, die seinen Geist beschweren, ihn auch körperlich verlangsamen.

Dr. Milligan hat recht. Emma ist definitiv ein Halbblut. Aber sie besitzt trotzdem die Gabe von Poseidon. Das Gesetz, das verlangt, dass sich die beiden Häuser in jeder dritten Generation verbinden, ist damit reine Augenwischerei – die Mitglieder der Königsfamilie sind nicht die Einzigen, die die Gabe erben können. Galen vermutet, dass es sich bei dem Gesetz um eine weitere Ermahnung von Triton handeln muss, loyal zueinander zu stehen statt zu den Menschen. *Das macht Paca zu einer ebenso guten Kandidatin wie jede andere. Königliches Blut hin oder her*: Wenn sie die Gabe besitzt, wird sie sie an ihre Nachkommen weitergeben. Genau wie Emma.

Könnte es sein, dass ein paar von Poseidons halb menschlichen Kindern doch überlebt und sich vermehrt haben? Könnte Emma eine Nachfahrin dieser Kinder sein? Sie sagt, dass ihr Vater helle Haut und helles Haar hatte. Könnte er die Verbindung sein, nach der sie suchen?

Und was, wenn er es ist? Was wäre Grom wichtiger – die Einhaltung des Gesetzes, nach dem er sich nicht mit einem Halbblut verbinden darf, oder die Sicherung des Überlebens der Gaben? Galen weiß es nicht. Aber selbst wenn Grom sich gegen die Fortpflanzung mit Emma entscheidet – wird er dann Galen erlauben, sie zu seiner Gefährtin zu machen? Denn wenn Romul und Atta recht haben, wird Emma niemals eine Flosse wachsen. Und das bedeutet, dass Galen mit ihr an Land leben müsste.

Ist es das wert? Viele Jahre meines Lebens aufzugeben, um mit ihr zusammen zu sein? Galen denkt an die Rundung ihrer Hüften, die Fülle ihrer Lippen, die Art, wie sie errötet, wenn er sie dabei ertappt, dass sie ihn beobachtet. Und er erinnert sich daran, wie übel ihm geworden ist, als Dr. Milligan angedeutet hat, dass Emma vor ihm sterben wird.

Oh ja, das ist es absolut wert.

23

Officer Downing biegt neben Moms Wagen in die Einfahrt ein. *Natürlich* ist sie zu Hause. Ich weiß nicht, warum ich auch nur einen Funken Hoffnung darauf verschwendet habe, dass es anders sein könnte. Vielleicht weil ich achtzehn bin, was bedeutet, dass sie sich nicht die Mühe machen, die Eltern zum Ort des Geschehens zu rufen. Aber auch wenn ich kein Opfer der Justiz werde, werde ich doch ein Opfer des Kleinstadttratschs. Ein Opfer blitzender Blaulichter, gewisperter Geringschätzung und missbilligend geschüttelter Köpfe. Und, oh Mann, jetzt fühle ich mich erst recht als Opfer: Sie ist nicht nur zu Hause, sondern steht auch noch vor der Haustür, die Arme vor der Brust verschränkt. Und wartet.

Officer Downing öffnet die Hintertür des Streifenwagens, der nach Vinyl, Schweiß und Demütigung riecht. Ich steige aus. Er reicht mir meinen Rucksack, den Rachel mir freundlicherweise herausgebracht hat, als wir Rayna bei Galen zu Hause abgesetzt haben. Sie war auch so freundlich, mich nicht umzubringen, weil ich mit einem Cop vor ihrer Haustür aufgetaucht bin.

»Ruhen Sie sich ein wenig aus, junge Dame«, sagt Officer Downing. »Sie werden sich morgen wahrscheinlich ziemlich schlecht fühlen. Es dauert im Allgemeinen ein bis zwei Tage, bis man die Nachwirkungen eines Unfalls spürt.«

»Danke fürs Nach-Hause-Bringen, Officer Downing, ich weiß Ihre Hilfe zu schätzen«, erwidere ich kleinlaut.

»Gern geschehen, Miss McIntosh. Einen schönen Abend noch.« Er grüßt meine Mom mit einem abgehackten Salut, dann steigt er in den Wagen und fährt davon.

Ich trotte auf die Veranda zu, während ich mit dem Gedanken spiele, in die andere Richtung zu rennen. Aber eigentlich dürfte ich gar nicht in Schwierigkeiten stecken. Es war nicht mein Auto. Nicht ich bin diejenige, wegen der die Polizei gekommen ist. Das war Samantha Forza. Und das Bild auf Samantha Forzas Führerschein sieht Rayna erstaunlich ähnlich. Sie hat Officer Downing erzählt, dass sie einem Kamel ausweichen musste, was Officer Downing großzügigerweise als einen Hirsch interpretiert hat, nachdem sie es als »ein haariges Tier mit vier Beinen und einem Horn« beschrieben hat.

Da kein offizieller Suchtrupp losgeschickt wurde, um nach einem Kamel oder einem Einhorn zu fahnden, dachte ich, wir wären aus dem Schneider. Aber Moms Miene nach zu urteilen, bin ich davon sehr, sehr weit entfernt.

»Hi«, sage ich, als ich die Stufen erreiche.

»Das werden wir gleich sehen«, erwidert sie, packt mein Gesicht und leuchtet mir mit einer kleinen Taschenlampe in die Augen.

Ich wehre sie ab. »Ist das dein Ernst? Du checkst meine Pupillen? Ernsthaft?«

»Hal sagt, du hast benebelt ausgesehen«, erwidert sie und klipst das Lämpchen zurück an den Ausschnitt ihres OP-Kittels.

»Hal? Wer ist Hal?«

»Hal ist der Sanitäter, der deine Unterschrift verlangt hat, als du jede medizinische Behandlung verweigert hast. Er hat über Funk das Krankenhaus verständigt, nachdem er dich zurückgelassen hatte.«

»Oh. Also dann müsste Hal eigentlich aufgefallen sein, dass ich gerade an einem Unfall beteiligt gewesen bin und vielleicht deshalb ein bisschen verpeilt ausgesehen habe. Das heißt nicht, dass ich high bin.« Also kein Kleinstadttratsch, sondern *Landkreis*tratsch. Der gute alte Hal hat wahrscheinlich schon Hunderte Patienten zu meiner Mom in die Notaufnahme zwei Städte weiter gebracht.

Sie runzelt die Stirn. »Warum hast du mich nicht angerufen? Wer ist Samantha?«

Ich seufze und dränge mich an ihr vorbei. Es gibt keinen Grund, dieses Gespräch auf der Veranda zu führen. Sie folgt mir ins Haus. »Sie ist Galens Schwester. Ich habe nicht angerufen, weil ich keinen Empfang hatte. Wir waren auf einer ziemlich abgelegenen Straße.«

»Wo war Galen? Warum hast du seinen Wagen gefahren?«

»Er war zu Hause. Wir haben damit nur eine kleine Spritztour unternommen. Er wollte nicht mitkommen.«

Im Prinzip habe ich nicht gelogen, deshalb klingt auch alles so glaubwürdig.

Mom schnaubt, während sie die Haustür mit dem Schließriegel sichert. »Wahrscheinlich weil er weiß, dass seine Schwester am Steuer eine Gefahr für ihre Mitmenschen ist.«

»Wahrscheinlich.« Ich stampfe in die Küche und lege meinen Rucksack auf der Theke ab. Nachdem ich mir eine Flasche Wasser aus dem Kühlschrank geholt habe, setze ich mich an den Esszimmertisch, um meine Tennisschuhe aufzuschnüren.

Sie zieht einen Stuhl neben mich. »Du bist nicht verletzt? Hal sagte, du hättest dir den Kopf angeschlagen. Ich habe mir Sorgen gemacht.«

»Ich habe ihn mir auch angeschlagen, am Airbag. Aber es geht mir gut. Mir ist nicht einmal schwindelig.«

Moms mütterlich besorgter Ton nimmt einen geschäftsmäßigen Klang an. »Also, erzählst du mir jetzt, was wirklich passiert ist? Ich kaufe dir diesen ganzen *Wir-*

haben-beschlossen-mit-einem-BMW-eine-Schotterstraße-entlangzufahren-Mist nämlich nicht ab. Ein Hirsch? Du machst Witze, oder?«

Ich hasse es, wenn sie diese Nummer abzieht. Dieses ganze Guter-Cop/Böser-Cop-Ding. Sie kapiert einfach nicht, dass sie nicht beides gleichzeitig sein kann, sondern sich für eine Seite entscheiden muss. »Bevor du Antworten von mir bekommst, will ich welche von dir«, sage ich und drehe den Spieß um. Ich habe diese Doppelmoral satt – sie hat Geheimnisse, aber ich darf keine haben. Außerdem bin ich müde, Punkt. Ich brauche Schlaf. Und das bedeutet, dass ich Antworten brauche.

»Was meinst du? Was willst du wissen?«

»Ich werde dir erzählen, was wir da draußen wirklich gemacht haben. Nachdem du mir erzählt hast, wer meine wahren Eltern sind.« So, jetzt ist es raus. Ich habe die Katze aus dem Sack gelassen.

Sie lacht, wie ich es von ihr erwartet habe. »Ist das dein Ernst?«

Ich nicke. »Ich weiß, dass ihr mich adoptiert habt. Und jetzt will ich wissen, wie, warum und wann.«

Sie lacht noch mal, aber es klingt irgendwie falsch, als würde sie mit diesem Lachen etwas überspielen. »Also, darum geht es hier? Du rebellierst, weil du denkst, dass wir dich adoptiert haben? Wie um alles in der Welt kommst du nur auf diese Idee?«

Ich falte die Hände vor mir auf dem Tisch. »Sieh mich

an. Wir wissen beide, dass ich anders bin. Ich sehe nicht so aus wie du oder Dad.«

»Das ist nicht wahr. Du hast mein Kinn und meinen Mund. Und es ist schier unmöglich, die McIntosh-Nase *nicht* zu erben.«

»Was ist mit meiner Haut? Und meinem Haar?«

»Was soll damit sein?«

»Oh, vergiss es«, sage ich und winke ab. Ich stehe auf, um zu gehen. Ich habe gleich gewusst, dass sie nicht nachgeben würde. »Ich hab keine Lust, mich auslachen zu lassen. Ich gehe duschen und dann ins Bett.«

Sie hält mich am Arm fest. »Was meinst du mit Auslachen? Warum sollte ich lachen?«

Abgesehen von der Tatsache, dass sie in diesem Gespräch bereits zweimal gelacht hat? Ich ziehe skeptisch eine Augenbraue hoch, setze mich aber wieder hin. Nach einem tiefen Atemzug platze ich heraus: »Weil du mich immer auslachst, wenn ich versuche, mit dir zu reden.«

Sie blinzelt. »Seit wann versuchst du denn bitte, mit mir zu reden?«, fragt sie leise.

Hm. Gutes Argument. Wenn sie es so ausdrückt, klingt es wirklich nicht fair von mir. Ich öffne und schließe den Mund einige Male. Was, soll ich etwa sagen: »Seit ich vier war«? Andererseits ist *sie* doch der Grund, warum ich nicht mit ihr rede, oder? »Als diese Fische mich gerettet haben …«

Sie schlägt die Hände zusammen und ich fahre erschrocken herum. »Um Gottes willen, ich dachte, du wolltest ein richtiges Gespräch führen, Emma. Aber es geht *darum?* Du warst vier Jahre alt. Wie kannst du dich überhaupt daran erinnern?«

»Weiß ich nicht, aber so ist es eben. Ich erinnere mich an diese Fische, die mich gerettet haben. Ich erinnere mich daran, dass du mich ausgelacht hast, als ich versucht habe, es dir zu erzählen. Aber Dad hat nicht gelacht. Dad hat mir geglaubt.«

Sie seufzt. »Hör mal, ich weiß, dass du Dad vermisst. Aber was um alles in der Welt hat das damit zu tun, dass du adoptiert bist?«

Ich stehe auf und werfe beinahe den Stuhl um. »Vergiss es einfach, okay? Du bist meine richtige Mom. Dad ist mein richtiger Dad. Und Ray... *Samantha* – ist einem Hirsch ausgewichen. So. Das Leben kann weitergehen. Ich gehe ins Bett.« Ich stampfe die Treppe hinauf und schäle mich aus meinen Kleidern. Dies ist einer der Momente, in denen nur ein heißes Bad helfen kann, mich wieder in die freundliche Emma zu verwandeln. Aber ich bin ja für den Rest meines beschissenen Lebens zu lauwarmem Allerlei verdammt.

Tief im Innern weiß ich, dass ich überreagiere. Ich sollte weiter mit ihr reden, ihr noch mehr Fragen stellen. Aber irgendwie bin *ich* auf dem Schleudersitz gelandet, nicht sie. Irgendwie ist es plötzlich *meine* Schuld, dass wir kein offenes Verhältnis zueinander haben.

Ich reiße den Duschvorhang auf und trete unter den dampfenden Wasserstrahl. Es fühlt sich an, als würde ich in Spucke baden. Ich kippe Shampoo in meine Hand und schäume mich kräftig ein. Ich versteife mich, als ich Moms Stimme auf der anderen Seite des Vorhangs höre.

»Du hast recht. Dad hat dir geglaubt«, sagt sie tonlos. »Aber dieser Mann hätte dir alles geglaubt. Emma, du warst deswegen so außer dir und so verstört. Natürlich dachtest du, es sei echt gewesen. Ich bin mir sicher, dass es für dich auch wirklich sehr echt war. Es tut mir leid, dass ich gelacht habe. Ich weiß nicht, ob ich das überhaupt schon einmal gesagt habe. Aber es tut mir leid. Mir war nicht bewusst, dass es dich verletzt hat.«

Meine Lippen zittern. Ich bringe keinen Ton heraus. Ich könnte ihr jetzt einfach sagen, dass es okay ist. Dass ich ihre Entschuldigung annehme. Aber ich habe mich so lange an dieser Verbitterung festgehalten, dass ich jetzt nicht einfach loslassen kann. Noch nicht. Also tue ich es nicht. Sie sagt nichts mehr. Aber ich höre sie auch nicht weggehen.

Als ich aus der Dusche klettere, liegt meine Geburtsurkunde im Waschbecken und daneben ein paar Babyfotos, die ich noch nie gesehen habe. Ein Bild von Dad, wie er für die Kamera posiert, während er die Nabelschnur durchschneidet. Ein Bild von Mom, das Gesicht noch von den Wehen gezeichnet, aber mit einem seligen Lächeln im Gesicht und einem bleichen Baby im Arm. Das

Baby hat fast durchsichtige Haut und einen Schopf weißer Haare, die mit Blut verkrustet sind. Das Baby bin ich.

Könnte das alles gestellt sein? Die Geburtsurkunde gefälscht? Und wenn ja, WARUM? Es macht keinen Sinn. Aber irgendwie ist das auch kein Wunder, weil ich so schrecklich müde bin. Morgen werde ich diese Bilder vielleicht mit anderen Augen sehen. Ich werde sogar mit der Geburtsurkunde zu Rachel gehen. Wenn jemand herausfinden kann, ob sie echt ist, dann ja wohl Rachel.

Zufrieden mit meinem Plan zwirbele ich ein Handtuch wie einen Turban um meinen Kopf, dann wickele ich ein weiteres um meinen Körper. Ich öffne die Badezimmertür. Und falle vor Schreck fast tot um. Galen sitzt auf meinem Bett. *Ich muss wirklich anfangen, meine Balkontür abzuschließen.*

Er sieht gleichzeitig wütend und froh aus. Es ist gerade mal vierundzwanzig Stunden her, seit ich ihn das letzte Mal gesehen habe, und ich bin doch aufgeregt – trotz Schlafdefizit und mieser Laune –, dass er wieder da ist.

»Ich denke, dein Dad war ein Halbblut«, sagt er. Er runzelt die Stirn. »Und ich habe Rayna nie gesagt, dass ich ihr Fahrstunden geben würde.«

24

Endlich ist Freitagabend.

Galen biegt in Emmas Straße ein und geht im Geiste Rachels To-Do-Liste für die Verabredung heute Abend durch. Er ist entschlossen, Emma den ganzen Abend über gut zu unterhalten; sie hat Ablenkung noch nötiger als er. Sie hat ihn mit Fragen über ihren Vater bombardiert. Galen hat ihr alles erzählt, was die Archive gesagt haben. Sie hat ihm ihre Geburtsurkunde gezeigt – von der Rachel bestätigt hat, dass sie entweder echt ist oder die beste Fälschung, die sie je gesehen hat – genau wie ihre Babyfotos. Das alles bestätigt nur den Schluss, den er bereits gezogen hat: Emmas Vater war ein Nachfahre der Halbblüter. Er hatte das blonde Haar und die helle Haut. Außerdem trug er Kontaktlinsen. Emma schwört, dass sie nicht farbig waren, aber Galen ist sich sicher, dass sie sich irrt. Sie müssen es gewesen sein.

Es gibt noch andere Hinweise. Ihr Vater liebte den Ozean. Er war verrückt nach Meeresfrüchten. Er glaubte Emma, als sie ihm von den Seewölfen erzählt hat, die sie gerettet haben. Warum sollte er ihr glauben, wenn er nicht gewusst hätte, was sie ist? Und als Arzt muss er über alle ihre körperlichen Anomalien Bescheid gewusst haben. Wie könnte er kein Halbblut gewesen sein?

Aber Emma sträubt sich gegen Galens Schlussfolgerung, weil sie sich nicht »richtig anfühlt«.

Apropos Dinge, die sich nicht richtig anfühlen … Während er seinen neuen SUV in die Einfahrt lenkt, überflutet die Aufregung seinen Magen wie Hochwasser. Als er aussteigt, bemerkt er, dass er sich viel lieber vom Sitz heruntergleiten lässt, als sich aus einer engen Todesfalle wie dem Cabrio herauszuhieven. Er ist fast froh darüber, dass Rayna den roten Wagen um einen Baum gewickelt hat – abgesehen davon, dass sie und Emma dabei hätten verletzt werden können. Er schüttelt den Kopf und knirscht in seinen veloursledernen Timberlands durch den Kies auf Emmas Einfahrt.

Selbst über dieses Geräusch hinweg hört er das Hämmern seines Herzens. *Schlägt es schneller als gewöhnlich?* Er hat noch nie zuvor darauf geachtet, daher kann er es nicht sagen. Er schiebt es auf Paranoia, klopft an die Tür und verschränkt die Hände ineinander. *Ich sollte das hier lieber sein lassen. Es ist falsch. Sie könnte immer noch Grom gehören.*

Aber als Emma die Tür öffnet, sind seine Zweifel wie weggeblasen. Ihr kurzes, purpurnes Kleid betont das Violett ihrer Augen, das ihm geradezu entgegenspringt. »Tut mir leid«, murmelt sie. »Mom hat einen Anfall gekriegt, als ich versucht habe, das Haus in Jeans zu verlassen. Ich schätze, sie ist da altmodisch. Du weißt schon: ›Du musst dich fürs Kino in Schale werfen‹, sagt die Frau, die nicht einmal ein Kleid besitzt.«

»Sie hat mir einen Gefallen getan«, erwidert er, dann steckt er die Hände in die Taschen. *Sie will mich wohl ins Grab bringen.*

Nachdem sie ihre Eintrittskarten gekauft haben, zieht Emma ihn zu der Schlange vor dem Imbissstand. »Galen, macht es dir etwas aus?«, fragt sie, während sie mit dem Finger einen verwirrenden Kreis auf seinen Arm zeichnet und damit so ziemlich überall in seinem Körper Feuer entfacht. Er erkennt, dass es Übermut ist, der in ihren Augen blitzt, aber nicht, was für ein Spiel sie da spielt.

»Hol dir, was immer du willst, Emma«, antwortet er. Mit einem koketten Lächeln bestellt sie Süßigkeiten, Limo und Popcorn im Wert von fünfundsiebzig Dollar. Dem Gesichtsausdruck der Kassiererin nach muss das eine Menge Geld sein. Wenn das Spiel darin besteht, sein ganzes Geld auszugeben, wird sie enttäuscht sein. Er hat genug Bares für fünf weitere Armladungen von diesem Zeug dabei. Er hilft Emma, zwei brunnengroße Drinks, zwei Eimer Popcorn und vier Schachteln Süßigkeiten zur obersten Reihe des halb vollen Kinos zu tragen.

Als sie auf ihrem Platz sitzt, macht sie sich über eine der Schachteln her und kippt den Inhalt in ihre Hand. »Schau mal, Süßlippe, ich habe deine Lieblingsköder gekauft: Zitronenköpfchen!« *Süßlippe? Was zur ...* Bevor er sichs versieht, hat sie ihm schon drei davon in den Mund gestopft.

Im nächsten Moment kräuseln sich seine Lippen, was ihr ein bösartiges Kichern entlockt. Sie steckt einen Strohhalm in einen der Becher und reicht ihn ihm. »Trink das hier besser mal«, flüstert sie. »Um den Bonbons den Biss zu nehmen.«

Er hätte es besser wissen müssen. Das Getränk ist so voller Bläschen, dass es bis zu seinen Nasenlöchern hinaufblubbert. Sein Stolz hindert ihn daran zu husten. Sein Stolz und das Zitronenköpfchen, das sich in seiner Kehle verkeilt hat. Er muss noch ein paarmal hintereinander schlucken, bis er es hinunterbekommt.

Einige Minuten, eine Kostprobe von fettigem Popcorn und eine Limonade später wird das Licht endlich gedimmt und verschafft Galen eine Atempause.

Während sich Emma in das vertieft, was sie »blöde Vorschau« nennt, entschuldigt sich Galen, um sich auf dem Klo zu übergeben. Diese Runde geht an Emma.

Als er zu seinem Platz zurückkehrt, ist Emma verschwunden, aber ihr Arsenal an Snacks hat sie zurückgelassen. *Spielt keine Rolle mehr. Sie hat einen Krieg angezettelt.* Da sich seine Augen nur im Wasser an die Dunkelheit anpassen, muss er sich auf das Kribbeln verlassen, um sie zu finden. Sie sitzt einige Reihen weiter unten, auf der anderen Seite der Leinwand. Er setzt sich auf den leeren Platz neben ihr und wirft ihr einen fragenden Blick zu. Die Leinwand leuchtet so hell auf, dass er sehen kann, wie sie die Augen verdreht. »Wir haben vor einem Haufen Kids gesessen«, flüstert sie. »Die haben zu viel geredet.«

Er seufzt und zappelt auf seinem Sitz herum, um es sich bequem zu machen – das wird ein langer Abend. Menschen zwei Stunden lang dabei zu beobachten, wie sie so tun, als ob, lässt ihn nicht gerade vor Freude mit der Flosse schnalzen. Aber er kann erkennen, dass Emma unruhig wird. Genau wie er.

Gerade als er einnickt, knallt es laut auf der Leinwand. Emma krallt sich an seinen Arm, als lasse er sie von einer Klippe baumeln. Sie presst das Gesicht in seinen Bizeps und stöhnt. »Ist es schon vorbei?«, flüstert sie.

»Der Film?«

»Nein. Das Ding, das sie angesprungen hat. Ist es weg?«

Galen kichert und löst seinen Arm aus ihrem Griff, dann legt er ihn um sie. »Nein. Du solltest unbedingt da bleiben, wo du jetzt bist, bis ich dir sage, dass alles wieder gut ist.«

Sie reißt den Kopf hoch, aber ihre Augen lächeln beinahe. »Vielleicht nehme ich dich beim Wort, gefakte Verabredung hin oder her. Ich hasse Gruselfilme.«

»Warum hast du mir das nicht gesagt? In der Schule haben alle fast angefangen zu sabbern, wenn es um diesen Film ging.«

Die Dame neben Emma beugt sich vor. »Scht!«, flüstert sie demonstrativ laut.

Emma schmiegt sich in seine Armbeuge und vergräbt in regelmäßigen Abständen das Gesicht an seiner Brust, während der Film weiterläuft. Galen muss sich eingestehen, dass die Menschen das alles ziemlich real aussehen lassen können. Trotzdem kann er nicht verstehen, warum Emma Angst hat, wenn sie doch weiß, dass es nur Schauspieler auf einer Leinwand sind, die dafür bezahlt werden, dass sie schreien wie kochende Hummer. Aber er kann sich nicht beklagen. Wegen ihrer überzeugenden Darbietung kann er Emma fast zwei geschlagene Stunden im Arm halten.

Nach dem Film fährt er den Wagen an den Straßenrand und öffnet die Tür für sie, genau wie Rachel es ihm eingebläut hat. Emma nimmt seine Hand, als er ihr beim Einsteigen hilft.

»Wie sollten wir unser neues kleines Spiel nennen?«, fragt er auf dem Heimweg.

»Spiel?«

»Du weißt schon, ›nimm ein paar Zitronenköpfchen, Süßlippe‹.«

»Oh, richtig.« Sie lacht. »Wie wäre es mit ... Kotzen?«

»Klingt passend. Dir ist doch wohl klar, dass du jetzt an der Reihe bist, oder? Ich habe daran gedacht, dich eine lebende Krabbe essen zu lassen.«

Sie beugt sich zu ihm hinüber. Er kommt fast von der Straße ab, als ihre Lippe sein Ohr streift. »Wo willst du denn eine lebende Krabbe herbekommen? Ich muss nur den Kopf ins Wasser strecken und ihr sagen, dass sie abhauen soll.«

Er grinst. Sie fühlt sich langsam wohler mit ihrer Gabe. Gestern hat sie ihm einige Delfine auf den Hals gehetzt. Am Tag davor hat sie jedes lebendige Wesen in der unmittelbaren Umgebung angewiesen, sich zurückzuziehen, als ein Fischerboot über ihnen vorbeiglitt.

Sie biegen in ihre Einfahrt ein und er schaltet den Motor aus. Es scheint, als würde jede Macht im Universum ihn auf sie zudrängen – wie ein Magnet. Oder vielleicht *zieht* jede Macht im Universum sie zu ihm. Genau wie Toraf es gesagt hat. So oder so, er ist es leid, dagegen anzukämpfen. Irgendetwas muss passieren. Und es muss bald passieren.

Er öffnet seine Tür, aber sie legt eine Hand auf seine und hält ihn zurück. »Du musst mich nicht bis zur Tür begleiten«, sagt sie. »Mom ist jetzt nicht zu Hause, also brauchen wir keine Show abzuziehen, okay? Danke für den Film. Wir sehen uns morgen.«

Und das war's. Sie steigt aus, geht zur Haustür und

schließt auf. Nach einigen Sekunden schaltet sie die Verandalichter aus. Galen setzt rückwärts aus der Einfahrt. Das Gefühl von Leere, das ihn überkommt, als er in die Hauptstraße einbiegt, hat nichts damit zu tun, dass er das Kotzspiel verloren hat.

Aus dem Augenwinkel sieht er, wie Emma die rosafarbene Geschenktüte auf der Kücheninsel betrachtet. Er weiß, es ist grausam, mit ihrer Neugier zu spielen, aber er kann einfach nicht anders. Sie ist immer noch bei Aufgabe zwei ihrer Hausaufgabe in Infinitesimalrechnung. Und das schon seit fast einer Stunde.

Sie runzelt die Stirn und lässt ihren Bleistift auf die Theke krachen. »Ich hasse es, samstags Hausaufgaben zu machen«, sagt sie. »Das ist alles deine Schuld. Du musst aufhören zu schwänzen. Dann würde ich mich nicht verpflichtet fühlen, ebenfalls produktiv zu sein, während du den ganzen Stoff nachholst.« Sie reißt ihm den Bleistift aus der Hand und schleudert ihn durch die Küche. Dabei verfehlt sie Rachel, die neben dem Kühlschrank steht, nur um Haaresbreite. Rachel wirft ihnen einen fragenden Blick zu, macht aber weiter sauber.

Galen grinst. »Wir könnten auch einfach chillen, wenn du magst.«

Emma sieht Rachel mit hochgezogenen Augenbrauen an. Rachel beteuert ihre Unschuld. »M-mh. Schau mich nicht so an. Ich hab ihm das nicht beigebracht.«

»Hab ich ganz allein gelernt«, sagt er und hebt den Bleistift vom Boden auf.

»Was du nicht sagst«, höhnt Emma.

»Ah, bitte hass mich nicht dafür, Liebes.«

»Okay. Bei ›Liebes‹ ist die Grenze erreicht. Und ›Kleines‹ geht auch gar nicht«, erwidert Emma.

Er lacht. »Das wäre das Nächste gewesen.«

»Zweifellos. Also, hat dir jemand erklärt, wie man chillt?«

Galen zuckt die Achseln. »Soweit ich das verstanden habe, ist Chillen so was wie im Koma liegen, nur wach.«

»Das trifft es so ziemlich.«

»Ja. Klingt nicht allzu reizvoll. Sind alle Menschen faul?«

»Treib es nicht zu weit, Hoheit.« Aber sie grinst.

»Wenn du mich Hoheit nennst, nenne ich dich ›Liebes‹. Basta.«

Emma knurrt, aber es klingt nicht so grimmig, wie sie es beabsichtigt. Im Gegenteil, es klingt einfach nur bezaubernd. »Himmel! Ich werde dich auch nicht Majestät nennen. Und du. Wirst. Mich. Niemals. ›Liebes‹ nennen.«

Als er nickt, wird sein Grinsen so breit, dass es mindestens von einem Ohr zum anderen reicht. »Habe ich … habe ich etwa gerade einen Streit gewonnen?«

Sie verdreht die Augen. »Sei nicht dumm. Es steht unentschieden.«

Er lacht. »Wenn du sagst, dass ich gewonnen habe, lasse ich dich dein Geschenk auspacken.«

Sie wirft einen Blick auf die Geschenktüte und beißt sich auf die Unterlippe – hinreißend. Dann guckt sie wieder zu ihm hinüber. »Vielleicht ist mir das Geschenk ja egal.«

»Oh, es ist dir definitiv nicht egal«, sagt er zuversichtlich.

»Oh doch, es IST mir definitiv egal«, erwidert sie und verschränkt die Arme.

Er fährt sich mit der Hand durchs Haar. Wenn sie es noch komplizierter macht, wird er ihr sagen müssen, wohin sie gehen. Er zuckt ganz lässig mit den Achseln. »Das ändert alles. Ich dachte nur, weil du Geschichte magst … aber egal, vergiss es einfach. Ich werde dich damit nicht mehr belästigen.« Er steht auf, geht zu der Tüte hinüber und befingert das gepunktete Seidenpapier, mit dem Rachel sie ausgestopft hat.

»Selbst wenn ich sage, dass du gewonnen hast, ist es trotzdem eine Lüge, weißt du?«, brummt Emma beleidigt.

Galen schluckt den Köder nicht. Nicht heute. »Schön. Dann ist es eine Lüge. Ich will nur, dass du es sagst.«

Mit einem Gesichtsausdruck, der irgendwo zwischen Überraschung und Misstrauen schwankt, sagt sie es. Und es klingt so süß von ihren Lippen. »Du hast gewonnen.«

Als er ihr die Tüte bringt, ist ihm so schwindlig, als hätte er selbst ein Geschenk bekommen. Hat er ja auch irgendwie. Als er auf dem Rückweg von der Höhle der Erinnerungen an dem Wrack vorbeigekommen ist, wusste er, dass er sie dorthin mitnehmen muss. »Hier. Zieh dich um. Die Maske und die Flossen brauchst du nicht, aber ich will, dass du den Anzug trägst. Er soll deine Körperwärme bewahren. Er kann einen Menschen ein paar Stunden lang in eisigen Temperaturen am Leben erhalten, da solltest du es also schön warm haben.«

Sie späht in die Tüte. »Ein Taucheranzug? Warum sollte ich den brauchen?«

Er verdreht die Augen. »Geh, zieh dich um.«

Als sie aus dem Badezimmer kommt, fällt er fast vom Hocker. Der Anzug schmiegt sich um jede Rundung ihres Körpers. Das Einzige, was ihm nicht gefällt, ist ihr Stirnrunzeln. »Ich sehe in diesem Ding aus wie ein Seehund«, sagt sie und zeigt auf die Kapuze. Er grinst. »Behalt sie auf. Wenn wir dort ankommen und dir warm genug ist, kannst du sie ausziehen, versprochen.«

Sie nickt ungeduldig. »Ich hoffe, die Sache lohnt sich.«

Um Emmas Sauerstoff zu sparen, bleiben sie an der Oberfläche. Gelegentlich taucht Galen unter, um zu überprüfen, wo sie sind. Beim letzten Mal lächelt er breit. »Wir sind da.«

Sie erwidert sein Lächeln. »Endlich. Ich dachte schon, wir würden nach Europa schwimmen.«

»Noch ganz kurz, bevor wir runtergehen: alles klar bei dir? Ist dir kalt?«

Sie schüttelt den Kopf. »Überhaupt nicht. Mir ist sogar ziemlich warm. Dieses Ding funktioniert richtig gut.«

»Gut. Tief einatmen, okay? Dr. Milligan hat mir erklärt, dass ich dich langsam nach unten ziehen soll, damit dein Körper auf jeden Fall damit fertigwird. Wenn du ein Gefühl der Enge in der Brust spürst oder irgendetwas anderes Unangenehmes, musst du es mir sofort sagen. Wir gehen tiefer runter als zehn Empire State Buildings.«

Sie nickt mit großen Augen. Ihre Wangen röten sich entweder vor Aufregung oder weil ihr tatsächlich zu heiß ist. Er lächelt, als er ihre Taille mit beiden Armen umfasst. Während sie in die Tiefe sinken, spricht sie mit den neugierigen Fischen, die um sie herumhuschen. Aber schon bald werden es weniger Fische, bis es Galen schließlich überraschen würde, noch welche zu sehen, die nicht leuchten.

»Wie hast du Dr. Milligan eigentlich kennengelernt?«, fragt sie, als wäre ihr der Gedanke eben erst gekommen.

»Ich habe ihm das Leben gerettet. Oder besser gesagt haben wir einander das Leben gerettet.«

Sie bettet den Kopf an sein Kinn. »Sagt der Junge, der Menschen hasst.«

»Ich hasse Menschen nicht.« *Zumindest nicht mehr.*

Nach einigen Minuten zappelt sie in seinen Armen. »Und?«, fragt sie.

Er dreht sie zu sich. »Und was?«

»Wirst du mir erzählen, *wie* du Dr. Milligan das Leben gerettet hast?«

»Du bist wirklich die neugierigste Person, die ich kenne. Das macht mir Sorgen.«

»Sollte es auch.«

Er lacht leise. Als sie eigensinnig eine Augenbraue hochzieht, seufzt er. »Toraf, Rayna und ich haben an einigen Riffen vor der Küste des Brückenlandes gespielt – ähm, Mexiko nennt ihr es. Wir waren ungefähr zehn Jahre alt, denke ich. Wie auch immer, Dr. Milligan hat auf der anderen Seite mit zwei Freunden geschnorchelt. Wir haben darauf geachtet, ihnen nicht zu nahe zu kommen, aber Dr. Milligan ist vom Rest der Gruppe getrennt worden. Ich habe ihn auf unserer Seite gefunden, er lag auf dem Grund und hielt sein Bein umklammert; er hatte einen Krampf. Ich konnte erkennen, dass er fast ohnmächtig geworden wäre. Ich habe ihn an die Oberfläche geholt. Seine Freunde haben uns gesehen und ihn ins Boot gezogen. Sie haben meine Flosse entdeckt; ich konnte damals noch nicht besonders gut Menschengestalt annehmen. Oder Tarngestalt. Sie haben versucht, mich auch in ihr Boot zu hieven.«

Emma macht ein zischendes Geräusch. Galen schenkt ihr ein schiefes Lächeln. »Davon wirst du doch keine Albträume kriegen, oder? Du weißt, wie die Geschichte endet. Das Gute hat gesiegt.«

Sie kneift ihn. »Erzähl weiter.«

»Dr. Milligan hat das Boot in Bewegung gesetzt und so stark beschleunigt, dass sie das Gleichgewicht verloren und mich fallen gelassen haben. Ende.«

»Neiiiiin. Nicht Ende. Wie habt ihr euch wiedergefunden? Das war, bevor du Rachel kennengelernt hast, oder?«

Er nickt. »Ich habe ihn erst ein Jahr später wieder getroffen. Ich bin immer wieder zu dem Riff zurückgekehrt, weil ich dachte, er würde es vielleicht auch tun. Und eines Tages ist er gekommen.«

»Was ist mit seinen Freunden? Haben sie nach dir gesucht?«

Galen lacht. »Sie suchen immer noch nach mir. Und sie sind schon lange nicht mehr seine Freunde.«

»Machst du dir keine Sorgen, dass sie jemandem von dir erzählt haben könnten?«

Er zuckt die Achseln. »Niemand glaubt ihnen. Dr. Milligan hat die ganze Sache den menschlichen Behörden gegenüber abgestritten. Es steht sein Wort gegen ihres.«

»Mhm«, macht sie nachdenklich.

Die nächsten Minuten verbringen sie schweigend. Gerade als er denkt, dass er es nicht länger ertragen kann, fängt sie wieder an zu sprechen.

»Jetzt ist mir definitiv nicht mehr heiß«, sagt Emma. Galen hält inne. »Nein«, fügt sie hastig hinzu. »Es fühlt sich gut an. Los, weiter!«

An diesem Punkt würde sie alles sagen, was er hören will, um die Überraschung zu sehen. Und es wäre unmöglich, das Gegenteil zu beweisen. In Wahrheit ist er aufgeregt, weil der große Moment nun gekommen ist.

Als sie sich der Stelle nähern, dreht er Emma wieder zu sich. »Schließ die Augen. Ich will, dass es eine richtige Überraschung wird.«

Sie lacht. »Ich weiß ja nicht mal, wo wir sind! Wir könnten sogar am Nordpol sein. Ich habe doch schon an Land keinen Orientierungssinn, Galen.«

»Egal, schließ die Augen trotzdem.«

Als sie gehorcht, erhöht er seine Geschwindigkeit und schwimmt am Grund des Ozeans entlang, bis sich das Wrack vor ihnen abzeichnet. Er dreht sie wieder um. »Mach die Augen auf, Emma«, flüstert er.

Er weiß ganz genau, wann sie sie geöffnet hat. Sie keucht ungläubig. Er wusste, dass sie es erkennen würde. »Die *Titanic*«, haucht sie. »Omeingott.«

Er schwimmt mit ihr zum Rumpf. Sie streckt die Hand aus, um die Reling zu berühren, die sie aus dem Kino kennt. »Vorsicht mit dem Rost«, warnt er.

»Sie sieht so verlassen aus. Genau wie auf den Bildern.«

Er hilft ihr über die Reling und stützt ihr Körpergewicht, sodass sie das Deck mit den Füßen berühren kann. Der aufgewühlte Schlamm schwebt geisterhaft um sie herum. Emma lacht. »Wäre es nicht komisch, hier frische

Fußabdrücke zu hinterlassen? Ich wette, sie würden sich alle möglichen Geistergeschichten ausdenken. Das würde Schlagzeilen machen.«

»Es würde nur den Verkehr hier unten erhöhen. Es werden bereits Ausflüge zur *Titanic* an Touristen verkauft, die es sich leisten können.«

Sie kichert.

»Was?«, fragt er lächelnd.

»Hinten in meinem Schrank steht ein großer Glaskrug. Als das Thema letztes Jahr in der Schule dran war, habe ich angefangen, mein ganzes Kleingeld reinzuwerfen, um für eine dieser Touren zu sparen.«

Er kichert und hebt sie vom Deck, um weiterzuziehen. »Wofür wirst du das Geld jetzt ausgeben?«

»Wahrscheinlich für diese Pralinen, die Rachel immer kauft. Ich hoffe, es reicht.«

Er bringt sie überall hin, wo sie will. Backbord, zum Anker, zum riesigen Propeller. Er dringt in das Innere des Schiffes und zeigt ihr die Offizierskabinen, die verfallenen Flure, die Fensterrahmen ohne Glas. »Wir können tiefer hinunter, wenn sich deine Augen anpassen.«

Sie nickt. »Es ist, als würde der Mond in einer klaren Nacht scheinen. Wenn ich mich wirklich konzentriere, kann ich fast alles sehen.«

»Gut.« Er erreicht ein Loch im Boden des Flures und zeigt in die Dunkelheit. »Kein Mensch ist mehr hier unten gewesen, seit das Schiff gesunken ist. Bist du bereit?«

Er kann das Zögern in ihren Augen sehen. »Was ist?«, fragt er. »Geht es dir nicht gut? Geht dir die Luft aus? Ist der Druck zu stark?« Er presst sie fest an sich, bereit, sofort nach oben zu schießen, wenn sie irgendeine seiner Fragen mit Ja beantwortet. Stattdessen schüttelt sie den Kopf und beißt sich auf die Unterlippe.

»Nein, das ist es nicht«, sagt sie mit brechender Stimme.

Er hält inne. »Bei Tritons Dreizack, Emma, was ist los? Weinst du?«

»Ich kann nichts dagegen machen. Begreifst du, was das hier ist? Es ist ein stählerner Sarg für mehr als fünfzehnhundert Menschen. Mütter sind hier mit ihren Kindern ertrunken. Leute, die durch diese Flure gegangen sind, wurden unter ihnen begraben. Von dem Geschirr, das hier überall zerbrochen herumliegt, haben sie gegessen. Irgendjemand hat tatsächlich diesen Stiefel getragen, an dem wir vorbeigekommen sind. Seeleute haben ihre Familien an dem Tag, an dem das Schiff den Hafen verließ, zum letzten Mal geküsst. Als wir es in der Schule durchgenommen haben, hat es mich wegen all dieser Menschen traurig gemacht. Aber es hat sich niemals so echt angefühlt wie jetzt. Es ist herzzerreißend.«

Er streicht mit dem Handrücken über ihre Wange und stellt sich die Träne vor, die dort sein würde, wenn sie nicht zwölf Meilen tief unter Wasser wären. »Ich hätte dich nicht hierherbringen sollen. Es tut mir leid.«

Sie ergreift seine Hand, jedoch nicht um sie abzuwehren. »Machst du Witze? Das ist die beste Überraschung aller Zeiten. Mir fällt nichts ein, was das hier übertreffen könnte. Im Ernst.«

»Dann willst du also weitermachen? Oder hast du genug gesehen?«

»Nein, ich will weitermachen. Ich hatte einfach das Gefühl, dass ich das, was hier vor all den Jahren passiert ist, würdigen sollte. Um eine respektvolle Besucherin zu sein und keine hirnlose Touristin.«

Er nickt. »Wir werden uns weiter unten ein paar Minuten lang umsehen, dann muss ich dich wieder nach oben bringen. Wir müssen langsam auftauchen, damit deine Lunge sich anpassen kann. Aber ich verspreche dir, ich werde dich wieder herbringen, wenn du möchtest.«

Sie lacht. »Tut mir leid, aber ich glaube, das ist mein neuer Lieblingsplatz. Beim nächsten Mal können wir gleich ein Lunchpaket mitnehmen.«

Zusammen schwimmen sie in die Tiefe.

Ein warmer Lichtschein aus dem Inneren des Hauses erhellt die Türschwelle. Er schaltet den Motor ab und kämpft gegen den Drang, rückwärts aus der Einfahrt zu setzen und irgendwo anders hinzufahren. Hauptsache, sie ist bei ihm.

»Mom ist zu Hause«, murmelt Emma.

Er lächelt. Ihr Haar ist noch feucht von der Dusche,

die sie bei ihm zu Hause genommen hat, und ihre Wechselsachen – Jeans und ein mit Farbe bespritztes T-Shirt – sind ein wenig zerknittert, weil Rachel sie in einer Reisetasche auf dem Boden ihres Kleiderschranks gelagert hat. In diesem bequemen Look erscheint sie ihm genauso attraktiv wie in ihrem kurzen, purpurnen Kleid, das sie zu ihrer menschlichen Verabredung getragen hat. Gerade als er ihr das sagen will, öffnet sie die Autotür.

»Tja, ich bin mir sicher, dass sie den Wagen gehört hat, also sollte ich besser reingehen«, bemerkt sie.

Er lacht und versucht die Enttäuschung hinunterzuschlucken, als er sie zum Eingang begleitet. Sie fummelt an ihren Schlüsseln herum, als wüsste sie nicht, welcher davon die Tür aufschließen wird. Da nur drei Schlüssel an dem Ring hängen – und die beiden anderen Autoschlüssel sind –, hat Galen eine diebische Freude daran, dass sie den Moment in die Länge zieht. Sie will also genauso wenig wie er, dass dieser Tag endet.

Dann blickt sie auf und direkt in seine Augen. »Ich kann dir gar nicht sagen, wie großartig der Tag heute für mich war. Echt, der beste Tag überhaupt.«

»Weißt du, was mir am besten gefallen hat?«, fragt er und tritt näher an sie heran.

»M-mh?«

»Wir haben uns nicht gestritten. Nicht ein einziges Mal. Ich hasse es, mich mit dir zu streiten.«

»Ich auch. Es ist solche Zeitverschwendung, wenn …«

Er beugt sich sogar noch näher vor und sieht ihr weiter in die Augen. »Wenn?«

»Wenn wir stattdessen einfach die Gesellschaft des anderen genießen können«, flüstert sie. »Aber wahrscheinlich genießt du meine Gesellschaft in letzter Zeit gar nicht. Ich war nicht besonders nett …«

Er streift mit seinen Lippen über ihre und schneidet ihr das Wort ab. Ihre Lippen sind weicher, als er es sich jemals vorgestellt hat. Aber das ist noch nicht genug. Er nimmt die Hand von ihrem Kinn, um sie in ihre feuchten Locken zu schlingen, und zieht sie enger an sich. Sie stellt sich auf die Zehen, um ihm entgegenzukommen, und als er sie vom Boden hochhebt, schlingt sie die Arme um seinen Hals. Genauso hungrig nach ihm wie er nach ihr, öffnet sie den Mund zu einem tieferen Kuss und presst ihre weichen Kurven an ihn. Und Galen beschließt, dass es nichts Besseres gibt, als Emma zu küssen.

Alles an ihr ist wie für ihn gemacht. Wie sich ihr Mund im selben Rhythmus wie seiner bewegt. Wie sie die Finger durch sein Haar zieht und ihm ein erregender Schauer über den Rücken läuft. Wie ihre kühlen Lippen ihn zum Glühen bringen. Sie passt so perfekt in seine Arme, als würde jede ihrer Rundungen eine Stelle an seinem eigenen Körper ausfüllen …

Keiner von ihnen bemerkt, dass die Tür aufgeht, aber ihre Lippen lösen sich voneinander, als Emmas Mom sich räuspert. »Oh, Entschuldigung«, platzt sie heraus. »Ich dachte, ich hätte einen Wagen gehört … Ähm, tja, ich bin dann mal drinnen.« Sie verschwindet hinter einer beinahe zugeschlagenen Tür.

Galen sieht Emma an, die immer noch in seinen Armen liegt. Die Zufriedenheit schwindet, als er den Schmerz in ihren Augen sieht.

Sie entzieht sich seiner Umarmung und tritt zurück. »Die ganze Zeit habe ich mir Sorgen gemacht, dass *du* nicht in der Lage wärst, das durchzuziehen. Aber jetzt hätte *ich* beinahe Mist gebaut.«

»Mist gebaut?«, fragt er, alarmiert von der Art, wie ihre geschwollenen Lippen zittern. *Wird sie gleich wieder weinen?* »Hab ich was falsch gemacht?«, flüstert er. Sie weicht zurück, als er die Hand nach ihr ausstreckt.

Mit einem gezwungenen Lächeln sagt sie: »Nein, es war perfekt. Ich habe sie nicht einmal kommen hören. Jetzt wird sie keine Zweifel mehr daran haben, dass wir miteinander gehen, oder?«

Die Erkenntnis trifft ihn wie eine zerstörerische Welle. *Emma denkt, ich hätte sie geküsst, damit ihre Mom es sieht.* »Emma …«

»Ich meine, für einen Moment hattest du *mich* beinahe davon überzeugt, dass wir … wie auch immer, ich sollte besser reingehen, bevor sie wieder nach uns sieht.«

»Habt ihr *den Verstand verloren*?«, zischt jemand aus den Büschen neben der Veranda. Galen muss sich nicht einmal umdrehen, um zu wissen, dass es Rayna ist. Sie marschiert die Treppe hinauf und deutet auf Galen.

Oh nein.

Rayna pikst Galen in die Brust. »Du hast ja Nerven, weißt du das? Da folgst du ihr einmal rund um die Welt, um so zu tun, als würdest du im Interesse des Königreichs handeln. Du schleimiger Aal! Und jetzt hast du sie auch noch geküsst. Ich kann einfach nicht glauben, dass du sie geküsst hast.«

Emma stößt ein nervöses Lachen aus. »Du wusstest, dass er das tun würde, Rayna. Wir haben es dir erzählt, erinnerst du dich?«

Rayna starrt sie erschreckend finster an. »Oooooh, nein. Er sollte so tun, als würde er dich küssen. Dieser Kuss war echt. Vertrau mir, Emma. Ich kenne ihn erheblich länger als du.«

»Vielleicht sollten wir das lieber am Strand klären«, sagt Emma mit Blick auf die Haustür.

Rayna nickt, aber Galen schüttelt den Kopf. »Nein, du kannst reingehen, Emma. Rayna und ich können auf der Heimfahrt darüber reden.«

»Mh-mh. Auf keinen Fall, Galen. Du sagst ihr die Wahrheit.« Wenn Rayna noch lauter spricht, wird Emmas Mom sie hören. Galen packt Rayna am Arm und zieht sie von der Veranda. Als sie sich wehrt, wirft er sie über die Schulter.

»Emma!«, schreit Rayna und zappelt wie ein Fisch am

Haken. »Du musst dir das anhören! Sag es ihr, Galen! Sag ihr, warum du sie überhaupt nicht küssen dürftest.«

Emma geht zum Rand der Veranda und stützt sich ab. »Ich weiß schon, dass ich aus dem Haus Poseidon stamme, Rayna. Ich werde nichts verraten, wenn du auch nichts verrätst«, sagt sie und lächelt Galen an.

»Stell dich nicht so dumm, Emma«, brüllt Rayna, als sie um die Ecke des Hauses biegen und außer Sicht geraten. »Du sollst dich mit Grom verbinden. Galen soll dich zu Grom bringen!«

Galen hält inne. Es ist zu spät. Sie hat zu viel gesagt. Alles andere hätte er noch retten können. Er setzt seine Schwester ab. Sie sieht ihn nicht an, sondern fixiert einen unsichtbaren Punkt hinter ihm.

»Dachtest du, dass ich es nicht herausfinde?«, fragt Rayna und starrt weiter geradeaus. Eine Träne glänzt im Mondlicht, als sie über ihre Wange kullert. »Wie die Fische ihr folgen? Glaubst du, dass ich zu blöd bin, um dahinterzukommen, warum wir sie kreuz und quer durch das ganze Land verfolgt haben? Und dann bei ihr geblieben sind, obwohl du herausgefunden hast, dass sie ein Halbblut ist? Es ist nicht richtig, was du getan hast. Sie gehört Grom. Die Entscheidung, ob er sich mit ihr fortpflanzen will oder nicht, liegt bei ihm. Und es ist auch Emma gegenüber nicht fair. Sie mag dich. So, wie sie Grom mögen sollte.«

In gewisser Weise ist es bittersüß. Seine Schwester hat

gerade die beste Nacht seines Lebens ruiniert und wahrscheinlich jede Chance darauf, das zu bekommen, was er will. Aber sie hat es aus Respekt vor Grom getan. Und vor Emma. Wie kann er deswegen wütend sein?

Galen hört, wie die Haustür geöffnet wird. Rayna versteift sich. »Was geht hier vor?«, fragt Mrs McIntosh.

»Oh, ähm, nichts, Mom. Wir haben nur geredet, das ist alles«, antwortet Emma von der Ecke des Hauses aus. Galen fragt sich, wie lange Emma schon dort steht und seinen Rücken betrachtet. Wie viel sie davon mitbekommen hat, was Rayna ihm an abscheulichen und wahren Dingen an den Kopf geworfen hat.

»Ich habe Geschrei gehört«, erklärt ihre Mutter geradeheraus.

»Entschuldigung. Ich werde leiser sein.« Emma räuspert sich. »Galen und ich werden noch am Strand spazieren gehen.«

»Geht nicht zu weit«, antwortet ihre Mom. »Und zwingt mich nicht, nach euch zu suchen.«

»Mom«, stöhnt Emma, doch ihre Mutter hat die Tür bereits hinter sich geschlossen.

Rayna entspannt sich sichtlich, als sie hört, wie der Türriegel vorgeschoben wird. Emma drängt sich an den beiden vorbei und macht sich auf den Weg zu den Sanddünen hinter dem Haus. Galen und Rayna tauschen einen Blick und folgen ihr.

Am Rande des Wassers strahlt der Mond wie ein Suchscheinwerfer auf sie herab, als wüsste das Universum, dass diese Nacht eine Nacht der Erleuchtung sein würde. Emma dreht sich mit einem erschütterten Ausdruck auf dem Gesicht zu ihnen um.

Sie sieht Rayna an. »Spuck's aus.«

»Das habe ich gerade«, antwortet Rayna. »Ich habe dir gerade alles gesagt, was ich weiß.« Sie schlingt die Arme um sich, als würde sie frieren.

»Warum soll ich mich mit Grom verbinden? Ich stamme aus dem Haus Poseidon. Ich bin Groms Feindin.«

Rayna öffnet den Mund, aber Galen kommt ihr zuvor. »Warte. Ich werde es ihr erklären.« Seine Schwester starrt ihn zweifelnd an. Er seufzt. »Du kannst bleiben, wenn du willst. Für den Fall, dass ich etwas auslasse.«

Sie reckt das Kinn vor und nickt zum Zeichen, dass er anfangen kann.

Galen wendet sich wieder Emma zu. »Erinnerst du dich daran, dass ich dir erzählt habe, dass Grom sich mit Nalia verbinden sollte, dass sie aber gestorben ist?«

Emma nickt. »Bei der Explosion einer Mine.«

»Genau. Sie sollten sich miteinander verbinden, weil sie der dritten Generation angehörten und die Erstgeborenen eines jeden Hauses waren. Der Grund dafür ist die Notwendigkeit, die Gaben der Generäle zu perpetuieren. Dafür zu sorgen, dass die Gaben …«

»Ich weiß, was *perpetuieren* bedeutet«, unterbricht sie ihn. »Komm zur Sache.«

Galen schiebt die Hände in die Taschen, um Emma nicht zu berühren. »Ich habe dir erzählt, dass König Antonis sich weigerte, nach Nalias Tod einen Erben zu zeugen. Ohne eine Erbin, mit der Grom sich paaren kann, könnten die Gaben verschwinden. Zumindest ist es das, was das Gesetz besagt. Als Dr. Milligan von dir erzählt hat, als ich dich gesehen habe, wusste ich, dass du eine direkte Nachfahrin von Poseidon sein musst. Also habe ich …«

Sie hebt die Hand. »Halt, das reicht. Ich fürchte, ich weiß, wie die Geschichte endet.« Sie versucht gar nicht erst, die Tränen wegzuwischen, die ihr übers Gesicht strömen. Sie lacht. Ein bitteres, gehässiges Geräusch. »Ich habe es gewusst«, flüstert sie. »Tief im Inneren habe ich gewusst, dass du bei allem einen Hintergedanken hattest. Dass du nicht aus Herzensgüte versucht hast, mir zu helfen. Himmel, aber ich bin wirklich darauf reingefallen, was? Nein, ich bin auf *dich* reingefallen. Lektion gelernt.«

»Emma, warte …« Er streckt die Hand nach ihr aus, aber sie weicht zurück.

»Nein. Fass mich nicht an. Fass mich nie wieder an.«

Sie weicht weiter zurück, als würde er sie angreifen. Sein Magen krampft sich zusammen.

Galen und Rayna beobachten, wie Emma mit riesigen Schritten zwischen den Sanddünen vor ihrem Haus verschwindet, als komme sie für irgendetwas zu spät.

»Du hast ihr wehgetan«, stellt Rayna leise fest.

»Du warst nicht gerade eine Hilfe.«

»Ich habe nichts falsch gemacht.«

Er seufzt. »Ich weiß.«

»Ich mag Emma.«

»Ich auch.«

»Lügner. Du liebst sie. Dieser Kuss war echt.«

»Das war er.«

»Ich wusste es. Was jetzt?«

»Ich weiß es nicht«, sagt er und beobachtet, wie das Licht in Emmas Zimmer im zweiten Stock angeht. Er kratzt sich den Nacken. »Ich bin irgendwie froh, dass sie jetzt Bescheid weiß. Es hat mir nicht gefallen, es zu verheimlichen. Aber sie hätte wahrscheinlich nicht mitgespielt, wenn ich ihr die Wahrheit verraten hätte.«

Rayna schnaubt. »Meinst du?« Sie schiebt sich eine kurze Strähne hinters Ohr. »Es hat sich ja alles *sooo* viel besser entwickelt, weil du es ihr verheimlicht hast.«

»Was machst du überhaupt hier?«

Sie zuckt die Achseln. »Vielleicht erinnerst du dich daran, dass du meinen Gefährten auf eine Art Geheimmission geschickt hast. Ich habe mich gelangweilt.«

»Freut mich, dass wir dich unterhalten konnten.«

»Hör mal, ich wollte Emmas Haus sehen. Vielleicht ihre Mom kennenlernen. Irgendwas tun, was Mädchen eben tun. Ich bin nicht hierhergekommen, um dein Leben zu zerstören.« Ihre Stimme zittert.

Er legt den Arm um sie. »Weine nicht wieder. Komm. Ich bring dich nach Hause«, sagt er leise.

Rayna wischt sich den Schnodder von der Nase. Dann weicht sie ebenfalls vor ihm zurück, genau wie Emma es getan hat, nur dass sie sich auf das Wasser zubewegt. »Ich kenne den Weg nach Hause«, erklärt sie, bevor sie sich umdreht und untertaucht.

Es ist erst die zweite Stunde, und die ganze Schule weiß schon, dass Emma mit ihm Schluss gemacht hat. Bis jetzt hat er acht Telefonnummern, einen Kuss auf die Wange und einen Kniff in die Kehrseite seiner Jeans kassiert. Seine Versuche, zwischen den Unterrichtsstunden mit Emma zu reden, werden von einem Hurrikan weiblicher Teenager zerschmettert, deren Hauptziel darin zu bestehen scheint, ihn und seine Exfreundin voneinander getrennt zu halten.

Als die Glocke zur dritten Stunde läutet, hat Emma bereits einen Platz gewählt, an dem sie durch die anderen Schüler von ihm abgeschottet ist. Während des Unterrichts passt sie so konzentriert auf, als würde der Lehrer Anweisungen geben, wie man eine lebensbedrohliche Katastrophe übersteht, die in den nächsten vierundzwanzig Stunden über die Welt hereinbricht. Ungefähr nach der Hälfte der Stunde bekommt er eine SMS von einer unbekannten Nummer:

wenn du mich lässt, stelle ich dinge mit dir an, bei denen du sie vergisst

Sobald er die Nachricht gelöscht hat, taucht eine weitere auf, von einer anderen unbekannten Nummer:

ruf mich an, wenn du chatten willst. ich werde dich besser behandeln als e.

Wie sind sie an meine Nummer gekommen? Er steckt sein Handy wieder in die Tasche und beugt sich schützend über sein Notizbuch, als wäre es das Letzte, was ihm noch bleibt, das Letzte, über das sie noch nicht hergefallen sind. Da bemerkt er das Gekritzel einer fremden Handschrift: Ein Mädchen namens Shena hat in seinem Notizbuch ihren Namen und ihre Telefonnummer hinterlassen und beides mit einem Herzchen umkringelt. Es kostet ihn fast so viel Anstrengung, das verdammte Ding nicht durch den Raum zu schleudern, wie Emma nicht zu küssen.

Beim Mittagessen hindert Emma ihn einmal mehr daran, auf sie zuzugehen, indem sie sich zwischen lauter Leute an einen vollen Picknicktisch draußen setzt. Er wählt einen Tisch ihr gegenüber, aber sie scheint ihn nicht wahrzunehmen. Sie tupft geistesabwesend das Fett von der Pizza auf ihrem Teller, bis sie mindestens fünfzehn orangefarbene Servietten vor sich liegen hat. Sie wird sich nicht darum kümmern, dass er sie anstarrt und nur darauf wartet, sie zu sich zu winken, sobald sie aufblickt.

Er ignoriert die SMS-Explosion in seiner vibrierenden Tasche und öffnet den Behälter mit Thunfisch, den Rachel ihm eingepackt hat. Er lädt den Fisch grimmig auf seine Gabel, schaufelt ihn in sich hinein und kaut, ohne etwas davon zu schmecken. Dieser Mark mit den weißen Zähnen erzählt Emma irgendetwas, das sie komisch findet. Sie hält sich eine Serviette vor den Mund und kichert. Galen springt fast von seiner Bank auf, als Mark ihr eine Haarsträhne aus dem Gesicht streicht. Jetzt weiß er, was Rachel damit gemeint hat, als sie ihm gesagt hat, dass er sein Territorium rechtzeitig markieren soll. Aber was kann er tun, wenn sein Territorium sich in Luft auflöst? Die Neuigkeit von ihrer Trennung hat sich so schnell ausgebreitet wie ein Ölteppich, und es scheint, als unternehme Emma gewaltige Anstrengungen, um das Ganze noch zu beschleunigen. Mit Daumen und Zeigefinger zerbricht Galen seine Plastikgabel, als Emma mit ihrer Serviette sanft Marks Mund abtupft. Er verdreht die Augen, als Mark »versehentlich« noch etwas Wackelpudding an seinem Mundwinkel verkleckert. Emma wischt auch den weg und lächelt, als würde sie sich um ein Kind kümmern.

Es macht die Sache nicht unbedingt besser, dass Galens Tisch sich mit seinen Bewunderinnen füllt – sie berühren ihn, kichern, lächeln ihn ohne Grund an und lenken ihn von seiner Fantasie ab, Marks hübschen Kieferknochen zu brechen. Aber das würde Emma nur einen echten Grund liefern, diesem Idioten dabei zu helfen, mit seinem Wackelpudding fertigzuwerden.

Als er es nicht länger aushält, reißt Galen sein Handy aus der Tasche und wählt, dann legt er auf. Als der Anruf erwidert wird, sagt er: »Hey, Süßlippe.« Die Mädchen am Tisch geben einander Zeichen, still zu sein, um besser zuhören zu können. Einige von ihnen reißen den Kopf herum, um zu sehen, ob Emma am anderen Ende der Leitung ist. Als sie zufrieden feststellen, dass sie es nicht ist, beugen sie sich näher zu ihm heran.

Rachel schnaubt. »Wenn du doch nur Süßes mögen würdest.«

»Ich kann es gar nicht erwarten, dich heute Abend zu treffen. Zieh diesen rosafarbenen Rock an, den ich so mag.«

Rachel lacht. »Klingt so, als würdest du in etwas stecken, das wir Menschen gern Klemme nennen. Mein armes, verdammt gut aussehendes Äffchen. Emma redet immer noch nicht mit dir und lässt dich mit diesen ganzen hormongesteuerten Mädchen allein?«

»Halb neun? Das ist noch so lang. Können wir uns nicht schon früher treffen?«

Eins der Mädchen steht tatsächlich auf und trägt ihr Tablett – und ihre Absicht – zu einem anderen Tisch. Galen versucht, sich nicht allzu offensichtlich darüber zu freuen.

»Musst du von der Schule abgeholt werden, Sohn? Bist du krank?«

Galen wirft einen Blick zu Emma hinüber, die eine Pe-

peroni von ihrer Pizza zupft und sie beäugt, als wäre es Delfinkot. »Ich kann nicht schon wieder blaumachen, um dich zu sehen, Liebes. Aber ich werde an dich denken. An *niemanden* außer dir.«

Jetzt stehen noch ein paar Mädchen auf und stolzieren mit ihren Tabletts zum Müll. Die Cheerleaderin vor ihm verdreht die Augen und beginnt ein Gespräch mit der pummeligen Brünetten neben ihr – mit derselben pummeligen Brünetten, die sie zwei Stunden zuvor noch in ein Schließfach gestoßen hat, um an ihn heranzukommen.

»Schweig, mein Herz«, erwidert Rachel gedehnt. »Aber im Ernst, ich kann deine Signale nicht deuten. Ich habe keine Ahnung, worum du mich bittest.«

»Im Augenblick um gar nichts. Aber was das Blaumachen betrifft, könnte ich meine Meinung noch ändern. Ich vermisse dich wirklich.«

Rachel räuspert sich. »Also schön, mein Äffchen. Du brauchst es deine Mama nur wissen zu lassen, und sie holt ihren verrückten kleinen Jungen von der Schule ab, okay?«

Galen legt auf. *Warum lacht Emma schon wieder? So* komisch kann Mark gar nicht sein. Da setzt ihn das Mädchen neben ihm ins Bild: »Mark Baker. Alle Mädchen lieben ihn. Aber nicht so sehr wie dich. Außer vielleicht Emma, schätze ich.«

»Da wir gerade von diesen Mädchen sprechen, woher haben sie meine Telefonnummer?«

Sie kichert. »Sie steht auf der Wand in der Mädchentoilette. Einhunderterflur.« Sie hält ihm ihr Handy unter die Nase. Das Bild von seiner Nummer, die auf eine Kabinentür gekritzelt ist, leuchtet auf dem Display auf. In Emmas Handschrift.

Die Wellen teilen sich, als er durchs Wasser pflügt und eine schaumige weiße Linie auf der Oberfläche zurücklässt. Als er ein Boot am Horizont sieht, taucht er unter und legt sich so mächtig ins Zeug, dass er vielleicht nicht einmal auf ihrem Fischradar auftaucht, falls sie einen haben.

Das ist schon seine zweite Schwimmtour nach Europa und zurück innerhalb einer Woche. Da morgen Freitag ist, wird er wahrscheinlich noch einmal eine unternehmen. Aber ganz gleich, wie weit er schwimmt, ganz gleich, wie schnell, seine Anspannung lässt ihn nicht los. Und es ändert nichts an der Tatsache, dass Emma mit einem anderen geht.

Er spürt andere Syrena im Wasser, aber er erkennt sie nicht. Außerdem ist er nicht in der Stimmung für Small Talk. Tatsächlich ist ihm seine Einsamkeit im Moment wichtiger als seine nächsten fünf Mahlzeiten. Der Versuch, durch die Flure in der Schule zu navigieren, war ungefähr so, als würde man mit Wanderstiefeln voller Steine durch die Flut waten – die Menschenfrauen haben den Verstand verloren. Sie haben sich wie eine Welle um ihn geschlossen und nach ihm gegriffen, sie haben einander überschrien und sich Dinge an den Kopf geworfen, die bedeuteten, dass man sich mit mehr als einem Mann paart – ziemlich oft. So hat es ihm dann zumindest Rachel später erklärt. Sie waren sich nur dann einig, wenn er versucht hat, in die Männertoilette zu entkommen – oder wenn er sich bemüht hat, Emmas Richtung einzuschlagen.

Aber er hat nicht nur von den Menschen genug – in dieser Stimmung wäre es für keinen Syrena ratsam, ihn zu einem Gespräch zu nötigen. Dabei würde natürlich jeder Passant gerne erfahren, was ein Königssohn so weit entfernt von den Höhlen treibt. Die Antwort, die er momentan geben würde, würde seinem Bruder bestimmt nicht die Unterstützung einbringen, die er als neuer König braucht. Außerdem würde er seinen Vater damit vielleicht doch noch dazu bringen, seine Drohung wahr zu machen, ihm die Zunge herauszuschneiden. Und ohne Zunge vor Emma zu Kreuze zu kriechen, wäre ziemlich lästig.

Mit knirschenden Zähnen treibt er sich noch härter an und peitscht schneller durch das Wasser als jeder von Menschenhand geschaffene Torpedo. Erst als er das erreicht, was die Menschen den Ärmelkanal nennen, wird er langsamer und kommt an die Oberfläche. Als er sich einem Fleckchen Land nähert, das er erkennt, hat er nicht einmal ein halbes Lächeln für den neuen persönlichen Rekord übrig. *Von New Jersey nach Jersey Island in weniger als fünf Stunden.* Die dreitausend Meilen Entfernung, die er heute Nacht zwischen sich und Emma gebracht hat, sind nichts im Vergleich zu der gewaltigen Kluft, die sie trennt, wenn sie in der Mathestunde nebeneinandersitzen.

Emmas Fähigkeit, durch ihn hindurchzusehen, ist eine echte Gabe – aber keine, die sie von Poseidon geerbt hat. Rachel beharrt darauf, dass diese Gabe eine typisch weibliche Eigenschaft ist, ungeachtet der Spezies. Aber Emma scheint das einzige Mädchen zu sein, das seit ihrer Trennung diese spezielle Gabe nutzt. Selbst Rayna könnte einige Lektionen von Emma lernen, wenn es um die Kunst geht, einen verknallten Jungen zu quälen. *Verknallt? Eher fanatisch.*

Er schüttelt angewidert den Kopf. *Warum konnte ich nicht einfach mit dem Sichten beginnen, als ich volljährig wurde? Warum konnte ich kein passendes, sanftmütiges Mädchen finden, um mich zu paaren? Ein friedliches Leben führen, Nachkommen produzieren, alt werden und beobachten, wie meine Jungfische selbst Jungfische bekommen?* Er durchforstet sein Gedächtnis nach einer, die ihm in der Vergangenheit entgangen sein könnte. Nach einem Gesicht, das er übersehen hat, auf dessen Wiedersehen er sich jetzt aber jeden Tag freuen könnte. Nach einem gutmütigen Mädchen, das sich geehrt fühlen würde, sich mit einem Tritonprinzen zu verbinden – anstelle einer temperamentvollen Sirene, die seinen Titel bei jeder Gelegenheit verspottet. Er durchforstet sein Gedächtnis nach einer lieben Syrena, die sich um ihn kümmern würde, die tun würde, was er verlangt, die niemals mit ihm streiten würde.

Nicht irgendein von Menschen großgezogener Syrena-Schnipsel, der mit dem Fuß aufstampft, wenn er seinen Willen nicht bekommt, der nur auf ihn hört, wenn es einem geheimen Ziel dient, das er verfolgt, oder ihm eine Handvoll Zitronenbonbons in den Hals stopft, wenn er einen Moment lang nicht aufpasst. Kein weißblonder Engelfisch, dessen Augen ihn zu einer Pfütze schmelzen lassen, dessen Erröten schöner ist als der Sonnenaufgang und dessen Lippen ihn in Wallung versetzen wie die Explosion einer Mine.

Emmas Gesicht überlagert die Hunderter anderer paarungswürdiger Syrena. *Das ist eben noch eine Eigenschaft, die ich auf die Liste setzen muss: eine, der es nichts ausmacht, nur seine Nummer zwei zu sein.* Er beißt die Zähne zusammen, als er einen Blick auf seinen eigenen Schatten unter sich erhascht, der von den silbernen Schlieren des Mondlichts geworfen wird. Da es hier kurz vor drei Uhr morgens ist, fühlt er sich wohl bei dem Gedanken, keine unbequeme Kleidung tragen zu müssen. Aber im Adamskostüm auf dem felsigen Ufer zu sitzen, ist weniger reizvoll. Und es spielt keine Rolle, an welchem Jersey-Ufer er sitzt, er kann dem Mond nicht entrinnen, der sie beide verbindet – und der ihn an Emmas Haar erinnert.

Während er sich im seichten Wasser treiben lässt, starrt er den Mond voller Groll an, wohl wissend, dass er ihn an noch etwas anderes erinnert, dem er nicht entfliehen kann – sein Gewissen. Wenn er sich doch nur vor seiner Verantwortung drücken könnte, vor seiner Loyalität gegenüber seiner Familie, seiner Loyalität gegenüber seinem Volk. Wenn er doch nur alles an sich und um sich herum ändern könnte ... Er würde Emma einfach schnappen und nie mehr zurückblicken – das heißt, falls sie jemals wieder mit ihm spricht.

Als er genug davon hat, sich treiben zu lassen, wechselt er in Menschengestalt und steht jetzt im knietiefen Wasser; er blinzelt zum Horizont, als könne er sie dort sehen, wenn er nur lange genug hinsieht. Er sollte umkehren. Obwohl er Emmas unbekannten Verfolger diese Woche nicht mehr vor ihrem Haus gespürt hat, macht es ihn trotzdem nervös, sie unbewacht zurückzulassen. Aber vor ihrem Balkon herumzulungern, ist fast genauso beunruhigend – Mark hat Rachels telefonischen Abhöraufnahmen zufolge diese Woche dreimal angerufen. Und sie hat Galen ihm gegenüber nicht ein einziges Mal erwähnt.

Während er den Kopf darüber schüttelt, was er für ein liebeskranker Robbenwelpe ist, spürt er endlich einen Syrena, den er kennt. Toraf. Es dauert gute zehn Minuten, bis sein Freund endlich auftaucht.

Mit einem kräftigen Knuff gegen die Schulter sagt Toraf: »Also hast du beschlossen, endlich einmal länger als zwei Sekunden stillzuhalten, kleiner Fisch. Ich habe deine Spur fünf Stunden lang verfolgt, aber du warst zu schnell. Wo sind wir?«

»England.« Galen grinst. Er hat etwas Ablenkung dringend nötig, und jemanden abzulenken, gehört zufällig zu Torafs vielen Talenten.

Toraf zuckt die Achseln. »Wo immer das ist.«

»Also«, sagt Galen und verschränkt die Arme. »Was führt dich an diesem schönen Morgen quer durch das Hoheitsgebiet von Triton? Hast du mich vermisst?«

Toraf blickt zum Mond hinauf und zieht eine Augenbraue hoch. »Das Gleiche wollte ich dich fragen.«

Galen zuckt die Achseln. »Es ist viel stiller ohne diesen ganzen lästigen Hintergrundlärm.«

»Ah. Du *hast* mich vermisst. Das bedeutet mir eine Menge, kleiner Fisch. Ich habe dich auch vermisst.« Er sieht sich am Ufer um. »Wo ist Emma? Mag sie Eggland nicht?«

»Eng-land. Sie ist zu Hause und schläft wahrscheinlich friedlich. Du hast sie nicht gespürt, oder?« Für eine halbe Sekunde steigt sein Puls an. Sie ist ohne ihn ins Wasser gegangen. Jedes Mal, wenn er ihr nah genug ist, um sie zu spüren, geht sie raus. Was ihm nur recht ist.

»Ups. War ich an der Reihe, Emma im Auge zu behalten? Irgendwie dachte ich, du hättest mich von dieser Aufgabe entbunden, nachdem du mich losgeschickt hast, um Paca zu suchen und das alles.«

»Hast du sie gefunden?«

Toraf nickt.

»Und?«

Grinsend verschränkt Toraf die Arme. »Bist du dir sicher, dass du es wissen willst?« Als Galen die Fäuste ballt, lacht Toraf. »Schon gut, schon gut, kleiner Fisch. Ich sehe dir an, dass du in angriffslustiger Stimmung bist, aber ich würde mir meine Energie lieber für deine Schwester sparen.«

»Ich schwöre bei …«

»Sie hat die Gabe, Galen.«

Statt in die Höhe zu schießen, gerät Galens Puls ins Stottern. »Paca hat die Gabe von Poseidon? Bist du dir sicher?«

Toraf nickt. »Ich habe es selbst gesehen. Sie kann mit Fischen sprechen. Sie tun, was sie sagt. Sie hat es mir und Grom und ihrem Vater demonstriert. Sie hat einen Delfin dazu gebracht, Kunststückchen für uns zu machen.«

»Was für Kunststückchen?«

Toraf zuckt die Achseln. »Alles, was sie will, schätze ich. Wir waren auf jeden Fall alle zufrieden. Verblüfft, um genau zu sein.«

»Wo hat sie die ganze Zeit gesteckt?«, fragt Galen.

»Im Hoheitsgebiet von Triton, an der Küste des langen Landes. Sie sagte, sie hätte das Wasser gemieden. Für den Fall, dass König Antonis Fährtensucher hinter ihr herschickt. Ich habe sie erst gefunden, nachdem sie untergetaucht ist, um sich vor ein paar Menschen zu verstecken, die ihr Lager am Strand bemerkt hatten. Sie schien froh zu sein, mich zu sehen.«

Die Syrena bezeichnen es als das lange Land. Für die Menschen ist es Florida. *Wo wir Emma gefunden haben.* Allmählich kommt Galen der Gedanke, dass Florida eine geheimnisvolle Macht besitzt, Poseidons Gabe hervorzubringen. »Was sagt Grom dazu?«

»Grom hofft, dass du seine Verbindungszeremonie nicht versäumst. Es würde seine Gefühle verletzen.«

»Er wird sich mit Paca verbinden? Bist du dir sicher?«

»Ich wäre dir nicht rund um die Welt gefolgt, wenn ich mir nicht sicher wäre.«

Galen ignoriert das aufgeregte Ziehen in seinem Magen. »Sie ist kein Mitglied des Königshauses.«

»Und Emma schon?«

»Gutes Argument.« Wenn Grom bereit ist, sich mit Paca zu verbinden, die nicht zur Königsfamilie Poseidons gehört, wäre er dann auch bereit, sich mit Emma zu verbinden? *Es spielt keine Rolle, Dummkopf. Er verbindet sich mit Paca.*

»Wie auch immer, die Zeremonie wird in zwei Mondzyklen stattfinden. Grom will es momentan noch geheim halten, damit er sich in Ruhe überlegen kann, wie er es allen präsentieren kann. Er möchte, dass sie ihre Gabe einem Publikum vorführt. Anderenfalls wird er Blut an den Händen haben.«

»Das ist eine gute Idee.« Grom bewegt sich in eisigen Gewässern, wenn er gegen Antonis' Wünsche eine Gefährtin von Poseidon nimmt. Und im Prinzip setzt er, als Erstgeborener und königlicher Triton-Spross der dritten Generation, das Gesetz außer Kraft, indem er sich mit Paca verbindet, die nach den gesetzlichen Maßstäben zum gemeinen Volk gehört. Diese Sichtweise ist allerdings nicht fair. Immerhin hat König Antonis Grom zu dieser Entscheidung gezwungen, als er sich geweigert hat, weitere Nachfahren zu zeugen. Aber wie werden die Königreiche das sehen? Werden sie es als selbstlose Bemühung Groms verstehen, um die Gabe zu erhalten? Oder werden sie es als einen machthungrigen Schritt betrachten, um beide Königreiche zu beherrschen – vor allem, wenn man Jagens Ruf als verräterischen Schwätzer bedenkt?

»Er will, dass ihr beide, du und Rayna, euch fernhaltet, bis er die Zeremonie ankündigt. Ich habe ihm erklärt, dass du bis dahin gut beschäftigt sein wirst.«

»Was meinst du?«

»Bist du wirklich so dumm wie ein Riff, kleiner Fisch? Jetzt kannst du Emma haben. Warum verplemperst du deine Zeit hier in Eggland – Galen? Galen, warte auf mich!«

25

Ich bin mir nicht sicher, ob alle Syrena so eine unverwüstliche Hartnäckigkeit an den Tag legen oder ob das eine besondere Spezialität von Galen ist. Sogar jetzt, als ich die Haustür verriegle, während Mark mir die Autotür aufhält, bringt Galen mein Handy beinahe zum Explodieren. Ich lasse mich auf den Beifahrersitz des Pick-ups plumpsen und versuche, meinem Gesicht einen überzeugend entspannten Ausdruck zu verleihen.

Ich dachte, Galen hätte den Versuch, mit mir zu reden, endlich aufgegeben. Ich meine, was gibt es da noch zu sagen? Er hat mit mir gespielt wie mit einer X-Box. Ein Besen und ein Kehrblech würden nicht ausreichen, um die vielen Scherben aufzufegen, in die er mein Herz zerschmettert hat. Ich bin so dumm gewesen. Aber damit ist jetzt Schluss.

Es war nicht leicht, in der Schule Abstand zu halten.

Aber ich habe es geschafft. Und wenn ich ihn vor unserem Haus im Wasser spüre, gehe ich raus. Am Mittwoch hat er aufgehört, mich anzurufen. Heute hat er sogar die Schule geschwänzt. *Was hat er jetzt wieder vor? Begreift er denn nicht, dass ich Abstand brauche?*

Und warum habe ich eigentlich keine Unterdrückungstaste wie mein Handy? Als ich sie betätige, verschwindet sein Anruf vom Display, und das Klingeln hört auf. Aber das Kribbeln ist immer noch in meinen Fingerspitzen, als hätte er es durch das Telefon geschickt, um mich zu packen. Ich stecke das Handy in meine Handtasche – die Taschen meiner engen Jeans müssen reine Deko sein, da passt nichts rein – und lächele Mark an.

Ach, Mark. Der blonde, blauäugige, durch und durch amerikanische Quarterback. Wer hätte gedacht, dass er schon seit Jahren in mich verknallt ist? Emma McIntosh bestimmt nicht, so viel steht verdammt noch mal fest. Und Chloe auch nicht. Was merkwürdig ist, denn Chloe hat diese Art von Information gesammelt. Vielleicht stimmt es gar nicht.

Vielleicht interessiert Mark sich nur für mich, weil er denkt, dass ich mit Galen zusammen war – wer würde *nicht* mit dem Mädchen gehen wollen, das mit dem heißesten Jungen der Schule zusammen war? Aber mir soll's recht sein. Mark ist … na gut, Mark ist nicht so der Knaller, wie ich immer gedacht habe.

Egal. Er sieht gut aus, ist ein Quarterback-Star, und er

versucht nicht, mich seinem Bruder zu verkaufen. *Also, warum bin ich nicht total aus dem Häuschen?*

Die Frage muss mir ins Gesicht geschrieben stehen, denn Mark zieht eine Augenbraue hoch. Keine wertende Braue, eher eine erwartungsvolle. Aber falls er eine Erklärung erwartet, kann seine winzige menschliche Lunge offenbar nicht lange genug die Luft anhalten, um eine Antwort abzuwarten.

Abgesehen davon, dass es ihn nichts angeht, kann ich die Einzelheiten meiner Beziehung zu Galen auch nicht direkt *erklären* – egal ob Fake oder nicht. Die Wahrheit ist, dass ich nicht weiß, wie es jetzt weitergehen soll. Er hat meinen Stolz durchsiebt wie mit einer Schrotflinte. Und habe ich schon erwähnt, dass er mir das Herz gebrochen hat?

Er ist nicht nur ein Schwarm. Er ist nicht nur körperlich anziehend, jemand, der mich dazu bringt, meinen eigenen Namen zu vergessen, indem er so *tut*, als würde er mich küssen. Er ist nicht einfach nur ein Lehrer oder ein versnobter Fisch mit königlichem Blut. Sicher, er ist all das. Aber er ist noch viel mehr. Er ist derjenige, den ich will. Und wahrscheinlich wird er das auch immer bleiben.

Aber ich laufe nicht Gefahr, »eine von denen« zu werden. Eine von denen, die ihre College-Pläne hinschmeißen, um gleich nach der Highschool irgendeinen Typen zu heiraten. Eine von denen, die ihre eigenen Wünsche opfern, um *seine* Träume wahr werden zu lassen, um *ihn* glücklich zu machen. Eine von denen, die an jedem Lächeln von ihm, an jedem seiner Worte hängen, die seine Kinder zur Welt bringen, sein Abendessen kochen und sich nachts an ihn kuscheln. Nein, ich laufe definitiv nicht Gefahr, *so* zu werden.

Denn Galen will mich ja gar nicht. Wenn dieser Kuss echt gewesen wäre, hätte ich vielleicht Stipendien in den Wind geschlagen und wäre ihm zu unserer kleinen privaten Insel gefolgt oder in sein Unterwasserkönigreich. Ich hätte vielleicht sogar Fisch für ihn gekocht.

Sicher, Galen würde es liebend gerne sehen, dass ich all diese Dinge tue. *Mit seinem Bruder.*

Also ist es nur gut, dass ich jetzt die Initiative ergreife und mich mit jemand anderem verabrede – selbst wenn ich mich damit nur über eine Enttäuschung hinwegtröste und selbst wenn mich eine Beziehung enttäuscht hat, die nie wirklich existiert hat. *Meine* Gefühle waren echt. Und das allein zählt, oder? Im Regelwerk für gebrochene Herzen gibt es schließlich keine Bedingung, die besagt, dass die Beziehung tatsächlich echt gewesen sein muss, oder? Sicher verwischen hier gerade die Grenzen zwischen gefestigter Persönlichkeit und völlig durchgeknallt, aber der Punkt ist doch, dass es eine Grenze *gibt*. Und ich bin noch nicht vollkommen ins Reich des Irrsinns übergelaufen.

Mark, der neben mir sitzt, ist der Beweis dafür. Ich lebe mein Leben weiter. Bleibe auf der Schule. Schreibe mich am College ein. Koche Huhn statt Fisch. Gehe mit anderen Leuten aus. Und mit ein wenig Glück werde ich am Ende auch andere Leute küssen. Selbst wenn es nichts bedeutet.

»Alles in Ordnung?«, fragt Mark, als wir auf die Autobahn biegen.

»Klar. Warum?« Aber wir wissen beide, warum er gefragt hat.

Mark ist offensichtlich zu sehr Gentleman, um darauf hinzuweisen, dass ich mehr Raumzeit bekomme als ein Astronaut. Stattdessen sagt er: »Du wirkst heute Abend nur so still. Ich hoffe, ich habe die ganze Sache nicht jetzt schon komplett vermasselt.«

Ich lache. »Genau das Gleiche habe ich auch gerade gedacht. Dass ich es nicht vermasseln will, meine ich.«

Er nickt und sieht mich mit einem wissenden Lächeln an.

»Was?«, frage ich.

Er zuckt die Achseln.

»Nein. Du hast mir diesen Blick zugeworfen«, beharre ich und verschränke die Arme vor der Brust.

»Nein, habe ich nicht.«

»Ich gehe nicht mit Lügnern aus.« *Nicht mehr.*

Er lacht. »Na schön, wenn du es unbedingt wissen willst: Ich denke nicht, dass es irgendetwas gibt, womit du das hier vermasseln könntest.«

Ich kann mir ein Lächeln nicht verkneifen. »Oh, sag

das lieber nicht zu laut.« Gut aussehend, klug, witzig. Und jetzt auch noch süß. *Also, hör auf, darauf zu warten, dass deine Handtasche klingelt, Dummkopf.*

»Vergiss nicht, dass du mich gezwungen hast, es laut zu sagen. Aber keine Sorge, ich bin nicht abergläubisch.«

»Ich auch nicht.«

Die Fahrt nach Atlantik City dauert eine gute Stunde, und wir vertreiben uns die Zeit, indem wir Zwanzig Fragen spielen. Mark ist der jüngste von vier Brüdern. Er will entweder Physiker oder Animateur in Disneyworld werden – er verspricht, sich zu entscheiden, bevor er mit seinem Footballstipendium das College abschließt. Und sein peinlichster Augenblick war, als er bei seinen Eltern hereingeplatzt ist, während sie *es* getan haben. Letzte Woche.

Seine Fragen an mich sind fast wortwörtlich die gleichen. Bis auf die eine, die er stellt, als wir auf den Parkstreifen entlang des Gehsteiges biegen. »Frage Nummer neunzehn ist: Wer schickt dir heute Abend dauernd SMS?«

Jetzt geht das wieder los. Dank Marks Lässigkeit hat sich der Whirlpool in meinem Magen in einen gemäßigten Wirbel verwandelt – eher wie eine Toilettenspülung mit Unterdruck –, selbst wenn meine Handtasche gepiepst hat. Aber jetzt trifft mich der Wirbel wieder mit voller Wucht. Wie ein Orkan, der ganze Inseln wegfegen könnte. Dieser Abend läuft einfach zu gut, um ihn mit der Wahrheit zu ruinieren, aber wenn das hier nicht mein letztes Date mit Mark war, wäre eine Lüge langfristig schädlicher. »Es ist Galen.«

Mark zieht scharf die Luft ein. »Okay. Dann verzichte ich auf meine ursprüngliche Frage Nummer zwanzig, weil mir eine neue auf den Nägeln brennt: Muss ich mir wegen Galen Sorgen machen?«

Ich lache. »In welcher Hinsicht?«

»Na ja, in jeder Hinsicht, schätze ich. Der Typ ist ja zum Beispiel riesig. Kann er kämpfen? Schießen? Und hast du ihm erzählt, wohin wir heute Abend fahren?«

»Nein. Warum?«

»Weil er da draußen vor deinem Fenster steht.«

Ich reiße den Blick herum und sehe, dass Galen nur wenige Zentimeter vom Truck entfernt steht, die Arme vor der Brust verschränkt. Mark ist so höflich, das Fenster für mich herunterzukurbeln. Ich selbst bin zu perplex, um mich zu bewegen, zu reden oder zu atmen.

»Emma, hast du eine Minute?«, fragt Galen, den Blick fest auf mich gerichtet.

»He, Galen. Wie läuft's denn so, Mann?« Mark legt ein wenig Schärfe in seinen sonst so freundlichen Tonfall.

»Mark.« Galen nickt mit angespanntem Kiefer.

»Überrascht mich irgendwie, dich hier zu sehen, Mann. Bist du mit irgendjemandem hier?« Mark ist ziemlich gut darin, Unsinn zu reden.

»Das bin ich tatsächlich. Ich bin mit Emma hier.«

»Wirklich? Wie das denn?«

»Sie ist meine Freundin. Ich dachte, ich hätte das bereits klargemacht, Mark.«

Mark kichert. »Hm, ich weiß ja nicht so genau, wo du herkommst, aber in diesem Land funktioniert das so: Wenn einer Schluss macht, dann ist für beide Schluss. Hab das selbst auf die harte Tour gelernt. Ich kann das echt nachfühlen, Mann.«

»Noch nicht«, murmelt Galen.

»Wie bitte? Was hast du gesagt?« So, wie es sich anhört, hat Mark ihn tatsächlich nicht verstanden. So, wie Galen aussieht, sollte er das auch gar nicht. Aber ich habe es verstanden. Und ich weiß, was er gemeint hat.

»Er hat gar nichts gesagt«, erkläre ich Mark und bin froh, dass ich meinen Mund endlich wieder bewegen kann.

»Doch, hat er, Emma«, flüstert Mark mir zu und tätschelt mein Bein. »Keine Sorge, ich werde das regeln.« Er lässt seine Hand, wo sie ist, und ruft über mich hinweg zu Galen: »Also, was hast du gerade gesagt? Oder lohnt es sich nicht, es zu wiederholen?«

Es fühlt sich an, als würde heiße Lava über mich hinwegrinnen. Dazu kommt ein Gefühl von Grauen. Als ich mich wieder umdrehe, überrascht es mich nicht, dass meine Nase die von Galen beinahe durch das Wagenfenster berührt. Aber er sieht nicht mich an. Mark scheint von seinem finsteren Blick wenig beeindruckt zu sein. Galen spricht mit zusammengebissenen Zähnen. »Ich sagte, noch nicht. Du hast noch nicht einmal angefangen, Schmerz zu empfinden. Noch nicht. Aber wenn du deine Hand nicht sofort von ihrem Bein nimmst …«

Ich öffne die Tür. Galen tritt zurück, um mich aussteigen zu lassen.

»Emma, das ist doch Wahnsinn. Du brauchst nicht mit ihm zu reden. Den mach ich fertig, wenn er darum bettelt«, sagt Mark so laut, dass Galen es hört.

Footballspieler hin oder her, ich bezweifele stark, dass Mark schon einmal mit einem Stahlrohr verprügelt worden ist – und genau so würden sich Galens Syrena-Fäuste auf seinem Gesicht anfühlen. Ich werfe ihm ein entschuldigendes Lächeln zu. »Es wird nur eine Sekunde dauern. Ich bin gleich zurück, okay?«

Als ich von dem Truck wegtrete, schlägt Galen die Tür krachend zu. »Täusch dich nicht, Mark, es wird länger dauern. Sie kommt mit mir.«

Mark schwingt seine eigene Tür auf und steuert wutschäumend auf uns zu. »Warum fragen wir Emma nicht, mit wem sie mitkommen will? Ich meine, es ist ihre Entscheidung, oder?«

Der Blick, den Galen mir zuwirft, spricht klare Worte: *Kümmer dich darum oder ich tu's.* Oder vielleicht bedeutet er auch: *Rühr dich nicht vom Fleck, darum kümmere ich mich gerne.* So oder so, ich will nicht, dass er Mark auch nur ein Haar krümmt.

Ich kann das Testosteron förmlich riechen, als ich zwischen ihnen stehe. Wenn ich mich für Galen entscheide, stehen die Chancen, dass Mark mich jemals wieder anruft, ungefähr so gut, wie dass Galen ganz allein einen ganzen Käsekuchen verdrückt. Wenn ich Mark wähle, stehen die Chancen, dass Galen seinen eingebauten Schlagring nicht nutzt, ungefähr so gut, wie dass Rayna jemandem ein Kompliment macht.

Es ist mir fast genauso wichtig, mein Date mit Mark zu retten, wie ihn vor Verstümmelung zu bewahren. Aber wenn ich mich für die Verabredung entscheide, wäre das langfristig gesehen selbstsüchtig. Ich seufze und gebe mich geschlagen. »Es tut mir leid, Mark.«

Mark stößt hörbar die Luft aus. »Autsch.« Er kratzt sich den Nacken und lacht leise. »Schätze, ich sollte ein bisschen abergläubischer sein, hm?«

Er hat recht. Ich habe es vermasselt. Ich hätte unsere Verabredung retten sollen, seinen Stolz. Und ich hätte Galens königliche Nase mit meiner eigenen Syrena-Faust brechen sollen. Ich drehe mich zu seiner Hoheit um. »Galen, gib mir eine Minute, ja? Du hast die ganze nächste Stunde Zeit zum Reden, wenn du mich auf direktem Wege nach Hause bringst.«

Galen nickt ohne ein Wort und geht davon.

Ich kann Mark nicht in die Augen sehen, als ich sage: »Es tut mir so leid. Ich weiß nicht, was in ihn gefahren ist. Er benimmt sich sonst nie so.« Außer das eine Mal, als er Toraf am Strand wie einen Hund verprügelt hat, weil er mich geküsst hatte. Aber nur weil Toraf Rayna betrogen hat. *Oder?*

Mark lächelt, aber das Lächeln erreicht seine Augen nicht. »Kann's ihm nicht übel nehmen. Ich weiß schon jetzt, dass du es wert bist. Ich hatte nur nie den Mumm, dich zu fragen, ob du mit mir ausgehen willst. Chloe hat mit Mord gedroht. Du weißt ja, die Braut konnte treten wie ein Kerl. Sie hat gesagt, dass du zu gut für mich bist. Wahrscheinlich hatte sie recht.«

»W… was? Chloe hat gewusst, dass du mich magst?«

»Yeah. Sie hat es dir nie erzählt? Natürlich nicht. Sie dachte, ich wäre ein Aufreißer.«

Ich nicke, immer noch völlig verblüfft darüber, dass meine beste Freundin gleichzeitig meine Leibwächterin war, ohne dass ich es geahnt hätte. »Sie dachte *allerdings*, dass du ein Aufreißer bist. Und sie konnte definitiv treten wie ein Kerl.«

»Das sagt jedenfalls mein Freund Jax.« Dann fügt er ein wenig leiser hinzu: »Himmel, Galen starrt mich an wie ein Habicht. Er hat einen Blick wie ein Serienkiller. Schon mal aufgefallen?«

Ich kichere.

»Was, denkst du, würde er wohl tun, wenn ich dir einen Abschiedskuss auf die Wange gäbe?«, flüstert er verschwörerisch.

»Keine Sorge, ich werde dich beschützen.« Er hat keine

Ahnung, wie ernst ich das meine. Als er sich vorbeugt, wappne ich mich. Beim geringsten elektrischen Funken bin ich bereit, mich mit erhobenen Fäusten umzudrehen. Aber der Blitz schlägt nicht ein. Galen reißt sich zusammen.

Der Kuss ist so flüchtig, dass ich ihn fast nicht spüre. Als Mark den Kopf zurückzieht, seufzt er. »Tu mir einen Gefallen«, wispert er.

»Hmmm?«

»Behalte meine Nummer. Ruf mich an, wenn er es wieder vermasselt.«

Ich lächele. »Das mache ich, versprochen. Es war schön heute Abend.« *Hat eine unsichtbare Macht irgendwo da draußen im Universum am Ende die Verabredung* und *Marks Gesicht gerettet? Habe ich eine Chance, mich bei ihm zu rehabilitieren?*

Er lacht leise. »Yeah, war schön, dich von Middle Point hierherzufahren. Beim nächsten Mal gönnen wir uns ein richtiges Abenteuer und nehmen den Bus. Wir sehen uns in der Schule, Emma.«

»Bye.«

Ich drehe mich auf meinen High Heels um, was auf dem geschotterten Parkstreifen eine echte Leistung ist. Ich starre Galen an und löse den Blickkontakt keine Sekunde lang, bis ich die Tür erreiche, die er mir aufhält. Er wirkt gleichgültig. Fast schon emotionslos. »Ich hoffe, du hast eine verdammt gute Erklärung«, sage ich, als ich mich auf den Sitz fallen lasse.

»Du hättest meine Anrufe annehmen sollen. Oder meine SMS lesen«, erwidert er mit gepresster Stimme.

Als er rückwärts aus der Parklücke setzt, reiße ich das Handy aus meiner Handtasche und sehe mir die SMS an. »Sieht nicht so aus, als wäre jemand gestorben. Also, warum zur Hölle hast du meine Verabredung ruiniert?« Es ist das erste Mal, dass ich vor einem Mitglied einer königlichen Familie geflucht habe, und es fühlt sich gut an. »Oder ist das hier eine Entführung? Ist Grom im Kofferraum? Fährst du uns in die Flitterwochen?«

Du sollst ihm *wehtun, nicht dir selbst, Schwachkopf.* Meine Lippe zittert verräterisch. Obwohl ich den Blick abgewandt halte, erkenne ich an der Art, wie er »Emma« sagt, dass Galens leidenschaftslose Miene weicher geworden ist.

»Lass mich in Ruhe, Galen.« Er zieht mein Kinn zu sich herum. Ich schlage seine Hand weg. »Du kannst auf der Autobahn nicht sechzig fahren, Galen. Du musst beschleunigen.«

Er seufzt und drückt aufs Gaspedal. Als wir eine weniger peinliche Geschwindigkeit erreichen, habe ich meinen Schmerz zugunsten einer guten Portion Wut hinuntergeschluckt. Es trifft mich, dass ich mich doch in »eine von denen« verwandelt habe. Zwar nicht in eine, die ihre Doktorarbeit gegen ein paar Kinder und ein Haus mit drei Schlafzimmern und zwei Bädern eintauscht, sondern in die *andere*. In jene Art von Mädchen, das seinen Stolz und seine Chance auf Glück gegen einen besitzergreifenden Loser eintauscht, der sie am Ende noch schlägt, wenn sie mit dem Typen vom Hotdog-Stand Blickkontakt herstellt.

Nicht dass Galen mich schlägt, aber was sollen die Leute nach der Show, die er heute Abend abgezogen hat, denn denken? Er hat sich wie ein Irrer aufgeführt, ist mir nach Atlantik City gefolgt, hat mein Handy zum Explodieren gebracht und meinem Date körperliche Gewalt angedroht. Und Herrgott noch mal, da war dieser Serienkillerblick in seinen Augen. Das mag vielleicht in einer wässrigen Gruft angehen, aber nach den Maßstäben des trockenen Landes braut man aus diesen Zutaten eine einstweilige Verfügung zusammen. *Und warum fahren wir jetzt von der Autobahn ab?*

»Wohin bringst du mich? Ich habe gesagt, ich will nach Hause.«

»Wir müssen reden«, antwortet er leise und biegt in eine dunkle Straße gleich hinter der Ausfahrt ein. »Ich werde dich nach Hause bringen, sobald ich das Gefühl habe, dass du mich verstehst.«

»Ich will nicht reden. Darauf hättest du aber auch schon kommen können, als ich nicht an mein Handy gegangen bin.«

Auf dem Seitenstreifen dieser *Wo-verdammt-noch-mal-sind-wir*-Straße hält er an. Nachdem er den Motor ausgeschaltet hat, dreht er sich zu mir um und legt den Arm um die Rückenlehne meines Sitzes. »Ich will nicht Schluss machen.«

Ein Mississippi … zwei Mississippi … »Du hast dich wie ein Irrer aufgeführt, um mir das zu sagen? *Dafür* hast du mein Date ruiniert? Mark ist nett. Ich verdiene jemanden, der nett ist! Stimmt doch, Galen, oder?«

»Absolut. Aber ich bin zufällig auch nett.«

Drei Mississippi … vier Mississippi … »Meinst du nicht eher Grom? Und du bist kein netter Kerl. Du hast Mark Prügel angedroht.«

»Du hast Rayna durch ein Fenster geworfen. Sagen wir, wir sind quitt?«

»Wann wirst du darüber endlich hinwegkommen? Außerdem hat sie mich provoziert!«

»Mark hat mich auch provoziert. Er hat die Hand auf dein Bein gelegt. Ganz zu schweigen von dem Kuss auf deine Wange. Glaub nicht, ich hätte nicht gehört, dass du ihm das sogar erlaubt hast.«

»Oh, jetzt wird es wirklich absurd«, schnaube ich und steige aus dem Wagen. Ich schlage die Tür zu. »Jetzt bist du auch noch stellvertretend für deinen Bruder eifersüchtig«, schreie ich und drehe mich auf dem Absatz um. »Kriegt Grom denn irgendwas gebacken ohne deine glorreiche Hilfe?« Dank einiger Halbfische in meinem Familienstammbaum verschwimmt mir die Sicht unter den dicken Tränen nicht – ich kann die durchgezogene gelbe Linie auf der Straße klar und deutlich sehen, an der ich entlanggehe. Als ich höre, dass er mir folgt, reiße ich mir die High Heels von den Füßen und renne los. Vor zwei Monaten hätte diese Art von Misshandlung meiner nackten Sohlen noch dazu geführt, dass sie bluten und ich mir *Weiß-der-Himmel-was* eintrete. Aber dank meiner neuen dicken Haut fühlt sich Barfußlaufen an, als würde ich den letzten Schrei von Nike tragen.

Galen ist aber anscheinend ein fliegender Fisch – seine Hand legt sich um meinen Arm und bremst meinen traurigen Fluchtversuch. Er wirbelt mich herum. Dann zieht er mich an sich und hebt mit der Kuppe seines Daumens mein Kinn an. Als ich zurückzucke, packt er fester zu und zwingt mich, ihn anzusehen. Die alte Emma hätte in den nächsten zehn Minuten einen dicken blauen Fleck gehabt. Die neue ist einfach nur sauer.

»Lass mich los!«, kreische ich und stemme mich gegen seine Brust. Irgendwie bringt mich das nur näher an ihn heran.

»Emma«, knurrt er, als ich ihm auf den Fuß trete. »Was hättest *du* getan?«

Okay, das kommt unerwartet. Ich höre auf, um mich zu schlagen. »Was?«

»Sag mir, was du getan hättest, wenn du an meiner Stelle gewesen wärst. Sag mir, was du tun würdest, wenn das Überleben der Menschheit in deiner Hand läge. Ich rede hier von Babys und Großmüttern und deinen ganzen menschlichen Verwandten«, sagt er atemlos. Ich begreife, dass ich das noch nie zuvor so gesehen habe: Galen schnappt nach Luft. »Sag mir, ob du sie im Stich lassen würdest, wenn du dafür das Einzige haben könntest, was du dir in deinem ganzen Leben gewünscht hast? Sag's mir, Emma, was würdest du tun?«

»Ich … ich … verstehe nicht …«

Er schüttelt mich mit eisernem Griff. »Doch, das tust du, Emma. Du weißt genau, was ich meine. Antworte mir. Denk an das, was du dir am meisten wünschst. Ohne das du vielleicht nicht mehr leben kannst.«

Nun, das versteht sich von selbst. Es ist Galen, ohne den Schatten eines Zweifels. »Okay.«

»Jetzt stell dir vor, wie es sich anfühlt, wenn du gebeten wirst, das eine, das du so sehr liebst, gegen den Fortbestand der menschlichen Rasse einzutauschen. Gegen Leute, die du nicht einmal kennst. Leute, die noch nicht einmal geboren sind. Würdest du es tun? *Könntest* du es tun? Selbst wenn fast niemand jemals erfahren würde, was für ein gewaltiges Opfer du gebracht hast, und fast niemand jemals zu schätzen wüsste, was du aufgegeben hast?«

Sanft schüttele ich seinen Griff ab. Er lässt mich einen Schritt zurücktreten. Sein eindringlicher Blick verursacht mir Gänsehaut. »Es wäre selbstsüchtig, es nicht einzutauschen«, sage ich leise. »Da gibt es keine Wahl.«

»Genau. Ich hatte keine Wahl.«

»Willst du damit sagen … Was willst du damit sagen?« Spricht er … *könnte* er … von mir sprechen?

Er fährt sich mit der Hand durchs Haar. Ich habe ihn noch nie zuvor so ergriffen erlebt. Er ist immer so beherrscht, so selbstsicher. »Ich will damit sagen, dass du das bist, was ich will, Emma. Ich will damit sagen, dass ich dich liebe.«

Er tritt vor und legt mir eine Hand an die Wange. Seine Fingerspitzen gleiten zu meinem Mund hinunter und hinterlassen eine brennende Spur aus Feuer. »Was denkst du, wie es sich anfühlen würde, dich mit Grom zu sehen?«, flüstert er. »Als hätte mir jemand das Herz aus dem Leib gerissen und würde es durch Rachels Fleischwolf drehen. So würde ich mich fühlen. Wahrscheinlich schlimmer. Wahrscheinlich würde es mich umbringen. Emma, bitte, weine nicht.«

Ich ringe die Hände. »Ich soll nicht weinen? Ist das dein Ernst? Warum bist du hierhergekommen, Galen? Hast du gedacht, dass ich mich besser fühle, wenn ich weiß, dass du mich liebst, aber dass es trotzdem nicht funktioniert? Dass ich mich trotzdem mit Grom verbinden muss? Für das große Ganze? Sag mir nicht, ich soll nicht weinen, Galen! Ich … k… k… kann nicht a… a… anders …« Ich ertrinke in meinen Tränen. Galen sieht mich mit hängenden Schultern an, hilflos wie eine gefangene Krabbe. Ich bin kurz davor zu hyperventilieren und ziemlich bald werde ich einen Schluckauf bekommen. Das ist zu viel.

Seine Miene ist so verbissen, es sieht aus, als hätte er

körperliche Schmerzen. »Emma«, haucht er. »Emma, bedeutet das, dass du genauso empfindest? Liegt dir etwas an mir?«

Ich lache, aber wegen des Schluckaufs klingt es schärfer als beabsichtigt. »Es spielt doch gar keine Rolle, wie ich empfinde, Galen. Den Grund dafür haben wir hinreichend geklärt, denke ich. Nicht nötig, das alles noch mal aufzuwärmen.«

»Es spielt eine Rolle, Emma.« Er ergreift meine Hand und zieht mich wieder an sich. »Sag es mir jetzt. Bedeute ich dir etwas?«

»Wenn du nicht erkennen kannst, dass ich wie eine Blöde in dich verliebt bin, Galen, dann bist du kein sehr guter Botschafter für die Mensch…«

Sein Mund verschließt meinen und schneidet mir das Wort ab. Dieser Kuss ist nicht sanft wie der erste. Er ist definitiv nicht süß. Er ist rau, fordernd, suchend. Und verwirrend. Da ist kein Teil von mir, der nicht in Galens Armen schmilzt, kein Teil, der nicht unter seiner fieberhaften Berührung verbrennt.

Ich stöhne unwillkürlich in seine Lippen. Sein Stichwort, mich von den Füßen zu heben und zu sich hochzuziehen, um mich noch fester an sich zu pressen. Ich werte sein Stöhnen als mein Stichwort, ihn noch heftiger zu küssen.

Er ignoriert sein Handy, das in seiner Tasche klingelt. Ich ignoriere den Rest des Universums. Selbst als sich Scheinwerfer nähern, will ich die Störung einfach übersehen und weiterküssen. Aber Galen ist nun mal ein Prinz und in diesem Moment eine Spur kultivierter als ich. Sanft löst er seine Lippen von meinen und lässt mich wieder herunter. Sein Lächeln ist berauscht und berauschend zugleich. »Wir müssen trotzdem reden.«

»Richtig«, sage ich, aber ich schüttele den Kopf.

Er lacht. »Ich bin nicht den ganzen Weg nach Atlantik City gefahren, um dich zum Weinen zu bringen.«

»Ich weine nicht.« Ich lehne mich wieder an ihn. Er verweigert sich meinen Lippen nicht, aber er hält sich zurück und pflanzt einen mageren kleinen Kuss darauf, bevor er zurücktritt.

»Emma, ich bin hierhergekommen, um dir zu sagen, dass du dich nicht mit Grom verbinden musst.«

Ich ziehe eine Augenbraue hoch. »Ähm, das hätte ich auch nie getan.«

»Was ich meine, ist, dass sich Grom mit einer anderen verbindet, die die Gabe von Poseidon hat. Und das bedeutet, dass ...«

»Ich mich nicht mit Grom verbinden muss«, beende ich den Satz für ihn.

»Genau das habe ich gerade gesagt.«

»Ich meine, ich brauche nicht das Gefühl zu haben, dass die Syrena aussterben, weil ich mich *nicht* mit Grom verbinde.«

Er grinst. »Genau das.«

»Aber das ändert nichts an dem, was ich bin – ein Halbblut. Du kannst trotzdem nicht mit mir zusammen sein, oder?«

Nachdenklich reibt er mit seinem Daumen über meine Unterlippe. »Im Moment ist es gesetzlich verboten. Aber ich denke, wenn wir der Sache Zeit geben, könnte das Gesetz kippen. Und bis es so weit ist, gehe ich nirgendwo hin.«

Er dreht uns zu seinem SUV um und bleibt stehen, um meine High Heels vom Straßenrand aufzuheben. Er hilft mir auf den Beifahrersitz und reicht mir meine Schuhe.

»Danke«, sage ich, während er auf die Fahrerseite geht.

»Es ist ein bisschen spät, um rot zu werden«, bemerkt er, als er sich anschnallt.

»Ich glaube nicht, dass ich damit jemals aufhören werde.«

»Das will ich hoffen«, sagt er und schließt seine Tür. Dann nimmt er mein Gesicht in beide Hände und zieht mich erneut an sich. Seine Lippen streifen meine, aber ich will mehr. Als er meine Absicht spürt, legt er seine Hand auf meine und den Sicherheitsgurt, den ich gerade öffnen will. »Emma«, murmelt er an meinen Lippen. »Ich habe dich so sehr vermisst. Aber wir können nicht. Noch nicht.«

Ich versuche gar nicht, *das* zu tun, ich will mich nur in eine bessere Position bringen, um seine Lippen zu küssen. Doch wenn ich ihm das verrate, stürze ich uns nur beide in Verlegenheit. Aber er hat gesagt: *noch nicht*. Was bedeutet das? Dass er warten will, bis er es geschafft hat, ein Gesetz aufzuheben? Oder will er der Sache Zeit geben und, wenn es nicht funktioniert, das Syrena-Gesetz mit mir brechen?

Aus irgendeinem Grund will ich die Antwort gar nicht wirklich wissen und frage nicht nach. Bilder von »eine von denen« flackern in meinem Kopf auf. Ich will nicht, dass Galen seine Gesetze bricht – schließlich liebe ich ihn genau dafür so sehr. Für seine Loyalität gegenüber seinem Volk, für sein Bekenntnis zu seinen Leuten. Es ist eine Art von Hingabe, die unter Menschen praktisch nicht existiert. Aber ich will trotzdem nicht »eine von denen« sein. Syrena hin, Syrena her, ich will aufs College gehen. Ich will die Welt über *und* unter dem Meeresspiegel erforschen.

Aber es ist ja nicht so, dass ich gerade jetzt in diesem Augenblick irgendwelche Entscheidungen treffen müsste, nicht wahr? Ich meine, man braucht seine Zeit, um Entscheidungen zu treffen, die das ganze Leben verändern. Zeit und Überlegung. Und etwas Abstand zwischen meinen Lippen und seinen.

Ich ziehe mich zurück. »Richtig. Tut mir leid.«

Er ergreift einige Strähnen meines Haars und streicht sich damit grinsend übers Gesicht. »Nicht so leid, wie es mir tut. Du wirst mir helfen müssen, die Hände von dir zu lassen.«

Ich lache, obwohl eine elektrische Ladung durch meine Adern rauscht. »Ja. Nein.«

Er muss auch lachen und dreht sich um, um den Wagen anzulassen. Dann hält er inne, lässt die Schlüssel los und sagt: »Also. Zum Thema Schluss machen.«

»Lass mich noch ein wenig darüber nachdenken«, erwidere ich und bin drauf und dran loszuprusten, als ich sein Gesicht sehe.

»Mal sehen, was ich tun kann, um dir bei deiner Entscheidung zu helfen.«

Wir bleiben noch weitere fünfzehn Minuten auf dem Parkplatz. Aber zumindest ist bei uns nicht mehr Schluss.

Ich grabe die Füße in den Sand und strecke meine Hand zu Rayna hinunter, die es sich gerade auf einem Handtuch bequem gemacht hat. »Komm schon«, sage ich. »Lass uns reingehen. Ich mach dir auch eine Pediküre.«

Sie späht zu mir empor und das Mondlicht fängt das Violett ihrer Augen ein. »Das ist keine gute Idee«, erwidert sie, obwohl sie meine Hand ergreift. »Sie haben gesagt, sie würden gleich zurück sein.«

Ich seufze. »Rayna, du weißt doch, wie das läuft. Sie huschen zu meinem Haus, finden dort niemanden und schwimmen dann wie die Verrückten eine Stunde lang am Ufer hin und her, um festzustellen, ob sie ihn wieder spüren können. Wir wissen beide, dass Galen mich für den

Rest der Nacht nicht ins Wasser gehen lässt. Außerdem, seit wann nimmst du denn Befehle entgegen?«

Sie nickt. »Aber du machst mir French Nails! Die mit dem weißen Zeug auf der Nagelspitze.« Ich lächele ihren Hinterkopf an, als sie mich am Strand überholt und zum Haus joggt. Sie ist nicht Chloe, aber sie ist auch nicht Mom. Sie ist ein echter weiblicher Kumpel.

Rachel begrüßt mich an der gläsernen Schiebetür. »Hi, Süße. Deine Mom hat angerufen. Sie ist zu Hause und wüsste gern, warum du es nicht bist.«

Ich recke das Kinn hoch, um ein paar triftige Gründe abzuspulen. Dass ich achtzehn Jahre alt bin zum Beispiel. Und dass ich, selbst wenn ich nicht volljährig wäre, immer noch pünktlich wäre. Dann wird mir bewusst, dass Mom früh zu Hause ist. Sie muss ungefähr angekommen sein, als Toraf und Galen diesen Syrena-Stalker gespürt haben. Ob es nur ein Zufall ist oder ob ihre mütterliche Intuition Überstunden schiebt, bleibt offen. Bis gerade eben habe ich an keins von beiden geglaubt – aber es ist das dritte Mal in dieser Woche, dass das passiert. Ich versuche, ihr das Handy nicht aus der Hand zu reißen, als Rachel es mir hinhält, und wähle auf dem Touchscreen EMMAS MOM.

»Hallo?«, fragt sie mit gepresster Stimme.

»Mom, ich bin's. Du hast angerufen?« Cool bleiben ist schwierig, wenn man sich fühlt, als würde das eigene Herz einen Stepptanz hinlegen.

»Ja. Ich habe mich nur gefragt, wo du bist. Du bist nicht an dein Handy gegangen. Ist alles in Ordnung?« Sie seufzt, aber ob aus Erleichterung oder elterlicher Verärgerung kann ich nicht erkennen.

»Alles bestens. Mein Akku ist leer, aber Galen hat ein Ladegerät gekauft, damit es wieder funktioniert. Der Akku lädt jetzt.«

»Wie lieb von ihm«, sagt sie, obwohl sie ganz genau weiß, dass sie ihn dazu aufgefordert hat. »Alles klar, ich wollte nur kurz hören, wie es dir geht. Soll ich aufbleiben und auf dich warten? Es gefällt mir nicht, dass du in den letzten Nächten nicht pünktlich warst. Bis vier Uhr morgens wegbleiben ist eigentlich dasselbe wie eine Übernachtung, und die erlaube ich nicht, wenn ein Junge dabei ist. Oder hast du das vielleicht vergessen? Dein Trip nach Florida mit Galens Familie war eine Ausnahme.«

»Wenn ich bei Chloe übernachtet habe, war JJ auch die ganze Zeit da.« JJ ist Chloes achtjähriger Bruder. Nicht sehr schlagfertig, aber es wird genügen müssen.

»Du weißt, was ich meine, Emma«, blafft sie.

»Warum bist du so gereizt? Und warum bist du so früh zu Hause?«

»Keine Ahnung. Ich bin müde, schätze ich. Hör mal, mir ist aufgefallen, dass du deinen Badeanzug noch nicht nach Hause gebracht hast. Ich hoffe, du gehst nicht mehr ins Wasser. Es ist zu kalt zum Schwimmen, Emma.«

Ich wasche meine Wäsche selbst. Sie muss in meinen

Schubladen gewühlt haben, sonst wäre ihr nicht »aufgefallen«, dass etwas fehlt. Sucht sie etwa auch nach Kondomen oder anderen belastenden Beweisen, nach denen Moms üblicherweise stöbern? Kommt sie nach Hause, *um* meine Sachen zu durchwühlen? Der Gedanke nagt an meiner Laune. Ich nehme mir vor, einen neuen Badeanzug zu kaufen, der bei Galen bleibt, während ich sage: »Das erzählst du *mir?* Du weißt, wie verfroren ich bin.« Dabei lache ich so laut, dass es schon wieder verdächtig ist, aber Mom scheint es nicht zu bemerken. Rachel grinst jedoch.

»Versuch nicht, mir weiszumachen, du und Galen hättet nicht herausgefunden, wie ihr euch im Wasser warm halten könnt.«

»Mom!«

»Versprich mir einfach, dass du nicht ins Wasser gehst«, sagt sie, und ihre Stimme klingt wieder gepresst. »Ich will nicht, dass du krank wirst.«

»Schön. Ich verspreche es.«

»Und sei diesmal vor Tagesanbruch zu Hause. Und untersteh dich, nach alledem etwas Schlechteres als ein Einserzeugnis heimzubringen. Untersteh dich.«

Während sie spricht, forme ich ihre Worte lautlos mit den Lippen ins Telefon: Man sollte meinen, sie hätte in all den Jahren wenigstens einmal den Wortlaut verändert. Es ist ihre Standarddrohung für so ziemlich alles. Aber diesmal funktioniert es irgendwie nicht. Da ist kein

Poltern zu spüren. Sie wird in letzter Zeit weich, und ich denke, es hat etwas mit der Nacht zu tun, in der ich sie beschuldigt habe, mich adoptiert zu haben. »Okay. Vor Tagesanbruch.«

»Gute Nacht, Schätzchen. Ich hab dich lieb.«

»Habdichauchlieb. Gute Nacht.«

Ich lege auf und reiche Rachel das Handy, die es gegen einen Becher heiße Schokolade mit drei riesigen Marshmallows obendrauf eintauscht. »Danke«, sage ich und schlurfe hinter ihr her in die Küche.

Rayna sitzt am Tisch und holt genügend Lackfläschchen, Nagelklipper und Polierfeilen aus ihrem Kosmetikkoffer, um ein eigenes Nagelstudio zu eröffnen. »Ich weiß, ich habe gesagt, dass ich French Nails möchte, aber mir gefällt diese Farbe wirklich gut«, erklärt sie und hält einen melonenfarbenen Nagellack hoch.

Rachel schüttelt den Kopf. »Bei deiner olivfarbenen Haut siehst du damit wie ein geschmackloser Tourist aus, Schnuckelchen.«

In der Hoffnung, eine andere Meinung zu hören, wedelt Rayna mit dem Fläschchen vor meiner Nase herum. Ich schüttele den Kopf. Schmollend lässt sie es auf den Tisch krachen, dann kippt sie den ganzen Inhalt des Koffers hinterher. »Na schön, ist da *irgendeine* Farbe dabei, die gut aussehen würde?«

Ich setze mich auf den Stuhl neben ihr. »Was ist Torafs Lieblingsfarbe?«

Sie zuckt die Achseln. »Die, die ich ihm gerade sage.«

Ich ziehe eine Augenbraue hoch. »Du weißt es nicht, hm?«

Sie verschränkt die Arme vor der Brust. »Wen kümmert das überhaupt? Wir lackieren nicht *seine* Zehennägel.«

»Schnuckelchen, ich glaube, sie meint damit, dass du dir die Nägel vielleicht in seiner Lieblingsfarbe lackieren solltest, um ihm zu zeigen, dass du an ihn denkst«, sagt Rachel mit einer Extraportion Fingerspitzengefühl.

Rayna reckt das Kinn vor. »Emma lackiert sich ihre Nägel ja auch nicht in Galens Lieblingsfarbe.«

Erschrocken darüber, dass Galen eine Lieblingsfarbe hat und ich sie nicht kenne, sage ich: »Äh, also, er mag gar keinen Nagellack.« Soll heißen, er hat sich noch nie dazu geäußert.

Als ein strahlendes Lächeln ihr ganzes Gesicht erhellt, weiß ich, dass ich aufgeflogen bin. »Du kennst seine Lieblingsfarbe nicht!«, ruft sie und zeigt auch noch mit dem Finger auf mich.

»Und ob ich die kenne«, erwidere ich und hoffe, in Rachels Gesicht die Antwort zu finden. Sie zuckt die Achseln.

Raynas Grinsen ist der Inbegriff von *Ich weiß was, das du nicht weißt.* Am liebsten würde ich es aus ihr herausschütteln, aber ich halte mich zurück. Wie immer. Weil ich Toraf geküsst habe und sie so verletzt war. Manchmal ertappe ich sie dabei, wie sie mich mit dem gleichen Ausdruck ansieht, wie am Strand, und fühle mich wie ein Schmarotzer, obwohl sie es damals verdient hatte.

Ich bemühe mich, nicht einzuknicken, und beäuge das Angebot an Nagellack, das vor mir ausgebreitet liegt. Ich lasse meine Finger über die Fläschchen streifen, ordne sie nach Farben und hoffe, dass mir eine ins Auge sticht. Aber mir fällt beim besten Willen keine Farbe ein, die er häufiger trägt. Er hat keinen Lieblingssport, also kommen auch keine Trikotfarben infrage. Rachel hat die Autos für ihn ausgesucht, das bringt mich auch nicht weiter. Ich beiße mir auf die Unterlippe und entscheide mich für Ozeanblau.

»Emma! Jetzt schäme ich mich aber«, ertönt es von der Tür. »Wie kann es sein, dass du meine Lieblingsfarbe nicht kennst?«

Erschrocken lasse ich das Fläschchen wieder auf den Tisch fallen. Da er so früh zurück ist, schätze ich, dass er nicht gefunden hat, wen oder was er gesucht hat – und dass er relativ schnell aufgegeben hat. Toraf erscheint hinter ihm, aber Galens Schultern sind zu breit, als dass sie beide in der Tür stehen könnten. Ich räuspere mich und sage: »Dieses Fläschchen habe ich doch nur aussortiert, um an die richtige Farbe ranzukommen.«

In Raynas Augen funkelt ein kleines Siegestänzchen. »Und die wäre?«, fragt sie mit bissigem Hohn in der Stimme. Toraf drängt sich an Galen vorbei und lässt sich neben seiner zierlichen Gefährtin fallen. Erpicht auf einen Kuss, lehnt sie sich an ihn. »Ich hab dich vermisst«, flüstert sie.

»Nicht so sehr wie ich dich«, korrigiert er sie.

Galen und ich verdrehen die Augen, als er herüberkommt, um sich neben mir an den Tisch zu lehnen. Seine nassen Shorts machen hinternförmige Pfützen auf dem teuren Holz. »Also los, Engelfisch«, sagt er und deutet auf die Nagellackflaschen.

Wenn er versucht, mir einen Hinweis zu geben, macht er seine Sache miserabel. »Los« könnte Grün bedeuten, schätze ich. »Also« könnte … ich habe keine Ahnung, was das bedeuten könnte. Und Engelfische kommen in allen möglichen Farben daher. Ich beschließe, dass er keine Nachricht für mich verschlüsselt hat, seufze und stoße mich vom Tisch ab, um aufzustehen. »Ich weiß es nicht. Wir haben noch nie darüber gesprochen.«

Rayna schlägt sich triumphierend aufs Knie. »Ha!«

Bevor ich an ihm vorbeigehen kann, packt Galen mich am Handgelenk, zieht mich an sich und hält mich zwischen seinen Beinen fest. Er presst seinen Mund auf meinen, bewegt die Hand zu meiner Taille und drückt mich an sich. Weil er kein T-Shirt trägt und ich nur einen Bikini, berührt sich dabei eine Menge nackter Haut und macht die Sache ein wenig intimer, als ich es vor Publikum gewohnt bin. Trotzdem versengt das Feuer mein Fleisch und brennt sich einen Pfad in mein tiefstes Inneres. Ich muss mich heftig am Riemen reißen, um nicht die Arme um seinen Hals zu schlingen.

Sanft stoße ich mich mit den Händen von seiner Brust ab und beende den Kuss – etwas, wovon ich nie geglaubt hätte, dass ich es jemals tun würde. Ich werfe ihm einen Blick zu, von dem ich hoffe, dass er »unpassend« sagt. Dann trete ich zurück. Ich kenne die anderen inzwischen lange genug, um ohne hinzusehen zu wissen, dass Raynas Augen aus den Höhlen quellen und Toraf wie ein Nussknacker grinst. Mit etwas Glück hat Rachel den Kuss nicht einmal gesehen. Als ich einen Blick riskiere, starrt sie mich vor Schreck mit offenem Mund an.

Okay, es sah also wirklich so wüst aus, wie ich dachte. Wie ein Kind schließe ich die Augen und hoffe, dass sie mich dann auch nicht mehr sehen. Das Feuer des Kusses breitet sich überall in mir aus. Mein ganzer Körper errötet.

Galen lacht. »Da ist sie«, sagt er und lässt seinen Daumen über meine Unterlippe gleiten. »*Das* ist meine Lieblingsfarbe. Wow.«

Ich werde ihn umbringen. »Galen. Bitte. Komm. Mal. Mit.« Ich würge die Worte förmlich heraus. Ich schiebe mich an ihm vorbei, und meine nackten Füße klatschen über die Kacheln, bis ich im Flur auf den Teppich stampfe und dann die Treppe hinauf.

Das Kribbeln auf meiner Haut verrät mir, dass er mir wie ein braver toter Fisch folgt. Als ich die Leiter zum obersten Stockwerk erreiche, gebe ich ihm mit einem

Nicken zu verstehen, dass er mir weiter folgen soll, bevor ich mich selbst hinaufbefördere. Während ich im Raum auf und ab tigere, bis er durch die Falltür tritt, zähle ich mehr Mississippis als je zuvor in meinem Leben.

Er schließt die Tür und verriegelt sie, macht aber keine Anstalten, näher zu kommen. Trotzdem, für jemanden, der gleich sterben wird, wirkt er vergnügter, als er sollte. Ich zeige mit dem Finger auf ihn, kann mich aber nicht entscheiden, was ich ihm zuerst vorwerfen soll, also lasse ich ihn wieder sinken.

Nach ein paar Minuten bricht er das Schweigen. »Emma, beruhig dich.«

»Sag mir nicht, was ich tun soll, Hoheit.« Ich warne ihn mit meinem Blick, dass er es ja nicht wagen soll, mich »Liebes« zu nennen.

Anstelle der Entschuldigung, auf die ich warte, sagt mir *sein* Blick, dass er darüber nachdenkt, mich wieder zu küssen, gleich hier und jetzt.

Damit will er mich doch nur ablenken. Ich reiße meinen Blick von seinem Mund los, stolziere zum Fenstersitz und schiebe den Berg von Kissen darauf zur Seite. Nachdem ich es mir bequem gemacht habe, lehne ich den Kopf ans Fenster. Galen weiß genauso gut wie ich, dass das hier unser spezielles Plätzchen wäre, wenn wir so etwas hätten. Ohne ihn hier zu sitzen, ist für mich die schlimmste Art, ihn vor den Kopf zu stoßen. In der Spiegelung des Fensters sehe ich, wie er sich mit der Hand durchs Haar fährt und die Arme vor der Brust verschränkt. Nach ein paar weiteren Minuten verlagert er das Gewicht auf das andere Bein.

Er weiß, was ich will. Er weiß, was ihm Zutritt zum Fenstersitz und zu meiner Gunst verschaffen wird. Ich habe keine Ahnung, ob es königliches Blut ist oder männlicher Stolz, was ihn daran hindert, sich zu entschuldigen, aber sein ausgedehntes Zögern macht mich nur noch wütender. Jetzt werde ich keine Entschuldigung mehr annehmen. Nein, jetzt muss er im Staub kriechen.

Ich werfe meinem Spiegelbild ein zufriedenes Grinsen zu, nur um festzustellen, dass er gar nicht mehr da ist. Seine Hand schließt sich um meinen Arm und er zieht mich ruckartig an sich. Er hat einen stürmischen Ausdruck in den Augen. »Du denkst, ich werde mich dafür entschuldigen, dass ich dich geküsst habe?«, murmelt er.

»Ich. Ja. Mh-mh.« *Sieh nicht seinen Mund an! Sag etwas Intelligentes.* »Wir haben nichts an.« Na toll. Ich wollte sagen, dass er mich nicht vor allen küssen soll, und zwar erst recht nicht halb nackt.

»Mmmh«, macht er und zieht mich enger an sich. Während er mit den Lippen mein Ohr streift, flüstert er: »Das ist mir rein zufällig auch aufgefallen. Darum hätte ich dir auch nicht hierherauf folgen sollen.«

Sein Handy vibriert auf dem Nachttisch und lässt mir vor Schreck fast die Haare zu Berge stehen. Er grinst und nimmt den Anruf an, während ich ihn mit großen Augen anstarre. »Es ist Dr. Milligan«, erklärt er. »Hallo? Einen Moment, Dr. Milligan, ich stelle Sie auf Lautsprecher. Emma ist auch hier.« Galen drückt eine Taste. »Okay, Dr. Milligan«, sagt er. »Schießen Sie los.«

»Nun, mein Junge, ich wollte dich nur wissen lassen, dass ich die Ergebnisse von den DNA-Tests bekommen habe. Emma ist definitiv halb menschlich.«

Galen zwinkert mir zu. »Was Sie nicht sagen.«

Ich halte mir den Mund zu, um ein Kichern zu ersticken. Unhöflichkeit sollte niemals ansteckend sein.

»Ja, ich fürchte schon. Nachdem das feststeht, bin ich mir nicht sicher, ob sie überhaupt die Fähigkeit hat, eine Flosse zu bilden.«

Galen lacht. »Damit haben wir uns sozusagen schon abgefunden. Die Archive haben diese Vermutung nämlich bestätigt. Es gibt ein Gemälde, das Leute zeigt, die genauso aussehen wie Emma. Es befindet sich in Tartessos.«

Dr. Milligan seufzt. »Du hättest mich anrufen sollen.«

»Es tut mir leid, Dr. Milligan. Ich war … beschäftigt.«

»Hat Emma etwas über ihre Abstammung herausgefunden?«

Galen schüttelt den Kopf, obwohl diese Reaktion an Dr. Milligan in Florida verschwendet ist. »Wir gehen davon aus, dass Emmas Vater ein Halbblut war. Er hat den Teint, er hat Kontaktlinsen getragen, Meeresfrüchte geliebt und den Ozean. Er wusste offensichtlich von Emmas körperlichen Besonderheiten.« Er erzählt Dr. Milligan von seiner Theorie, dass einige Halbblüter die Zerstörung von Tartessos überlebt haben.

Dr. Milligan schweigt für ein paar Sekunden. »Was noch?«

Galen wirft mir einen fragenden Blick zu. Ich antworte mit einem Achselzucken. »Was meinen Sie?«, fragt er.

»Mich würde interessieren, mein Junge, welche anderen Beweise ihr habt, auf die ihr euch stützen könnt? Der Mann, den du gerade beschrieben hast, könnte ich sein. Ich hatte blondes Haar, bevor das Grau überhandgenommen hat. Ich trage Kontaktlinsen. Ich liebe zufällig Meeresfrüchte und den Strand, worüber mein Wohnort Aufschluss gibt. Und ich weiß ebenfalls von Emmas körperlichen Besonderheiten. Emma könnte also meine Tochter sein. Ist es das, was du sagen willst? Wenn das alles ist, worauf du deine Theorie stützt, könnte Emma die Tochter von fast jedem Mann hier in Florida sein. Nicht sehr wissenschaftlich.«

Galen runzelt die Stirn.

»Bist du noch dran?«, fragt Dr. Milligan. Ich sitze neben Galen auf dem Bett; die Wendung, die das Gespräch genommen hat, gefällt mir nicht.

»Ich bin noch dran.«

»Gut. Wenn Emmas Vater ein Nachfahre der Halbblüter war, wie du sagst, dann wäre er kein echtes Halbblut mehr gewesen, nicht wahr? Er wäre eher ein Viertelblut oder *Wer-weiß-wie-viele-Bruchteile* eines Halbblutes gewesen. Was Emmas Blut noch mehr verwässern würde. Wirklich, wie hoch ist die Wahrscheinlichkeit, dass Emmas Vater ein echtes Halbblut war? Es müsste einige ungesittete Syrena da draußen gegeben haben, um ein reines Halbblut hervorzubringen, meinst du nicht auch? Und wenn Emma nur eine Nachfahrin eines dieser Halbmenschen aus längst vergangenen Zeiten wäre, dann wäre sie größtenteils menschlich. Aber das passt nicht zu meinen Testergebnissen, mein Junge. Sie ist genau Halbe-Halbe.«

»Was sagen Sie da, Dr. Milligan?«, fragt Galen verwirrt.

»Ich möchte damit sagen, Galen, dass ihr die Antwort noch nicht gefunden habt. Ich denke, ihr müsst weitersuchen. Ich wünschte wirklich, du hättest mich angerufen. Ich hätte dir helfen können, es herauszufinden, und dir ein wenig Zeit gespart. Aber da ist noch eine Sache, die ich erwähnen möchte, bevor wir auflegen.«

»Und was?«, fragt Galen beinahe benommen.

»Hast du mir nicht einmal erzählt, dass junge Syrena im Alter von neun Jahren ihre volle Reife erlangen?«

»Ja. Neun oder zehn. Einige sogar schon früher.«

»Und das schließt die Fähigkeit zu spüren mit ein?«

»Ja. Und ihre Knochen sind dann auch ausgereift. Sie wachsen nicht mehr.«

»Siehst du, mein Junge, da Emma halb menschlich ist, ist ihre Reifung in einem langsameren Tempo vonstattengegangen. Halb so schnell, würde ich schätzen. Und das bedeutet, wenn ich richtig liege, dass sie die Reife erst im Alter von achtzehn Jahren erlangt hat.«

Mir klappt der Unterkiefer runter. Der Schlag auf meinen Kopf hatte gar nichts mit meinen Syrena-Fähigkeiten zu tun. Ich habe einfach meinen Reifeprozess abgeschlossen. Unmittelbar bevor Chloe gestorben ist.

»Ich verstehe«, sagt Galen. Er legt den Arm um mich und zieht mich an sich. »Vielen Dank, Dr. Milligan. Es tut mir leid, dass wir Sie nicht früher angerufen haben. Sie haben ja keine Ahnung, wie leid es uns tut.«

»Tja, nun, ich versuche nur zu helfen.« Aber er klingt aufgebracht. Als wäre er außen vor gelassen worden. Wurde er im Prinzip ja auch.

Aber ich verwette mein Bikinihöschen darauf, dass das nie wieder passieren wird.

26

Sorgfältig darauf bedacht, sie nicht zu wecken, streicht Galen Emma das Haar aus dem Gesicht. Ihre Wangen sind rosig vom Glanz des Sonnenaufgangs. Ihr Sommerkleid ist ruiniert. Der Atlantik hat Flecken darauf hinterlassen, die einem Gebirgszug ähneln. Sie hat den Saum zerrissen, als sie im Mondlicht Jagd auf ihren zweiten Schuh gemacht hat. Dann hat sie ihr Kleid wie einen Fächer ausgebreitet, damit er sich darauf legen konnte statt in den Sand. Und dort hat er die ganze Nacht verbracht. *Genau das ist der Grund, warum ich nie jemanden gesichtet habe. Keine andere könnte so perfekt in meine Arme passen wie sie.* Er beugt sich vor und streift mit seinen Lippen über ihre. Sie seufzt, als würde sie die Berührung spüren.

Hungrige Möwen kreischen in der Ferne auf der Jagd nach ihrem Frühstück. Die Wellen schwappen ans Ufer. Der Wind raschelt durch das Dünengras. Vielleicht wispert er ein Geheimnis, das nicht für seine Ohren bestimmt ist. Und Emma schläft. *Das ist der Inbegriff von Frieden.*

Die Definition wird durch Torafs Klingelton unterbrochen. *Warum hat Rachel Toraf nur ein Handy besorgt? Hasst sie mich?* Galen buddelt hinter sich im Sand herum und bekommt es genau in dem Moment zu fassen, als es aufhört. Er wartet fünf Sekunden und … yep, er ruft wieder an.

»Hallo?«, flüstert Galen.

»Galen, ich bin's, Toraf.«

»Bist du dir sicher?«, prustet Galen.

»Rayna ist so weit. Wo seid ihr?«

Galen seufzt. »Wir sind am Strand. Emma schläft noch. In ein paar Minuten werden wir zurückgehen.« Emma hat sich letzte Nacht über ihre Mutter hinweggesetzt und sich wieder nicht an die vereinbarte Zeit gehalten, um bei ihm sein zu können. Groms Verbindungszeremonie findet morgen statt, und er erwartet, dass Galen und Rayna daran teilnehmen. Er wird Emma in Torafs Obhut lassen müssen, bis er zurückkommt.

»Tut mir leid, Hoheit. Ich hab dir gesagt, dass Rayna fertig ist. Ihr habt noch ungefähr zwei Minuten Privatsphäre. Sie ist auf dem Weg zu euch.« Die Leitung ist unterbrochen.

Galen beugt sich vor und fährt mit den Lippen über ihren süßen Hals. »Emma«, wispert er.

Sie seufzt. »Ich hab's gehört«, stöhnt sie schläfrig. »Du solltest Toraf sagen, dass er nicht ins Telefon hineinbrüllen muss. Und wenn er es weiterhin tut, werde ich es versehentlich zerbrechen.«

Galen grinst. »Er wird den Bogen bald raushaben. Er ist kein Vollidiot.«

Bei diesen Worten öffnet Emma ein Auge.

Er zuckt die Achseln. »Na ja, drei viertel vielleicht. Aber kein kompletter Idiot.«

»Bist du dir sicher, dass du mich nicht mitnehmen willst?«, fragt sie, richtet sich auf und streckt sich.

»Du weißt, dass ich das will. Aber ich denke, diese Verbindungszeremonie wird schon interessant genug, ohne dass ich meine Halbblutfreundin vorstelle, meinst du nicht auch?«

Emma lacht und streicht sich ihr Haar auf eine Seite, um es über ihre Schulter zu drapieren. »Das ist das erste Mal, dass wir voneinander getrennt sein werden. Du weißt schon, als Paar. Wir gehen ja erst seit zwei Wochen wirklich miteinander. Was werde ich ohne dich machen?«

Er zieht sie an sich und lehnt ihren Rücken an seine Brust. »Also, ich hoffe, dass du mich diesmal nicht damit begrüßt, dass du Toraf küsst.«

Das Kichern neben ihnen verrät, dass ihre zwei Minuten Privatsphäre vorüber sind. »Yeah. Sonst wird nämlich jemand sterben«, sagt Rayna freundlich.

Galen hilft Emma auf und klopft den restlichen Sand

von ihrem Sommerkleid. Er nimmt ihre Hand in seine. »Dürfte ich dich noch um eine Kleinigkeit bitten, ohne dass ihr alle sauer auf mich seid?«

Sie runzelt die Stirn. »Lass mich raten. Du willst nicht, dass ich ins Wasser gehe, solange du fort bist.«

»Aber ich *befehle* dir nicht, dem Wasser fernzubleiben. Ich bitte dich, nein, ich flehe dich an, ganz höflich und von ganzem Herzen, dass du nicht ins Wasser gehst. Es ist deine Entscheidung. Aber es würde mich zum glücklichsten Fischmann der Küste machen, wenn du es nicht tätest.« Sie spüren den unbekannten Verfolger jetzt beinahe täglich. Das und die Tatsache, dass Dr. Milligan seine Theorie, Emmas Dad sei ein Halbblut gewesen, zerlegt hat, machen Galen nervöser, als er sagen kann. Es bedeutet, dass sie immer noch keine Antworten auf die Frage haben, wer über Emma Bescheid wissen könnte. Oder warum der Betreffende in ihrer Nähe herumlungert.

Emma belohnt ihn mit einem atemberaubenden Lächeln. »Ich werde es nicht tun. Weil du darum gebeten hast.«

Toraf hat recht gehabt. Ich muss nur darum bitten. Er schüttelt den Kopf. »Jetzt kann ich heute Nacht ruhig schlafen.«

»Wenigstens einer von uns. Bleib nicht zu lange weg. Sonst setzt sich Mark in der Cafeteria neben mich.«

Er schneidet eine Grimasse. »Ich werde mich beeilen.«

Er beugt sich vor, um sie zu küssen. Hinter ihnen hört er ein Schwappen, als Rayna ins Wasser geht.

»Sie schwimmt ohne dich los«, flüstert Emma auf seinen Lippen.

»Die hole ich sogar noch ein, wenn sie eine Stunde vor mir aufbricht. Auf Wiedersehen, Engelfisch. Sei brav.« Er gibt ihr einen kleinen Kuss auf die Stirn, dann nimmt er Anlauf und taucht ab.

Er vermisst sie jetzt schon.

Galen findet Grom genau dort, wo er nicht sein sollte – im Minenfeld. Stunden vor seiner Verbindungszeremonie trauert er noch immer um seine verlorene Liebe. Aber Galen ist der Letzte, der darüber urteilen würde. Sein Bruder verbindet sich mit einer Frau, die er nicht liebt – was es Galen ermöglicht, mit einer zusammen zu sein, die er liebt.

Grom begrüßt ihn mit einem gequälten Lächeln. »Ich bin noch nicht bereit dafür, kleiner Bruder«, gesteht er.

»Aber sicher bist du das«, lacht Galen und schlägt ihm auf den Rücken.

Grom schüttelt den Kopf. »Es fühlt sich … es fühlt sich so an, als würde ich sie betrügen. Nalia.«

Galen versteift sich. *Oh.* Er fühlt sich nicht in der Lage, Grom in dieser Stimmung aufzuheitern. »Ich bin mir sicher, sie würde es verstehen«, meint er.

Grom mustert ihn nachdenklich. »Das würde ich

gern glauben. Aber du hast Nalia nicht gekannt. Sie hatte ein erstaunliches Temperament.« Er stößt ein leises Lachen aus. »Ich sehe immer wieder über meine Schulter und warte darauf, dass sie mir eins mit dem Knüppel überzieht, weil ich mich mit jemand anderem verbinden werde.«

Galen runzelt die Stirn, unsicher, was er erwidern soll.

Grom kichert. »Ich mache natürlich nur Witze.« Dann zuckt er die Achseln. »Na ja, es ist zumindest ein halber Witz. Ich schwöre, ich habe sie in letzter Zeit gespürt, Galen. Es fühlt sich so echt an. Es verlangt mir alles ab, diesem Puls nicht zu folgen. Denkst du, ich verliere den Verstand?«

Galen schüttelt pflichtbewusst den Kopf. Obwohl er insgeheim daran zweifelt. »Ich glaube, du fühlst dich einfach schuldig. Ähm ... nicht, dass du einen Grund dafür hättest. Äh, es ist ganz natürlich, dass du vor deiner Verbindungszeremonie so empfindest. Die Nerven und das alles.« Galen streicht sich mit der Hand durchs Haar. »Tut mir leid. Ich bin nicht besonders gut bei so was.«

»So was? In Sachen Reife?« Grom grinst.

»Sehr witzig.«

»Vielleicht solltest du etwas mehr Zeit an Land verbringen und dann zurückkommen und mit mir reden. Der Aufenthalt an Land lässt dich altern. Könnte dir guttun.«

Galen schnaubt. *Was du nicht sagst.* »Hab davon gehört.«

Wie aus dem Nichts packt Grom Galens Gesicht und lässt ihn nicht mehr los. Galen hasst es, wenn er das tut. »Lass mich dein süßes kleines Gesicht sehen, kleiner Fisch. Yep, genau wie ich es mir gedacht habe. Deine Augen werden blau. Wie viel Zeit hast du an Land verbracht? Bitte, sag mir, dass du dich nicht Flosse über Kopf in einen Menschen verliebt hast!« Dann lacht er und lässt ihn genauso unvermittelt wieder los.

Galen starrt ihn an. »Was meinst du damit?«

»Ich mach doch nur Spaß, kleiner Fisch. Wollte dich ein bisschen ärgern.«

»Ich weiß, aber … warum hast du gesagt, dass meine Augen blau werden? Was hat das mit den Menschen zu tun?«

Grom wedelt abschätzig mit der Hand. »Vergiss es. Ich glaube, du bist im Moment vielleicht noch angespannter als ich. Ich habe doch gesagt, dass ich dich nur aufgezogen habe.«

»Grom, wenn es etwas mit den Menschen zu tun hat, muss ich es wissen. Ich bin Botschafter. Du hältst mich davon ab, meine Arbeit zu tun.« Galens Stimme ist ruhiger, als er sich fühlt. Er erinnert sich an das Wandgemälde in Tartessos. An die Syrena, deren Augen blau aussahen und nicht violett.

»Bei Tritons Dreizack, Galen. Das hat nichts mit deiner Verantwortung als Botschafter zu tun. Es ist einfach ein Ammenmärchen. Tatsächlich bin ich überrascht, dass du es noch nie gehört hast.«

Galen verschränkt die Arme vor der Brust. »Tja, ich kenne es nicht.«

Grom verdreht die Augen. »Du hast recht. Du bist bei so was nicht besonders gut. Die Legende besagt, dass unsere Augen blau werden, wenn wir zu viel Zeit an Land verbringen. Es ist einfach nur ein Mythos, kleiner Fisch. Beruhige dich. Deine Augen werden nicht blau.«

Vielleicht verbringe ich tatsächlich zu viel Zeit an Land. Ich weiß mehr über die Geschichte der Menschen als über die Geschichte der Syrena.

»Was treibt ihr beiden denn so?«, ruft eine weibliche Stimme hinter ihnen. Als sie sich umdrehen, erblicken sie Paca.

Galen zuckt innerlich zusammen. Sie dürfte gar nicht hier sein. Sie mag ja in wenigen Stunden Groms Gefährtin sein, aber dieser Ort ist heilig. Er sieht, wie sein Bruder sich neben ihm versteift. Dann spürt er Raynas Puls näher kommen. Jagens Puls ist dicht hinter ihr. Er hat das Gefühl, dass irgendetwas nicht stimmt.

»Hallo, Paca«, sagt Galen höflich. »Wir wollten gerade zu dir gehen, nicht wahr, Grom?« Paca ist nicht hässlich, aber auch nicht hübsch. *Gewöhnlich* wäre ein gutes Wort, um sie zu beschreiben. Aber sie ist nicht nur gewöhnlich. Da ist etwas in ihren Augen, das sie wenig unschuldig und bescheiden erscheinen lässt. Wäre sie einfach nur gewöhnlich, könnte man sie bemitleiden. Aber Paca weckt bei Galen kein Mitleid.

»Ich hoffe, Ihr werdet Eure Schwester von mir loseisen«, sagt Paca kurz angebunden, als Rayna heranschwimmt. »Sie ist ziemlich grob.«

Galen wirft Rayna einen Blick zu, woraufhin sie das Kinn reckt. »Paca und ihr plumper Vater da drüben sind voller Walkot«, informiert Rayna ihre Brüder.

»Rayna«, fährt Grom sie an. »Wo sind deine Manieren!«

Rayna reckt ihr Kinn noch höher. *Jetzt geht's los.* »Paca ist eine Betrügerin, Grom«, sagt sie. »Du kannst dich nicht mit ihr paaren. Tut mir leid, dass ich dir deine Zeremonie ruiniere. Lass uns gehen, Galen.«

Paca macht ein zischendes Geräusch, als Jagen zu der Gruppe geschwommen kommt und vor Zorn beinahe stottert. »Ihr seid … Ihr seid ein kleiner … Steinfisch! Wie könnt Ihr es wagen, meine Tochter zu beleidigen?«

Galen packt Rayna am Arm. »Was hast du angerichtet?«, zischt er.

Sie entwindet ihm ihren Arm und sieht ihn von oben herab an. »Wenn Paca die Gabe von Poseidon hat, habe ich die Gabe von Triton. Aber fragt mich nicht, was es ist. Ich habe keine Ahnung.«

»Rayna, das genügt!«, ruft Grom und packt ihren anderen Arm. »Entschuldige dich. Auf der Stelle.«

»Wofür soll ich mich entschuldigen? Dass ich die Wahrheit gesagt habe? Tut mir leid, das sehe ich nicht ein.« Sie zuckt die Achseln, aber sie entwindet sich Groms Griff nicht.

»Wie könnt Ihr behaupten, sie sei eine Betrügerin? Sie hat Euch doch gerade ihre Gabe gezeigt!«, sagt Jagen und fährt ungehalten mit der Hand durchs Wasser.

Rayna schnaubt. »Galen hat sie die Gabe nicht gezeigt. Galen, hast du gesehen, wie sie ihre *Gabe* unter Beweis gestellt hat? Lass sie dir zeigen.« Sie dreht sich zu Paca um. »Hast du gehört, was ich gesagt habe, Prinzessin *Ich-betrüge-und-fresse-Walkot?* Zeig meinem Bruder deine jämmerliche Gabe.«

In Pacas Augen blitzt Mordlust. Sie sieht Grom an. »*Unternimm* irgendwas gegen deine Schwester. Willst du ihr das wirklich durchgehen lassen? Sie hat mich vor deiner Nase beleidigt. Ist es das, was ich erwarten kann, wenn ich mit dir verbunden bin?«

Rayna lacht. »Darauf kannst du deinen süßen …«

»Rayna!«, fährt Galen dazwischen. »Genug!«

Sie verdreht die Augen, sagt aber nichts mehr. Galen dreht sich zu Paca um. Er versucht, bedauernd zu klingen, als er sagt: »Bitte, entschuldige meine Schwester und ihren Mangel an …«

»Gesundem Verstand?«, schlägt Paca eisig vor.

Galen lächelt. *Sozusagen.* »Paca, natürlich würde ich liebend gern sehen, wie du die Gabe von Poseidon demonstrierst. Würdest du so freundlich sein, sie mir zu zeigen? Wir haben ganz erstaunliche Dinge von Toraf gehört.«

Das scheint Paca und Jagen zu besänftigen. Ein wenig. Grom lockert sogar den Griff um Raynas Arm.

Paca verbeugt sich tief, zum Zeichen ihres großen Respekts vor Galen. Er kann sich nur mit Mühe beherrschen, die Augen nicht zu verdrehen. »Natürlich, junger Prinz. Bitte, folgt mir.« Sie führt sie ein beträchtliches Stück von dem Minenfeld weg, was Galen überrascht.

Sie kommen an den unterschiedlichsten Fischen vorbei, an denen sie ihre Gabe hätte demonstrieren können. Mit jedem weiteren Fisch, den sie hinter sich lassen, wird Raynas Miene noch selbstgefälliger, falls das überhaupt möglich ist.

»Was ist in dich gefahren?«, flüstert Galen so, dass nur sie es hören kann.

Sie zwinkert ihm zu. »Du wirst schon sehen«, formt sie mit den Lippen.

Sie schwimmen so weit, dass sie die Felsbank erreichen, die in seichteres Gewässer führt. Es erscheint Galen als ziemlich großer Aufwand für eine kleine Vorführung, aber er lässt sich nichts anmerken, weil er nicht will, dass Grom am Tag seiner Verbindungszeremonie so finster dreinblickt.

»Paca, könntest du mit der Vorführung anfangen? Wir müssen bald zurück; du willst doch nicht alle auf die Zeremonie warten lassen«, schlägt Galen vor.

»Wir sind fast da«, ruft Paca über ihre Schulter hinweg. Galen sieht Rayna an, aber sie erwidert seinen Blick nicht. Sie lächelt nur vor sich hin, als hätte sie wirklich den Verstand verloren.

Als sie nach der Felsbank das seichte Wasser erreichen, hält Paca inne. Endlich. »Nur einen Moment«, murmelt sie. »Ich werde sie rufen.«

Sie schießt an die Oberfläche empor.

Galen sieht Jagen an. »Wen rufen?«

Jagen lächelt. »Die Delfine, junger Prinz.«

Rayna weigert sich immer noch, Blickkontakt mit Galen herzustellen, daher kann er nichts weiter tun, als – ungeduldig – darauf zu warten, dass Paca mit ihrer Delfinschule zurückkehrt. Nach einigen Minuten kommt sie mit drei Delfinen an ihrer Seite wieder.

»Ich kann sie dazu bringen, aus dem Wasser zu springen, in Kreisen zu schwimmen oder aufeinander zuzuschwimmen«, sagt sie zu Galen. »Sucht Euch etwas aus.«

Was? Er wirft Rayna einen ungläubig funkelnden Blick zu, den sie mit einem ihrer seltenen Lächeln beantwortet. Es ist so breit, dass sogar ihre Zähne aufblitzen.

»Grom sieht sie gern im Kreis schwimmen, meine Liebe«, sagt Jagen. »Warum lässt du sie das nicht tun? Unser junger Prinz kann sich offensichtlich nicht entscheiden.«

Paca dreht sich zu ihren Delfin-Freunden um und sagt: »Kreise!« Dann zeichnet sie riesige Kreise mit den Händen, immer und immer wieder. Und die Delfine gehorchen.

Galen hält die Luft an. *Oh nein. Handzeichen.* Sie gibt Handzeichen wie die Trainer im Gulfarium. Rayna muss das wiedererkannt haben.

Jagen hält Galens Reaktion anscheinend für Ehrfurcht. »Es ist ganz erstaunlich, nicht wahr, mein Prinz?«, meint er mit einem vielsagenden Lächeln.

»Sehr«, stößt er hervor. Er räuspert sich. »Paca, was ist mit diesen Flundern hier auf dem Grund? Was kannst du sie tun lassen?«

Paca schmollt. »Ich dachte, Ihr wolltet die Delfine sehen.«

»Du hast deine Sache mit ihnen gut gemacht. Sehr gut sogar. Aber ich würde auch gern sehen, wie die Flundern etwas Lustiges tun. Kannst du sie auch in Kreisen schwimmen lassen?«

»Mein Prinz, so funktioniert die Gabe von Poseidon nicht«, wirft Jagen ein. »Sie ist begrenzt auf gewisse ...«

»Lügner!«, brüllt Rayna und lässt damit alle zusammenzucken. Die Delfine werden nervös und flitzen davon.

»Rayna«, grollt Grom.

»Au«, heult sie. »Du tust mir weh.«

Galen seufzt, während sein Mut sinkt. »Lass sie los, Grom. Sie sagt die Wahrheit. Paca besitzt die Gabe von Poseidon nicht.« Grom lässt sie los und starrt seinen Bruder finster an. Rayna bringt sich hinter Galens Rücken in Sicherheit.

»Erzähl mir bloß nicht, dass sie dich überredet hat, ihr kleines Spielchen mitzuspielen«, sagt Grom zu ihm.

»Das ist ungeheuerlich!«, brüllt Jagen. »Grom, Ihr

müsst Eure Geschwister unter Kontrolle bekommen, bevor ich es selbst tue.«

Galen verdreht die Augen. Jagen ist über hundertfünfzig Jahre alt. Wenn er mit ihm raufen will, kann er gerne herkommen. »Grom, die Gabe von Poseidon ist nicht auf ein paar Fischarten begrenzt. Die Gabe war dazu bestimmt, uns alle mit Nahrung zu versorgen. Was ist mit der Höhle der Erinnerungen? So tief unten gibt es keine Delfine. Wie würde sie denn die Archive ernähren, wenn es notwendig wäre?«

Grom verschränkt mit versteinerter Miene die Arme vor der Brust. »Ich denke, du solltest besser zu denen gehen, die du am besten kennst, kleiner Bruder. Zu den Menschen. Und nimm deine Schwester mit. Ich kann sie nicht mehr sehen.«

»Was?«, fragt Galen und schwimmt näher an seinen Bruder heran. »Du schickst mich fort?«

»Ihr beide habt für heute genug Unfrieden gestiftet. Nach der Zeremonie werden wir ein langes Gespräch darüber führen.«

»Das ist es doch gerade, was wir dir zu erklären versuchen!«, ruft Rayna. »Es darf gar keine Zeremonie *geben*.«

»Rayna«, murmelt Galen sanft. »Ich regele das. Bitte.«

»Nein, das wirst du nicht, Galen«, widerspricht Grom. »Du hast meine zukünftige Königin beleidigt – *deine* zukünftige Königin –, und das alles wegen deiner eigenen engstirnigen Meinung.«

»Meine Meinung?«, wiederholt Galen zornig.

»Achte auf deinen Ton, Bruder. Zwing mich nicht dazu, dich zu verstoßen. Es handelt sich schließlich nur um deine Meinung, es sei denn, du kannst das Gegenteil beweisen. Aber es gibt keinen Beweis dafür, dass Paca die Gabe von Poseidon nicht besitzt.«

Mich verstoßen? »Sie benutzt ihre Hände!«, ruft Galen. »Sie hat diese Delfine trainiert, auf ihre Handzeichen zu reagieren. Die wahre Gabe von Poseidon wird allein durch die Stimme übertragen.«

Grom zieht eine Augenbraue hoch. »Wirklich? Kannst du das beweisen?«

Galen öffnet den Mund, dann schließt er ihn wieder. *Nicht ohne Emma.* »Nun …«

»Nein, er kann es nicht beweisen«, platzt Rayna dazwischen. Sie weigert sich, Galen anzusehen, obwohl sie seinen zwingenden Blick spürt. *Was hat sie vor?*

Sie schwimmt zu ihm herüber. »Er wird dir nie glauben, was Emma betrifft, Galen«, flüstert sie. »Erzähl es ihm gar nicht erst. Er wird die Zeremonie nicht hinauszögern und darauf warten, dass du sie holst. Sieh ihn dir an. Er hat seine Entscheidung getroffen.«

»Ich weiß, dass er es nicht beweisen kann«, knurrt Grom. »Und wenn er es könnte, dann hätte er uns allen früher davon erzählen sollen. Jetzt ist es ein wenig spät, um sich einzumischen. Meinst du nicht auch?«

»Warum tust du das? Warum bist du so dickköpfig?«,

fragt Galen. »Wegen Nalia? Wenn du dir eine Gefährtin nimmst, wirst du sie deshalb noch lange nicht vergessen. Ich hoffe nicht, dass es das ist, was du im Sinn hast.«

Jetzt ist es Rayna, die die Luft anhält. Galen hat eine Grenze überschritten, aber es ist ihm egal. Grom ist unvernünftig. Grom ist nicht der Grom, den er kennt.

Grom versteift sich und wird kalt wie ein Eisberg. »Geht. Alle beide. Sofort.«

»Das war's dann also?«, fragt Galen und verschränkt die Hände hinterm Kopf. »Wir sind verstoßen?«

Grom nickt langsam.

»Lass uns gehen, Rayna«, sagt Galen, ohne den Blick von Grom abzuwenden. »Lass uns nach Hause gehen.«

Als sie das Ufer erreichen, ist Galen erschöpft. Er hatte es so eilig, Emma zu sehen, dass er Rayna den ganzen Weg nach Hause auf dem Rücken getragen hat, um schneller voranzukommen. Er angelt nach der Badehose, die er unter einem Fels versteckt hat, und zieht sie an, während Rayna ein paar Meter weiter in ihren Bikini schlüpft.

Da er weder Emma noch Toraf im Wasser gespürt hat, geht er zum Haus und hofft wider alle Vernunft, dass Emma dort auf ihn wartet. Sie ist nicht da. Aber Toraf. Und er wirkt nicht gerade glücklich.

»Wie ist es gelaufen? Wir müssen reden«, platzt Toraf heraus.

Galen hält abrupt inne. »Wo ist Emma? Geht es ihr gut?«

»Sie ist zu Hause bei ihrer Mom. Es geht ihr gut. Aber wir haben ein Problem.«

»Für den Fall, dass du es nicht bemerkt haben solltest, ich habe dich nicht unterbrochen«, sagt Galen, die Kiefer so fest aufeinandergepresst, als wären sie verriegelt. »Tu dir keinen Zwang an und rede weiter.«

Toraf ringt die Hände. »Du darfst dich nicht zu sehr aufregen.«

»Zu spät.«

»Na schön, dann reg dich auf. Aber ich habe es zu deinem eigenen Wohl getan.«

»Bei Tritons Dreizack, Toraf!«, brüllt Rayna. »Was hast du getan? Wir haben einen langen Tag hinter uns!«

Toraf stößt laut den Atem aus. »Ich habe Yudor gebeten, herzukommen und mir zu helfen. Ich habe ihm erklärt, dass ich entweder den Verfolger nicht erkannt habe oder dass ich den Puls des Verfolgers mit jemand anderem verwechselt habe. Mehr habe ich ihm nicht gesagt.«

»Du, was hast du getan?« Galen ballt die Fäuste.

Toraf hebt die Hände zum Zeichen, dass er sich ergibt. »Galen, er hat sie sofort erkannt.«

»Emma?«, haucht Galen. *Das darf nicht wahr sein.*

»Nein, die Verfolgerin.«

»Moment mal«, unterbricht Rayna ihn. »Verfolger*in?*«

»Galen«, sagt Toraf. »Es ist Nalia. Yudor schwört bei

Tritons Gedenken, dass sie es ist. Sie ist nicht tot. Er ist auf dem Weg zurück, um die Verbindungszeremonie zu verhindern.«

Nalia. Plötzlich fügt sich alles zusammen wie die Teile eines Puzzles.

Galen stürmt durchs Wohnzimmer und hinaus zum Strand, dicht gefolgt von Toraf und Rayna.

Die Lichter aus Emmas Haus schimmern auf den Gipfeln der davorliegenden Sanddünen. Das bedeutet für gewöhnlich, dass Emma und ihre Mutter beide zu Hause sind und in getrennten Räumen ihr jeweils eigenes Leben führen.

Galen rennt auf die gläserne Schiebetür zu und hämmert dagegen. Für gute Umgangsformen bleibt keine Zeit. Er gibt Rayna und Toraf ein Zeichen, zurückzubleiben. Rayna würde sich lieber ein Ohr abbeißen, als zu gehorchen, aber Toraf hält sie fest.

Emma kommt mit einem strahlenden Lächeln auf dem Gesicht zur Tür. »Hast du es aus einem bestimmten Grund so eilig?«, fragt sie, und ihre riesigen violetten Augen leuchten vor Aufregung.

»Er muss mich vermisst haben«, ruft Emmas Mom aus der Küche. Sie zwinkert Galen zu und ahnt noch nicht, dass ihre Welt gleich aus den Fugen geraten wird.

»Iiih, Mom«, sagt Emma. Sie reicht Galen ein Handtuch und schließt die Tür.

»Danke«, erwidert er. »Für das Handtuch, meine ich.«

»Stimmt irgendwas nicht?« Ihrem Gesichtsausdruck nach zu urteilen, muss er genauso besorgt aussehen, wie er sich fühlt.

Er streicht mit dem Handrücken über ihre Wange. »Ich liebe dich. Mehr, als du weißt. Ganz gleich, was geschieht.«

Sie dreht den Kopf, um seine Hand zu küssen. »Ohoh. Ganz gleich, was passiert? Das klingt ja düster, findest du nicht?«, flüstert sie. »Aber ganz gleich, wie düster es klingt, ich liebe dich auch. Gott, ich habe dich so sehr vermisst. Und es sind nur vierundzwanzig Stunden gewesen!«

Er beugt sich vor, um mit seinen Lippen über ihre zu streifen, und kostet ihre sanfte Haut aus. Normalerweise würde er sie aus Respekt nicht vor ihrer Mutter küssen, aber das gilt nicht für diesen Ausnahmezustand.

Er wird sich immer an diesen Moment erinnern. Den Moment, bevor sich alles veränderte. Er gibt ihr einen letzten Kuss, dann dreht er sich zur Küche um, wo Emmas Mutter Geschirr spült.

»Darf ich Ihnen helfen, Mrs McIntosh?«

Sie lächelt und schüttelt den Kopf. »Oh, das geht schon in Ordnung, Galen. Ich bin fast fertig. Außerdem bist du immer noch tropfnass.«

Trotzdem geht Galen auf das Spülbecken zu. Mit jedem Schritt, den er macht, reihen sich die bruchstückhaften Hinweise aneinander und fügen sich zu einem Bild zusammen.

Es war Zeitverschwendung, nach Emmas Dad zu forschen. *Wie konnte ich so dumm sein?*

Die Farben der Syrena, bis auf die blauen Augen. Blaue Augen ohne Kontaktlinsen, blaue Augen, zu denen die violetten im Laufe der Jahre an Land verblasst sind. *Es ist keine Legende. Das Gemälde in Tartessos zeigt die Wahrheit.* Und genau dieselben Jahre an Land sind für die grauen Strähnen in ihrem Haar verantwortlich – ein Zeichen der schnelleren Alterung.

Ihre unheimliche Angewohnheit, jedes Mal anzurufen, wenn der Verfolger aufgetaucht ist. Sie hat sie alle im Wasser gespürt und wollte sich davon überzeugen, dass Emma in Sicherheit war. Wenn Dr. Milligan recht hat und Emma erst vor Kurzem ihre Reife erlangt hat, hat sie sie vielleicht noch nie zuvor gespürt. Vielleicht weiß sie nicht einmal, welche Gabe Emma besitzt.

Gespürt. Grom schwört, dass er sie wieder gespürt hat. *Könnte er sie wirklich nach all den Jahren und über eine solche Entfernung hinweg spüren?* Vielleicht sind alle Mythen wahr. Vielleicht gibt es so etwas wie den Sog.

Egal, Sog hin, Sog her, sie hat das Gesetz gebrochen – und das Herz seines Bruders –, indem sie die ganze Zeit über an Land geblieben ist. Ganz zu schweigen von der breiten Kluft, die sie zwischen den beiden Königreichen geschaffen hat, als sie fortging. Sosehr er Emma liebt,

Galen kann nicht über die Taten ihrer Mutter hinwegsehen.

Und er kann nicht zulassen, dass sich Grom mit der falschen Person verbindet.

Mrs McIntosh wirft ihm einen fragenden Blick zu, sagt aber nichts, als er sich neben sie stellt. Er taucht die Hände ins Spülwasser. Und spürt sie sofort. Die Verfolgerin. Der Ausdruck in ihren Augen, wie ihr der Kiefer nach unten klappt, als sie den Dreizack auf seinem Bauch entdeckt – mehr braucht er nicht an Bestätigung. »Du hast eine Menge zu erklären, Nalia.«

Danksagung

Falls ihr es nicht glaubt: Ja, die Danksagung ist wirklich schwerer zu schreiben als der Rest des Buches. So viele Leute haben eine Zutat zu dem Rezept beigesteuert, aus dem dann *Blue Secrets – Der Kuss des Meeres* geworden ist, dass ich bestimmt jemanden vergesse. Also bitte, bitte verzeiht mir, falls das passiert!

Ich bin zu dem Schluss gekommen, dass ich allen, die geholfen haben, am besten gerecht werde, wenn ich sie in chronologischer Reihenfolge nenne.

Mein erstes Dankeschön gilt also meiner Schwägerin Amanda, die ganz am Anfang das Brennholz geliefert hat, aus dem später ein Feuer wurde. Das nächste geht an meine Freundin Elayne, mein Versuchskaninchen (das merkwürdigerweise keinen Klee mag). Und ein weiteres Dankeschön gilt meiner Freundin und Cheerleaderin Cathy B. – sie weiß schon, wofür!

Ich danke auch der kritischen Runde der ECW (Emerald Coast Writers), besonders Sheryl und Vance, die mein Manuskript sanft zerpflückt haben, damit ich es RICHTIG wieder zusammensetzen konnte. Und habt ihr gewusst, dass *Blue Secrets* auch eine Tante Heather hat? Hat es, und wie sich das für eine gute Tante gehört, hat sie es geliebt, gefüttert und übers Knie gelegt, wenn es nötig war. Danke, Tante Heather!

Ein Dankeschön an meine Schwestern – Beatrice Thomas, Beatrice Garrett und Beatrice Lyons –, die mich nicht ausgelacht haben, als ich schließlich zugab, dass ich ein Buch schreibe, und die auf meine Tochter aufgepasst haben, als ich mit dem Kreuzfahrtschiff herumgeirrt bin, nachdem ich »den Anruf« bekommen hatte. Und ganz, ganz besonders danke ich Maia, der ich aus dem Buch vorgelesen habe. Sie hat an den Stellen gelacht, die komisch sein sollten, die Luft angehalten, wenn ich schockieren wollte, und das Gesicht verzogen, wenn eine der Figuren kotzen musste.

Mein Dank an Lucy Carson, meine fantastische Agentin, übersteigt jede Beschreibung, zu der ich fähig bin. Zu ihren vielen Fähigkeiten gehört es, ein Manuskript wirklich zum besten Preis loszuschlagen, halb wahnsinnigen Schriftstellern die rettende Hand zu reichen und aus Einsiedlern gesellige Menschen zu machen.

Ein Riesendanke geht an Jean und Liz, meine Verlegerin und meine Lektorin. Ihre erfahrene Leitung hat aus diesem Projekt das Beste herausgeholt. Vielen Dank auch an »die andere« Anna dafür, dass sie niemandem von meinem Lektoratsskandal erzählt hat. Und bei Holly bedanke ich mich dafür, dass sie sich hinter den Kulissen so für mich eingesetzt hat.

Falls ich irgendjemanden vergessen habe – und das habe ich bestimmt –, dann sagt das nichts über den Betroffenen aus, sondern einiges über mich. Genauer gesagt über mein Erinnerungsvermögen, das wohl gelitten hat, seit ich dreißig geworden bin.

Also, Moment mal. Worüber haben wir noch gleich geredet?

Foto: © Anna Banks

Autor*in

Anna Banks ist die international erfolgreiche Autorin der *New-York-Times*-Bestsellerreihe *Blue Secrets*. Sie schreibt romantische Fantasy für Jugendliche und junge Erwachsene. Anna Banks lebt mit ihrem Mann und ihrer Tochter in Crestview, Florida.

Von Anna Banks sind bei cbj erschienen:

Blue Secrets (1) – Der Kuss des Meeres (31549)
Blue Secrets (2) – Das Flüstern der Wellen (31550)
Blue Secrets (3) – Der Ruf des Ozeans (31551)

Nemesis (1) – Geliebter Feind (31142)
Nemesis (2) – Verräterisches Herz (31161)

Foto: © privat

Übersetzer*in

MICHAELA LINK lebt mit ihrem Mann und engstem Mitarbeiter auf einem aufgelassenen Bauernhof in Norddeutschland. Sie hat zahlreiche Romane aller Art aus dem Englischen ins Deutsche übersetzt und auch selbst einige phantastische und historische Romane geschrieben.

Mehr zu unseren Büchern auch auf Instagram